U0667073

遥望文学的昨天

古耜————————著

中国言实出版社

图书在版编目(CIP)数据

遥望文学的昨天 / 古耜著. -- 北京：中国言实出
版社，2023.10
ISBN 978-7-5171-4698-8

Ⅰ.①遥… Ⅱ.①古… Ⅲ.①中国文学—现代文学—
文学评论—文集 Ⅳ.①I206.6-53

中国国家版本馆CIP数据核字（2023）第232792号

遥望文学的昨天

责任编辑：王建玲
责任校对：张天杨

出版发行：中国言实出版社
　　　　　地　　址：北京市朝阳区北苑路180号加利大厦5号楼105室
　　　　　邮　编：100101
　　　　　编辑部：北京市海淀区花园路6号院B座6层
　　　　　邮　编：100088
　　　　　电　话：010-64924853（总编室）　010-64924716（发行部）
　　　　　网　址：www.zgyscbs.cn　电子邮箱：zgyscbs@263.net

经　　销：新华书店
印　　刷：北京中科印刷有限公司
版　　次：2024年1月第1版　　2024年1月第1次印刷
规　　格：880毫米×1230毫米　　1/32　　11.875印张
字　　数：275千字

定　　价：62.00元
书　　号：ISBN 978-7-5171-4698-8

自序

　　随着年龄渐长，我越来越清醒地意识到：一个人的能力和精力都是有限的，这决定了在文学的海洋里遨游，无论你怎样的不遗余力，都无法予取予夺，阅尽奇珍，而只能有取有舍，量力而行，即所谓"弱水三千，只取一瓢"。因为有了这样的想法，进入新世纪之后，我开始有意识地收窄自己的文学视野及相关努力，即由原来信马由缰、漫无边际的文学阅读与作家关注，逐渐集中到其中的两个方面：一是以研究、评介和专题选编出版的方式，参与中国现代散文的建设；二是从事文学研究，撰写学术随笔，以此与中国现代作家对话。这本学术随笔集《遥望文学的昨天》，便是我在后一种向度上摸索前行的部分成果。

　　我撰写研究和评论文章一向缺乏严格的——但有时也是僵硬板滞的——"学科自觉"，而情愿让手中的笔墨扣紧心中或文本的问题逶迤前行，收入本书的研究现代作家和作品的文字亦复如此。不过既然是文学研究，就不可能没有比较集中的视线和相对稳定的对象，就不可能不形成自己的聚焦点和着力处，具体到本书来说，即有一批作家在不同的历史语境和人际关系中频频现身，进而成为本书四个文章专辑的关键词：第一辑：以鲁迅为中心；第二辑：环绕瞿秋白展开；第三辑：萧红、萧军和丁玲是连环主角；第四辑：从鲁迅、茅盾和聂绀弩与中国古典文学的某种联系说开去。如果把上述作家从文学史划分和创作倾向上加以概括，即可发现，他们都属于中国现代文学史上的左翼作家。

20世纪30年代的左联，以及以左联为主导的左翼文学运动，是中国近现代史上的重大历史文化现象，是中国文学革命向革命文学发展转变的连接点和融会处，是真正的人民文学的出发现场与奠基阶段。作为一种历史性存在，当年的左翼文学运动难免存在这样或那样的幼稚、生涩与偏颇，甚至留下了"左"的印痕乃至教训，但就整体而言，它的成就和贡献是主要的和本质性的，是不可否认和无法磨灭的。尤其是其中的一些重要作家，如作为左联盟主和旗手的鲁迅，曾参与过党对左联的领导工作的瞿秋白，在文坛留下了鼎新或传世之作的著名作家茅盾、丁玲、萧红、萧军、东平等，其秉持的为真理、为正义、为平等、为弱者发声的基本立场和战斗精神，以及各具匠心的艺术探索，各见所长的人生实践和创作经验，迄今闪烁着绚丽的光彩，仍是我们从事文学创作乃至修身做人的不容忽视的有效镜鉴和优秀资源。唯其如此，我在研究现代文学时更多地将目光投向了他们，同时亦把笔墨更多地落在了他们身上。但愿我这一番努力不是隔靴搔痒，或者郢书燕说。

收入本书的文字无疑包含着学术上的思考和追求，但构成文本和诉诸读者的文字，却依旧是我喜欢也习惯的随笔体。之所以如此，固然有在文本表述层面丰富主体情致、激活艺术感觉、强化其感染力与可读性的考虑，但更深一层的想法，还是想探索一下现代述学文体的多样性与可能性。我总觉得，在当下的文学乃至学术空间里，除了"穿靴戴帽"、规矩森然的"学报体"之外，鲁迅所提倡的"轻论文"，李健吾所擅长的"印象式"文论，何其芳构建的"诗性"文论，雷达殷切呼唤的"美文式批评"，都有属于自己的旺盛而强劲的生命力，都值得积极尝试和深入拓展。我虽然才疏学浅，但依旧愿意在这一向度上做些探索，做些努力。"身不能至，心向往之"，这庶几就是如今之我。

壬寅冬日于滨城

目 录

第一辑

第二辑

第三辑

第四辑

第一辑

鲁迅当年的中国梦

一

20世纪20年代前期至中期，随着五四新文化运动的退潮和《新青年》团体的分化，鲁迅的内心又一次被无量的寂寞、悲哀、迷惘、犹疑等负面情绪所袭扰、所纠缠。对此，鲁迅并不讳言，而是将其真实而坦诚地披露于笔端。在完成于1924年9月24日的《野草·影的告别》里，作家就让自己的深层意念化作"影"子，留下了痛苦的告白："我将向黑暗里彷徨于无地。你还想我的赠品。我能献你甚么呢？无已，则仍是黑暗和虚空而已。"而在这一天夜间，鲁迅给自己的学生李秉中写去一信，其中同样表达了深切的自忧：

> 我自己总觉得我的灵魂里有毒气和鬼气，我极憎恶他，想除去他，而不能。我虽然竭力遮蔽着，总还恐怕传染给别人，我之所以对于和我往来较多的人有时不免觉得悲哀者以此。

诸如此类的思绪和言说，在鲁迅这一时期的著作，如《彷徨》《野草》《两地书》中不时出现。可以这样说，"黑暗和虚空""毒气和鬼气"一度构成鲁迅极为重要的心灵色调。

然而，鲁迅同时又意识到，无论是"黑暗、虚无"，还是"毒气、鬼气"，毕竟只是个人内心的一种感受和体验，它终究无法获得生活客体的验证，即所谓："我终于不能证实：惟黑暗与虚无乃是实有。"（《两地书·四》）正因为如此，这黑暗和虚无也就可以被质疑、被诘问、被反驳。也正是沿着这样的思路，一向关注生命奥义和精神质量的鲁迅，毅然选择了向黑暗和虚无"作绝望的抗战"——他正视黑暗的存在，却执意"与黑暗捣乱"；他承认绝望的深重，却硬是要"反抗绝望"。这时，一度"彷徨于无地"的鲁迅，便重新置身于现实的大地和苦难的人间，他依旧是以笔为旗，同时又"抉心自食"的精神界之战士。

应当看到，鲁迅进行的"绝望的抗战"，承载着异常丰富的精神密码和情感内涵。一方面，鲁迅的反抗绝望是以自身为战场、为武器，即所谓："我只得由我来肉薄这空虚中的暗夜了，纵使寻不到身外的青春，也总得自己来一掷我身中的迟暮。"（《野草·希望》）因此，鲁迅的抗战回荡着"我独自远行"，"只有我被黑暗沉没"的果决与悲壮，呈现出一种以血肉之躯，拼光虚无、耗尽暗夜，不惜与之同归于尽的献身气概；一种"自己背着因袭的重担，肩住了黑暗的闸门，放他们到宽阔光明的地方去"（《我们现在怎样做父亲》）的牺牲精神。另一方面，面对黑暗与绝望，鲁迅之所以能够实施"予及汝偕亡"式的反抗，是因为在他的内心深处，还有一种比黑暗和绝望更为强大的精神力量，这就是至迟在1906年再度赴日时即已形成，继而在五四运动中强力喷发，后来虽然被黑暗和绝望所压抑，但依旧不曾泯灭的对中国的希望。正所谓："绝望之为虚妄，正与希望相同。"（《野草·希望》）而这种对中国的希望，也就是属于鲁迅的中国梦。正因为如此，我们可以说：是作为鲁迅精神底色的对中国的梦想，支撑了他与黑暗和绝望的殊死搏战。

二

既然对未来中国的梦想是鲁迅的精神柱石，那么，鲁迅的这种梦想又包括哪些内容，或者说在鲁迅的心目中，未来的、理想的中国应该是个什么样子？关于这点，鲁迅虽然没有进行专门的、集中的阐述，但在一些作品中，还是留下了若干重要的、精辟的，且不乏内在联系的观点或意见，值得我们作细致梳理和深入考察。

在鲁迅看来，中华民族虽有过昔日的雄大与辉煌，但近代以降却陷入了落后和怯弱的窘境。在这种情况下，"中国人"要想不被从"世界人"中挤出，就必须绝地奋发，实施变革与图强。在写于1917年的《文化偏至论》中，鲁迅明言：

> 此所为明哲之士，必洞达世界之大势，权衡校量，去其偏颇，得其神明，施之国中，翕合无间。外之既不后于世界之思潮，内之仍弗失固有之血脉，取今复古，别立新宗，人生意义，致之深邃，则国人之自觉至，个性张，沙聚之邦，由是转为人国。

这里，鲁迅不仅强调了国人自当直面时代潮流，努力变革重生的重要性和紧迫感，而且指出了在此过程中，"明哲之士"所应当遵循的基本原则和达到的最终目的：兼顾"思潮"之世界性与"血脉"之民族性，在双向鉴别、扬弃与整合的基础上，在"取今"之创造性和"复古"之根基性的动态过程中，建设具有崭新质地与沛然活力的国家文化与民族风貌，进而屹立于世界东方。这种立足现代，超越中西的文化主张，贯穿了鲁迅的一生。1927年，他曾将这一主张化作对美术家陶元庆的评价："他并非'之乎者也',因为用的是新的形和新的色;而又不是'Yes''No',因为他究竟是中国人。所以,用密达尺来量,是不对的,但也不能用什么汉朝的虑虒尺或清朝的营造尺,因为他又已经是现今的人。"(《当陶元庆君的绘画展览时》)五年后,鲁迅为一位青年作家的论著撰写题记,又将这一主张概括表述为:"纵观古今,横览欧亚,撷华夏之古言,取英美之新说。"(《题记一篇》)应当承认,鲁迅对国家变革的疾声呼唤,以及就此提出的中西合璧,复合鼎新的设想与主张,不仅超越了那个时代所流行的体用之学,构成了一种真正的精英意识,即使在全球化愈演愈烈的当下,仍然不乏显见的启示意义和借鉴价值。

在描绘国家和民族变革之路与未来前景的同时,鲁迅启动中国传统文化一向阙如的"个"与"己"的观念,就个体生命该怎样活着的问题,也发表了重要看法。在写于1918年的《我之节烈观》中,鲁迅先是无情鞭挞了那些"古人模模糊糊传下来的道理"和"无主名无意识的杀人团",然后一再发愿:

> 要自己和别人,都纯洁聪明勇猛向上。要除去虚伪的脸谱。要除去世上害己害人的昏迷和强暴。
> 要除去于人生毫无意义的苦痛。要除去制造并赏玩别人苦痛的昏迷和强暴。
> 要人类都受正当的幸福。

而在稍后的《我们现在怎样做父亲》中,鲁迅更是将自己发愿的内容,概括为具有精神本原意味的生命箴言,这就是"幸福的度日,合理的做人"。

那么,"做人"怎样才算"合理"?对此,鲁迅同样以作家特有的话语方式，留下了一系列不是诠释的诠释，即所谓中国人"在现今的世界上，协同生长，挣一地位，即须有相当的进步的智识，道德，品格，思想，才能够站得住脚"（《随感录三十六》）。亦所谓"今之所贵所望，在有不和众嚣，独具我见之士，洞瞩幽隐，评骘文明，弗与妄惑者同其是非，惟向所信是诣"（《破恶声论》）。又所谓"盖惟声发自心，朕归于我，而人始自有己；人各有己，而群之大觉近矣"（同上）。又所谓人生在世应有从容玩味的"余裕心"和"格外的兴趣"，因为"人们到了失去余裕心，或不自觉地满抱了不留余地心时，这民族的将来恐怕就可虑"（《忽然想到·二》）云云。若将所有这些换一种要而言之或笼而统之的说法，庶几就是鲁迅所倡言的：人要有"天马行空似的大精神"（《苦闷的象征·引言》），要"致人性于全，不使之偏倚"（《科学史教篇》）。显然，鲁迅对个体生命的理解、设计与期盼，包含了鲜明而充分的现代元素，具有很强的前瞻性与穿越性，因而足以成为国人常读常新的精神资源。

三

1926年，鲁迅出版小说集《彷徨》。在该书的扉页，鲁迅引录了屈原的诗句："路漫漫其修远兮，吾将上下而求索"，以此表达自己不避险远，寻路前行的心志。对于这一举动，天性幽默放达的鲁迅，后来虽曾以"这大口竟夸得无影无踪"（《自选集·自序》）加以自嘲，然而事实上，编织着心中的梦想，呼唤着"你来你来！明白的梦"（《梦》），朝着于"蒙眬中"看见的"好的故事"，即自己认定的理想境界，执着迈进，顽强跋涉，确实构成了鲁迅最重要和最持久的生命线索。这当中不是没有"梦醒了无路可以走"的痛苦与焦虑，但在摆脱这些之后，他的选择仍然是"梦着将来，而致力于达到这一种将来的现在"(《听说梦》)。这就是说，立足当下，走向未来，是鲁迅最基本的人生姿态。

既然是朝着未来和梦想前行，那么便必须解决路径或方略问题。正是在这一维度上，鲁迅提出了影响深远的由"立人"而"立国"的主张。在《文化偏至论》里，鲁迅一再申明：

> 诚若为今立计，所当稽求既往，相度方来，掊物质而张灵明，任个人而排众数。人既发扬踔厉矣，则邦国亦以兴起。
>
> 是故将生存两间，角逐列国是务，其首在立人，人立而后凡事举；若其道术，乃必尊个性而张精神。

从鲁迅提出"立人"迄今，一个多世纪过去了。这期间，中国的历史条件和社会性质不断发生着巨大而深刻的变化，只是所有这些，都不曾消解或减弱"立人"的声音；相反，它凭借自身特有的丰腴而旷远的思想内涵，通过与不同历史语境的对话或潜对话，实现着意义的深化与增殖，进而成为一个历久弥新的"说不尽的"话题，值得我们深入思考和深切体悟。

第一，鲁迅所说的"立人"，强调人格的独立自主和全面发展，反对人性的委靡、扭曲与异化，体现了对理想人性和强健人格的文化关怀。中国传统的儒家文化一向注重"学以成人"，一部《论语》就是一部"成人"之书。然而，儒家的"成人"贯穿的是"仁学"思路。即所谓"克己复礼为仁"。这种以"希贤希圣"培养君子为目标的"成人"思路，当然具有修身养气、见贤思齐、净化人心的道德力量；然而，一种根本上的"吾从周"、向后看的姿态，以及由此衍生的"三纲"云云，又决定了它必然包含观念上的封闭性、保守性、等级性和强制性，以致难免酿出抹杀个性、扭曲人性的苦果。鲁迅的"立人"与之迥然不同。它立足全新的历史条件，直面剧变的时代潮流，倡导国人在珍视个体生命价值的基础上，破除一切陈旧落后的观念束缚，以坚毅和热情的态度，谋求生存权利，注重生命质量，"能做事的做事，能发声的发声。有一分热，发一分光"，在"只是向上走"的过程中，实现健康人性的自由发展。正所谓"一要生存，二要温饱，三要发展。有敢来阻碍这三事者，无论是谁，我们都反抗他，扑灭他"（《北京通信》）。而在生命前进的过程中，国人又要保持清醒头脑，把握适度原则，警惕生命异化，即所谓"所谓生存，并不是苟活；所谓温饱，并不是奢侈；所谓发展，也不是放纵"。这样的立人主张对于正在经历着多重挑战的现代人来说，无疑迄今仍有显见的精神鉴照意义。

第二，鲁迅所说的"立人"，包含了改造与重构国民性的意愿，这一意愿迄今尚不能说完全实现，因此"立人"的主张仍有现实意义。1925年3月31日，鲁迅在致许广平的信中写道："说起民元的事来，那时确是光明得多……一到二年二次革命失败之后，即渐渐坏下去，坏而又坏，遂成了现在的情形……使奴才主持家政，那里会有好样子。最初的革命是排满，容易做到的，其次的改革是要国民革自己的坏根性，于是就不肯了。所以此后最要紧的是改革国民性，否则，无论是专制，是共和，是什么什么，招牌虽换，货色照旧，全不行的。"（《两地书·八》）这段话告诉我们，当年鲁迅之所以主张"首在立人"，是因为他发现，国民身上存在的一些陈腐恶劣的根性，已成为社会变革与进步的严重障碍和深层阻力，如不加以改造，"立国"便没有希望。

第三，鲁迅所说的"立人"，着眼于绝大多数人的精神质变与人格提升，着眼于民魂的淬炼与群声的大觉，实际上是抓住了社会发展的核心元素和历史前行的根本动力。尽管鲁迅不满于当时的国民精神现状，忧患于"庸众"的昏聩与落后，但他并没有因此而陷入思想上的悲观主义和虚无主义，相反，在同无边黑暗的持久搏战中，他越来越意识到民众的力量以及其推动历史前进的重要作用。正所谓"多数的力量是伟大、要紧的，有志于改革者倘不深知民众的心，设法利导，改进，则无论怎样的高文宏议，浪漫古典，都和他们无干，仅止于几个人在书房中互相叹赏，得些自己满足"（《习惯与改革》）。而他所主张的"立人"恰恰是要关注"多数的力量"和"民众的心"。也就是说，要从整体上改变国人的精神，重铸民族的灵魂。这当中包含的积极意义，正如王富仁的精辟阐释："当时中国是四亿五千万人的大国，政府官僚和精英知识分子最多也只有几万、几十万，那么，剩下的那四亿四千多万的民众就与中国现当代历史的发展无关了吗？就只能消极地跟着这些政府官僚和少数精英知识分子跑了吗？这些政府官僚和少数精英知识分子就一定能够将他们带到光明的地方去吗？如果万一没有将他们带到那样的地方去，怎么办呢？……只要意识到这一点，我们就不难理解，为什么青年鲁迅并不满足于当时洋务派富国强兵的计划和改良派、革命派革新政治制度的主张，而另外强调'立人'的重要性了。"（《中国需要鲁迅》）由此可见，鲁迅倡导的"立人"，说到底是为了让"沉默的大多数"在实现了精神质变之后，自觉参与国家的建设和社会的改造，进而成为历史的主人。必须看到，鲁迅的构想和期待，实际上体现了人与历史共同发展的大目标和大向度。

四

有一种观点认为：鲁迅极度憎恶、也极度失望于自身所处的社会政治状况，这导致了他对社会政治体制和权力关系抱有很深的怀疑和成见，同时也决定了他在朝着自己认定的国家和民族梦想探索前行时，很自然地放弃了革新政治制度的路径，而选择了思想文化批判与改造的向度。这样的说法看似有些道理，但一旦对照鲁迅的整体人生，即可发现它的以偏概全。

诚然，作为作家和学人的鲁迅，在敞开自己的国家情怀时，确实把思想文化的批判与改造放在了首位，然而，这并不意味着他会因此而否定社会变革中的政治因素。事实上，鲁迅明确意识到，在当时的历史和国情条件下，要实现社会变革，政治的力量不可或缺；而作为极致性政治手段的革命战争，对于推动社会变革更是具有最直接和最有效的作用。唯其如此，他在题为《革命时代的文学》的演讲中明言："中国现在的社会情状，止有实地的革命战争，一首诗吓不走孙传芳，一炮就把孙传芳轰走了。"与此同时，鲁迅还认为，即使做学问，搞研究，也不能说和政治无关。在1926年10月20日致许广平的信里，鲁迅写道："现在我最恨什么'学者只讲学问，不问派别'这些话，假如研究造炮的学者，将不问是蒋介石，是吴佩孚，都为之造么？"显然，在鲁迅眼里，学者从事研究工作，同样无法摆脱政治立场的潜在制约，因此，也应当考虑社会的正义与进步。尽管这封信在《两地书》正式出版时，被鲁迅抽掉了，但它传递的鲁迅的思想观点却不会有错。

正因为鲁迅意识到政治因素对于社会变革的重要作用，所以，在大革命失败后，他就开始重新打量中国社会的政治格局与政治力量。这时，国民党集团的疯狂杀人，把鲁迅的同情推到了被屠杀的共产党人一边；而"革命文学家"极左性质的围攻，又促使鲁迅开始认真阅读马克思主义文艺理论著作，即"从别国里窃得火来……煮自己的肉"。接下来，在反抗黑暗、呼唤光明的文化斗争中，鲁迅被尊为左翼作家的领袖和旗帜；而同党的文化工作领导者如瞿秋白、冯雪峰的亲密交往，又使鲁迅收获了友谊的浸润与人格的激赏。还有来自十月革命后俄国的信息，如"煤油和麦子的输出，竟弄得资本主义文明国的人们那么骇怕"，"几万万的群众自己做了支配自己命运的人"，以及苏维埃领袖多次声明，愿意放弃沙俄时代的在华特权等，更是让鲁迅看到了人类社会的另一番风景，斯时的鲁迅，已自觉汇入了中国共产党领导下的人民民主革命的洪流。

毋庸讳言，对于鲁迅晚年的选择，近年来不时有批评和否定的声音出现。我尊重这些学人的见解，但又发现，这些产生于后革命时代的见解，在谈论鲁迅革命时代的政治态度时，因为语境的隔膜或观念的错位，难免陷入或主观妄断，或郢书燕说的误区，以致扭曲和遮蔽了历史的本真。而要避免这种情况，切实做到正确理解和评价鲁迅晚年的选择，一条有效的路径应当是：以唯物史观为引领，重返八十多年前的民国现场，看看鲁迅究竟是依据什么而站到了中国共产党人一边。而在这一维度上，至少有三点显而易见。

第一，与"立人"的主张相联系，中年之后的鲁迅越发关注大多数普通民众的社会境遇和精神生态，正如他在生命最后时段所重申的："外面的进行着的夜，无穷的远方，无数的人们，都和我有关。"（《"这也是生活"》）为此，他一面倾听地火的奔突，一面呼唤那些埋头苦干、拼命硬干、为民请命的"民族的脊梁"。而这在当时的中国，更多集中于共产党人身上。于是，鲁迅将共产党人——"那切切实实，足踏在地上，为着现在中国人的生存而流血奋斗者……引为同志"（《答托洛斯基派的信》）。

第二，"风雨如磐暗故园"，"雾塞苍天百卉殚"（鲁迅诗句），对于中国社会存在的种种黑暗，鲁迅自有深刻的体认和强烈的忧患。从这种体认和忧患出发，鲁迅一生不但同黑暗展开了坚决而持久的斗争；而且把如何对待这黑暗，当成衡量一切政治力量进步与反动的重要尺度，进而决定自己是拥护或反对。据许寿裳回忆，鲁迅生前曾多次表达过这样的意见："我所抨击的是社会上的种种黑暗，不是专对国民党，这黑暗的根源，有远在一二千年前的，也有在几百年、几十年前的，不过国民党执政以来，还没有把它根绝罢了。现在他们不许我开口，好像他们决计要包庇上下几千年一切黑暗了。"（《亡友鲁迅印象记》）沿着这样的逻辑推理，鲁迅抨击大革命之后的国民党政权，而认同当时正在与黑暗肉搏的中国共产党人，实在是情理之中的事情。

第三，鲁迅所处的时代是黑暗的，然而，黑暗中的鲁迅却执着于光明的寻找。他由衷希望美好的人和事不断出现，热切期盼"一个簇新的、真正空前的社会制度从地狱里涌现而出"。而斯时，能够让鲁迅感到欣慰的，恐怕还是中国共产党人的浴血奋斗，以及由俄国十月革命所展现的未来社会的另一种可能。尽管鲁迅的欣慰中也掺杂着一些由负面信息和不快感受所带来的忧虑不解，但他最终还是庄严声明："惟新兴的无产者才有将来"（《答托洛斯基派的信》），从而站到了新兴的无产者一边。

显然，鲁迅晚年的选择，拥有他那个时代难能可贵的精神依据。我们今天加以评价，应当着重体味其中包含的正义和崇高，而不宜用历史的曲折和局限去苛求前人。

原载《中国艺术报》2016年3月23日

陈独秀的鲁迅观

一

对于陈独秀，鲁迅是心存感激和敬重的。在1933年3月5日写成的《我怎么做起小说来》的文章里，鲁迅曾谈到自己的小说因缘：虽然没有太多的创作准备，"但是《新青年》的编辑者，却一回一回的来催，催几回，我就做一篇，这里我必得记念陈独秀先生，他是催促我做小说最着力的一个"。在此之前，鲁迅有《自选集·自序》一文，其中针对自己五四时期的创作写道："这些也可以说，是'遵命文学'。不过我所遵奉的，是那时革命的前驱者的命令，也是我自己所愿意遵奉的命令，决不是皇上的圣旨，也不是金元和真的指挥刀。"据《新青年》和五四运动的历史境况可知，这里所说的"革命的前驱者"就是陈独秀，而鲁迅"愿意遵奉的命令"，自然也就是陈独秀的命令。

除此之外，对于陈独秀，鲁迅在《忆刘半农君》一文里，还留下了一段虽是信笔带出，但形象生动的描述：

> 《新青年》每出一期，就开一次编辑会，商定下一期的稿件。其时最惹我注意的是陈独秀和胡适之。假如将韬略比作一间仓库罢，独秀先生的是外面竖一面大旗，大书道："内皆武器，来者小心！"但那门却开着的，里

边有几枝枪，几把刀，一目了然，用不着提防。适之先生的是紧紧的关着门，门上粘一条小纸条道："内无武器，请勿疑虑。"这自然可以是真的，但有些人——至少是我这样的人——有时总不免要侧着头想一想。

这段文字曾被周作人说成是鲁迅的"缺点"："所说不免有小说化之处，即是失实——多有歌德自传《诗与真实》中之诗的成分。"《新青年》的"会议可能是有的，我们是'客师'的地位，向来不参加的"（《致曹聚仁》）——鲁迅是否参加过《新青年》的编辑会议，不妨暂且存疑，但鲁迅与陈独秀相识且有过交往，却是不争的事实。我们来看一个足以构成佐证的历史细节。徐彬如在《回忆鲁迅一九二七年在广州的情况》中写道：

> 有一回，鲁迅和我谈起党的事情，问陈延年是否负责广东党的工作，还说陈延年是他的"老仁侄"，人很聪明。这件事我向陈延年谈了，陈延年也说鲁迅是他的父执。不久，鲁迅向毕磊表示希望与陈延年见面，陈延年听到毕磊的反应，立即同意了，后来鲁迅与陈延年就作了一次秘密会见。

徐彬如是当时受组织委派与鲁迅联系的共产党人，他的文章属于当事人自述经历，内容应当可信。文中所说的陈延年是陈独秀的长子，时任中共广东区委书记。从鲁迅称陈延年为"老仁侄"，并知道他"很聪明"，以及陈延年称鲁迅为"父执"的情况看，他们在广州并非初遇，彼此至少是早就熟悉。而达到这种熟悉的唯一通道和必要前提，则只能是鲁迅与陈独秀以往的交流与过从，否则，鲁迅与陈延年此时的原本相知以及相互称谓，岂不成了情理不通的咄咄怪事。由此不难断言，鲁迅将陈独秀比喻成门户洞开，一览无余的"仓库"，是基于生活观察与生命感知的，是一种近距离接触之后的形象概括与提炼。唯其如此，它尽管只是寥寥数语，却尽显了陈独秀性格里的刚直与坦荡，其准确而又传神的程度，洵非浮光掠影、道听途说者所能及。

鲁迅心中和眼中的陈独秀大致如上，那么，陈独秀心中和眼中的鲁迅又是怎样的？从已知的材料看，陈独秀一生曾先后四次谈到鲁迅，留下了一些看法和评价。这些看法和评价在今天看来，固然未必完全精当和妥帖，但殆皆打上了陈氏个性化的印记，是他独立思考、直抒己见的结果，其中有一些内容不仅新鲜、精辟，而且深刻、老到，迄今仍有重要的认识价值。

二

1918 年 5 月，鲁迅在《新青年》杂志披露了自己第一篇白话小说《狂人日记》，从此开始了与该刊的密切合作。接下来，他在《新青年》发表了包括小说、随感、诗歌、评论、翻译在内的五十余篇作品，产生了强烈的社会反响。对于鲁迅的文学创作，作为《新青年》掌门人的陈独秀，以热情赞许、大力支持和一再敦促的态度，起到了催生助产、推波助澜的作用。而这一切有幸反映到他当时写给周作人的若干信件里，从而构成了其有关鲁迅的最初言说。请看如下文字：

> 文艺时评一栏，望先生有一实物批评之文。豫才先生处，亦求先生转达。
> 我们很盼望豫才先生为《新青年》创作小说，请先

生告诉他。

《风波》在一号报上登出，九月一号准能出版……鲁迅兄做的小说，我实在五体投地的佩服。

二号报准可如期出版。你尚有一篇小说在这里，大概另外没有文章了，不晓得豫才兄怎么样？"随感录"本是一个很有生气的东西，现在为我一人独占了，不好不好，我希望你和豫才、玄同二位有工夫都写点来。豫才兄做的小说实在有集拢来重印的价值，请你问他，倘若以为然，可就《新潮》《新青年》剪下自加订正，寄来付印。

这些涉及鲁迅的文字，并没有进入具体的文本解析与估衡，而是更多承载了写信者发自内心的信任、感佩与关切之情，然而，即使仅凭此点，我们已经可以想象鲁迅作品所拥有的巨大的精神冲击力和感染力，尤其是可以发现陈独秀围绕鲁迅作品所表现出的难能可贵，非同一般的鉴赏眼光。须知，在"五四"之际，即使是文化精英，也未必都能及时认识到鲁迅的价值。在这方面，陈独秀不仅超过了胡适和李大钊，而且在时间上要早于后来高度评价鲁迅的毛泽东。

三

陈独秀再度谈到鲁迅已经到了1933年。

当时，陈独秀以从事"叛国宣传"的罪名，被国民政府法院判处有期徒刑十三年，开始在南京老虎桥监狱服刑。因有社会各方面的援救和自身的特殊背景，陈在狱中受到优待，不仅可以读书看报弄学问，而且还有同时被捕的托派中央常委濮清泉等人从生活上予以照看。

这年的 4 月 22 日，鲁迅在《申报·自由谈》发表《言论自由的界限》一文，意在嘲讽某些知识分子——如"新月社诸君子"——在自由问题上的天真幼稚，同时揭露专制统治下所谓言论自由的本来面目。该文以鲁迅贯有的尖锐与幽默，把当时的中国比作《红楼梦》里"言论颇不自由"的贾府；而将那些试图以"言论自由"为献策，向当局"辨明心迹"，反而被"塞了一嘴马粪"的文人学士，戏称为贾府里的"焦大"。全文嬉笑怒骂，举重若轻，其巧比妙喻和深味远旨，令人拍案叫绝，过目难忘。

从历史遗留的材料看，鲁迅之所以要写这篇由"言论自由"破题的文章，大约与此前不久国民政府对陈独秀的公开审判有关。因为在江宁地方法院的法庭上，陈独秀曾经严厉指责国民党的"刺刀政治"，明言：在此统治下，人民"无发言权，即党员恐亦无发言权，不合民主政治原则"。鲁迅很可能从报端获知了庭审情况，以致引发或激活了自己有关言论自由的思考与见解，进而泄笔成文，直陈胸臆。事实上，鲁迅的许多杂文，都是在社会现实的撞击下，有感而发，一挥而就的。但是，如果我们仔细阅读分析鲁迅这篇文章，则又不能不承认，它虽然以陈独秀的案件庭审为触媒，但锋芒所指或曰讽刺对象，却绝不是陈独秀本人。这不仅因为鲁迅对陈独秀一贯怀有感念和敬重之情，而陈在法庭上的表现又没有理由导致这种感情发生遽变，在这种情况下，鲁迅不会违背自己的心理与情感逻辑，突然嘲讽陈独秀；更重要的是，大革命失败后，陈独秀与国民政府在政治上已是形同水火，势不两立，他在法庭上斥责国民政府的"刺刀政治"，更是以打倒和改变这种政治为目的，这与焦大骂贾府"倒是要贾府好"，完全是两回事，鲁迅一向异常清醒，明察秋毫，他焉能看不到这本质的区别？又焉能无视这种区别，而情愿做生拉硬扯、不伦不类的比喻？

显然，鲁迅的文章另有所指——此中原委较为复杂，容笔者另文专述——遗憾的是，性情原有些急躁的陈独秀，并没有仔细咀嚼和耐心分辨鲁迅文章的意味，而是一看到"主子""奴才""言论自由"云云，便在生气之余搞起了"对号入座"。他对濮清泉说："我决不是这样小气的人，他若骂得对，那是应该的，若骂得不对，只好任他去骂，我一生挨人骂者多矣，我从没有计较过。我决不会反骂他是妙玉，鲁迅自己也说，谩骂决不是战斗，我很钦佩他这句话，毁誉一个人，不是当代就能作出定论的，要看天下后世评论如何，还要看大众的看法如何。"（濮清泉《我所知道的陈独秀》）

显而易见，说这番话时，陈独秀未免有些情绪化，这导致其思维出现了局部盲点。譬如，他自谓"我决不会反骂他是妙玉"，大概是想用《红楼梦》中妙玉最终遭强人劫持，来曲指鲁迅晚年的投身政治，但由于喻体和本体之间找不到起码的同质化对应，所以其结果不仅有些词不达意，而且多少给人以无中生有和强词夺理的感觉。

当然，在这段话里，情绪化的言词并没有彻底取代理性化的表达。你看，陈氏接下来转而称赞鲁迅关于"谩骂决不是战斗"的观点，便颇具认识价值。如所周知，"谩骂决不是战斗"的说法出自鲁迅的文章《辱骂和恐吓决不是战斗》。而这篇文章的撰写和发表，还有一段特殊背景。1932 年 11 月，左联机关刊物《文学月报》发表了芸生的长诗《汉奸的供状》，意在讽刺自称"自由人"的胡秋原。从形式看，这首诗系模仿同一刊物前一期发表的苏联诗人别德内依的讽刺诗《没工夫唾骂》，但实际上又有很大不同，这就是诗人把前者的"笑骂"变成了自己的"辱骂""恐吓"和"无聊的攻击"。长诗刊出后，引起读者的不满。当时的中共文委书记冯雪峰，为此找到刊物主编周起应（周扬），提出批评，并建议在下一期刊物上公开纠正。但周完全不接受批评和建议，还同冯争吵起来。当晚，冯跑来找左联盟主——尽管只是名义上的——鲁迅反映情况。鲁迅看过长诗后亦十分不满，认为这是流氓作风，刊物公开纠正一下，可以争取主动。冯请鲁迅代表左联出面讲话，鲁迅表示：由我来写一点也可以，不过还是用个人的名义好。于是，便有了《辱骂和恐吓决不是战斗》的妙文。

在这篇文章中，鲁迅指出，作家把姓氏籍贯作为攻击对手的材料，是封建意识的表现，而"尤其不堪的是结末的辱骂"。鲁迅认为："现在有些作品，往往并非必要而偏在对话里写上许多骂语去，好像以为非此便不是无产者作品，骂詈愈多，就愈是无产者作品似的。其实好的工农之中，并不随口骂人的多得很，作者不应该将上海流氓的行为，涂在他们身上的。即使有喜欢骂人的无产者，也只是一种坏脾气，作者应该由文艺加以纠正，万不可再来展开，使将来的无阶级社会中，一言不合，便祖宗三代的闹得不可开交。"鲁迅还说："什么'剖西瓜'之类的恐吓，这也是极不对的，我想。无产者的革命，乃是为了自己的解放和消灭阶级，并非因为要杀人，即使是正面的敌人，倘不死于战场，就有大众的判决，决不是一个诗人所能提笔判定生死的。"最后，鲁迅特别申明："不过我并非主张要对敌人陪笑脸，三鞠躬。我只是说，战斗的作者应该注重于'论争'；倘在诗人，则因为情不可遏而愤怒，而笑骂，自然也无不可。但必须止于嘲笑，止于热骂，而且要'嬉笑怒骂，皆成文章'，使敌人因此受伤或致死，而自己并无卑劣的行为，观者也不以为污秽，这才是战斗的作者的本领。"

毫无疑问，鲁迅的观点是清醒、深刻和辩证的。一篇《辱骂和恐吓决不是战斗》，说到底是鲁迅对左翼作家中普遍存在的

"左"倾幼稚病的真诚告诫与苦心劝导，希望他们能够走出误区，真正操起马克思主义的枪法来战斗。可惜当时一些左翼作家极左思维已成定式，他们不仅听不进鲁迅的意见，反而呼朋引类，反唇相讥，说鲁迅的文章是"右倾机会主义的复活"。相比之下，倒是已被清理出组织且身陷囹圄的陈独秀，看到了鲁迅观点的价值，并表示了"钦佩"。这至少可以说明两点：第一，就像鲁迅始终保留了对陈独秀的感激与牵念，在《新青年》解体之后，陈独秀也同样关注着鲁迅这位昔日的战友和朋友，他依然在读鲁迅的作品，因此对鲁迅的一些观点和主张并不陌生。第二，围绕中国社会的现实问题，特别是面对革命阵营中的"左"倾思潮及其表现，鲁迅和陈独秀不乏深层的心灵相通，唯其如此，即使在产生误会的情况下，陈独秀仍不忘给鲁迅以肯定和赞许。

四

1936年10月，鲁迅在沪上病逝。一时间，悲音四起，举国痛悼。仍在狱中的陈独秀闻此消息，不禁追思往日，怀念故交，于是，他向仍在身边陪伴的濮清泉，又一次谈起了鲁迅。

> 他在中国现代作家中，是首屈一指的人物。他的中短篇小说，无论在内容、形式、结构、表达各方面，都超上乘，比其他作家要深刻得多，因而也沉重得多。不过，就我浅薄的看法，比起世界第一流作家和中国古典作家来，似乎还有一段距离。《新青年》上，他是一名战将，但不是主将，我们欢迎他写稿，也欢迎他的二弟周作人写稿，历史事实，就是如此。现在有人说他是《新青年》的主将，其余的人，似乎是喽啰，渺不足道。言

论自由，我极端赞成，不过对一个人的过誉或过毁，都
不是忠于历史的态度。

——濮清泉《我所知道的陈独秀》

陈独秀的这段谈话大致包含了三层意思。一开始，陈氏称鲁迅是中国现代作家中"首屈一指的人物"，认为鲁迅的小说在各方面"都超上乘"，较之其他作家更为"深刻"也更为"沉重"，这显然延续和发展着他"五四"时阅读鲁迅的已有印象，是他当年良好感受的具体化和纵深化。考察迄今为止现代文学的全部事实，应当承认，陈独秀的观点是站得住脚的，甚至是经得起历史检验的不刊之论。

接下来，陈氏笔锋一转，提出了一个重要观点：鲁迅在现代作家中固然是罕见其匹的高峰，但仍不能同世界一流作家和中国古典作家比肩而立，较之他们，鲁迅"还有一段距离"。这段距离是什么？陈氏未作任何展开，沿着他的思路，我们或可从鲁迅的"夫子自道"中得到一点启示。譬如，当鲁迅获知有人拟提名自己作诺贝尔文学奖的候选人时，便写信对转达此事的台静农说：诺贝尔赏金，我不配，"要拿这钱，还欠努力。世界上比我好的作家何限，他们得不到。你看我译的那本《小约翰》，我那里做得出来，然而这作者就没有得到"。但是，倘若换一种客观的立场和视角做考察，陈氏的判断便显出了过于保守的一面。大量的中外文学经验告诉我们：衡量一个作家的优劣高下，一般有两个基本尺度，即相对单纯的文学成就和这文学成就里所包含的思想高度，以及这一切对民族乃至人类的贡献和影响。如果把这两个尺度用于鲁迅和中外一流作家的比较，即可发现，在前一维度上，鲁迅或许不具备太多的优势；然而在后一维度上，他却分明不可小觑。

这里，我们且不说鲁迅凭借精神上的苦苦探索和"五千年大变局"的风云际会，早已成为中国思想史和文化史上革故鼎新和继往开来的巨人，就此点而言，无论苏东坡抑或曹雪芹都无法望其项背，而毛泽东将鲁迅与孔子相提并论，称鲁迅是"现代中国的圣人"，委实是别具只眼，高人一筹；即使在世界范围内，鲁迅东方"文化恶魔"式的存在和意义，也已经或正在通过他对日本、韩国乃至整个东亚文化的深远影响，通过罗曼·罗兰、竹内好、大江健三郎、顾彬等具有全球视野的作家与学者对他的肯定与阐释，日趋清晰地浮现出来。顾彬推崇鲁迅乃"二十世纪无人可及也无法逾越的中国作家"，显然不是全无依据的虚美。由此可见，陈独秀说鲁迅较之古今中外的一流作家尚有距离，实际上是低估了鲁迅。而这种低估之所以产生，其最主要的原因，恐怕还在于陈独秀和鲁迅处于同一时空，前者对后者尽管不乏深层的相知，但整体把握起来，毕竟缺少了必要的参照与积淀。

陈氏谈话的第三层意思，重在说明鲁迅是《新青年》的"战将"而不是"主将"。从历史求证的角度看，意义似乎不大，因为在此之前，鲁迅已经坦言自己五四时期的创作是"遵奉""命令"的，而这"命令"，就是陈独秀一回一回的催促，陈独秀才是《新青年》的主将。值得稍加注意的是，陈氏所谓"现在有人说他是《新青年》的主将"云云，这"有人"到底是谁？从已知的材料看，鲁迅逝世后，各界人士纷纷悼念，唁电、挽联、悼词和文章铺天盖地，内中的称谓多有"伟人""巨星""战士""导师""代表""领袖""先驱""重镇"等，但并不见"主将"的说法。将鲁迅称为"中国文化革命的主将"，始自毛泽东的《新民主主义论》，但那是在陈独秀此次谈鲁迅的三年多之后，从时间上看，彼此断无关系。好在这一问题并不影响我们了解陈独秀对鲁迅的评价，就姑且做个待解的悬案吧。

五

1937 年 8 月 23 日，因抗战爆发，陈独秀被当局提前开释。该年 11 月 21 日，他在上海出版的《宇宙风》散文十日刊第 52 期发表了《我对于鲁迅之认识》一文。从时间上看，应是为纪念鲁迅逝世一周年而撰。这篇文章很短，全文只有四段。第一段只是一句话："世之毁誉过当者，莫如对于鲁迅先生。"此乃通篇文章的文眼，也是陈独秀久萦心头，感触甚深的问题，甚至是他写这篇文章的内在动力。

围绕这一线索，陈文的第二段主要讲鲁迅与《新青年》的关系。其中除了重申鲁迅和周作人都是《新青年》的作者，但"不是最主要的作者"之外，又特别指出："他们两位，都有他们自己独立的思想，不是因为附和《新青年》作者中哪一个人而参加的。所以他们的作品在《新青年》中特别有价值。"显然，这是慧眼独具的知人之论。因为它不仅凸显了鲁迅——当然也包括周作人，在《新青年》群体中的独特风貌与个性所在，而且有意或无意地揭示了鲁迅之于中国现代文学史和思想史的本质意义。

在接下来的第三、第四段里，陈独秀围绕鲁迅与中国共产党的关系，谈了自己的看法。他写道：

> 在民国十六七年，他还没有接近政党以前，党中一班无知妄人，把他骂得一文不值，那时我曾为他大抱不平。后来他接近了政党，同是那一班无知妄人，忽然把他抬到三十三层天以上，仿佛鲁迅先生从前是个狗，后来是个神。我却以为真实的鲁迅并不是神，也不是狗，

而是个人，有文学天才的人。

鲁迅对于他所接近的政党之联合战线政策，并不根本反对，他所反对的乃是对于土豪劣绅政客奸商都一概联合，以此怀恨而终。在现时全国军人血战中，竟有了上海的商人接济敌人以粮食和秘密推销大批日货来认购救国公债的怪现象，由此看来，鲁迅先生的意见，未必全无理由吧！在这一点，这位老文学家终于还保持着一点独立思想的精神，不肯轻于随声附和，是值得我们钦敬的。

在我看来，以上文字是陈独秀最为精彩，也最见深度的鲁迅言说。而我之所以产生这样的看法，首先因为这些文字，不仅再度突出和褒扬了鲁迅身上极为可贵的坚持独立思考，不肯随声附和的精神，而且从论者眼见的事实出发，严厉而直率地批评了一些共产党人对鲁迅所采取的极端主义和实用主义态度，进而强调了鲁迅研究和评价上的客观立场与辩证原则。这就是：既不能毁之过甚，把鲁迅说成是"狗"；也莫要誉之过当，把鲁迅捧之为"神"，而要恪守鲁迅是"人"，是"有文学天才的人"的基本支点。陈独秀所指出的鲁迅评价忽而地下、忽而天上的情况，虽然只是出现在他所处的那个纷扰动荡的年代，但与之相关联的鲁迅研究的片面化、随意化、绝对化和功利化现象，却像一种不易治愈的顽症，几乎贯穿了整个鲁迅接受史。在这一意义上，陈独秀当年的主张，至今仍有较强的针对性与明显的警示性。

在这些文字里，陈独秀对"两个口号"论争中的鲁迅也提出了自己的见解。历史上的鲁迅，自有极深刻的一面。这种深刻不仅表现为他常常能一眼看穿事物或事件的本质，而且还在无形中养成了他观察和思考问题的特殊思路，即能在同样的事物或事件中发现别样的问题，提出异样的见解。1936 年的鲁迅便是这样。当时，面对日寇侵华的严峻局势，中国共产党在共产国际的支持和倡导下，提出建立抗日民族统一战线，具体到文艺界，则出现了两个重要变化：一是解散左联，扩大范围，成立具有统一战线性质的文艺家协会；二是放弃左联原有的革命文学旗帜，使用"国防文学"的口号。对于这些突如其来的变化，头脑清醒、洞察大势的鲁迅当然不会反对，但却有所保留。他认为，在统一战线中仍要有中坚和核心，真正的左翼作家应当担此重任；统一战线并非无条件地联合一切，其中仍要讲原则，仍可有斗争。为此，他提出使用"民族革命战争的大众文学"的口号。必须承认，与当时的通行说法相比，鲁迅的观点更切合中国社会的实际，因而有着更深一层的真理性——它在很大程度上接近当时毛泽东的主张。然而，习惯了命令主义和单向思维的周扬们，无法意识到这一点，他们非但不尊重鲁迅的意见，相反把更加猛烈的火力射向了鲁迅。在这种背景下，又一次领略了鲁迅的真意并看到了其价值的还是陈独秀。此时，陈氏为鲁迅所做的辩护和所留的赞语，不仅凸显了鲁迅特立独行的风范，同时也传递出他自己胸有主见、不傍人言和发人未发、言人未言的品格。至此，陈独秀为自己的鲁迅观画上了一个漂亮的句号。

原载《随笔》2012 年第 2 期

鲁迅与陈独秀的"焦大"公案

说到鲁迅与陈独秀，有一桩聚讼已久且莫衷一是的公案，显然无法回避，需要弄清。这就是：鲁迅当年曾把一些人比作贾府的焦大，加以嘲讽，此事与陈独秀究竟有没有关系？如有关系，则又是一种什么样的关系？

1933年4月22日，鲁迅以何家干的笔名在《申报·自由谈》发表了杂文《言论自由的界限》（以下简称《界限》）。该文由《红楼梦》荡开笔墨，先是透过贾府的奴才焦大，"仗着酒醉，从主子骂起，直到别的一切奴才……结果是主子深恶，奴才痛嫉，给他塞了一嘴马粪"的情节，一方面揭示了"贾府上是言论颇不自由的地方"，焦大的开骂，尽管"并非要打倒贾府，倒是要贾府好"，但得到的报酬仍然是一嘴马粪；一方面嘲讽了焦大的倚老卖老，不识时务，他显然搞不清自己这样骂下去，"贾府就要弄不下去"，所以，他只能尝尝马粪的滋味。接下来，鲁迅将笔触由小说引向现实，用他一向辛辣而幽默的语言，说起三年前新月社诸君子与焦大相似的一番遭遇：

> 他们引经据典，对于党国有了一点微词，虽然引的大抵是英国经典，但何尝有丝毫不利于党国的恶意，不过说"老爷，人家的衣服多么干净，您老人家的可有些儿脏，应该洗它一洗"罢了。不料"荃不察余之中情

分"，来了一嘴的马粪：国报同声致讨，连《新月》杂志
也遭殃……

以下则有新月社文人学士的"辨明心迹"和党国的"换塞甜
头"，以及被鲁迅所揶揄和反讽的"三明主义"："文人学士究竟比
不识字的奴才聪明，党国究竟比贾府高明，现在究竟比乾隆时候
光明。"应当承认，行文至此，鲁迅的意思是清晰而明确的：新月
社诸君子就好比贾府的焦大，他们本想献上一点全无"恶意"的
"微词"，做一回党国的"净友"或"净臣"，没想到却挨了对方
的一记棒喝，有如"来了一嘴马粪"。当然，要说鲁迅这段妙论是
针对胡适，亦无不可，因为胡适毕竟是新月社的掌门人和台柱子，
况且当年向党国建言献策，是他率先撰写了三篇大文章，也是他
在遭到当局的"警诫"后，不得不辞去中国公学校长的职务。但
是，有一点却毋庸置疑，这就是，鲁迅以上文字与陈独秀并没有
直接关系。

然而，历史的吊诡之处就在于，鲁迅的这篇《界限》，却偏偏
引起了陈独秀的注意乃至不满。1932 年 10 月，陈独秀在上海被
捕，次年 5 月以从事"叛国宣传"的罪名，被国民政府法院判处
有期徒刑十三年，开始在南京老虎桥监狱服刑。因有社会各方面
的援救和自身的特殊背景，陈在狱中受到优待，不仅可以读书看
报弄学问会朋友，而且还有同时被捕的托派中央常委濮清泉等人
从生活上予以照看。显然，正是这种优待，使得陈独秀以及濮清
泉即使身陷囹圄，依旧看到了鲁迅刊发于报端的文章。据濮清泉
《我所知道的陈独秀》一文回忆：当他告诉陈独秀，鲁迅在文章中
讽刺陈是贾府的焦大时，陈很生气，也没有仔细分辨鲁迅是否骂
自己，便留下了一段未免有些情绪化的"鲁迅观"。

我决不是这样小气的人，他若骂得对，那是应该的，若骂得不对，只好任他去骂，我一生挨人骂者多矣，我从没有计较过。我决不会反骂他是妙玉，鲁迅自己也说，谩骂决不是战斗，我很钦佩他这句话，毁誉一个人，不是当代就能作出定论的，要看天下后世评论如何，还要看大众的看法如何。

《界限》中的焦大云云，明明说的是包括胡适在内的新月社诸君子，并不涉及陈独秀——如此白纸黑字，一目了然的事实，陈独秀以及濮清泉为什么竟然看不出来，反倒匆匆忙忙地"对号入座"，情愿充当被鲁迅嘲讽的角色？其中的缘由显然不能仅仅用陈独秀的性情急躁来解释，而分明是另有隐情。对此，当代学者苗怀明在《风起红楼》一书中，从研究《红楼梦》接受史的角度，提出了自己的看法：鲁迅《界限》中所说的焦大，确实主要是指新月社诸君子，话说得明明白白，一般不会引起歧义。但问题在于，该文的最后两段，还提到了新月社诸君子之外的人，而这恰恰是事情的关键所在。

《界限》的这两段文字不长，却很重要，为方便说明问题，不妨照录如下：

> 然而竟还有人在嚷着要求言论自由。世界上没有这许多甜头，我想，该是明白的罢，这误解，大约是在没有悟到现在的言论自由，只以能够表示主人的宽宏大度的说些"老爷，你的衣服……"为限，而还想说开去。
>
> 这是断乎不行的。前一种，是和《新月》受难的时代不同，现在好像已有的了，这《自由谈》也就是一个

佐证，虽然有时还有几位拿着马粪，前来探头探脑的英雄。至于想说开去，那就足以破坏言论自由的保障。要知道现在虽比先前光明，但也比先前利害，一说开去，是连性命都要送掉的。即使有了言论自由的明令，也千万大意不得。这我是亲眼见过好几回的，非"卖老"也，不自觉其做奴才之君子，幸想一想而垂鉴焉。

苗先生认为：上文所谓"还有人在嚷着要求言论自由"是有特指的。这个"还有人"很可能就是陈独秀。苗先生的依据是：鲁迅的《界限》写于1933年4月17日。此前，国民政府曾两次开庭审讯陈独秀，时间分别是1933年4月14日和4月15日。据《国闻周报》记者所写《陈独秀开审记》的记载，陈独秀在庭审答辩时，确实谈到了言论自由问题。当时的情况是，法官问："何以要打倒国民政府？"陈独秀回答，"这是事实，不否认。至于理由，可以分三点"，其中第一点便是现在国民党政治是刺刀政治，人民无发言权，即党员恐亦无发言权，不合民主政治原则。准此，苗先生做出了进一步的推测和判断："对庭审的情况，当时有不少报纸快速详细报道，鲁迅应该是较为关注，对情况相当了解的。他所说的'还有人在嚷着要求言论自由'是不是由此而发呢？客观地说，这种可能性是存在的。"接下来，苗先生还指出：鲁迅对新月社诸君子和后面"还有人"的态度明显不同，对前者使用的是嘲讽口气，对后者则要温和得多。鲁迅认为，前者对专制政权是小骂帮大忙，而后者主要是过于天真，对当局所宣传的言论自由抱有幻想。

毫无疑问，苗先生的这一番研究和阐发，把我们所讨论的问题向纵深推进了一大步，其学术意义至少有二。第一，他敏锐地觉察到鲁迅谈言论自由的界限与陈独秀案件庭审有关，正确地指出了后者是前者的触媒。事实上，鲁迅的许多杂文，都是在社会现实事件的撞击下，有感而发，一挥而就的。换言之，把鲁迅之所以强调言论自由的界限，归之于受了陈独秀案件庭审相关内容的触动，是很符合先生杂文创作一贯规律的。第二，他细致地捕捉到鲁迅在同一篇文章中所出现的口气的变化，郑重提醒大家，要注意区分这不一样的口气中所包含的不一样的对象，而万不可鲁莽灭裂，先入为主，将不同的对象统以焦大视之。

然而，即使如此，我仍不能认同苗先生所谓鲁迅笔下这个"还有人"，很可能就是陈独秀的推测，因为这里至少有三方面的情况构成了客观上的质疑。

第一，鲁迅一生的思想与情感虽发生过一些变化，但对于陈独秀，他分明保持了一贯的感念和敬重。在撰写《界限》的一个多月前，鲁迅发表《我怎么做起小说来》。其中在谈到自己的小说因缘时明言：当时虽然没有太多的创作准备，"但是《新青年》的编辑者，却一回一回的来催，催几回，我就做一篇，这里我必得记念陈独秀先生，他是催促我做小说最着力的一个"，其由衷的感激溢于言表。在《界限》刊出后的一个月稍多乃至一年半不到的时间里，鲁迅于《〈守常全集〉题记》和《忆刘半农君》里，先后两次信笔写到陈独秀，均有一种深切的追怀之思萦绕笔端，其中后者更是以仓库之外"竖一面大旗，大书道：'内皆武器，来者小心'"的生动形象，活画出陈独秀心无城府、光明磊落的性情与韬略，同时也将作家心存已久的激赏之情和盘托出。在这方面，最具代表性因而也最值得注意的，是鲁迅写于1932年12月24日的《自选集·自序》。在这篇文章里，先生针对自己五四时期的创作，开诚布公地写道："这些也可以说，是'遵命文学'。不过我所遵奉的，是那时革命的前驱者的命令，也是我自己所愿意遵奉的命令，决不是皇上的圣旨，也不是金元和真的指挥刀。"据《新青年》和五四运动的历史境况可知，这里所说的"革命的前驱者"就是陈独秀，而鲁迅"愿意遵奉的命令"，自然也就是陈独秀的命令。此时此刻，一向"横站"的鲁迅，竟然流露出淡淡的温润和深深的钦敬，由此可见，在鲁迅心目中，陈独秀的形象和位置确实超过了同时代的许多人，甚至可以说，鲁迅对陈独秀是很有几分偏爱的。正因为如此，窃以为，在通常情况下，鲁迅不会违背自己的心理和情感逻辑，突然操起杂文的武器，对陈独秀批评之、规劝之。

第二，陈独秀是中国共产党的创始人之一和早期领袖。大革命失败后，他与国民党独裁政府的关系，已是形同水火，势不两立。1929 年底，陈独秀虽因托派问题被开除出中共，但他坚决反对国民党独裁政府的态度却没有因此而发生任何变化。陈被捕后，蒋介石曾想以政府劳工部长的高位做筹码，加以收买和笼络，陈当即予以回绝，并义正词严地表示："蒋介石双手沾满了我们同志的鲜血，我的两个儿子也死在他手里，我和他不共戴天！"在法庭上，他更是公开斥责国民党政府的"刺刀政治"，坦然承认自己的志向是打倒和改变这种政治。显而易见，从这样的立场出发，陈独秀向国民政府索要"言论自由"，讨还"民主政治"，是一种旨在革命的斗争宣言，它与焦大骂贾府"倒是要贾府好"，与胡适和新月派诸君子，试图以"微词"做"诤臣"，完全是两回事；与"还有人"天真幼稚地叫嚷言论自由，亦有根本的不同。鲁迅向以冷静、清醒和深刻著称，对老友陈独秀又是久有关注，相知甚深，他焉能看不到这貌似相同的要求言论自由的声音里，实际包含着巨大的、本质的差异？又焉能无视这种差异，而情愿生拉硬扯，牵强附会,作出一篇不伦不类、无的放矢的文章来?倘果真如此,鲁迅恐怕也就不成其为鲁迅了。

第三,一篇《界限》的最后几句,是鲁迅对"还有人"的苦心规劝,其使用的特殊口吻,无意中折映出隐含对象的某些身份特征:所谓"非'卖老'也",显然是长辈对晚辈的告诫,那潜在的"听众",应当是不谙世事的年轻一代;而所谓"不自觉其做奴才之君子",则大抵属于国民党政府政治上的"同路人"或观念上的"受骗者",是具有"君子"身份的"奴才"一流。而这一切均与陈独秀当时的年龄和思想情况相去甚远,尤其是不符合鲁迅视野中应有的陈独秀形象,这自然又反过来说明,《界限》中的"还有人"与陈独秀全无关系。

既然如此,《界限》所说的"还有人",是否另有所指?坦率地说,在这个问题上,我曾将怀疑和求证的目光投向与陈独秀一案相关的另一位重要人物——当时挺身而出,为陈独秀义务提供无罪辩护的大律师章士钊。之所以如此,不仅因为当年围绕北京女师大学潮,时任北洋政府教育总长的章士钊曾经与站在学生一方的鲁迅深深交恶,以致使鲁迅对章士钊素无好感,故而不存在将其写入杂文的心理与情感障碍;也不尽鉴于后来进入法律界的章士钊,虽然以自由主义学者相标榜,但实际上并未尽弃"官魂",对强权统治依旧不乏谦恭与暧昧,所以很容易被鲁迅视为"不自觉其做奴才之君子";更重要的是,在陈独秀一案的庭审过程中,正是这位拥有游学英国背景的章大律师,在长达五六千言的辩护词里,搬出西方法理和英美经验,一再强调言论自由,倡言"一党在朝执政,凡所施设,一任天下公开评骘,而国会,而新闻纸,而集会,而著书,而私居聚议,无论批评之酷达于何度,只需动因为公,界域得以'政治'二字标之,俱享有充分表达之权……"云云，其精神脉络让人不禁联想到当年的新月社诸君子……不过，当笔者沿着这样的思路，试图进一步考察相关细节时，却断然否定了这种可能。因为这里横亘着一个既无法回避，更难以通融的时间差：《界限》文末注明的写作时间是 4 月 17 日，查《鲁迅日记》可知，该文次日即由作者寄往报社，而章士钊公开为陈独秀辩护，发生于陈案的第三次开庭，时间是 4 月 20 日，至于张氏的辩护词在《申报》全文刊出，更是迟至半月后的 5 月 4 日。这就意味着，鲁迅在写《界限》时，固然有可能获悉章士钊将为陈独秀出庭辩护的消息，但根本来不及了解章士钊为陈独秀辩护的具体内容，在这种情况下，他的"还有人"云云，也就不可能是针对章士钊的有感而发。

那么，究竟谁是鲁迅笔下的"还有人"？我觉得，在这个问题上，研究者的态度不可过于教条和死板，以致陷入胶柱鼓瑟、刻舟求剑的境地。其实，从历史遗留的材料看，鲁迅所说的"还有人"，很可能是一种泛指，是对当时知识界和新闻界许多轻信所谓"言论自由"者的一种抽象概括。这里，我们不妨尽可能地返回历史现场，对相关情况做些探视与分析。

自陈独秀在上海被捕之日起，国民党当局如何处置陈独秀便成了社会舆论关注的一个热点和焦点。当时，尽管有不少地方党政要员打电报给国民党中央，要求对陈独秀"处以极刑"，"迅予处决"；一些右翼文人和报刊也为之鼓噪，"希望政府严厉到底，拿出对付邓演达的手段来对付陈独秀"。但是，正在武汉指挥剿共的蒋介石经过再三考虑，还是电告国民党中央委员会：陈独秀一案，"为维持司法独立尊严计，应交法院公开审判"。蒋介石之所以做出如此决断，固然考虑到宋庆龄、蔡元培、柳亚子以及胡适、罗文干、翁文灏等人对陈独秀的"庇护"和"说情"，但更重要的恐怕还是为了顾及"党国"的法制形象、社会影响和自己曾经做出的开明姿态。

1928 年，国民党占领北京之后，其中央政府便按照孙中山《建国大纲》所描绘的蓝图，宣布革命的"军政"阶段已经完成，从此进入"训政"时期。革命党，即国民党，代表民众行使国家主权，同时要在各地训练民众自治。国民党既然声称已从革命党转而为执政党，便不能不使用一些合法方式与和平手段，来化解社会矛盾和缓和政治斗争，以达到巩固政权和稳定秩序的目的。为此，拥有最高权力的蒋介石公开表示，希望党务、政治、军事、财政、外交、司法诸端，都能逐步规范化；甚至还借《大公报》通电全国，鼓励各报馆能就党务、政治、军事、财政、外交、司法诸端尽情批评，以收集思广益之效。几乎与此同步，国民政府进行了一些法律修改，如颁布实行《危害民国紧急治罪法》，同时废止《中华民国暂行反革命治罪法》；在《中华民国训政时期约法》的"人民之权利义务"部分，增加了第八条、第九条。其中第八条的内容为："人民非依法律，不得逮捕、拘禁、审问、处罚。"第九条则规定："人民除现役军人外，非依法律不受军事审判。"等等。

正是在这种气氛和背景之下，一些报刊和具有自由主义倾向的知识分子，抓住陈独秀一案，频频谈到政治民主、言论自由之类的问题。譬如，1932 年 10 月 19 日的《晨报》社论中，就有这样的引述："依往事观之，政府兴文字之狱，而能阻遏人民之指责者，盖无几焉。其准人民之自由言论也，弊政既除，自少可以攻击之机会，反是而加以禁阻也，愈令人民迫而为秘密行动，可知政治革命或社会革命之由来，其责任在政府，而不在倡异说之个人。"10 月 28 日的《大公报》亦有短评写道："陈独秀是一个领袖，自有他的信仰和风格，所以只须给予他机会，叫他堂堂正正地主持意见，向大众公开申诉，这正是尊重他爱护他。"（《营救陈独秀》）此类声音在陈案庭审开始前，更是此起彼伏，渐臻高潮。毫无疑问，中国大地出现这种情况，折射出公理的觉醒与社会的进步，只是作为独裁专制条件下的诉求和舆情，则又未免有些异想天开和一厢情愿，甚至贻人以与虎谋皮的幼稚感或痴人说梦的滑稽感——一个靠刺刀维持的政权，哪里可能有真正的言论自由！遗憾的是，许多缺乏历练、不谙国情与世情的文化人和新闻人，意识不到这一点，而是常常被"党国"弄出的姿态和假象所蒙蔽、所忽悠，以致在言论自由的扰攘中，或枉费心力，或误入险途。还是老辣如鲁迅，及时洞察了其中的玄机与真相，为此，他在《界限》一文里，不避"卖老"之嫌，抓住陈独秀案庭审的契机，用"亲眼见过好几回"的事实，对党国鼓吹的"言论自由"，展开深入辟透而又妙趣横生的针砭与解剖，既指出了其发展与变化，更揭露了其本质与危险，提醒人们"千万大意不得"，从而让津津乐道于"言论自由"者，顿感醍醐灌顶，豁然省悟。这时，我们又一次领略了鲁迅式的警醒与深刻，也再度认识到鲁迅的意义与价值。

综上所述，庶几可以做这样的概括：鲁迅之所以写《界限》，显然是受到了与陈独秀一案相关舆论的触动；但是，《界限》所嘲讽的"焦大"们的不识时务和所感叹的"还有人"的天真幼稚，却均与陈独秀无关，或者说它们只是鲁迅透过陈独秀案件所观察到的一种社会心态的简单、幼稚与浅薄。唯其如此，面对《界限》，我们真正需要弄清的，并不是"焦大"以及"还有人"究竟为谁，而是躲在这些背后的一个时代的历史真实和一个民族的精神历程。现在我们做到了这一点，鲁迅与陈独秀的这桩公案也就可以大致画个句号了。

原载《文学自由谈》2011 年第 6 期

鲁迅的《死》与瞿秋白的
《多余的话》异同说略

近年来，随着比较方法在学术领域的广泛运用，鲁迅与瞿秋白这两位现代中国思想和文化巨人的所同所异，以及他们笔下一些篇章的"似"与"不似"，日益广泛地进入专家学者的视野，这无疑有利于鲁迅和瞿秋白研究在科学化和纵深化道路上稳步前行。然而，不知因为研究主体的搜寻眼光尚嫌粗疏，还是研究对象的内在联系有些冷僻，一个原本值得重视的话题却被有意无意地忽略了：迄今为止，尚无人把鲁迅的《死》和瞿秋白的《多余的话》这两篇同样具有"遗嘱"性质的作品，加以对比品鉴。而事实上这种对比品鉴，无论对鲁迅还是瞿秋白研究，都有着显见的积极意义——不仅可以透过"死亡"这一极不寻常的人生窗口，看到鲁迅和瞿秋白在生命终结之前特有的精神心态以及未了情怀，从中发现他们有同有异的思想气质与人格境界，而且能够由他们两相不同的神采与心象，展开多方面的联想与思考，从而获得更为深刻和丰富的历史启迪与人生教益。

一

有文坛"双璧"之称的鲁迅和瞿秋白确有一些相同或相近之处。譬如：他们都有窃"天火"送往人间的满腔热情和执着追求；都有为人类思想解放和进步事业披肝沥胆、奋斗终身的坚定信念；

都有爱民众所爱、憎民众所憎的思想感情；都有顽强坚韧、不屈不挠的斗争意志；都有深刻的思想和敏锐的识见；都有美好的情操和高尚的人格；都有渊博的知识和杰出的才华；都有以文艺为武器，投身中国人民解放事业和人类正义事业的社会实践……正是这种种从精神品格到生命实践的双向契合，使得两位伟人笔下某些文学或非文学的著作，自觉或不自觉地形成了一种灵魂的呼应与血脉的融通。而《死》与《多余的话》是内中比较典型的两篇。其思想境界和精神气质至少有三点可以相互辉映。

第一，一种沉稳舒缓的语言节奏搅拌着一种深挚低回的情感旋律，回荡于两篇作品的字里行间，由此表现出两位生活和时代强者，在死神威胁之下依然保持的豁达安然的人生态度和镇静沉着的心灵世界，凸显了他们临危不惧、视死如归的大无畏精神。

《死》写于 1936 年 9 月 5 日，即作者病逝前的一个半月。当时，肺病复发并新添肋膜炎的鲁迅，已清醒地体察到病象的危险，并深深感觉到"死"神的逼近。即使如此，鲁迅并没有流露出对死亡的惊恐，相反保持了一种安详与坦然态度。他从德国女艺术家凯绥·珂勒惠支晚年的版画创作反映死的主题说开去，不无幽默地写道："回忆十余年前，对于死却还没有感到这么深切，大约我们自己的生死久已被人们随意处置，认为无足轻重，所以自己也看得随随便便，不像欧洲人那样认真了。"他还以特有的诙谐性情和自我调侃的口吻，对"小有金钱"者"安心做鬼"的种种手段，做了含蓄而不失冷峭的讽刺："假使我现在已经是鬼，在阳间又有好子孙，那么，又何必零星卖稿，或者向北新书局去算账呢，只要很闲适的躺在楠木或阴沉木棺材里，逢年逢节，就自有一桌盛馔和一堆国币摆在眼前了，岂不快哉！"这里，一种将生死置之度外的精神力量，一种面对死亡泰然处之的胸襟气度，豁然而充盈。

《多余的话》写于 1935 年 5 月 17 日至 22 日，即作者从容就义前的二十几天。斯时，身陷囹圄的瞿秋白身份已经暴露，自知必死无疑。正如《多余的话》所言："已经是走到了生命的尽期。余剩的日子，不但不能按照年份来算，甚至不能按星期来算了。"然而，就在这濒临"灭绝"的严峻时刻，久经磨难与考验的瞿秋白，丝毫不见死的慌乱，依旧保持着文人特有的平和与沉稳。他在《多余的话》这"最后"的"谈天"中，冷静地历数着生命的旅程，清醒地总结着人生的经验，深切地传递着对事业的留恋，热情地表达着对亲人的祝愿，甚至安然地回味着"世界第一"的"中国豆腐"……他把生命的终结看作是"伟大的睡眠"和"永久的休息"，进而不无乐观地认为："死"是"应当祝贺"的事情。此处，一个共产党人特有的临难不苟、临危不惧的精神，生动地凸显在人们面前，这与鲁迅在死神降临时的泰然自若，是可以相互辉映的。他们最终显示的是一种理智的成熟、意志的坚韧和人格的充实与伟大。

第二，一种在生命最后阶段依然保持的执着顽强的进取意识和不屈不挠的涉世精神，或直接、或间接、或昭然、或隐讳地浸透于两篇作品之中，映现出作者义无反顾的人生选择和坚定自觉的精神取向，显示了作为思想家、文学家的鲁迅与瞿秋白，对毕生理想的坚定不移与无怨无悔。

在《死》中，鲁迅无意回避自己的健康状况，他坦然承认"这两年来病特别多，一病也比较的长久"的事实。但是这种来自肌体内部的威胁并没有使他在人生的道路上稍有消极、懈怠和退让，相反萌生了一种体力恢复之后"要赶快做"的念头，一种来日无多、生命不长，临终之前要继续战斗的紧迫与激情，这种情感在作品中具体表现为两种意向：一种是由国人对死的认识生发开去，通过揭示穷人、有钱人和"小有金钱"者对死的不同理解和不同态度，继续进行久已进行的对阶级压迫的抨击、对国民根性的批判。另一种是从欧洲人死前的仪式引申开来，并通过遗嘱的形式，再一次表示了对敌人的绝不"宽恕"；对"损着别人的牙眼，却反对报复"者的厌恶，对自己毕生战斗方向与斗争方式的执着坚韧，绝无反悔。从这些冷峻、深刻、不留情面而又不乏幽默的文字中，我们清楚看到的是鲁迅特有的一以贯之的民族忧患感和责任感，是一种任何情况下都不曾改变的硬骨头战士的性格与风貌。

《多余的话》承载了瞿秋白复杂的精神思考和多面的内心情绪，但外化为叙事基调的依然是沉静的诉说。面对敌人的屠刀，瞿秋白已经感到了死亡在前，诀别在即，但他不曾因此而落入精神的颓唐与情绪的沮丧，更没有像极左年代里一些人所说的那样，流露出"贪生怕死""婉转求生"的心理和欲望。相反，他以生命最后时刻特有的坦诚、直率和无所顾忌，以一个有先进思想指导的革命知识分子的清醒头脑、敏锐目光和深刻见解，充分表达了对真理的追求和对信仰的忠诚，对历史的洞察和对人生的领悟，对党的前途的关切和对革命事业的忧心。

当然，由于身处囹圄的特殊环境，以及想把文章保存下来并传递出去的想法，这种表达的某些内容不得不采用了特殊的语言方式，如曲折暗示、绵里藏针、正话反说，等等。唯其如此，在我看来，作者一再表示自己对马克思主义理论"只知道一点皮毛"，枉担了"理论家的虚名"，除了自谦之外，实际上是告诫全党，要对当时党的理论水准和学习情况有一个恰当的估价，进而更加努力自觉地学习马克思主义，掌握其要领、精髓和本质。作者认真检讨自己身上"弱者的道德——忍耐、躲避、讲和气，希望大家安静些，仁慈些等等"，不能说没有自我批评的成分，但其中应当也包含了对历史上曾经发生过的党内斗争的某些反思……而文章中最终宣示的心灵强音分明是"我的思路已经在青年时期走上了马克思主义的初步，无从改变"这一点。总之，一篇《多余的话》在表面低沉的调子里，奔涌着向往光明、献身伟业的热流；在一些带有自贬自责的言辞中，蕴含着一个无产阶级革命家的高度责任感和坚强事业心，其中的精神内核同鲁迅的《死》所表现的生命不息、战斗不止的精神，有着本质上的一致性。

第三，一种可贵的平民意识和一种无私的奉献精神，闪烁于两篇作品之中，辉映出两位作者在生命最后时刻的冰雪情操与高尚品德，表现出一种感人至深的人格力量。在《死》中，身为一代文学大师的鲁迅严肃地嘱托亲属："不得因为丧事，收受任何人的一文钱。""赶快收敛、埋掉、拉倒。""不要做任何关于纪念的事情。"显然，他丝毫不以导师和名家自矜，而是以一个普通人的身份和心态，看待死以及与死相关联的一切，其谦逊、质朴的人生态度令人景仰。在《多余的话》里，即将告别人世的瞿秋白写道："如果我还有可能支配我的躯壳，我愿意把它交给医学校的解剖室。听说中国的医学校和医院的实习室很缺乏这种科学实验用具。"这是瞿秋白关于自己"躯壳"的特殊遗嘱。它所蕴含的无私奉献精神正如周建人在《忆秋白》中所言："秋白在自己即将惨遭杀害的前夕，生命已经不是他自己的了……想到自己还有一个躯壳，要将这个躯壳也贡献给人类的进步事业。"面对这样一种为了人类进步不惜殚精竭虑，最后连"躯壳"也要献出的精神世界，一切正直善良的人是不能不为之感动的。它与鲁迅在《死》中所映现的平民意识和自谦品德一样，将永远启迪和净化一切向善向上者的灵魂。

二

正如大自然中不存在完全相同的河流一样，中外革命史、思想史和文学史上，亦不存在全无区别的篇章，鲁迅的《死》和瞿秋白的《多余的话》当然也不例外。这两篇文章尽管具有如上所述的相同或相近之处，但同时亦表现出一些较为明显的差异和区别，这主要体现在以下三个方面。

第一，《死》和《多余的话》同样属于作者临终前的内心独白，但两种独白的重心选择迥然有别：前者主要是对未竟事业的向往，后者更多是对过往经历的反思；前者是一种意志的显现和情怀的抒发，后者是一种精神的自省和灵魂的剖白；前者所传达的是强者的气度与战士的性格，后者所承载的是智者的本色与文人的风范。阅读《死》，我们可以感受到，鲁迅每每萦绕脑海而又急于宣泄的思想感情主要有二：一是不满于黑暗现实的激愤感，为此他无情抨击着社会的贫富不均，沉痛揭示着国民的愚昧混沌。二是自知生命将尽，来日无多的紧迫感，他"每不免想到体力恢复后应该动手的事情：做什么文章、翻译或印行什么书籍，想定之后，就结束道：就这样罢——但要赶快做"。这两种思想情感都是外向的、直露的、严峻的，是着眼于未来和社会的，它们在同外部环境的对比映照中，构成了作者生命不息、斗争不止、"我以我血荐轩辕"的斗士品格。

相比之下，《多余的话》所敞开的瞿秋白的精神世界，是内向的、思辨的、含蓄的。在这个复杂而又深邃的精神世界中，有对人生旅程的回顾，也有对理想选择的思考；有对红色信仰的坦然宣告，也有对政治主张的严肃表达；有对曾经犯过的错误的愧疚，也有对性格弱点的剖白；有不幸脱离革命队伍的惆怅，也有不被他人理解的苦闷。而贯穿始终的是一种彻底的、无情的自我解剖精神，一种先进知识分子特有的多思品格，一种智者的清醒、冷静和深沉。这同鲁迅《死》的精神风度显然有所不同。

第二，《死》与《多余的话》同样包含作者对中国社会现实的忧患观察，但它们的立足点和聚焦点明显不同，前者主要是文化的观念的批判和重建，而后者基本是阶级的政治的分析与思考。在《死》中，鲁迅透过封建文化濡染下芸芸众生"无学"的事实，如死刑犯人被绑赴刑场时，大叫"二十年后又是一条好汉"之类，表达了一种"哀其不幸"的沉痛。同时还在对欧洲习俗——临死之前，请别人宽恕，自己也宽恕别人——的否定与反拨中，批判了国人同样信奉的"人之将死，其言也善"的传统心态，凸显了一种对恶者和丑类、对一切敌人绝不姑息和宽容的观念和态度。凡此所述，留给读者的是民族斗士的风貌和文化巨人的性格。

《多余的话》就明显不同了。作为"最后的最坦白的话"，作者深沉的忧思凭借清醒的自我解剖以及特殊的语言方式，几乎全部倾注到党和革命的前途与命运上。他毫不隐晦地检讨着自己身上的"二元"因素，真诚而痛苦地陈述着"无牛则赖犬耕"的"历史误会"，以此殷切呼唤无产阶级革命事业造就更为坚强有力、更富有远见卓识的领导者。他认定自己是"'文人'之中的一种"，而文人常有的"懦弱""忠恕"，同严峻的现实斗争每有龃龉。他严于解剖自己，勇敢承担自己在革命事业遭遇挫折中的责任，力求从中得出深刻的教训，用作未来革命事业的镜鉴……凡此种种，充分表现出一个共产党员的宽广胸怀和革命战士的坦荡境界，生动映现出无产阶级先进分子的责任感和自律性。

第三，《死》和《多余的话》同是一代伟人的心音流泻，但其情感色调是迥然相异的。其中《死》是昂奋的、冷峻的，字里行间虽偶尔会流露一点病魔带来的黯淡，但在更多的时候却充盈着战斗的激扬和鞭挞的强烈，有时还不乏生命的达观和生活的幽默。就整体来说，《死》是一支人生的进行曲，挥洒着奋发入世、搏击人生的激情。《多余的话》是另一种情况。作者的叙述尽管包含着若干美好的情思，也有一些亮丽的语言，但占主导地位的，是遭受排挤的苦闷，身陷魔窟的怅然，孤军作战的冷寂，是牵挂亲人和党的事业的无尽忧虑。总之，它是作者从心底吟唱出的人生咏叹调，其阅读效果拨人心弦而又发人深省。

三

在分析把握了《死》和《多余的话》的差异和不同之后，有一个问题自然接踵而来，这就是：同样是一代精英的临终独白，为什么会存在这样的差异和区别？对此，需要从鲁迅和瞿秋白不尽相同的精神气质、经历身份以及临终前所处的完全不同的具体环境条件中找答案。

第一，《死》与《多余的话》存在的差异和不同，是由鲁迅和瞿秋白不同的性情气质、思想个性所决定的。如众所知，鲁迅自青少年时代起，就具有一种坚毅、刚强和执拗的性格特征。社会实践的磨炼，特别是经过时代风雨的洗礼和复杂斗争的砥砺，到了晚年便显得特别深刻、冷峻、坚韧和不留情面，构成了打着鲜明主体印记的战斗精神和独异个性，它几乎贯穿于鲁迅后期全部的文学和社会实践，化为一种属于鲁迅的生命色调，即使在病魔缠身，生命健康面临严重威胁的时候，仍然不曾放弃或改变。唯其如此，作为他临终遗嘱的《死》，其主要文字依然是无情的批判，不懈的战斗；依然是昂奋的心音，激扬的情调，依然是战士本色的流露与呈现。

相比之下，瞿秋白的性格是另外一种样子。这位出身于没落封建大夫家庭的无产阶级革命家，原本就有一些"名士"气质和文人积习，五四运动后，虽然经历了由"忏悔的贵族"向"马克思主义终极理想"的转变，但中国知识分子传统的温柔、多情、忍让、内倾和多思的精神特征，并没有因此而彻底消失，而是作为一种潜在的基因和力量，渗透到了瞿秋白的思想与行动中。当然，由于历史上"布尔什维克"对"小布尔乔亚"的"讨厌"，作为中国共产党早期主要领导者的瞿秋白，在理智上始终抑制着"智者的脾气"，但是，当他远离了革命队伍，而且生命即将终结的时候，这种"脾气"便化作最后的坦诚，自然而然地流泻出来。这时，我们看到的，更多是"智识者"深沉的自省意识和自我分析。

第二，《死》和《多余的话》存在的差异和不同，是由鲁迅和瞿秋白不同的身份、经历所决定的。就鲁迅而言，他虽然较早就摆脱了进化论的影响而接受了自觉的阶级意识和马克思主义理论，但在漫长的社会实践中，始终是以启蒙导师和文化主将的身份出现的，他所参与的斗争也主要是思想文化、文学艺术方面的。换句话说，他始终是思想文化领域勇敢的旗手和无畏的前驱，这使得他所具备的深刻的思想、敏锐的目光和辟透的见解，更多融进了文化的因素，或者说更多体现了文化的批判和人性的探究。唯其如此，《死》在谈论"死"的问题时，坦率而又决绝地宣告着自己惩恶扬善的人生态度，严厉而又不乏幽默地针砭了国民尚存的弱点，从而表现出思想先锋和文化战士的风范。瞿秋白显然属于另一种情况，他身上虽然颇多文人的气质与才华，而且他几度以主要精力从事文化和文学工作，但是由于历史大潮的推动，他短暂的一生主要是从事实际的政治斗争，更具体一点说，他是以党的理论家和领导者的身份，参与和指导着中国的民主革命事业，思考和探索着中国人民的解放道路，设计和改变着中国人民的生活命运。这样一种充满了血与火的人生选择和斗争经历，使得他在总结和思考某些问题时，更习惯于从信仰、阶级、革命等政治的维度出发，或者说更习惯以政治为主要内容和中心线索，《多余的话》带有作者总结一生的性质，自然不会例外。

第三，《死》与《多余的话》表现出来的明显差异，是鲁迅和瞿秋白辞世之前所处的不同环境和所持的不同心境所决定的。鲁迅的死，主要是疾病所致，这当中虽然不无积劳成疾的因素，但在他看来，毕竟更多是生命自然法则在起作用，这对于曾经学医、懂得生命哲学的鲁迅来说，自然不会引起更多的消极情绪。当他清楚地意识到"寿终正寝"的时刻将要到来之际，依然保持着沉稳豁达的态度，视生死如寻常，而将全部力量继续用于社会改造和"立人"的事业。瞿秋白是另外一种情况。他在成年之后尽管一向多病，但最后真正威胁他生命的并非病魔，而是敌人的屠刀。瞿秋白遭受过王明等人的无情打击，并目睹了"左"倾机会主义给中国革命造成的巨大损失，一种愤懑、怅然、抑郁的情绪长久充塞于胸间。这种异常强烈而又得不到宣泄的情感，一旦与身陷牢狱、牺牲在即的特定环境相重合，便不能不使他流露出内心的忧虑，从而使得《多余的话》呈现出一种悲怆与激愤相交织的调子。

总之，鲁迅的《死》是病象之中的激情宣言，着力于斗争意志的感发；瞿秋白的《多余的话》是献身之前的深刻自省，偏重于人生经验的总结。这两篇文章在内容和形式上有同有异，各有特点，但其研究价值同样是不容忽视的。

原载《瞿秋白研究》第二辑，瞿秋白纪念馆编，学林出版社1990年出版

《野草》对新世纪散文的启示

对于鲁迅先生的《野草》，今天的文学史家一般称之为散文诗，而当年的郁达夫却径以散文视之，并据此而将其中的一些篇章选入《中国新文学大系·散文二集》。对此，鲁迅先生没有异议。可见我们将《野草》归入散文的范畴大抵是站得住脚的。

关于《野草》，几十年来，学人、作家和读者，已经谈了许多许多，只是所有这些都不曾穷尽其内涵与价值，相反倒赋予了它随着时代常说常新的品格。譬如，当下我们重读《野草》，即可发现，它对于新世纪的散文创作分明具有多方面的启示意义。

同20世纪诸多作家的优秀文本相比，《野草》有一个很突出的特征，这就是在中外文化多元撞击的大背景下，坚持着一种开放、兼容、互补、整合和创新的审美观念与创作取向。不止一位研究者指出：读《野草》可以感觉到尼采、波德莱尔、屠格涅夫、安德烈夫、蔼覃、爱罗先珂，以及厨川白村的存在。这说明，鲁迅创作《野草》是贯穿着他自己所倡导的"拿来"精神的，即放出大胆而清醒的主体目光，在世界范围内积极撷取和广泛吸纳了相关的、有用的思想营养和艺术资源。这些来自异域的东西经过作家的溶解、消化和改造，立即成为作品有机的、不可或缺的一部分，同时也为作品增添了有别于民族传统和本土血缘的新质，使其在"外援"的作用下，最终变得奇异、超绝、丰赡和陌生起来。

这样的事实令我们很容易想起博尔赫斯对欧洲大作家的一种评价：莎士比亚是英国人，但他的作品并不特别看重讲究节制的英国风格，而是"不惜大肆夸张地运用比喻"，因此，"说莎士比亚是意大利人或犹太人，我们一点儿不会感到惊讶"。同样，德国是个"值得赞许而又容易狂热的国家"，但代表这个国家文学高度的歌德，却是一个"宽宏大度而不好偏激的人"（《博尔赫斯散文》83—84页，浙江文艺出版社2001年版）。显然，在《野草》和莎士比亚、歌德的作品之间，有着异曲同工之妙。其共同的艺术潜台词是：散文乃至一切作家与作品，要想步入理想境界，真正成为一种精神的创造，仅靠单一的民族文化的营养和支撑是不够的。除此之外，还必须有多元共生的异质文化的加盟，即需要一种嫁接而成的优势的裨补和杂交力量的推助。这对于面临"全球化"语境的新世纪散文创作，无疑是具有本质意义的引领。

《野草》是开放的、"拿来"的、兼容的，但同时又是选择的、扬弃的、创造的。大凡认真读过《野草》者，都会有这样的发现：作品中的诸多因素，包括意识、情感、思维、形象、表达等，殆皆同当时的主流话语以及整个20世纪的群体记忆拉开了距离。它们尽管不乏横向的借鉴，但同时又植根于作家灵魂感知与生命体验的纵深处，折射着作家特有的性情气质、心理习惯、人文姿态和价值立场，是一种高度个人化的艺术存在。正如钱理群所说：《野草》是"鲁迅最具有独创性的精神创造物，是鲁迅心灵炼狱中熔铸的诗"（《心灵的探寻》）。具备了如此质地的《野草》虽然有时因为作家内心世界的"难于直说"，以及由此而生的"措辞含糊"而贻人"隐晦曲折"的阅读感受，但总体来说，还是凭借主体世界的深邃性、独异性、复杂性和丰富性，在新文学的广场上耸立起一座风姿绝伦的碑石。毫无疑问，这座碑石显示着历史的和人格的高度，但同时它又何尝不在与现实对话：优秀的散文作品既不可为潮流所裹挟，又不能被强势所驾驭，当然也不屑于站在极端自我的立场上，一味做欲望的宣泄乃至隐私的兜售，它只能从人的健康的、充沛的个性出发，在公共性的话语空间里，进行生命的直呈与精神的裸显，从而有益于人的个性的自由发展和历史的、社会的不断进步。

应当看到，今天的散文家要坚持这样的创作态度，殊非易事。伴随着社会现代化进程迅速生长的商品、物质、财富、权力、技术等，其负面元素正越来越严重地挤压乃至销蚀着人的主体性和独立性，无深度的唠叨，碎片式的感觉，克隆化的模仿和批量化的写作，已经成为散文写作的流行现象。正因为如此，重读《野草》，倡扬《野草》式的创作精神，便显得十分必要，它可以使面临无个性的群体化、符号化、时尚化的散文写作，通过健康个性的追求和重建，最终实现精神的高蹈和艺术的突围。

在鲁迅的著作中，《野草》从内容到形式都占有非常特殊和重要的地位。就内容而言，正如作家章衣萍所说："他的哲学都包括在他的《野草》里面"（《古庙杂谈》）；从形式而论，该著无论构思、手法和语言，抑或选象、造境和风格，均堪称颖异隽拔，石破天惊，就连一向求己甚严的鲁迅本人亦明言："我的那本《野草》技术并不算坏。"（《鲁迅致萧军书》）如果说一本《野草》在内容和形式两方面的不同凡响，已属难能可贵，那么，此二者在整合过程中所达到的水乳交融、浑然一体的审美效果，则委实令人叹为观止。它似乎在提示读者：同其他样式的文学作品一样，优秀的散文篇章，也是有内容、有形式的。只是这里的内容与形式，不能是彼此孤立的存在，而应当互为条件，互为因果，相辅相成，相得益彰。这种相互依存、相互托举的程度越高，作品所达到的审美层次也就越高。

毋庸讳言，对于自由灵活、体无定式的现代散文来说，《野草》并不是常见形态，更不是唯一范式，然而，它所体现的神形兼备、质文合璧的效果与特性，却无疑构成了普遍的写作经验。尤其是在进入新世纪的今天，散文在后现代思潮的影响之下，正日趋明显地暴露出内容上的琐屑、肤浅和形式上的粗疏、草率，以及此二者混合而成的整体品质上的非文学性和非审美化。在这种情况下，散文作家读读《野草》，重温内中那"有意味的形式"，庶几会增添向艺术和经典回归与攀升的自觉性和主动性。

总之，一本《野草》是说不尽的，鲁迅的"野草"精神必将与散文同存，与历史同行。

原载《写作》2003 年第 6 期、《阅读与写作》2003 年第 8 期；收入《当代散文精品》，广州出版社 2003 年出版

鲁迅怎样写底层

一

历史进入 21 世纪，中国的文学版图呈现出前所未有的缤纷和迷乱。如果说在这种缤纷和迷乱中，文学仍有自己的聚焦点和兴奋点，那么，自 20 世纪 90 年代以降，先后以"现实主义冲击波""打工文学""中国作家精神寻根"等名义时隐时现、时起时伏，到近两年终于构成一种普遍文学现象的底层叙事，应当是其中极重要也极抢眼的一个。笔者之所以做出这样的判断，不仅因为时至今日，底层叙事已成为相当一部分作家比较自觉的题材选择和精神取向，一大批观照底层生存，描写底层经验的文学作品，均产生了广泛的影响；更为重要的是，围绕文学创作的底层叙事和属于底层叙事的一些作品，学术界和评论界展开了热烈的研讨，而这种研讨是包含了不同观点与不同声音的。譬如，有人认为：底层叙事给当代作家"社会良知与'知识分子性'的幸存提供了一丝佐证。在这一点上，说他们延续了一个真正的现实主义的写作精神也许并不为过"。但也有人针锋相对地指出：底层"具有的是一种经济学、社会学上的意义，但绝不可能在道德领域、美学范畴，更不可能在人性深度上就被赋予先天的优势。而某些作家和批评家依旧一厢情愿地要将这些美德加在'底层'头上，真不知道用意何在。居然还号称这是'现实主义'。我看是骗人骗己的现实主义"。至于由一些相关的具体问题，如什么是底层、文学如何叙述底层、知识分子与底层的关系、底层能否自我表述等所引发的争论，更是每每可见，不一而足。正因为如此，有权威媒体把底层叙事列为 2006 年文学论争的一个重要事件。

那么，我们到底应当怎样理解、评价和把握当下文学创作中的底层叙事？在这方面，尽可能广泛地细读近年来描写底层经验的文学作品，并充分占有相关的理论资源，结合不断发展变化的社会现实，进行深入的思考、总结与探索，固然必不可少；但另一种思路似乎也很值得重视。这就是，放出冷静而清醒的目光，回溯 20 世纪中国文学的历史，看看前辈作家是怎样感受和表现底层生活的，从中发现有价值和有规律的东西，以作为今天的借鉴和参照。而在这一向度上，最先进入我们视线的无疑应当是鲁迅先生。之所以如是说，倒不是单单鉴于先生在百年文学史上既难以替代、更无法颠覆的崇高地位；这里，更为重要也更具有本质意义的理由在于：五四以降，是鲁迅的小说作品，最先描绘和揭示了中国社会的底层景观，最先将底层劳动者当成了文学表现的重要对象。用先生自己的话说便是："我的取材，多采自病态社会的不幸的人们中，意思是在揭出病苦，引起疗救的注意。"（《我怎么做起小说来》）而在这种描绘和揭示中，先生不仅以卓越的艺术才能，成功地塑造了一系列奇异而丰满的人物形象，传递出极为深邃的社会内涵和思想意蕴，而且凭着机敏的历史意识和高度的自省精神，对这种描绘和揭示本身，注入了自己的大胆探索和积极思考。毫无疑问，所有这些，都为今天的底层叙事提供了直接的经验。

二

或许是"从小康人家而坠入困顿"的少年经历所致，或许是近代进步的人道主义思想的影响使然，鲁迅对生活于社会底层的劳苦大众，一向抱有深深的同情。早在发表于1908年的未竟之作《破恶声论》里，先生就从保护和发扬劳动者的浪漫与愉悦精神出发，以激越而有力的语言，为"朴素之民"的"自慰之事"做过精彩的辩护，从而表现出"精神界之战士"同"未失气禀之农人"之间一种近乎天然的亲和力。1936年初，已经渐趋生命尽头的鲁迅，撰写了《〈凯绥·珂勒惠支版画选集〉序目》一文，内中借介绍德国女版画家珂勒惠支的作品，一再传递了其心灵深处对底层劳动者的关爱。他说："只要一翻这集子，就知道她以深广的慈母之爱，为一切被侮辱和损害者悲哀，抗议，愤怒，斗争；所取的题材大抵是困苦，饥饿，流离，疾病，死亡，然而也有呼号，挣扎，联合和奋起。"这份做"一切被侮辱和损害者"代言人的情怀，属于珂勒惠支，但又何尝不属于鲁迅？

应当看到，鲁迅先生是将这种底层情怀自觉贯穿到了文学创作中的。关于这一点，先生在写于1933年的英译本《〈短篇小说选集〉自序》里，有比较详细的说明："中国的劳苦大众，从知识阶级看来，是和花鸟为一类的。""我生长于都市的大家庭里，从小就受着古书和师傅的教训，所以也看得劳苦大众和花鸟一样。有时感到所谓上流社会的虚伪和腐败时，我还羡慕他们的安乐。但我母亲的母家是农村，使我能够间或和许多农民相亲近，逐渐知道他们是毕生受着压迫，很多痛苦，和花鸟并不一样了。""后来我看到一些外国的小说，尤其是俄国，波兰和巴尔干诸小国的，才明白了世界上也有这许多和我们的劳苦大众同一命运的人，而有些作家正在为此而呼号，而战斗。而历来所见的农村之类的景况，也更加分明地再现于我的眼前。偶然得到一个可写文章的机会，我便将所谓上流社会的堕落和下层社会的不幸，陆续用短篇小说的形式发表出来。"正因为如此，我们读鲁迅的小说，特别是读那些以底层劳动者为主要描写对象的作品，如《药》《故土》《祝福》《阿Q正传》《明天》等，不管其人物如何，情节怎样，都能感受到一种迎面扑来的巨大的慈爱和悲悯的力量，一种面对不幸和悲剧的痛心与洒泪，它足以打动我们向善的灵魂和朴素的情感。孙郁先生说："鲁迅是站在东方被压迫者的角度思考问题的"，"所以你常可以在他那儿听到佛的声音。"（《鲁迅与周作人》）窃以为是非常准确的描述。

然而，必须指出的是，对于鲁迅描写社会底层的小说作品来说，关爱和同情劳动者与不幸者固然是基本的精神色调，但远不是题旨的唯一和内容的全部。在这里，先生实际上注入了更为深广的忧思和空前博大的襟怀，即把文学的底层叙事和自己始终为之倾心尽力的中国国民性的省察与改造，有机地结合了起来，从而使作品呈现出渊赡厚重的艺术境界。

如所周知，关注和探讨国民性，曾是中国近代许多启蒙主义先驱的共同选择，严复、梁启超、邹容、陈独秀等，都在这方面留下了自己的见解和主张。早在留日期间就提出了"立人"构想的鲁迅先生，很自然地沿着个体与群体、理想与现实的思路，加入了关注和探讨国民性的行列。而在这个行列里，他不仅用力最勤，坚持最久，影响最大，而且于关注和探讨的内容及方式上，明显地传递出属于自己的强烈的个性特征。具体说来有以下不无关联的三个方面。

第一，鲁迅没有系统论述中国国民性的鸿篇巨制，甚至不曾写过专谈国民性的理论文章，他有关国民性的理解和判断，主要是通过小说和杂文创作来完成的。正所谓：写阿Q就是"要写出一个现代的我们国人的灵魂来"，亦所谓"'中国的大众的灵魂'，现在是反映在我的杂文里了"。

第二，作为一代思想和文学宗师，鲁迅既拥有作家的敏锐，也不乏学者的严谨，他并非不懂得国民性是个中性概念，也不是不知道中华民族的国民性里原本包含着许多可贵乃至伟大之处，关于这一点，我们读先生后期的杂文，可以清晰而深切地感受到。譬如，在那篇著名的《中国人失掉自信心了吗》当中，先生就斩钉截铁地写道："我们从古以来，就有埋头苦干的人，有拼命硬干的人，有为民请命的人，有舍身求法的人……虽是等于为帝王将相作家谱的所谓'正史'，也往往掩不住他们的光耀，这就是中国的脊梁。"但是，先生对国民性的关注和探讨，毕竟是在内忧外患、国贫民弱的背景下展开的，中华民族屡遭欺凌、命乖运蹇的事实，使得他在探讨国民性时不得不首先去发现和主要去针砭其中的"愚弱"、"陋劣"与"病根"，不得不把改变国人"麻木的神情"当作"第一要著"。因为只有这样，中国才有可能新生，"否则，无论是专制，是共和，是什么什么，招牌虽换，货色照旧，全不行的"。

第三，在鲁迅看来，中华民族的国民性中之所以包含了许多劣根和弱点，自有历史和现实的多方面的原因。这当中，既有封建等级制度所造成的心理扭曲，也有封建传统思想所复制的人格虚伪，还有外来侵略所导致的精神恶果。而不管从哪一方面看，在"天有十日，人有十等"，"有贵贱，有大小，有上下"的国度里，被"一级一级的制驭着，不能动弹，也不想动弹"的、处于社会底层的劳动群众，都是最被动、最无奈的受害者，是一切历史惰性与时代弊端的最大的承受者。这使得他们身上往往具有被统治者强"治"出来的，或者说是作为他们"治绩"的人性弱点和民族负面因素。因此，探讨国民性的改造，便不能回避底层劳动者同样存在的精神病灶和心理缺陷，便不能不把这种病灶和缺陷作为暴露和批判的对象。

正是基于以上对改造国民性的独特理解和个性化把握，在鲁迅描写社会底层的小说里，便水到渠成地出现了一系列交织着同情与批判，即作家所说的"哀其不幸"而又"怒其不争"的人物形象。这当中有栖身未庄的土谷祠，但依然可以产生"精神胜利法"的阿Q，也有屡遭不幸，却情愿把微末的希望寄托在菩萨身上的祥林嫂；有混沌无知，只管讨人血馒头为孩子治病的华老栓，也有"辛苦麻木"，"苦得他像一个木偶人了"的闰土。如果再加上虽然还穿着长衫，但实际上已经沦入社会底层的孔乙己们，真堪称一幅既让人叹息，又令人扼腕的近代国民的精神与生活长卷。毫无疑问，经过长期的文学传播与阐释，所有这些人物的音容笑貌及其思想内涵，早已成为普及了的文学常识。只是他们对于底层叙事的意义，却在很大程度上被忽略了。而在这方面，窃以为至少有两点很值得重视。

第一，倘若单就题材向度而言，鲁迅先生笔下的不少小说，都可划入底层写作的范畴，或者说都可视为底层叙事的文本，只是在作家那里，所有这些描写底层生活的作品，都没有把再现底层的生活境况，传达底层的生命诉求当作最终目的，或者说都不是一味地、单纯地为写底层而写底层；而是坚持以底层为触媒，透过其特有的生活场景和人物命运，努力去探照和剖析整个民族的精神生态，去发掘和揭示一个时代、一种社会的悲剧所在。要而言之，先生笔下的底层叙事，是向着"人学"的大目标逼近的。显然，这样的艺术追求，体现了作家深邃的目光和高旷的胸怀，同时也使作品因内涵的格外丰富而更接近文学反映生活的本质。相比之下，今日文坛一些作家的底层叙事，缺乏这样一种站在民族和时代大背景之下关注底层的自觉意识，其笔墨往往纠缠于底层生存一时的境况与命运，其题旨也就停留在肤浅的道义评价和为弱者代言上，这导致作品无法走向博大深入的境界，也难以真正凸显底层的意义。至于那种把底层叙事当成一个商品符号，仅仅因为这类作品有读者、有市场，所以才趋之若鹜的现象，实际上已经丧失了底层写作的原初意义，故不在我们的讨论之列。

第二，在鲁迅心目中，文学意义上的底层，既不是政治概念的衍生物，也不是人类良知的汇聚点，而更多是一片包含了密集的社会信息与斑驳的精神密码的生活沃土，是一条足以窥见民族原生态的重要的灵魂通道。换句话说，先生是从生活的本真和历史的原貌出发，来审视和表现底层的。这决定了他将笔墨伸向生活底层时，既突破了阶级的功利性，也很少有道德的优越感，取而代之的是一种有时或许失之极端与偏颇，但于整体上却堪称是正视灵魂本相，直面惨淡人生，且不乏巧妙的抽象与概括的抒写。正因为如此，先生的底层叙事达到了高度的真实和少有的深刻，以致一部《阿Q正传》问世，弄得许多人纷纷对号入座。这是怎样一种审美的感染力和穿透力啊！联想到当下一些描写社会底层的小说作品，其形象和画面总是或多或少地显露着生硬、干涩与苍白，有的甚至还停留在传统的对底层的绝对肯定乃至简单讴歌上，这是否与作家常常自觉或不自觉地图解着某种流行的或强势的概念有关呢？

三

如前所述，鲁迅小说对中国底层劳动者的描绘和揭示，是承载着改造社会、重铸民魂的明确目的和远大理想的，是一种忧愤深广的精神出击，但是，这并不意味着作家因此就只注重作品的思想熔铸和内容提炼，而忽略了其艺术表达上的精美与独创。事实上，作为卓越不凡的小说家，先生的底层叙事，一向是不仅留心"写什么"，而且讲究"怎么写"；不仅追求意旨的深远，而且争取技法的圆润，这使得他精心打造的一系列描写社会底层的小说作品以及相应的艺术形象，达到了后人一时很难企及的审美高度，其某些成功的经验，足以引领和启示当下的同类创作。

第一，正像通常所说的优秀的小说作品总离不开出色的人物塑造一样，我们断言鲁迅的底层叙事达到了很高的艺术层次，也首先是因为作家成功地绘制出一系列栩栩如生的底层人物形象。毫无疑问，这些人物形象浓缩了多方面的思想文化内涵，只是这些思想文化内涵在走向读者时，又总是同相应的高度个性化的性格特征交织整合于一体。譬如，一提起阿Q的精神胜利法，我们眼前很快就会浮现出主人公高唱着"我手持钢鞭将你打"那种滑稽里掺杂着怪诞的样子。而每当说到祥林嫂的痛苦与麻木，读者便立即联想到她那脸上挂着呆滞，嘴里念着阿毛的神情。还有，九斤老太的"历史观"，总是伴随着她的"一代不如一代"的口头禅。而爱姑那无力也无望的抗争，就渗透在她面对七大人陡然发生的神情变化之中。可以这样说，正是人物身上鲜明的性格特征，使得其精神内涵获得了充分的展现。倘若这样的归纳并无不妥，那么，它和今天的底层写作便很自然地构成了某种对比——时下一些作品恰恰是在个性化的性格描写上，暴露出了自身的弱点和不足，即理念大于形象，共性大于个性。正如前些时在"乡下人进城：现代化背景下的城乡迁移文学"研讨会上，一些论者所指出的："我们看到的都是'他们'是谁，几乎没有看到或很少看到'他'是谁。也就是说，我们写任何一个人物的时候，都说'他'是个'他们'，站在我们面前的每一个'他们'，都是带着这么一种与其是'他们'的身份焦虑，不如是我们的指认焦虑。"

第二，在近年来的鲁迅研究中，严家炎先生发表了题为《复调小说：鲁迅的突出贡献》的重要文章。按照这篇文章的阐发，鲁迅小说在艺术表达上有一个突出的特点，这就是：整体表现的复调性。而所谓复调性，原本是苏联文学理论家米哈伊尔·巴赫金从陀思妥耶夫斯基小说中抽象出来的一种艺术范式，指的是陀氏的作品每每交织和并存着两种甚至多种并不受作家主观意志掌控的声音，它们各自依照自己的逻辑运行，构成了类似音乐中"复调"的叙事效果。在严先生看来，此种范式同样存在于鲁迅的小说中。他认为："鲁迅小说里常常回响着两种或两种以上不同的声音。而且这两种不同的声音，并非来自两个不同的对立着的人物（如果是这样，那就不稀奇了，因为小说人物总有各自不同的性格和行动的逻辑），竟是包含在作品的基调或总体倾向之中的。"接下来，论者逐一分析了《狂人日记》《孔乙己》《药》《故乡》《祝福》等文本，指出了这种复调性的具体表现，以及在丰富和拓展作品审美表现力上的特殊效果。应当承认，严先生的观点是符合鲁迅作品实际情况的。我们细心体味鲁迅的小说，确实能够感受到日本学者竹内好所说的那种"既像椭圆的焦点，又像平行线""既相约、又相斥"的东西，而正是这种东西使作品形成了巨大的艺术张力。这里，我想稍加补充和发挥的是，从某种意义上讲，鲁迅小说的复调性，就是作家在一定程度上放弃主观意志对艺术形象的绝对统治和完全解读，而留出足够的空间，允许艺术形象展现自身的独异性、模糊性和复杂性。而这一点对于当下正在发展、有待深化的底层叙事来说，自有特殊的启示性。毋庸讳言，相对于作为阶级构成的旧中国的社会底层，当今中国同样被称为底层的社会，已经包含了太多的前所未有的政治和经济元素。这些政治和经济元素幻化为千姿百态、光怪陆离的生活现象，一下子涌入作家的头脑，无疑会产生理解上的迷惘、困惑和判断上的力不从心。在这种情况下，作家倘若一味坚持已成习惯的居高临下而又全知全能的叙事姿态，对陌生而纷乱的生活现象强作解说，那么，其笔下的形象世界难免落个隔靴搔痒甚或郢书燕说；而如果像鲁迅当年的小说创作那样，于文本之中适当地引入复调手法，亦即将作家在一定程度上由讲述者、判断者变为记录者、审视者，而让复杂繁纷的生活现象尽可能保持原来的样子，按照固有的规律运动发展，甚至让作家自己的迷惘、困惑、矛盾，乃至无所适从、无能为力，一并渗透其中，这时，文学作品中的底层世界，或许会承载更多的历史因子和现实主义成分，也可能会更具有认识价值和审美意义。

四

在底层叙事的向度上，鲁迅不仅留下了执着而成功的创作实践，而且围绕这种实践展开了一番比较理性的思考。而这一番思考的逻辑起点，则是一个充分体现着先生特有的自我拷问精神的问题，这就是：包括自己在内的属于知识分子的作家，究竟能在多大的程度上贴近底层，把握底层，进而真实地描写底层？由于这样的发问呼应着今日文坛知识分子能否为底层代言的激烈争论，因此，它实际上可以看作是鲁迅同当下作家底层叙事的对话或潜对话。

如众所知，早年的鲁迅并未建立起自觉的阶级意识，但生活的现实却已经使他看到了"窄人"与"阔人"、"上等人"与"下等人"、"愚人"与"聪明人"的存在，以及他们在价值观和审美观上的迥然不同。正如先生后来所说："穷人绝无开交易所折本的懊恼，煤油大王哪会知道北京捡煤渣老婆子身受的酸辛，饥区的灾民，大约总不去种兰花，像阔人的老太爷一样，贾府上的焦大，也不爱林妹妹的。"正因为如此，先生认为，反映底层生活的文学作品，理应由占据中国国民大多数的民众"自己觉醒，走出，都来开口"。用他后来在"革命文学"论争中的话说就是：真正的"无产阶级文学"，必须是由工人农民自己"写出自己的意见"。然而，眼前的现实是，工人农民还是"沉默的大多数"，生存的艰难和教育的垄断，使他们没有能力发出自己的声音。恰如先生所指出的："现在我们所能听到的不过是几个圣人之徒的意见和道理，为了他们自己；至于百姓，却就默默地生长，萎黄、枯死了，像压在大石底下的草一样，已经有四千年！"在这种情况下，底层的生存和底层的文学，便只能由出身于小资产阶级和封建破落家庭的知识分子作家来抒写、来代言，而这种抒写和代言是难免隔膜的。在这方面，连先生自己都缺乏自信。他一再表示："我虽然已经试做，但终于自己还不能很有把握，我是否真能够写出一个现代的我们国人的灵魂来。""我虽然竭力想摸索人们的魂灵，但时时总自憾有些隔膜。"他在小说《故乡》里，甚至写出了自己某种真实的体验：当闰土喊一声"老爷"，"我似乎打了一个寒噤；我就知道，我们之间已经隔了一层可悲的厚障壁了"。

在如此现实境遇之下，作家应当怎么办？对此，鲁迅先生的态度不是消极的、被动地等待，而是积极地、能动地参与。也就是说，明知道有困难、有隔膜，但还是要尽力去摸索、去实践。这当中似乎包含了三层意思。

第一，鲁迅认为，作家要表现底层，必须首先熟悉底层，了解底层，有一种向"地下"看的自觉。为此，他由日本回国后，曾多次沉入自己的故土浙东，沉入民间和底层的生活与习俗，进行深入的体察和感受。而他后来创作的状写底层生活的小说，在很大程度上，恰恰是这种体察和感受的结果。用钱理群先生的话说："《呐喊》与《彷徨》的写作，就是他（指鲁迅——引者）这十年郁结于心的民间记忆的一次喷发。"（《与鲁迅相遇》）在这方面，先生用自己的行动阐释了自己的主张。

第二，在鲁迅看来，作为创作主体的作家同作为表现对象的底层民众之间的隔膜，说到底，是社会立场和思想感情的隔膜。正所谓"小资产阶级如果其实并非与无产阶级一气"，那么，倘写下层人物，"所谓客观其实是楼上的冷眼，所谓同情也不过空虚的布施，于无产阶级并无补助"。因此，作家要想真实有效地表现底层，就应当在沉入底层的过程中，实现立场与情感的转变。如前所述，在鲁迅心目中，底层民众是一种兼有优根性和劣根性的存在。他们身上的劣根性固然必须予以正视，但他们拥有的优根性也不容随意抹杀。在这一意义上，作家还是有必要主动向底层民众学习，从他们那里汲取营养，和他们打成一片。这一点，在先生掌握了马克思主义思想武器之后，被格外加以强调。他一再指出：小资产阶级作家必须把"脑子里存着许多旧的残滓"去掉，而不能"故意瞒了起来，演戏似的指着自己的鼻子道，'惟我是无产阶级！'""革命文学家，至少是必须和革命共同着生命，或深切地感受着革命的脉搏的。"诸如此类的主张，在社会环境已发生了根本变化的今天看来，或许不无可挑剔、可斟酌之处，其中隐含的弱化和矮化知识分子精神个性的倾向，尤其需要警惕。但是，如果我们能从积极的方面加以理解，特别是能考虑到当时中国的时代背景和历史任务，那么，它的重心所在——作家应当深入底层，融入大众——仍然是应当肯定和值得借鉴的。

第三，鲁迅主张作家要深入民间，了解民众，要以此来改变作家的立场感情；但他又敏锐地发现：这种身心向下的努力有时受主客观条件的限制，并不能一概取得成功，作家常常无法按照自己的愿望，真正成为底层资源乃至一切新的生活资源的拥有者。在这种情况下，仅仅凭借热情，一味作题材和主题上的趋骛，未必就是最好的选择。正如先生所说："现在有许多人，以为应该表现国民的艰苦，国民的战斗，这自然并不错的，但如自己并不在这样的漩涡中，实在无法表现，假使以意为之，那就决不能真切，深刻，也就不成为艺术。"而从自己实有的生活储备出发，表现力所能及的东西，恐怕更具有实践意义。先生在这方面同样是身体力行的。譬如，当年"国际文学社"曾向鲁迅发问：苏维埃的存在与成功，对于你的创作会有怎样的影响和改变？先生的回答是："现在苏联的存在和成功，使我确切的相信无产阶级一定会出现，不但完全扫除了怀疑，而且增加许多勇气了。但在创作上，则因为我不在革命的漩涡中心，而且久不能到各处去考察，所以我大约只能暴露旧社会的坏处。"如此清醒的告白，委实值得今天跟风式的底层写作者深味再三。

总之，鲁迅小说的底层叙事是 20 世纪中国文学的重要遗产。对于这份遗产，我们理应反复细读，深入研究，并加以创造性的借鉴与发扬，这既是一个时代的创作吁求，更是文学精神的人间正道。

原载《广播电视大学学报》2007 年第 3 期、《作家文摘·典藏版》2007 年第 7 期，《雨花·精彩文摘》2007 年第 12 期转载

鲁迅与东平

一

东平（本名丘东平）是参加过海陆丰武装起义、兼任过彭湃同志秘书的共产党员，同时又是一位较早从事红色军事文学创作的左翼作家。20 世纪 30 年代，东平受党差遣，曾奔波于福建、香港、日本等地开展工作，但更多的时间还是留在上海，参与了由中国左翼作家联盟（以下简称左联）领导的文化活动。

左联存在期间（1930 年 3 月至 1935 年底），定居上海的鲁迅，一直是该团体名义上的盟主。当时属于左联一分子的东平，是否同鲁迅有过直接的、近距离的交往？这在他们各自的著作中找不到相关记录。熟悉鲁迅同时又是东平好友的聂绀弩，著有悼念东平的《给战死者》一文，其中写道："得到你战死的消息，正是从乡下到城里去参加鲁迅先生逝世五周年纪念大会的路上。"待进入会场，"只看见一张鲁迅先生的画像，钉在那红色的幕布上——会场是一个戏院，还是五年前我们在上海看见他的时候的那样子"。由此可间接获知，当年在上海，东平是见过鲁迅的。至于鲁迅与东平是否还有单独的接触，甚至在鲁迅那边，能否将东平其名和其人"对号入座"，恐怕还是一个未知数。

二

在鲁迅和东平之间真正留下历史印痕的，是因为一篇文章而引起的观点争鸣：1932年上半年，左联与鼓吹"为文学而文学"的"第三种人"展开了激烈论辩。当时，左翼作家集体发声，反击"第三种人"的一些说法，鲁迅也发表了《论"第三种人"》《"连环图画"辩护》等文章，对"第三种人"的一些论调做了有分析、有实证，也有引领的批评。是年11月，左联机关刊物《文学月报》发表了芸生的讽刺长诗《汉奸的自供状》。该诗的讽刺对象虽然也是"第三种人"，但内中出现了无聊的攻击，骂人的脏话，以及"当心，你的脑袋一下子就要变做剖开的西瓜"之类的恐吓之语。时任中共文委书记的冯雪峰看到这篇文章后，很是不满，遂找到《文学月报》主编周起应（周扬），建议他在下一期刊物上公开纠正一下。不料周应起并不认同冯雪峰的意见，两人竟吵了起来。于是，冯雪峰找到鲁迅，希望他能代表左联表示态度。对于芸生的文风和"战法"，鲁迅同样很不以为然，认为这是左翼作家沾染了流氓习性，有必要加以批评和纠正。为此，他以个人的名义，给周起应写了一封题为《辱骂和恐吓决不是战斗》的公开信，这封信随即发表于《文学月报》。

在信中，鲁迅善意地指出："中国历来的文坛上，常见的是诬陷，造谣，恐吓，辱骂，翻一翻大部的历史，就往往可以遇见这样的文章……但我想，这一份遗产，还是都让给叭儿狗文艺家去承受罢，我们的作者倘不竭力的抛弃了它，是会和他们成为'一丘之貉'的。"鲁迅又说："战斗的作者应该注重于'论争'，倘在诗人则因为情不可遏而愤怒，而笑骂，自然也无不可。但必须止于嘲笑，止于热骂，而且要'嬉笑怒骂，皆成文章'，使敌人因此受伤或致死，而自己并无卑劣的行为，观者也不以为污秽，这才是战斗的作者的本领。"鲁迅这封信不仅批评了芸生长诗暴露出的不良倾向，而且指出了当时整个左翼文学创作与批评需要注意和改进的地方，因而具有多方面的重要价值。1942 年中共延安整风时，毛泽东在《反对党八股》一文中，专门提到此信，并将其列入干部学习文件的范围。

然而，鲁迅的公开信在左联内部却引发了质疑和反对之声，这便涉及东平。1933 年 2 月，上海出版的《现代文化》杂志第 1 卷第 2 期，刊出《对鲁迅先生的〈辱骂和恐吓决不是战斗〉有言》（以下简称《有言》）一文，逐条反驳了鲁迅批评芸生长诗的主要观点。该文的署名作者是首甲、方萌、郭冰若、丘东平。据知情人黄源后来披露：四人中，首甲是当时的左联成员祝秀侠，方萌是阿英即钱杏邨的化名，郭冰若则是田汉的化名，唯有丘东平是以真名现身。

关于《有言》的生成，聂绀弩在写于 1941 年 11 月 7 日的《东平琐记》中，有一段被研究者迄今忽略了的记述："鲁迅发表了《辱骂和恐吓决不是战斗》之后，他（指东平——引者）认为鲁迅的意见是不对的，起草了一篇质问书，拿到朋友间要求签名。但那质问书终于并未送出。"接下来，聂绀弩补充写道："在朋友间，鲁迅狂是不缺乏的，猛克（魏猛克——引者）就几乎不让自己的口里有一个时间不谈到鲁迅。东平却刚刚相反，几乎没有谈到鲁迅的时候。纵然谈到，也只是'把鲁迅当作偶像是不对的'之类。"聂绀弩是左联中人，且同时敬仰鲁迅和熟悉东平，他的记述应当具有相当的客观性与可信度。按照聂绀弩的记述，《有言》应该就是由东平起草，并要求朋友签名的"质问书"。倘若果真如此，东平便是《有言》的发起人和主要责任人。至于聂绀弩为何把已经公开发表的《有言》说成"终于并未送出",其中的原因是他不知详情,还是另有隐情,今天的研究者已难遽断,只是这并不影响我们对那场争论基本情况的了解与评价。

毋庸讳言,《有言》充斥着机械的二元对立的思维习惯,措辞和文风亦显得空洞、简单和粗暴。如不顾事实,盲目指责鲁迅陷入了危险的"右倾机会主义的陷阱","带上了极浓厚的右倾机会主义的色彩"。认为鲁迅主张"和平革命论"和"戴白手套革命","将会走到动摇妥协的道路"等。东平为何会写出这样夹枪带棒、"左"味十足的文章?今天看来,大致有两方面的原因:第一,左联成立之初,立三路线仍在党内占据统治地位。反映到左联中,便弥漫着一种动辄斗争打击的"左"的风气。东平作为左联的新人,无疑会受其影响和裹挟。加之当时的东平只有 20 岁稍多,身上难免带有青年人的偏激莽撞,以及在长期严酷环境中形成的某种"戾气",这决定了他对鲁迅那种公允、老到,且不乏自省意味的文字,很容易产生反感、排拒,直至上纲批判。第二,历史上的左联,一直有宗派主义作祟。当时,周扬对鲁迅颇多误读,也颇多掣肘,但对东平的短篇小说《通信员》却做了充分肯定和热情推介,这无形中赢得了东平的好感,使他情愿替周扬站台,进而为其认可并主持编发的芸生长诗辩护。

三

针对《有言》以及芸生长诗所存在的错误,当时正在上海养病,且同鲁迅并肩从事革命文化事业的瞿秋白,写了《慈善家的妈妈》《鬼脸的辩护》等文章,给予严厉批评:敌人诬陷我们杀人放火,而芸生的诗和首甲等人的文章"很像替敌人来证实那些诬陷","是只用辱骂来代替真正的攻击和批判"。大约是基于不让左联内部矛盾进一步扩散的考虑，瞿秋白的文章当时没有公开发表，但以瞿秋白的身份——他虽已不再是党的领导人，但仍然是党的高级干部——在左联内部还是会产生很大的影响和作用，从而中止了一些人对鲁迅的挑剔与纠缠。

东平等人的文章在内容上原本无足轻重，但由于它来自左翼营垒，所以仍然让鲁迅感到内心郁结和寒凉。1935年4月28日，他在给萧军的信中写道："那个杂志（指《文学月报》——引者）的文章，难做得很，我先前也曾从公意做过文章，但同道中人，却用假名夹杂着真名，印出公开信来骂我，他们还造一个郭冰若的名，令人疑是郭沫若的排错者。我提出质问，但结果是模模胡胡，不得要领，我真好像见鬼，怕了……我的心至今还没热。"

四

东平等人伤害了鲁迅，但鲁迅却没有因此就记恨东平，更没有从个人恩怨出发，否定东平的文学创作。1934年，鲁迅和茅盾应美国作家伊罗生之邀，选编"现代中国左翼作家短篇小说集"《草鞋脚》，其中就选入了东平的《通讯员》。这篇作品的作家介绍是这样写的："东平，是笔名。他是一个共产党员，曾在苏维埃区域做过工作。这篇小说是他的第一篇，也许他只有这么一篇。在所有现代中国描写'苏区'生活的小说中，这篇是直接得来的题材，而且写得很好。"这段话尽管由茅盾执笔，但鲁迅作为合作者应当看过，因此也包含了鲁迅的认可。遗憾的是，由于种种原因，《草鞋脚》直到新时期才在国内正式出版，因而东平生前很可能并不知道鲁迅对他曾有的大力扶持。倒是今天的我们，透过选编《草鞋脚》的原始档案，不仅看到了鲁迅当年怎样做"梯子"，而且又一次意识到，有些人说鲁迅是"睚眦必报，只会骂人"，实在是莫大的歪曲和冤枉。

伴随着阅历的增加和思想的成长，特别是由于后来同胡风、绀弩等人成为挚友，东平对鲁迅逐渐有了较为深入全面的了解和认识，随之改变了对鲁迅的态度。还是聂绀弩的《东平琐记》告诉我们："鲁迅下殡的那天早上，我回到了上海，在到殡仪馆去的路上碰见他（指东平——引者），他似乎也是刚到。他说：'我要去买一块白布。'他去买了，还自己写上'导师丧失'四个拙劣的字。"斯时的东平，字或许"拙劣"，但心却无疑是真诚的。1938年初，东平应塔斯社社长罗果夫之约，以书信的形式，回答有关抗战文学的一些问题，其中在强调青年作家的重要作用时写道："我之所以单独提出青年，是因为……除了死去的鲁迅之外，中国的老作家们看来似乎已经不能负起这个任务（指坚决抗战——引者）了。"这样的判断显然属于以偏概全，仍有"左"的痕迹，但力挺鲁迅却是旗帜鲜明。此后东平参加新四军，从事部队文化宣传工作。戎马倥偬之中，仍不忘光大鲁迅精神。他致函胡风时，曾热情介绍在军中组织鲁迅文艺社的情况，并希望胡风通过报刊传递这一消息。显然，这时的东平同胡风一样，早已成了鲁迅精神的继承者和实践者，其中体现出的勇于否定自己，坚持从善如流的态度，很值得嘉许。

原载《文学报》2019 年 3 月 28 日

东平故里想东平

一

20 世纪 80 年代，纪实小说《东平之死》因对主人公牺牲的情景做了一些探索性、臆想性的描写，以致引发了一场争论。这场争论经东平当年同志、战友以及目睹其牺牲者的参与，最终还原了历史真相：1941 年 7 月，身着新四军军装，"左提枪杆右携书"（聂绀弩缅怀东平诗）的东平，在指挥和掩护鲁艺华中分院师生冲破日伪包围时，因腰部负伤而行动艰难。为免遭落入敌手，他用手枪结束了自己年仅 31 岁的生命。

东平的牺牲惨烈而悲壮，为此，我记住了这个名字。在接下来漫长的文学长旅中，大抵是无意中包含着有意，我竟多次邂逅东平——读过他的一些作品，也获知了关于他的若干史料，于是，脑海里渐渐存储起一份比较完整的东平档案：

东平，本名丘东平。1910 年出生于广东海丰县梅陇镇。幼年读过私塾，14 岁考进县立师范，15 岁投身革命活动，16 岁加入中国共产党，相继担任中共海陆丰地委和彭湃同志的秘书，参加过海陆丰武装起义。

大革命失败后，东平潜行香港，靠艰难打工维持生计，同时刻苦读书学习，进行最初的文学尝试。"九一八"事变后，东平参加十九路军，以 159 旅旅长秘书的身份，从事抗日救亡宣传，并在"一·二八"抗战中，亲历吴淞口炮台保卫战。后来十九路军奉调福建，东平离开军队，辗转香港、上海、日本等地，宣传抗日救国和进步思想。不久回上海参加"左联"，从事文学编辑与创作。1933年"福建事变"爆发，东平是十九路军与我党的联系人之一。1934年底，受中央特科指派，东平到日本做十九路军在日将领的工作。此间，他相遇郭沫若，并参与"左联"东京分支机构的活动。1936年，东平回到上海，继续从事左翼文化活动，曾在鲁迅等63人发起的《中国文艺工作者宣言》上署名，呼吁和支持建立抗日统一战线。

1938年春，东平参加新四军，曾随抗日先遣队挺进敌后，旋即担任一支队政治部敌工科科长兼陈毅对外秘书。后随陈毅回到盐城新四军军部，出任鲁艺华中分院教导主任。最后，"一头颅博万头颅"（聂绀弩缅怀东平诗），血洒抗日战场。

由于命途颠沛和战争残酷，东平保存下来的作品不是很多，但短篇小说《红花地之守御》《通讯员》《第七连》《一个连长的战斗遭遇》以及未完成的长篇小说《茅山下》等，因真实再现了作家在场的峥嵘岁月，特别是其中的战争场面，所以具有特殊的传世价值。作家亦因此而被尊为红色军事文学的拓荒者和奠基者。

所有这些，一直静静地躺在书本上和脑子里。然而前不久，我有幸踏上当年的海陆丰、如今的汕尾市这一方热土，一种置身东平故里特有的交织着浩茫、新鲜与兴奋的感受，顿时扑面而来且久久无法弥散。一时间，一个血肉丰满、立体多面的东平其人，浮现在眼前……

二

东平故居所在的马福兰村，静静地坐落在莲花山的怀抱里，周遭阡陌纵横、绿树繁茂、溪涧穿绕，一派秀美的田园风光。故居是俗称"二进三间"的结构，其酒盅型的灰墙瓦房、石板铺砌的天井，以及近200平方米的占地面积，今天看来自是普普通通，但它出现在百年前的粤东南大地——东平故居是座老宅，由东平祖父始建于清末，后于民国七年（1918）重修——还是显示了家境的富裕与殷实。

故居正房的中堂上，大大的福字两侧是东平祖父丘珠焕手书的对联："英灵帝德深如海，忠实家风继自山。"正房门上的对联依旧是珠焕先生的手泽："星联福寿家余庆，竹报平安世兆祥。"此外，故居外房大门和东西侧房门，尚有东平父亲丘锦成撰写的多副对联，诸如"传家万事皆宜忍，教子千方不外勤"，"天地间诗书最贵，家庭内孝悌为先"等。平心而论，这些对联本身算不上多么精彩，不过其中包含的感恩天地、崇尚诗书、提倡隐忍的意思，却一目了然。它们可以看作历史上丘门家风与处世的投影，同时也间接地传递出一种信息：清末民初的东平一家，日子过得富裕而安逸。

曾接触过老一辈笔下的红色记忆，知道当年海陆丰农民之所以参加革命，是因为压榨和盘剥已使他们走投无路。东平家境优渥，衣食无虞，前途平顺，为何也要投身革命？此中缘由只能归之于历史大潮涌动下的理想召唤与信仰追求。

海陆丰地处南海之滨，比邻港澳，面朝海外，当中国前所未有的大变局来临时，它无疑得风气之先。早在读中学时，东平就开始接受多种进步文化的熏陶，并很快步入那个时代的思想前沿。1934年，东平告诉时任周恩来秘书的吴奚如，是高尔基"唤起了我的理想和力量"。翌年，他又在致函郭沫若时明言："我的作品中应包含着尼采的强音，马克思的辩证，托尔斯泰和《圣经》的宗教，高尔基的正确沉着的描写，鲍特莱尔的暧昧，而最重要的是巴比塞的又正确又英勇的格调。"这样的精神图谱今天看来，自然有几分驳杂无序，只是兼收并蓄，转益多师，探索前行，恰恰是东平那一代人的心路写照，而其中绾结民众、底层与无产阶级革命的悲悯、公平、刚毅、勇敢与强悍，始终是主色调和主旋律。可以这样说，正是这种植根现实、源于真理的精神力量，引领和驱使东平——也包括许多像东平一样属于有产阶级的革命者——最终跨越自身与自家利益的藩篱，加入了为大多数人的解放，为国家和民族的命运而战斗的行列。

三

曾经仔细看过东平的两张遗照。一张穿西装，打领带，脸庞清秀，神态安然，一双浓眉之下，是一对炯炯有神的眼睛。这次参观东平故居才知道，这张照片其实是从东平与祖母的合影中剪裁下来的。原照中，祖母坐在一把木椅上，东平侍立一旁。那时的东平大约还在上中学，因而身上满是朝气，也不乏稚气。另一张照片上的东平，穿的是制服或军装，没有戴帽子，头发有些凌乱；目光仍在闪烁，但分明多了坚定和成熟；表情很是严肃，一只手重重地压在书案上——在我的感觉中，这一瞬间定格的东平，仿佛正要为皖南事变惨剧的发生拍案而起。

面对照片里的东平，我常常想起郭沫若、胡风等前辈作家对东平的印象：

> 身子过分地对于空间表示了占有欲的淡薄。脸色在南国人所固有的冲淡了的可可茶之外，漾着些丹柠檬的忧郁味。假使没有那副颤动着的浓眉，没有那对孩子般

的恺悌在青年的情热中燃烧着的眼睛，我会疑他是三十以上的人。

东平不仅有一副浓厚的眉毛，也还有一双慈和而有热情的眼睛。

——郭沫若《东平的眉目》

他背靠着窗台，两手插在料子很好的大衣口袋子里，个子瘦小，头发直矗着，两眼炯炯有光。

他衣着大不如从前了，也没有了那种轻蔑人的格格格的笑声，但却不是消沉，而是显得更镇定……连声音都是放低了的。

——胡风《忆东平》

或许可以这样说，东平的性格中有一些矛盾龃龉或相反相成的东西。这一点可以在史实的夹缝里得到印证——东平不赞同鲁迅《辱骂和恐吓决不是战斗》的观点，便以实名参加商榷，后来他意识到自己的浅薄和鲁迅的卓越，则毅然佩戴"导师丧失"的袖标，加入痛悼鲁迅的队伍。东平欲去日本。受"左联"委托，胡风劝他放弃，话不投机，他当即反唇相讥。待东平真正了解了胡风，不仅在思想和创作上与之推心置腹，而且连自己生活上的烦恼与苦闷，都坦诚相告，不加隐瞒。作为新四军战士，东平希望奔赴前线和参加战斗，只是一旦进入战争的环境和节奏，他又发现"材料，故事，一天多似一天"，但"生活太流动了，而创作总是切求着安静"（东平致胡风信，1938年7月27日），看来，工作与写作的矛盾同样让作家感到焦虑。作为作家，东平有虚心好学、反求诸己、渴望进步的一面，为此，他主动向名家和朋友讨教，注意倾听他们对自己作品的意见；但也有孤傲偏执、简单率性的一面，对于那些他认为是小视了自己的文学天分或压制了自己创作才能的人，竟然直接寄上写有斥责乃至脏话的信件。(参见胡风《忆东平》)当然，这样一些举动和细节，并没有造成东平人格的扭曲和分裂，相反让人们愈发感受到一个在复杂环境中不断成长变化、一向立体多面、分明迥异于他人的东平。

四

驻足汕尾期间，在当地官网上看到一条消息：2017 年 4 月 23 日，东平五哥之女、现年 94 岁的丘宝卿女士，带着儿女从台湾回马福垅寻亲。从相关报道和照片看，当时的场面热烈、亲切而温馨。我不知道别人看到这条消息有何感想，对我来说，却是一石激起千层浪，顿时浮想联翩，感慨无限——东平的五哥名岛人，也是一位革命者。岛人英年早逝，其妻吴笑带着自己与岛人的女儿宝卿，改嫁东平。按照中国传统伦理，宝卿也是东平的女儿啊！关于东平与吴笑的一段姻缘，聂绀弩写于 1941 年的《东平琐记》留下了珍贵的剪影：

> 某年秋天，他从香港到上海，偶然谈到恋爱问题，他说："密斯吴对我很好，我该怎么办呢？"
>
> "密斯吴是谁？"
>
> "我的嫂嫂，但是我的哥哥死了几年了！"他的哥哥名岛人，是个革命家。
>
> "你爱她么？"
>
> "爱。"
>
> "那还有什么呢？"

过些时，他从香港来信"谢媒"，并说有人反对，已"居高临下地唾弃他们"云云。

在这桩婚姻中，聂绀弩似乎扮演了"红娘"，否则，东平怎会有"谢媒"一说？还是仰仗聂绀弩提供的线索，我们知悉：淞沪抗战爆发前，东平与吴笑有了自己的女儿。上海沦陷后，东平参加新四军，吴笑携两个女儿去了香港。

读回忆东平突围和牺牲的文章，可以看到东平爱人"辛文"的身影。其中包含的信息是，当时的东平又有了新的人生伴侣。东平与辛文的感情起于何时，是怎样一种情况，由于史料匮乏，我们一时无法厘清，但有一点却确凿无疑，这就是在很长一段时间里，身在军旅的东平，一直牵挂着去了香港的吴笑，并为她和孩子们的生计竭尽心力。1938年4月4日东平在致胡风的信中写道："我急于出集大半是为了钱的缘故，我的老五苦得要命。"这"老五"即吴笑。显然，为了帮助吴笑摆脱窘境，东平采取了自己当时唯一能够采取的措施：卖文字，换稿费。仅仅十天后，东平将两万字的小说寄给胡风，请他务必设法发表或出版。同时在信中告诉胡风："暂不计文章好坏，目的在换钱，因密斯吴在港正陷入水深火热之中也。""我来此以来，对家计实如断臂断手，一筹莫展，望能助我一臂之力也。"其急切的心情充溢笔端。稍后，叶挺军长知道了东平的困难，遂以每月20块大洋相赠。当时东平身处敌后，邮路不畅，钱款只好请在武汉的胡风帮忙转寄香港。此后近两年的时间里，东平每每致函胡风，除了交流思想和创作之外，一项重要内容就是不断拜托胡风为吴笑代转生活费，同时还一再流露出对吴笑的惦念："我的密斯吴不知生死如何，《读书生活》社的稿费不知拿到了没有？""我的思家的心绪颇为作怪，这是自从有了密斯吴之后才有的。""密斯吴一点消息也没有。"……读着这些忧患而焦虑的文字，我们发现，原本是铁血男儿的东平，竟也有一颗柔软、细腻、专注的内心，这也许就是所谓"无情未必真豪杰"吧。

汕尾的文天祥公园里，恭立着当地八位革命先烈和文化名人的塑像。腰盘枪械、手握纸笔的东平坐像亦在其中。那天，我在东平塑像前徘徊良久，脑海里萦绕的是东平镶嵌在长篇小说《茅山下》前面的诗句："莫回顾你脚边的黑影，请抬头望你前面的朝霞；谁爱自由，谁就要付予血的代价。"时至今日，东平等无数革命先驱用鲜血浇灌的自由和胜利之花，早已开遍江山大地。然而，人民的事业仍在发展，祖国的未来仍在召唤，所有这些都在提示我们：仍需要像当年的东平那样，怀揣坚定的自信，迎着前面的朝霞，不断开拓，执着奋进！

原载《人民文学》2019 年第 3 期

第二辑

信仰缘何而美丽

一

1935年6月18日，曾经是中国共产党主要领导者之一的瞿秋白，被国民政府枪杀于福建长汀罗汉岭前。一位新闻记者见证了这一过程，并写下了后来披露于《逸经》等多种报刊的现场报道《毕命前之一刹那》：

民国二十四年六月十八日晨，闻瞿之末日已临，笔者随往狱中视之，及至其卧室，见瞿正在挥毫，书写绝句："一九三五年六月十七日晚，梦行小径中，夕阳明灭，寒流幽咽，如置身仙境，翌日读唐人诗，忽见'夕阳明灭乱山中'句，因集句得《偶成》一首：夕阳明灭乱山中，（韦应物）落叶寒泉听不穷；（郎士元）已忍伶俜十年事，（杜甫）心持半偈万缘空。（郎士元）"

书毕而毕命之令已下。遂解至中山公园。瞿信步行至亭前，见珍馐一席，美酒一瓮，列于亭之中央。乃独坐其上，自斟自饮，谈笑自若，神色无异，酒半乃言曰："人公馀稍憩，为小快乐；夜间安睡，为大快乐；辞世长逝，为真快乐。"继而高唱《国际歌》，酒毕徐步赴刑场，前后军士押送，空间极为严肃。经过街衢之口，见一瞎

> 眼乞丐，犹回顾视，似有所感。既至刑场，自请仰卧受
> 刑，态度仍极从容，枪声一鸣，瞿遂长辞人世……

应当承认，记者的感情是抑制和收敛的，笔调也尽量保持着不加褒贬的客观性，然而，即使如此，20多年前，当我同这段史料不期而遇时，内心里还是感受到强烈的震撼。事实上，正是它不动声色的记叙，透过岁月的烟尘，激活了历史的现场感与真实感，使我看到一个面对已经举起的屠刀，依旧从容淡定的瞿秋白——吟诗挥毫，妙语伴酒，高唱《国际歌》以抒怀……

有道是："慷慨赴死易，从容就义难。"秋白是从容就义的。而赠予他这份死之从容的，是一种高远强大的精神力量。这当中包含中国传统文化所弘扬的"威武不能屈""死亦为鬼雄""留取丹心照汗青"的志士气节；但更为重要也更具本质意义的，却无疑是伴随着世界潮流崛起于现代中国的共产主义信仰。

斯时，我想起秋白在《多余的话》中的陈述：

> 要说我已经放弃了马克思主义，也是不确的。如果
> 要同我谈起一切种种政治问题，我除开根据我那一点一
> 知半解的马克思主义方法来推论以外，却又没有别的方
> 法……我的思路已经在青年时期走上了马克思主义的初
> 步，无从改变……

曾读过多篇谈论《多余的话》的文章。论者围绕文中出现的"心忧""误会""历史的纠葛"等语，展开分析与阐释，力求还原秋白于生命最后时刻特有的异常复杂的内心世界，这自然既有必要又有意义。只是他们在进行这种分析与阐释时，似乎未能充分

注意文中存在的另一种声音：对土地革命后苏区农民和苏区教育的由衷牵挂；对"一切新的、斗争的、勇敢的"事物的深情祈祝；对共产主义信仰"无从改变"的终极告白……

恩格斯有言："判断一个人当然不是看他的声明，而是看他的行为；不是看他自称如何如何，而是看他做些什么和实际是怎样一个人。"（《德国的革命和反革命》）秋白是唱着《国际歌》走向刑场的，他以鲜血和生命诠释了自己的信仰，同时将一种信仰之美，永远镶嵌在历史的天幕上。

二

江苏武进（今常州市）瞿家，曾经世代"衣租食税"，读书做官。然而，到了1899年秋白出生时，这个官绅家庭已趋败落。秋白的父亲不仅无缘官场，甚至没有正式职业；母亲虽然精明强干，且有才学，但终因不堪生活重负而自杀。靠着祖上一点儿官俸，少年秋白虽然也有过短暂的追求"名士化"的时光，但很快就因家庭破灭、世态炎凉，以及社会黑暗和人性病态，而陷入精神的苦闷与迷茫，直至生出消极"避世"的念想。

唯心的"避世"代替不了严峻的现实。1916年初，17岁的秋白进入社会谋生。先在无锡乡间当国民学校校长，继而投奔武昌的堂哥寻找出路。这时，饭碗虽有了着落，但精神苦闷却有增无减，无数疑问在内心萦绕。翌年，顺应"心灵的'内的要求'"，秋白到北京进入俄文馆，学习俄文和哲学，开始"做以文化救中国的功夫"。这期间，由母亲种下宿根的佛学教义，成为秋白的重要精神资源，即所谓"因研究佛学试解人生问题，而有就菩萨行（以佛教思想为准则的行为）而为佛教人间化的愿心"。这"愿心"虽为佛学注入了积极的使命，但终究难逃虚无空幻，以致被后来的秋白称之为"大言不惭的空愿"。因为关注俄国文化，托尔斯泰的宗教博爱思想，以及"勿以暴力抗恶"等主张也曾吸引秋白，但他不久就发现了其中存在的与现实脱节的谬误。五四运动前后，包括马克思主义在内的各种外来思想目不暇接，秋白进行了广泛阅读与涉猎，他研究过美国的宗教新村运动、欧文的空想社会主义学说，以及狄德罗、卢梭等人的著作，而本着惠及人民大众的内在尺度，他的兴趣开始倾向于共产主义。

正当"隔着纱窗看晓雾"，对共产主义不甚了然的时候，秋白有了以北京《晨报》特约记者身份，到世界上第一个实现了社会主义革命的国家——苏维埃俄国采访的机会。于是，他把俄国看作像中国典籍中伯夷、叔齐隐居的首阳山一样的"饿乡"——一个心理要求胜过经济欲望的地方，以"宁死亦当一行"的决心，毅然前往。

在俄国，秋白进行了广泛深入的参观采访和调查研究。这期间，他不是没有看到这个国家正在经历的动荡和混乱，也不是没有发现新生体制所存在的弊端与缺陷，但他更看到了苏维埃政权为克服眼前困难所进行的艰苦努力以及所取得的显著成效，看到了革命后的"劳工复活"和文化教育科学事业的正常赓续与稳步发展。他觉得："共产党始终是真正为全体工人阶级奋斗的党。""共产党人的办事热心努力，其中有能力有觉悟的领袖，那种忠于所事的态度，真可佩服。"唯其如此，他认为："共产主义学说在苏俄的逐步实行，是人类文明发展史上一桩伟大事业，是世界第一次的改造事业。"共产主义在苏俄的"人间化"，宣告了它从此不再仅仅是"社会主义丛书里的一个目录"。至此，秋白的思想发生了根本改变——由"忏悔的贵族"终于成为自觉的马克思主义者。

信仰是个人的意识行为。对于信仰主体而言，真正的信仰获得，必须源于内心需求，必须是自由选择的结果。而秋白确立马克思主义信仰，恰恰贯穿了遵循内心、上下求索、择善而从的线索。唯其如此，这一信仰很自然地成为秋白前所未有的精神力量。关于这点，曹靖华的《罗汉岭前吊秋白并忆鲁迅先生》，以隔空对话的口吻，留下了感人至深的记忆速写：

> 你那时躺到床上，床头没有台灯，你就把吊灯拉到床头，拴到床架上，俯到枕上写文章。你要把当时还是"世界之谜"的苏联实况，把"共产主义的人间化"，告诉给斗争中的中国人民，告诉给世界劳动者。
>
> 大约是在一九二二年吧……我记得，你住的房间里有一张小风琴。你正在译《国际歌》，斟酌好了一句，就在风琴上反复地自弹自唱，要使歌词恰当的合乎乐谱。你说《国际歌》已经有了三种译文，但是没有一种译得好，而且能够唱的。你要把它译得能唱，让千万人能用中文唱出来。

这样的速写足以彰显信仰的魅力。

三

在信仰的语境里，"信"是由衷的认同和真诚的服膺；"仰"是因为认同和服膺而生出的坚定的维护和执着的追随。由此可见，"信"是"仰"的前提。那么，"信"的前提又是什么？在我看来，应当是"知"，即对信仰的深入感知、自觉认识和充分理解。没有这种感知、认识和理解，任何信仰都难免包含随波逐流的盲目性，甚至有可能陷入某种狂热与迷信。

秋白深明此理。事实上，他确立和追随共产主义信仰的过程，便是一个不断学习和领会马克思主义理论精髓的过程。早在入读俄文馆时，秋白就较多地接触了马克思主义知识与主张。访俄期间，他更是坚持从"理论"和"事实"两方面展开马克思主义研究。为此，他不但阅读了大量理论书籍以及俄国革命文献，而且翻译了不少相关文章，编著了《俄罗斯革命论》等著作。回国后，秋白在从事党的实际领导工作的同时，担负起联系中国革命实践，加强马克思主义理论建设的重要使命，无论在革命高潮之中还是白色恐怖之下，他都把大量的心血倾注到理论学习、宣传和研究上，以求"呈显中国的马克思主义者应用革命理论于革命实践上的成绩"（《瞿秋白论文集·自序》）。对此，妻子杨之华有过深情记述：1926年春天，秋白因常年紧张工作而吐血。中央领导同志强迫秋白住院治疗休息。这期间，秋白很想了解社会思想现状，就一再开出书单，让之华去寻书买书，供他夜间研读。

> 到了第三个星期，当我到医院去看他的时候，他仿佛在家里一样，弯着腰坐在椅子上，兴致勃勃地一页一页地写起来了。他不觉得自己是一个病人，还把他自己订好的工作计划给我看，对我说："中国共产党员连我在内，对列宁主义的著作读得太少，要研究中国当前的革命问题，非读几本书不可。我想将俄国革命运动史分成四部分编译出来……这些都可以作为中国革命之参考，非常重要的参考。"（《忆秋白》）

杨之华这段紧贴历史和生命的文字，异常真实地再现了秋白当年，为丰富中国革命的理论武库而抱病笔耕，废寝忘食的情景。

值得注意的是，这段记述还传递出秋白的一个重要心结——因深感包括自己在内的中国共产党人理论准备明显不足而产生的某种忧虑。关于这点，秋白在写于 1927 年初的《〈瞿秋白论文集〉自序》中曾有较多流露："中国无产阶级的思想代表"一般文化程度较低，"科学历史的常识都浅薄得很"，但革命实践提出的许多复杂繁重的问题却"正在很急切的催迫着"他们去解决。正像"没有牛时，迫得狗去耕田"；自己也是这样，作为"马克思主义的小学生"，一直"努力做这种'狗耕田'的工作，自己知道是很不胜任的"。此后，秋白在多种场合都表达过这一观点。而在《多余的话》里，他更是怀着愧疚和自责的心态一再写道：对于马克思主义学问，自己只是"一知半解"，"只知道一点皮毛"。"马克思主义的主要部分：唯物论的哲学，唯物史观——阶级斗争的理论，以及政治经济学，我都没有系统地研究过。"对于秋白这些说法，我们以往多用谦虚或自贬加以解释，这固然不错，只是不要忘了，构成这谦虚或自贬的价值坐标，依然是对理论认知的高度重视，是对以理论认知守护精神信仰的庄严申示。

四

在某种意义上，信仰和理想殊途同归。真正的科学的信仰坚守，实际上就是为着理想奋斗，朝着理想迈进。因此，它常常具有超越现状、不计利害、不顾得失的力量。秋白的信仰追求正可作如是观。"飞蛾投火，非死不止"——这是秋白留给丁玲的劝勉之语，但又何尝不是自我写照！

回望 20 世纪上半叶的中国，信仰共产主义并投身其社会实践，是一种艰苦卓绝、出生入死的抉择。当时的独裁政权视共产党人为"异类"和死敌，因而实施严酷"剿杀"自不待言；即使在革命营垒内部，亦因为认识的局限和实践的偏颇，而不可避免地存在着种种龃龉、矛盾、分歧、斗争，以致有时会伤害忠诚正义的信仰者。秋白是党的高级干部乃至主要领导，一向置身中国革命的风口浪尖和激流漩涡，这使得他的信仰之路，不能不备受来自敌对一方和营垒内部的双重考验。而他交出的一份份答卷，迄今令人敬仰和感动。

1933年冬天，正在上海与鲁迅一起战斗于文化战线的秋白，接到上级要他回苏区工作的通知。当时，他希望之华与之同行，但被冷漠地拒绝了。在与妻子分手的前夜，秋白心潮涌动，思绪万千，不能自已。对此，杨之华写道：

> 他一夜没有休息，但精神还很好。我们谈着当前的工作，也谈着离别以后的生活……他说："我们还能在一起工作就好了！"我说："组织已经答复我们，等找到代替我工作的人，我就可以走了，我们会很快地见面的。"他突然紧握我的手说："之华，我们活要活在一起，死也要死在一起。你还记得广东某某同志夫妇一同上刑场的照片吗？"我紧紧地拥抱着他说："真到那一天也是幸福的！"（《忆秋白》）

斯时的秋白，似乎预感到生命的不测，但他回应这不测的，不是懊丧与怨怼，而是与妻子愿为信仰献出生命的赤诚共勉。

1934年秋天，由于王明路线的错误，红军被迫撤离苏区，进行长征。秋白体弱多病，且不熟悉军事斗争，按常理应随大军转移，但王明等人却将其留在苏区打游击。秋白清楚这决定包含的"命运摆布"（吴黎平语），精神的抑郁可想而知，但对于信仰和事业，依旧丹心熠熠，不改初衷。据吴黎平回忆："在秋白得知自己不能随大军转移后，我请秋白同志到我家吃饭。秋白同志那天酒喝得特别多，奋激地说，你们走了，祝你们一路顺利。我们留下来的人，会努力工作的。我个人的命运，以后不知怎么样，但是可以向战友们保证，我一定要为革命奋斗到底。同志们可以相信，我虽然历史上犯过错误，但为党为革命之心，始终不渝。"（《忆与秋白同志相处的日子及其他》）就在这黑云压城、命途凶险的情况下，秋白还在关心着别的同志，毅然把自己的好马和强壮的马夫，换给了年长的徐特立。

秋白的高风亮节，让一切试图用利益取代信仰的投机主义者和利己主义者无地自容。

五

相对于人类的种种信仰，共产主义信仰的根本特征，在于它建立在历史唯物主义基础之上的科学性与人间性。这便要求其信仰者，不但要拥有坚定执着的献身精神，而且要具备清醒睿智的反思能力。其中的道理并不玄奥——当马克思主义由一种学说变为一种实践，它就同一切社会实践一样，既不可能一帆风顺，更不可能一蹴而就；相反，它必然会遇到种种问题和变数，甚至要经历多方面的挑战和挫折。在这种情况下，一个真正的马克思主义者固然需要坚定的道路自信，但同时也必须放眼历史大势，不断反思过往，审视当下，纠偏除弊，扬弃前行。只有这样，才能保持信仰和事业的无限生机，也才能在实践中不断发展和完善马克思主义本身。

秋白便是这样一位勇于也善于反思的马克思主义者。纵观他的信仰之路，尽管有过失误，甚至犯过错误，但在更多的时候，却总能用清醒睿智的思维和独立探索的态度，去观察分析中国革命的现实，包括解剖自己的思想与行为，就中发现问题或寻找带有规律性的东西。正如毛泽东1950年为《瞿秋白文集》题词所写："瞿秋白同志是肯用脑子想问题的，他是有思想的。"譬如，早在1921年，秋白就透过知识分子的目光，敏锐地谈到中国工人阶级身上掺杂的帮口习气（《中国工人阶级的状况和他们对俄国的期望》）。而在1927年党的五大上，秋白则勇敢指出："中国共产党内有派别，有机会主义。"（李维汉《怀念秋白》）如果说秋白的反思在以往大多是零星的、片段的，那么到了"绝灭的前夜"写就的《多余的话》，便成为集中的、相对系统的心绪流泻——作者从自己并非"多余"的"心忧"入手，沿着亲历的革命生涯，以自我解剖的方式，涉及了一系列重要话题，如：中国革命的经验与教训；共产主义者如何改造"异己"意识；党怎样才能拥有独立自主的正确路线；党的领袖的产生与成长；革命者文化心理与政治信念的关系；等等。尽管这一切不得不采取了隐晦曲折乃至正话反说的表达方式，其言说内容亦掺杂了一些消极因素和时代局限，但作者通过反思和自省所传递的对信仰与事业的别一种呵护与忠诚，却迄今值得我们仰望和珍视。

　　●文中没有单独注出的引文，均出自瞿秋白作品《饿乡纪程》《赤都心史》和《多余的话》。

　　原载《光明日报》2016年1月15日。收入李航主编新世纪散文精品文存《鹤梦不离云》，人民日报出版社出版；中国作协创研部编《2016年中国散文精选》，长江文艺出版社出版

杨之华心中的瞿秋白

一

1934年1月，时在上海养病，并与鲁迅、茅盾等一起从事文化反"围剿"的瞿秋白，接到中央通知前往苏区，妻子杨之华因工作暂时无人接替未能同行——这是秋白夫妻结婚后的第六次离别，却不幸成为生命的永诀——1935年2月，秋白随队转移至闽南时不幸被捕，同年6月18日，从容就义于福建长汀。在生命最后的时日里，身陷囹圄的秋白，以巨大的勇气和无比的坦诚，深刻反思中国革命的曲折历程与经验教训，真切披露自己的内心真相与精神忧虑，严肃解剖"我"作为革命者所存在的矛盾、弱点和错误……除此之外，还有一种思绪在他心头不时萦绕和涌动，这就是对爱妻之华的想念、牵挂、歉疚，以及强烈的向其倾吐的愿望。"夜思千重恋旧游，他生未卜此生休。行人莫问当年事，海燕飞时独倚楼。"秋白"集唐人句"而成的《狱中忆内》，正是这种思绪深沉而曲折的表达。

1924年11月，瞿秋白和杨之华在上海结为伉俪。此后十年间，他们为中国革命携手并肩，砥砺前行，无论面对血雨腥风的白色恐怖，抑或经历尖锐复杂的党内斗争，始终都相濡以沫、休戚与共。秋白曾自制印章一枚，上面由夫妻二人名字穿插而成的印文"秋之白华"，就是他们你中有我、我中有你，心心相印的写意与象征。正因为如此，秋白牺牲带给之华的，是天塌地陷般的精神打击，是深深且久久的心灵创痛，直至化作绵长的追思与不尽的缅怀。在失去秋白的岁月里，之华遵从党的安排，一如既往地奔波操劳，不辞艰险。只是在工作的间隙里，特别是在夜阑人静的时刻，她的眼前总会浮现秋白的神采仪态，耳畔亦会响起秋白的笑语言谈。每当这时，之华便取出一直珍藏着的秋白的照片、信札，以及经过秋白的修改润色且留有其清晰笔迹的自己的文稿，做默默的重温与遥想。有时她还会打开秋白留给她的黑漆布面的本子，用妻子的目光与深情，写下同丈夫一起工作和生活的难忘情景，以及与丈夫相关的若干记忆……

毫无疑问，杨之华心中和笔下的瞿秋白，自有特殊的认识价值和别样的史料意义。不过由于这些文字大都属于恋人之间的诉说与交流，带有显见的私密性质，所以之华生前除在撰写纪念秋白的文章时有过少量引用之外，并没有将其公开出版的打算。历史进入新世纪，从峥嵘岁月走过来的女儿瞿独伊，深知母亲的遗存不仅内容稀见，寄托深远，而且历经劫难，所以价值非凡。于是，她和女儿李晓云一起，对这批材料进行认真辨识、整理与校订，并加上必要的注释，编为《秋之白华——杨之华珍藏的瞿秋白》（人民文学出版社 2018 年 11 月出版，以下简称《秋之白华》）一书，在纪念秋白 120 周年诞辰之际，郑重献给读者。这时，我们看到了杨之华基于爱人视角和情感体验所认知所理解的瞿秋白，即一个有血有肉的共产党人，在亲情世界和日常生活中依然具有的高风亮节。

二

瞿秋白和杨之华志同道合，彼此爱慕，他们的结合顺理成章，水到渠成，是一桩很自然的事情。不过这桩很自然的事情，当年却存在特殊的前置背景：秋白是在发妻王剑虹病逝四个月后同之华牵手的；之华则是在解除与丈夫沈剑龙婚姻关系的同时走到秋白身边的。这种特殊背景使得一些人对秋白和之华的婚恋，生出"移情""背弃"之类的议论或猜测，甚至不乏别有用心的编造与诋毁，某些无稽之谈迄今仍隐约可见。在这件事情上，曾为秋白仗义执言的是丁玲，她在成稿于1980年初的《我所认识的瞿秋白同志》（以下简称《秋白同志》）一文中明确写道："她（王剑虹——引者）没有失恋，秋白是在她死后才同杨之华同志恋爱的，这是无可非议的。"而《秋之白华》的一些内容，正可为丁玲的说法提供颇有分量的佐证。

《秋之白华》作为杨之华的珍藏，有一点很是特殊：它在保存秋白写给珍藏者信件的同时，还收入瞿秋白与王剑虹之间的书信37封，其中前者致后者30封，后者致前者7封。之华为何要将秋白与已故爱人的书信一并保存？对此，之华在《无题1》（《秋之白华》中有6篇忆念秋白的散文，其中5篇均以《无题》为题，为方便读者和行文，且按书中前后顺序，附以阿拉伯数字以示区别——引者）中留有清晰的说明：

（1）因为她是我爱人的爱人，我的性情，凡是秋白友好朋友，我都能出于本能的发生好感而尊重。（2）在她〔他〕俩的书信上可以看到秋白虽然是被爱，而他既爱后对她的真挚热情非常浓厚。（3）见到了秋白与她因为思想上的不同发生许多矛盾的地方，不但在他俩之间是如此，同时看出各人自己内在的矛盾。

以上三点说明文字不长，但信息量极大，它以当事者内心独白所特有的坦然和真诚，揭示了三方面的事实。

第一，杨之华因为深爱秋白，所以对秋白的"友好朋友"，都持"好感而尊重"的态度。剑虹是秋白已故的爱人，当然属于"友好朋友"的范畴，因此，之华对剑虹也是有"好感"且"尊重"的。在《无题5》中，之华记述了剑虹生前和自己的五次见面，以及半时"联系绝少而谈话也不多"的大致情况。其中写到1922年在一次进步青年的聚会上与剑虹的初次见面时，笔墨相对仔细——"我"惊奇于她们（还有丁玲——引者）装饰的大胆，和"见了男人一点也不拘束"的神态，觉得"她们比我先进得多"，更像"解放了"的女性，这也许是之华"尊重"剑虹的心理基础吧！

第二，瞿秋白和王剑虹结婚后，相亲相爱，琴瑟和谐。对此，杨之华发表于1958年的《忆秋白》一文，有过直接描述："他们夫妇俩感情是很好的，王剑虹在病重的时候，希望秋白在她的身边，不要离开她。秋白也很愿意多照顾她。一回到家里，就坐在她的床边陪伴着她。"而《无题5》则将作者的思绪向纵深处延伸，从而打捞出有关秋白和剑虹的一个重要场景：

> 1924年7月间，就读上海大学的杨之华，受学生会委派，和三位同学一起，前往因故提出辞呈的教师施存统家中，挽留其复职。使命完成后，她们去同住一所房子的秋白家中，探视病中的王剑虹，没想到竟目睹了秋白与剑虹的生离死别：
>
> 一个瘦小得奇怪的病人在床上躺着，但不时的将上身强力的弯曲举起，她用自己的双手要求拥抱秋白，并时时吻他，不断的叫他。而他很慌乱而苦恼的弯手去抱

她，也发出同样悲惨的呼声……可怕又可怜的病人叫着：
冷，冷……要开水，开水。热水不断的在她头上拨，然
而她说还要热一点的，热一点的，简直把开水滴上去，
她都不觉热，只觉冷。狼狈的秋白捏住了她的手不断的
流泪，似乎他的眼光里含着形容不出的忏悔和祈求。绝
望已笼罩了他整个思想……

显然是因为脑海里储存的表象分外牢固和过于深刻，之华在
多年之后想起剑虹去世的情景依旧历历在目，其顺着记忆流淌的
文字虽然顾不上仔细推敲，但就效果而言，却不仅无形中还原了
当时凄惨压抑的现场氛围，而且很自然地复活了秋白因妻子病逝
而爆发的那种撕心裂肺般的精神痛苦与情感失控，而与这种痛
苦和失控互为因果的正是秋白对剑虹的一腔深爱，即所谓痛因爱
生，爱以痛显。由此可见，所谓瞿秋白在剑虹病逝前就移情别恋
的说法，是根本站不住脚的。

第三，秋白和剑虹的往来书信，承载了他们炽热的恋情，但
也显露出彼此之间在思想志趣上的矛盾和差异。这种矛盾和差异
是什么，之华未加说明，我们要想了解更多，只能到通信的字里
行间去寻找体味。这里笔者试举一例，以求管窥之效。1924 年元
月，时任上海大学社会学系主任，同时兼任共产国际驻中国代表
鲍罗廷翻译和助手的瞿秋白，告别新婚妻子前往广州，参加国民
党一大的筹备工作。1 月 12 日和 13 日，刚到广州的秋白，连续致
函剑虹，在倾吐思念之苦的同时，提出一个意味深长的问题："你
容许我这'社会的生命'和'恋爱的生命'相调和呢，还是不？"
曾经热情宣传过社会主义和妇女解放的王剑虹，应该懂得秋白信
中的意思：希望对方认同自己的主张，把社会使命和个人生活安

放到适当位置与合理状态，实现革命与恋爱的完美结合。然而，剑虹的回信并没有回答秋白的问题，而是写道：

> 你问我"容许你'社会的生命'和'恋爱的生命'相'调和'不？"我想了又想，归于"茫然"，不知怎样答你！！"社会的生命"，"恋爱的生命"，"调和"，"不"，——不，我实在不会答复你，我还不懂什么是……………
>
> 那社会生命和恋爱生命调和便怎样？不调和又怎样？……我看着你的影儿好笑！我对你讲：你愿意怎样，要怎样才觉得心里好过，那便是我容许你的，便是我要你的，便是你所谓我"命令"你的。这个答复满意么？

一种似是娇嗔似是玩笑的口吻，强调的是自己的"茫然"和"不懂"，进而用一种不怎么耐烦的回答，把秋白的发问又还给了秋白。斯时，告别了"五四"的剑虹，似乎已经没有兴趣再讨论什么"社会的生命"，她更为上心和用情的，恐怕是"恋爱的生命"的甜蜜、缠绵与热烈。

由于受家庭和儿时环境的影响，秋白在成为革命者之后，依旧保留了若干属于文人的心理、情趣和习性。所有这些使他与才女剑虹一经邂逅，便相互欣赏，进而走进婚姻殿堂。他们的婚后生活，亦如当年促成并见证了这些的丁玲在《秋白同志》中所写：或相伴笔耕，或诗词唱和，有时还吹吹箫，唱几句昆曲，弄一点篆刻，堪称温馨而浪漫。至于剑虹在观念情趣上的某些变化，秋白好像并不怎么在意。因为按照丁玲所说的"他……从不同我们（至少是我吧）谈他的工作，谈他的朋友，谈他的同志"的情况看，当时的秋白并没有以同志的标准来要求自己的爱人。

在《无题5》中，之华转述了秋白告诉自己的一件事："在1924年3月间一个晚上，我从外面回去，她问我'你今天到哪里去了'，'我到鲍夫人家去替××当翻译'，'以后××那样的女人，你一定会爱她'。"文中的"我"自然是秋白；"她"是王剑虹；××指杨之华。所说到鲍夫人家当翻译一事，杨之华在《忆秋白》中有较详细的追记：

> 在鲍罗廷家中，出乎意料地遇见了秋白，他是来为我做翻译的。一见了他，我觉得有了帮助，心情开始平静下来。秋白以流利的俄语和鲍罗廷夫妇谈着，他们向他提出许多问题，他翻译给我听，并且教我说："你先把这些问题记下，想一想。"大家都是以同志的态度随便座谈，我的拘束也逐渐消失了，后来越说越有劲，秋白满意地笑了，把我的话翻译给他们听。接着，他又把鲍罗廷夫人向我介绍的苏联妇女生活情况翻译给我听，唯恐我听不懂，又加以详细的解释，使我初步了解社会主义国家妇女生活的真实情况。

透过如是场景，我们不难发生联想，在风云激荡的大革命时代，在充盈着血与火的岁月里，秋白与之华分明有着更为默契的精神呼应和更为坚实的友谊基础，他们更有理由在共同的道路上并肩前行。并不缺乏政治意识的剑虹，显然发现了这点，只是不知出于怎样一种心态，她竟然把自己极为私密的感受告诉了丈夫……这时，我们对秋白在剑虹病逝后为何很快与之华结合，应当会有一个正确的理解。

三

新中国成立后，杨之华先后在全国妇联和中华全国总工会担任领导工作。这期间，她陆续撰写和发表了多篇纪念和回忆秋白的文章，其中很自然地涉及秋白和自己的婚姻以及婚后生活。不过之华所讲述的这部分内容，是穿插在中国革命的历史情境之中的，是同党内党外、一个时代的风风雨雨交织在一起的，因此它不可能很具体很详细，更难以充分揭示秋白围绕爱情所产生的精神思考与情感波澜。这使得我们要想了解秋白的道德空间与情感世界，还必须拥有更为详尽也更为直接的史料支撑。而《秋之白华》的内容，正好在这方面显示了珍贵而特殊的价值。

1929 年 2 月，时任中国共产党驻共产国际代表团团长的瞿秋白，因肺病加重被共产国际安排到莫斯科以南数百公里的库克斯克州利哥夫县玛丽诺休养所休息疗养，杨之华正在莫斯科中国劳动者共产主义大学学习，没有同行。此后一个多月，秋白与之华开启了高频率的两地书——秋白给之华几乎是每日一信，有时一天连写两信。当时，秋白给之华一共写了多少信已难确数，但仅仅由之华想方设法保存下来并收入《秋之白华》的就有 19 封（书中另有一信写于 1929 年 7 月秋白代表中国赴巴黎参加反帝国主义准备战争国际代表会议期间）。之华的回信同样密集，看秋白在结束疗养时写给之华的信可知，他在此间收到的之华的中俄文来信已有 30 封之多。

翻开秋白写给之华的信，一系列滚烫的心语纷至沓来："今天又接到你的两封信，我是如何的兴奋……爱爱（秋白对之华的爱称——引者）的语句，一字一点都含着浓厚的爱液，喝着它是不能不醉，自然而然的融化在相思和相望之中，醉陶陶的滋味是天下无两的。"（2月20日）"我如何是好呢？我又想快些见着你，又想依你的话多休息几星期……我最近几天觉得兴致好些，我要运动，要滑雪，要打乒乓。想着将来的工作计划，想着如何的同爱爱在莫斯科玩耍，如何的帮你读俄文，教你练习汉文。"（2月26日）"我只是记挂着你的病，只是记挂着，你的信里总是不说详细。害得我天天做梦，梦见你是病的，你是病着……"（3月4日）"我只是想着你，想着你的心——这是多么甜蜜和陶醉。我的爱是日益的增长着，像火山的喷烈……我要吻你。"（3月12日）诸如此类的表达使我们看到了秋白的灵府，他的热烈、温婉、细腻和纯真，所有这些交织成他对之华的毫无保留的深爱。

秋白的信中，有时也会出现有趣的细节：在莫斯科的之华和朋友一起看了马戏，她写信告诉秋白时，特别说明同去的朋友不是男性。秋白看信后便打趣地问她："你同人家去看马戏，特别声明不是同的男朋友，这是什么意思？"接下来便是会心的笑声。（2月24日）在3月15日的信中，秋白又说起学俄文，劝之华"不要太用功"，"只要常常有兴会的读着用着，过后自然会纯熟而应用"，觉得疲乏时，可以到花园里散散心。这时，他大约又想起之华日前的"马戏团"报告，便在信中加个括弧，故意调侃道："只不可和男人——除掉我——吊膀子"。面对这类信中闲笔，我们更能感受到秋白与之华的心心相印，亲密无间。

女儿瞿独伊并非秋白亲生，然而秋白在写给之华的信里，却总是记挂着独伊："可爱的独伊，替我问她好。""要买面包给她吃。要买好书给她。""独伊如此的和我亲热了，我心上极其喜欢，我喜欢她，想着她的有趣齐整的笑容。"有时，秋白还在信里为独伊画像，并配上留言："我画一个你，你在笑。为什么笑呢？因为你想着：你是好爸爸和姆妈两人生出来的。"有一次，秋白从来信得知，之华带着独伊观看了梦幻剧《青鸟》，他分外高兴，立即在回信中写道："我像饮了醇酒一样，陶醉着……我心上非常之高兴。《青鸟》是梅德林的剧作（比利时的文学家），俄国剧院做的很好的……独伊看了《青鸟》一定非常高兴。"这让我们很自然地想起之华说过的："秋白无论在我和独伊或其他人面前，总不使人感到独伊不是他亲生女儿。独伊从小没有感到秋白不是自己的亲爸爸。"（《忆秋白》）于是，一种博大无私的父爱，连同一种高尚纯洁的人格，穿过历史烟尘联袂走来。

秋白对之华的爱是炽热的、深沉的、丰厚的。这种爱自然包含生命意义上的两情相悦，也不乏道德层面的诚笃相守，但除此之外，分明还充注着秋白在革命实践中逐渐形成的对爱情的独特认知和别样理解。早在写给剑虹的信里，秋白就明言："没有生命的机器究竟于社会有什么益处。我们要一个共同生活相亲相爱的社会，不是要一所机器栈房呵。这一点爱苗是人类将来的希望。"（1924 年 1 月 13 日）这就是说，在秋白看来，一个健全的人应当具有丰富高尚的情操，而不是没有情感的机器；一个合理的社会应当善待人类的美好情感，应当珍惜包括爱情在内的人与人之间"相亲相爱"，而不是一所刻板压抑的机器栈房。显然与如此体认相关，秋白在献身革命的旅程中，不仅勇敢地接受了情之所至，心以为然的爱情，而且将这份美好的情感，融入对社会现实的改造，化作一种驱散心理阴霾，增强斗争意志的力量。1929 年 2 月 28 日晚，秋白写信给之华，先是坦言近半年来"我俩的生命领受到极繁重极艰苦的实验（指来自党内以及共产国际的复杂矛盾和诸多问题的困扰——引者）"，以致使"久经磨练的心灵，也不得不发生因疲惫不胜而起呻吟而失常态"。接下来，笔调为之一转，他满是喜悦地告诉之华："稍稍休息几天之后，这种有力的爱，这整个的爱的生命，立刻又开始灌溉它自己，开始萌着新春的花朵。我俩的心弦之上，现在又继续的奏着神妙的仙曲……因为极巨大的历史的机器，阶级斗争的机器之中，我们只是琐小的机械，但是这些琐小的我们，如果都是互相融合着，忘记一切忧疑和利害，那时，这整个的巨大的机器是开足了马力的前进，前进，转动，转动。——这个伟大的力量是无敌的。"至此，恋人的絮语已升华为同志的共勉。而秋白和之华因有如此执念，所以在中国革命史上，写就了执子之手，风雨同舟的一段佳话。

四

《秋之白华》中的文字，在很大程度上敞开了秋白的情感世界，同时也沿着之华的视线，牵引出秋白日常生活的某些情景。这当中秋白在物质生活上的清贫与简朴，尽管着墨不多，却犹如刀刻斧凿，立体真切，殊为感人。

对于当年任教于上海大学的秋白，丁玲的印象是"西装笔挺，一身整洁"，房间也比较"精致""讲究"，家中还有帮工的阿姨。（《秋白同志》）不能说这样的描述不真实，但它只是写出了大革命时期具有公开身份的秋白，多半出于工作需要而"装饰"出的生活状态，事实上，一旦进入党的地下工作环境，秋白的生活便是另一种样子。这时，之华的亲历无疑更接近本质真实。

在《无题4》里，之华写道：一个冬夜，"我"在工厂参加罢工回家。为给"我"驱寒，秋白"拿自己的棉被替我盖上了脚。可是这条被子不能暖我的脚，反被它的重量压得我不舒服。我揭去了被问着：'这样重这样硬的被你怎么能够挨过一个个冬天！难怪你的身体会弄到这样坏！'他惨白的脸上充满了欢喜的笑容，他说'这还是我祖母的嫁妆被呢！我并不怕，因为十多年的冬天已挨过去了……'"接下来，之华继续写道：

> 几天前我已整理过他的衣箱，二套粗布的小衫裤，
> 已经破旧了的。二套破旧的西装，一套是夏天穿的，还
> 有一套就是他平日出去上课时候穿的。此外一件女人的
> 绒线大衣，似乎这件衣服带着一种说不出的感情上的悲
> 意。很自然的使我宝贵它。还有一件他回家来常常穿着
> 的一件枣红团花的旧棉袍，面上有一层龌龊的油光。袖
> 底下已经裂开了细细的丝缝……他曾这样对我说："这件
> 衣服的年龄也和那条旧被一样。这是我唯一的遗产。"

面对之华的记忆，我立刻联想起陈云同志写于1936年10月
20日，后于1982年5月3日重新发表于《人民日报》的文章《一
个深晚》。这篇文章讲述了作者当年在上海中央特科工作时，前往
鲁迅家中帮助秋白和之华变更住处的一幕。其中正好出现了秋白
的行囊——

> 秋白同志一切已经准备好了，他的几篇稿子和几本
> 书放在之华同志的包袱里，另外他还有一个小包袱装着
> 他和之华的几件换洗的衣服。我问他："还有别的东西
> 吗？"他说："没有了。""为什么提箱也没有一只？"我
> 奇怪地问他。他说：我的一生财产尽在于此了。

从杨之华记忆中的"旧棉被""旧棉袍"到陈云笔下的"小包
袱"，历史细节以它惯有的强烈真实性和巨大表现力，勾画出一个
筚路蓝缕、箪食瓢饮、孜孜以求的瞿秋白形象。毫无疑问，这样

的形象连同孕育他的那种社会历史条件早已成为昨天，然而，谁又能说他仅仅属于昨天？"何事万缘俱寂后，偏留绮思绕云山"。秋白牺牲前自抒胸臆的诗句，庶几可以借来形容现代人心中的瞿秋白。

原载《光明日报》2020 年 4 月 24 日

"知己"与"同怀"

——鲁迅为什么敬重瞿秋白?

一

"人生得一知己足矣,斯世当以同怀视之——"此语本自清代钱塘人何瓦琴的集禊帖联句。1933年春天,正在上海同黑暗势力做殊死搏杀的鲁迅,将其亲笔录为一联,赠给斯时亦在上海,且与自己并肩作战的著名共产党人瞿秋白,以此表达心心相印的"知己"之情和血脉相连的"同怀"之谊。

从鲁迅赠联于秋白到现在,几十年过去了。鲁迅与秋白之间的相知和友谊,早已成为现代文学史的一段佳话,传布已久;其中鲁迅对秋白的种种关爱、支持和称许,以及因秋白牺牲而产生的深深的痛苦与怀念,亦每每复现于研究者和创作者的笔下,以至广为人知。然而,当年的鲁迅为何称秋白为"知己",视秋白为"同怀"? 换言之,鲁迅为什么如此敬重瞿秋白? 或者说秋白身上有哪些品质或因素吸引了鲁迅? 却是一个迄今未得到透彻分析和充分阐释的话题。在这方面,不仅后世的研究者,大都有意或无意地放弃了追询与探究;即使冯雪峰、许广平、杨之华这些历史的过来人,亦因为自觉或不自觉地奉行了多谈其然、少谈其所以然的叙事策略,所以同样无法为今天关心此中缘由的人们,提供直接而翔实的答案。这种情况,不但使细心的读者每生疑问:"鲁

迅既引秋白为知己,是因为什么而将其引为知己的?"而且很容易让一些研究者陡生自以为是的想象。譬如,陈丹青先生就认为:

> 历来,鲁迅与瞿秋白的关系被涂了太浓的革命油漆,瞿秋白临刑前的《多余的话》,才是他,也是共产运动史上真正重要的文献。在另一方面,则瞿秋白所能到的深度毕竟有限,与鲁迅不配的,而鲁迅寂寞,要朋友。这两位江南人半夜谈革命,和当时职业革命家是两类人格、两种谈法、两个层次,然而不可能有人知道他们究竟谈了什么,又是怎样谈——我所注意的是,鲁迅与他这位"知己者"都不曾梦到身后双双被巨大的利用所包围,并双双拥有阔气的坟墓,一在南,一在北,结果八宝山的瞿秋白大墓"文革"期间被砸毁——自两座墓的命运,也可窥见两位"知己"的真关系。
>
> ——《笑谈大先生·鲁迅与死亡》

尽管这段文字有些隐晦闪烁,但其中与我们所谈问题相关的一层意思,却是清晰明确的:瞿秋白不具备鲁迅那样的思想深度,因此,不能将他与鲁迅等量齐观;而鲁迅当年之所以看重秋白,则更多是因为自己的精神"寂寞"和需要"朋友"。

不能说陈先生的观点全无道理,譬如,他指出瞿秋白的思想不如鲁迅深刻,我们就可以从鲁迅与秋白著作的对读中获得某些相似的感受。但是,他仅仅据此就断言鲁迅与秋白不可能形成真正的相通与相契,鲁迅纯粹是因为精神"寂寞"和需要"朋友",才密切了与秋白的关系,进而视其为"知己",则纯属简单化的主观臆测。事实上,我们只要重返中国 20 世纪 30 年代的社会环境与文学现场，就中展开仔细的史实分析和认真的材料梳理，即可发现，鲁迅敬重秋白自有多方面的原因，带有一定程度的历史必然性，其中所包含的思想、政治、文化和人性密码，很值得我们深入破译。

二

1927 年秋天，鲁迅离开广州抵达上海。当时的鲁迅因刚刚目睹了发生在广州的残酷而血腥的"清党"，所以对杀人的国民党充满义愤，而对被杀的共产党却很是同情。不过，让鲁迅始料不及的是，就在自己的思想感情悄然向共产党靠拢的时候，却遭到了革命文艺阵营里一群年轻共产党员的笔墨围剿。

鲁迅抵达上海时，著名新文学团体创造社的一些成员（其中多有共产党员），也刚好在上海聚集。他们当中几位经历过五四新文化运动的作家，出于在大革命失败后重整旗鼓的想法，主动找到鲁迅，提出联合起来，共同在文化战线开展新的斗争。因鲁迅早就有"同创造社连络，造一条战线，更向旧社会进攻"（致许广平的信）的打算，所以对于创造社的倡议，给予了积极响应和大力配合，使其最初的筹备落实工作进展顺利。但就在这时，后期创造社成员由日本回国。他们带来的源于日本福本主义和苏联"拉普"极左文艺思潮的一味斗争和绝对净化的主张，一下子激活了不少创造社成员身上原本就有的唯我革命、唯我独尊的情绪和居高临下、颐指气使的作风，而所有这些，又暗暗呼应着当时占据了我党主导地位的"左"倾盲动主义路线。于是，一种极端而狂热的左派幼稚病，连同"骂名人藉以出名"（李立三语）的私心迅速膨胀，它使事态急剧逆转，其结果是创造社不仅取消了与鲁迅的联合，而且还和新成立的太阳社一起，把鲁迅当成了批判和斗争的对象。一时间，攻击和讨伐鲁迅以显示自己革命的文章，连篇累牍，气势汹汹。

在鲁迅看来，"革命文学家"的狂言与高调，骄横、虚妄和浅薄，并没有什么实际意义，但是，被这种狂言与高调拿来仅仅作为"招牌"的马克思主义理论本身，却别有深义和生机，因而值得高度重视。为此，鲁迅以"从别国里窃得火来……煮自己的肉"的精神，开始认真阅读并积极译介马克思主义文艺论著，以及相关的文学创作。正如先生《三闲集·序言》所说："我有一件事是要感谢创造社的，是他们'挤'我看了几种科学底文艺论，明白了先前文学史家说了一大堆，还是纠缠不清的疑问。并且因此译了一本蒲力汗诺夫的《艺术论》，以救正我——还因我而及于别人——的只信进化论的偏颇。"值得庆幸的是，当时上海的进步文艺界，正有一股翻译出版"新兴文学"——马克思主义文论与革命文学创作的潮流。鲁迅的加入不仅为这一潮流增添了可观的实绩，如主持编辑出版了包括自己译著在内的《科学的艺术论丛书》《现代文艺丛书》《文艺连丛》等；而且很快在自己周围，团结起译介和传播马克思主义文论与革命文学创作的有生力量。年轻的共产党员冯雪峰，就是因为请教马克思主义文论的翻译问题而同鲁迅走到了一起。

但是，鲁迅在译介马克思主义文论和革命文学作品时，也遇到了一个问题，这就是，当时马克思主义文论和革命文学的大本营，是赤色的苏联，许多重要的文学著作都用俄文写成，而鲁迅并不懂俄文，因此，他的译介工作只能通过日文或德文来中转，这当中自有种种限制与被动，当然也会影响传播效果。面对这种情况，给鲁迅以有力支持和有效帮助的正是瞿秋白。这位精通俄文、著译颇丰，且具有马克思主义理论修养的共产党人，通过冯雪峰的介绍，进入鲁迅的事业与生活，随即与鲁迅密切配合，承担了大量的俄语译介工作。譬如，留苏的青年学子曹靖华受鲁迅委托，翻译绥拉菲莫维奇的长篇小说《铁流》，受时间所限，没来得及译出涅拉托夫所写的长序，鲁迅殊感遗憾，便请秋白帮助补译。秋白很快译完了这篇约两万言的序文，并为此而核校了相关的作品原文，从而保证了全书的完美和质量。鲁迅曾根据德文及日文，翻译卢那察尔斯基的剧本《被解放了的堂·吉诃德》，但刚译出第一幕，便得知这两种底本均有删节，于是停了下来。后来，鲁迅得到了该剧的俄文本，遂请秋白据以重译，秋白欣然答应，不久就拿出了"极可信任的本子"（鲁迅语）。《新土地》是格拉特柯夫的长篇小说。鲁迅收到曹靖华寄来的俄文该书后，马上转交秋白阅读，秋白认为《新土地》真实地反映了苏联的现实生活，所以怀着满腔热情将其译出，由鲁迅交商务印书馆。可惜的是，该译稿被毁于"一·二八"事变的炮火中。至于秋白在沪三年究竟完成了多少译文，鲁迅和茅盾为编秋白译文集《海上述林》所收集到的六十多万言的规模，也许只能算是大概。

对于秋白在马克思主义文论与革命文学创作翻译方面所做的工作，鲁迅表示了由衷赞赏。据冯雪峰回忆，当年他在同鲁迅谈到秋白有关翻译的一些看法时，鲁迅曾情不自禁地表示："我们抓住他！要他从原文多翻译这类作品！以他的俄文和中文，确是最适宜的了。"又说："马克思主义的文艺理论，能够译得精确流畅，现在是最要紧的了。"秋白牺牲后，鲁迅围绕《海上述林》的编辑出版，更是一再褒奖秋白的翻译，认为它"信而且达，并世无双"。"译这类文章，能如史铁儿（秋白的笔名之一——引者）之清楚者，中国尚无第二人，单是如此，就觉他死得可惜。"（《致曹白信》）综上所述不难看出，鲁迅之所以敬重瞿秋白，首先有一个很明显也很直接的原因,这就是:秋白用自己精湛畅达的译笔以及作为其支撑的马克思主义理论功底,为鲁迅所选择的精神信仰与事业追求,提供了默契的配合与强劲的助力。

三

20世纪30年代的鲁迅,已经从思想上站到了中国共产党的旗帜之下,为此,他同不少共产党员和左翼人士,有了近距离的接触和很密切的交往。不过这种接触和交往带给鲁迅的,并不全是愉快的情绪和美好的感受,其中有的恰恰留下了烦恼、焦虑和忧患。譬如,在鲁迅应邀参加左联期间,掌握着组织领导权而又感染了极左病毒的一些共产党员,表面上尊其为"盟主",而实际上却对他不信任、不满意,反映到行动上,则是不仅不尊重他的观点和意见,反而不时制造一些令人"寒心而且灰心"的"暗箭",从背后加以伤害。对于这些"手持皮鞭,乱打苦工的脊背,自以为在革命的大人物",鲁迅只能感到"深恶之"。

再如,1930年5月7日晚,鲁迅应约到爵禄饭店会见了当时中共中央的主要负责人李立三。他们见面后谈了些什么?1960年3月1日,李立三在接受许广平的采访时,曾有过一些简单模糊的回忆,但主要涉及自己所谈的内容,诸如无产阶级的阶级属性和无产阶级革命,党实行的广泛团结政策,对创造社关门主义的批评等,至于"鲁迅谈了些什么,已不能记忆"。而当时陪同鲁迅前往爵禄饭店的冯雪峰,则记录了会见结束后鲁迅对他所讲的一段话:"我们两人(指鲁迅和李三立),各人谈各人的。要我象巴比塞那样发表一个宣言,那是容易的;但那样一来,我就很难在中国活动,只得到国外去做'寓公',个人倒是舒服的,但对于中国革命有什么益处?我留在中国,还能打一枪两枪,继续战斗。"事实上，鲁迅这段话不仅披露了他与李立三交谈的一个实质性内容，而且也委婉地表达了他对某些党内人士脱离实际、自以为是、强人所难的反感和忧虑。

相比之下，鲁迅与秋白的过从完全是另一种情况。在中国共产党的历史上，瞿秋白是一位心胸坦荡、作风民主、为人谦逊的领导者。用李维汉在纪念瞿秋白就义四十五周年座谈会发言中的话说："瞿秋白是一个正派人，他没有野心，能平等待人，愿听取不同意见，能团结同志，不搞宗派主义。"秋白正是把这种精神和品质带到了与鲁迅的交往中。1931年，时在上海养病的秋白，从冯雪峰那里获知了鲁迅的一些情况，便着手细读鲁迅的译文和作品。不久，他由冯雪峰做中介开始与鲁迅通信，凭着相近的信仰和学养，他与鲁迅很快成了推心置腹、灵犀相通的朋友。在秋白写给鲁迅的信里，出现了这样的句子："我们是这样亲密的人，没有见面的时候就这样亲密的人。"而鲁迅回信也破例以"亲爱的同志"相称。1932年夏秋之间的某日，秋白第一次拜访了鲁迅，不久则有鲁迅的回访，此后一年多的时间，秋白和鲁迅有了相对频繁的、主动或被动的聚叙，其中包括因白色恐怖，机关遭受破坏，秋白夫妻先后四次到鲁迅家中避难。

在同鲁迅的交往中，身为党的高级领导者的秋白，始终是一派谦恭随和、平易近人的风度。关于这点，从许广平的《鲁迅回忆录》中可见一斑。

为了高兴这一次的会见，虽然秋白同志身体欠佳也破例小饮些酒，下午彼此也放弃了午睡。还有许多说不完的话待交换倾谈呢！

（不久，许广平随鲁迅回访秋白，）当时他就在桌子里拿出他研究中国语言文字问题的纸张，指出里面有关语文改革的文字发音问题来，向客人讨论。并因我是广东人，找出几个字特意令我发音。他就是这样随时随地不会忘记活资料的寻找的，这又可见他平日留心研究，不错过任何机会，谦虚地、忠诚地丰富自己写作的范围，订正自己的看法，从任何一个人身上也不放过机会。

（有一次，秋白夫妻）以高价向大公司买了一盒玩具送给我们的孩子……当时他们并不宽裕，鲁迅收下深致不安。但体会到他们爱护儿童，培植科学建筑知识给儿童的好意。秋白同志在盒盖上又写明某个零件有几件，共几种，等等，都很详尽。又料到自己随时会有不测，说"留个纪念，让他大起来也知道有个何先生"（何先生是他来我家的称呼的话）。

这完全是朋友之间的真切交流与由衷关爱。正是在这样一种极和谐的氛围里，鲁迅与秋白完成了一系列成功的合作——联袂编辑出版了《萧伯纳在上海》一书；一起研究创作并以鲁迅常用的笔名发表了十四篇杂文；共同商讨批判了来自右的流言和"左"的谬误；当然还有那不止一部浸透了两人心血的译著……

毋庸讳言的是，由于当时的秋白在年龄上比鲁迅要小十八岁，思想还不像鲁迅那样的深刻；更由于秋白也曾受到"左"倾教条主义的影响，同时深入实际不够，观念意识难免沾染一些"左"的东西，所以在某些问题上，他与鲁迅也存在分歧，譬如，对文艺大众化的理解，对五四白话文的评价，对正确翻译原则的认识与把握等，他的看法就与鲁迅多有不同。然而，即使在表达和讨论这些不同时，秋白的态度仍然是开诚布公而又平等交流，畅所欲言而又笔下生情，正如他在致鲁迅的信中所言："我对于你说话的时候，和对自己说话一样，和自己商量一样。"显然，是秋白特有的真诚、热切与谦虚的人格风度，使鲁迅清醒复清楚地意识到，即使在中国共产党这样先进的政治集团内部，亦难免存在观念与作风的差异性和复杂性，进而将秋白看作其中优秀的代表人物，即自己真正信赖和拥戴的共产党人。明白了这一点，我们也就懂得了鲁迅为何要在身体和心绪都十分恶劣的情况下，仍然坚持亲自编校《海上述林》；当然也就懂得了鲁迅之所以敬重秋白的一个重要原因。

四

秋白是革命者，也是文人；更准确的说法或许应当是具有革命者身份的文人，或具有文人资质与气质的革命者。对于自身的文人资质和气质，秋白一向以精神弱点和消极因素视之，并试图加以改变，加之那个动荡年代和严酷环境，他的这种态度显然不是全无来由。然而，在与鲁迅由相识到相知的过程中，秋白拥有的文人资质与气质，却无形中化作了潜在优势，起到了积极的润滑和推助作用。

对于旧式文人，鲁迅原本也无好感，他们那副"闻鸡生气，见月伤心"的样子，常常是鲁迅讽刺和批评的对象。但是，鲁迅自己毕竟也是文人，而且是根深蒂固、完完全全的大文人，这便决定了他可以在理性的层面不看好、不认同文人，但在感性和心理的层面，却最终摆脱不了对文化传统的留恋和对文人意趣的青睐——当然，这种留恋和青睐往往经过了理性的过滤与扬弃。正因为如此，从鲁迅一生来看，诋毁和误解他的是文人，而他所尊重或真正尊重他的还是文人。这种情况在鲁迅进一步左转之后，并没有明显变化，只不过是增加了一重信仰的背景。而秋白恰恰是一位有信仰、有内涵且有魅力的文人——这样的文人，在当时的左翼阵营里并不多见。唯其如此，鲁迅与秋白相见后，随即对其产生了一种天然的亲近感和敬重感，当属顺理成章、水到渠成。

那么，秋白在鲁迅面前究竟流露了哪些文人气息与传统意趣？而所有这些又是怎样触动了鲁迅？这在现有的材料里似乎可以找到一些线索。

第一，秋白出生于官宦家庭，自小接受传统文化的濡染，喜爱旧体诗词，十五岁时即写出了形象生动，格调清雅，且巧妙地嵌入了自己名字的五言诗："今岁花开盛，宜栽白玉盆。只缘秋色淡，无处觅霜痕。"（秋白读中学时的名字是秋霜——引者），可见他在这方面的早慧和超卓。1932 年 12 月 7 日，秋白以魏凝的笔名"录呈鲁迅先生"一首七绝："雪意凄其心惘然，江南旧梦已如烟。天寒沽酒长安市，犹折梅花伴醉眠。"诗后有跋曰："此中颓唐气息，今日思之，恍如隔世，然作此诗时正是青年时代，殆所谓'忏悔的贵族'心情也。"这里，"颓唐气息""恍若隔世"以及"忏悔"云云，自然表现了秋白在成为革命者之后，对昔日精神与情感世界的反思与超越；但是，既然如此，他还要把这首旧体诗抄给鲁迅，其中不也包含了相信鲁迅能够理解和欣赏的意思吗？而对于旧体诗，鲁迅不仅情感颇深，而且造诣精湛，出自其笔下的若干旧体诗足以作为实证；至于"颓唐""忏悔"之类的情绪体验，在鲁迅的人生词典里又何尝陌生？唯其如此，我们说，秋白的赠诗让鲁迅感到了更深层次的相通与共鸣，进而产生惺惺相惜之情，当不是胡乱猜测、一厢情愿。

第二，秋白幼年曾随伯父及父亲攻习山水画，因此，成年后一向喜欢绘事以及篆刻、书法等。1933 年 2 月，即秋白二度到鲁迅家避难期间，也许是因为重读了《阿Q正传》，他用手边的一张"OS原稿用纸"，画了一幅阿Q手持钢鞭的漫画。这幅漫画的特点在于，它是由十个Q字母组成的，并配有阿Q得意时经常唱起的那句唱词："我手持钢鞭将你打！"这在秋白大抵属游戏消闲笔墨，但却极可能引发鲁迅的兴趣，这不仅因为漫画中饱含了秋白的才情和他对阿Q的理解；更重要的是鲁迅也酷爱并深谙美术，他通晓中外美术史论，收藏和整理传统美术遗产，引进外国美术作品，曾和秋白合作选编了介绍苏联版画的《引玉集》……这种共同的文人雅致，无疑会悄然加深鲁迅对秋白的认识，进而产生敬重之情。

第三，还在鲁迅与秋白只通信、未见面的时候，鲁迅曾将为撰写中国文学史而准备的《九品中正与六朝门阀》一书赠送秋白，并谈到了自己有关文学史的一些想法。为此，秋白写信作答，详陈"关于整理中国文学史的问题"。在这封讨论学术的长信中，秋白插入了一段与全文不甚协调的个人回忆：有一年大年初一，有着浙江候补盐大使虚衔的父亲，不知为了什么事情，大发脾气，要"办"一个人，喝令下人拿着他的大红名片，把此人送到衙门去打了二十下屁股。这使幼年的秋白大为惊奇和反感。这样的表述流露出浓浓的文人式的善良与悲悯，恐怕未必适合写给当时纯粹的革命者，但是鲁迅看到后，却很可能为之感动，因为他的内心深处，同样不乏这样的见闻，也同样具有这种文人的善良和悲悯。就这一意义而言，他视秋白为"知己"实属必然。

五

秋白很早就阅读鲁迅，他写于1923年的《荒漠里》一文，曾称赞鲁迅的小说集《呐喊》是"空阔里的回音"。不过，在一段时间里，由于秋白对五四新文学运动的整体评价有误区，所以连带对鲁迅的认识亦不够充分和正确。秋白到上海后，通过较多地细读鲁迅的著作，尤其是通过与鲁迅的频繁通信和当面交流，他的观念和意识发生了很大变化，心中确立了全新的鲁迅形象。于是，在1933年4月初的一天，秋白着手做一项有关鲁迅的工作。用杨之华回忆录里的话说："我们在东照里住下不久，秋白就要完成一个任务：编一本鲁迅的杂感选集，并且要写一篇序文，论述鲁迅和他的杂文。秋白认为有必要为鲁迅辨明是非，给鲁迅一个正确的评价，以促进革命文艺队伍的团结战斗，并留下一个永久的纪念。"这项工作的结果，便是现代文学史上出现了一本有特色的《鲁迅杂感选集》，尤其是出现了一篇后来为文论界所熟知，并被尊为鲁迅研究奠基和经典之作的《〈鲁迅杂感选集〉序言》。

从相关史料来看，当年的鲁迅对秋白这篇序言是满意的。据冯雪峰回忆："对于《〈鲁迅杂感选集〉序言》这篇论文，鲁迅先生是尤其看重的，而且在他心里也确实发生了对战友的非常深刻的感激，因为秋白同志对于杂文给以正确的看法，对鲁迅先生的杂文的战斗作用和社会价值给以应有的历史性的估计，这样的看法和评价在中国那时还是第一次。"杨之华作为鲁迅第一次读到秋白序言情景的目击者，更是提供了真实的现场速写：

> 鲁迅走进房间，在椅子上坐下来，抽着香烟。秋白把那篇《序言》拿给他看。鲁迅认真地一边看一边沉思着，看了很久，显露出感动和满意的神情，香烟头快烧着他的手指头了，他也没有感觉到。
>
> ……鲁迅把这篇《序言》不光是看作秋白个人同自己的战斗挚情的体现，而且相信是代表了党的精神，给他以支持和帮助的。他感动而谦虚地说："只觉得说的太

好了，应该对坏的地方也多提起些。"

——《革命友谊》

鲁迅曾多次称赞秋白的文艺论文，认为"真是皇皇大论！在国内文艺界，能够写这样论文的，现在还没有第二个人！"（冯雪峰《鲁迅与瞿秋白的友谊》）以此推论，他对秋白《序言》的认同和感激是发自内心的，也是合乎情理的。

然而，这里有一个问题无法回避：新中国成立以来，尤其是进入新时期之后，学术界不断有人指出秋白《序言》的缺失和不足，认为这篇序言用"从进化论进到阶级论，从绅士阶级的逆子贰臣进到无产阶级和劳动群众的真正的友人，以至于战士"来概括鲁迅，并不准确和妥当。这不仅鉴于"进化论"属于世界观范畴，而"阶级论"属于社会政治观领域，将二者嫁接到一起，不能不产生逻辑上的混乱；同时更因为阶级论并不是马克思主义学说的标志性内容，用它来规范鲁迅后期的思想，主要是从当时无产阶级政党的政治利益出发的，实际上是缩小和弱化了鲁迅思想的全部意义，况且鲁迅后期也没有完全放弃进化论。必须承认，这些看法言之成理、持之有据，确实道出了《序言》存在的一些破绽。既然如此，我们又应当怎样理解鲁迅当年对《序言》的首肯？难道即使鲁迅也不能免俗，仅仅因为听到的是"好话"，就失去了应有的判断力？

在我看来，检验一篇论文的学术价值和历史意义，通常不外两个尺度：一是看它的主要观点和基本结论，符不符合批评对象的实际情况，同时具不具备思想的前瞻性和理论的严谨性；二是看它在观点和结论背后，有没有先进的批评理念和科学的思维图式，这些又是否包含了普遍与恒久的启示意义。以这样的尺度来衡量《序言》，我们不难发现：就前一维度而言，《序言》可谓有得有失，成败两见，即：有一些观点和结论准确揭示了鲁迅独特的价值所在，同时也折映出论者深厚的理论修养和敏锐的发现意识，如肯定鲁迅杂文的社会批判意义，以及它的"经过私人问题去照耀社会思想和社会现象的笔调"（对于这点，鲁迅尤其看重，他曾明言"看出我攻击章士钊和陈源一类人，是将他们作为社会上的一种典型这一点来的，也还只有何凝一个人"）；指出鲁迅是"浪漫谛克的革命家的诤友"；称赏鲁迅特有的"最清醒的现实主义""'韧'的战斗"和"反虚伪的精神"等，它们迄今仍闪耀着真理的光辉。当然，也有一些概念和说法，难免存在理论或阐释上的先天不足，放到当下则已见粗疏或牵强。至于造成这些缺憾的原因似乎也不难找到：《序言》是秋白在安全都没有保障的情况下，用四个通宵赶写而成，其中的材料匮乏和无暇斟酌可想而知，更何况即使是秋白，也无法摆脱历史和时代的局限！

而在后一维度上，《序言》更多体现了秋白获益于先进理论与斗争实践的高度的清醒、睿智与洞彻，这至少体现在两个方面：第一，《序言》针对 20 世纪 30 年代包括左翼在内整个文坛对鲁迅的种种诋毁与误读，运用抓纲带目、纲举目张的思路，赫然提出"鲁迅是谁"这样一个关键性和根本性的问题，其笔锋所指与所至，不仅在当时振聋发聩，启人心智；即使到今天，依旧让诸多思想者和研究者见仁见智，争论不休，可见其意义委实深远。第二，《序言》谈鲁迅的思想与创作，贯穿和体现了动态观念和发展眼光。由这种观念和眼光得出的某些具体结论或许未必全然正确，有的甚至存在明显的缺憾，但是这种观念和眼光本身却殊为难得，它不仅彰显了辩证法的一般规律，更重要的是，它对应着鲁迅特有的精神特征与人生轨迹——不断地怀疑，不断地求索，不断地扬弃，永远视自己为"中间物"，情愿做中国大地上的守夜者。这庶几是《序言》更为珍贵的价值所在。正是沿着这样的思路，我们说，秋白对鲁迅的理解和评价，实际上达到了一个前所未有的高度。而对这些，鲁迅自然会生出深深的感激之心和知遇之情。在这种前提下，他由衷敬重秋白实在是再正常不过的事情。

原载《文学界》2011年第8期；收入《闲话》第19辑，青岛出版社出版

瞿秋白的绝命诗《偶成》新解

一

《偶成》是著名共产党人瞿秋白被囚于福建长汀期间，集唐人诗句而成的一首七言绝句。今见的该诗前有"缘起"，后有"题跋"，经过专家校订的全文如下：

一九三五年六月十七日晚，梦行小径中，夕阳明灭，寒流幽咽，如置仙境。翌日，读唐人诗，忽见"夕阳明灭乱山中"句，因集得《偶成》一首：

夕阳明灭乱山中，落叶寒泉听不穷。

已忍伶俜十年事，心持半偈万缘空。

方欲录出，而毙命之令已下，甚可念也。秋白曾有句：眼底烟云过尽时，正我逍遥处。此非词谶，乃狱中言志耳。秋白绝笔。

面对秋白的这段"绝笔"，我曾有过一丝不解和迷惑：秋白明言《偶成》一诗"方欲录出，而毙命之令已下"，这仿佛是说，他在牺牲前没有来得及抄清《偶成》；既然如此，《偶成》以及它的"缘起""题跋"，为何今又能全璧保存，供我们阅读和研究？后来，无意中读到当年《申报》上关于瞿秋白就义的报道，一切顿觉释然。这篇报道留下了这样的记叙：

> 十七日，奉中央电令，着将瞿秋白就地枪决。翌日晨八时，特别连连长廖祥光，即亲至狱中促瞿至中山公园照相，瞿欣然随之。照相毕，廖连长示以命令，瞿领首作豪语："死是人生最大的休息。"廖连长询以有无遗言留下，瞿答："余尚有诗一首未录出。"当即复返囚室取笔书诗一首并序……书毕，复步行中山公园，在园中凉亭内饮酒一斤，谈笑自如，并唱俄文《国际歌》《红军歌》各一阕……

原来其中还有这样的周折和细节。秋白由中山公园照相毕，"当即复返囚室取笔书诗一首并序"，显然指的是《偶成》。由此可知，这首诗以及其"缘起""题跋"，完成于秋白遇难的当天早晨，堪称是烈士真正意义上的绝命诗。

二

瞿秋白牺牲前被关押的地点，是国民党中央军第三十六师师部。该师部的最高长官——师长宋希濂，在大革命时期曾听过秋白演讲，并读过他的政论文章，因而对秋白有敬重之情。为此，他不但让军医为其治病，而且明令在生活上予以照顾。在这种情况下，师部一些军政人员便与秋白多有接触和交往，其中少校军医陈炎冰，还得到过秋白馈赠的背面留言的照片和诗词手迹。很可能是借助这类氛围和渠道，《偶成》在秋白就义后，得以辗转外传，流布于社会。但是，由于该诗基调低沉，语涉出世，与秋白以往发表的一些作品风格大为不同，所以在较长一段时间里，革命阵营里习惯了激情飞扬的同志们，大都不予认可，而将其同《多余的话》以及其他狱中诗一起，视为伪作或误传。关于这点，一场曾经发生的舆论风波足以说明问题。

1950 年 6 月，南开大学教授、翻译家李霁野，在《文艺学习》发表散文《瞿秋白先生给我的印象》，其文末以"附录"的形式，小心翼翼地披露了作者从朋友处获知的《偶成》。著名诗人臧克家读后，认为大谬不然，很快撰写了《关于瞿秋白同志的"死"》一文，在首都大报刊发，对李文传递的信息提出批评和辨正。臧文指出：这首诗"如果出自一个'坐化'的释教徒还差不离"，而"对于这样一个烈士的死是多不相称！"进而断言："这些东西决不可能出自一个革命烈士的笔下，它是敌人埋伏的暗箭，向一个他死后的'敌人'射击。"而作为秋白遗孀的杨之华，亦当即致函报社，表示支持臧文的观点，不承认《偶成》与秋白有任何关系。面对那个时代的主流观念和强势声音，李霁野只能做出有所保留的检讨。这种简单否定《偶成》真实性的状况，直到历史进入改革开放的新时期，方得以改观，当时，在解放思想社会大潮的推动之下，经陈铁健、周红兴等专家认真扎实地分析考证，《偶成》一诗的著作权，最终归之于瞿秋白。

三

围绕《偶成》的真伪问题，文学界和学术界固然曾经有歧见、有争议，只是在这歧见与争议之中，似乎又包含了大体相同的一种现象，这就是：无论当年的斥"伪"者，还是后来的证"真"者，他们对《偶成》本身的精神意蕴与价值取向，都缺乏细致分析和深入阐发，而让目光更多停留在浅表的语词和情绪层面，以致无法真正厘清该诗的思想与艺术价值。在这方面，当年的斥

"伪"者自不待言，即使后来的证"真"者似乎也不例外。譬如，一位在瞿秋白研究上颇有胆识和建树的专家，虽然肯定《偶成》出自秋白之手，但却仍然认为："已忍伶俜十年事"云云，"哀婉凄切""伤感低沉"，属于作者"排遣消极情绪的一面"，"甚至反映了他早年追求的佛家消极的出世的思想"。

情况果真如此？在我看来，将这样的评价放在《偶成》身上，未免失之简单和皮相，甚至是很大程度的误读。事实上，《偶成》拥有相当积极的社会意义和异常高蹈的生命光彩，只是这一切皆因作者身陷囹圄这一特殊的客观环境与主体条件，而被自觉或不自觉地隐匿于迷离曲折的意象和语词之下。而要使这一切浮出水面，豁然明朗，则需要研究者由表及里，溯流讨源，做潜心的解读与通达的阐释。以下笔者不揣浅陋，权作尝试。

《偶成》的首句"夕阳明灭乱山中"，集自中唐诗人韦应物《自巩洛舟行入黄河即事寄府县僚友》诗的第四句，原句为"夕阳明灭乱流中"。秋白易"流"为"山"，大抵意在切境。因为原句所记乃诗人的黄河舟行，故有夕阳照水，忽明忽暗，闪烁不定之感；而秋白是"梦行小径中"，自然夕阳西垂，乱山明灭，更为合理，也更为传神。不过，明白了这一点，还只是弄通了该句的字面意义，它的背后分明还有更深一层的包孕。史料已经证明，入狱后的秋白在写《偶成》之前，已完成多首旧体诗词，其中《浣溪沙》一词的末尾，便是"黄昏依旧夕阳红"的名句。大凡读过这首《浣溪沙》者都认为，结尾一句气象雄浑，意境悲壮，表达了一种生命行将终结，理想依旧美丽的革命浪漫主义情怀。应当看到的是，《浣溪沙》中"夕阳"和《偶成》中的"夕阳"，作为同一作者在同一境遇中相同的意象设置，其内涵是保持着明显的连续性和统一性的，后者的"夕阳"，时隐时现，余霞漫天，何尝不浸透了"夕阳无限好，只是近黄昏"（"只是"作"正是"解——依周汝昌说）的乐观与慰藉？又何尝不承载着一种人生明灭而事业无穷的旷远与坚忍？至于那"乱山"——纷乱的群山，是否暗喻动荡的年代和多变的政局，笔者不敢遽断，但读者尽可开启自主想象，其收获也许更为丰硕。倘若以上分析不谬，那么，我们可以断言：《偶成》的起句并不伤感或消沉。

诗的第二句"落叶寒泉听不穷"，集自大历十才子之一郎士元《题精舍寺》诗的第六句，但把原来的"落木"改成了"落叶"。这是否为秋白的误记或误抄亦未可知。好在古文中"落叶"与"落木"相通，全句的意思变化不大。"寒泉"在古诗文里有时通"黄泉"，指人死后的葬身之穴，如唐初王勃就留下了"瞻彼岸而神销……俯寒泉而思咽"的例证。不过在秋白笔下，恐怕是取其另一层更直接的意思：澄澈生动的流水。因为只有流水，方才有声，亦才能"听"，乃至听而"不穷"。这不仅契合原诗的思路，而且与秋白在诗之"缘起"中写明了的"寒流幽咽，如置仙境"相呼应。将"落叶"与"黄泉"并置，孤立地看，似有几分荒冷萧瑟，但接下来的"听不穷"三字，复将荒冷萧瑟化为安然静谧，进而使全句远离了厌世和消极。这里，如果我们不避穿凿附会之嫌，由"落叶"而想到"落木"，再想到杜工部笔下"无边落木萧萧下，不尽长江滚滚来"的千古名句，那么，全句不仅远离了厌世和消极，而且潜藏着秋去春来、万物更替的勃勃生机。

从第三句开始，诗作由状写梦境转入直书内心。这一句"已忍伶俜十年事"集自大诗人杜甫《宿府》诗的第七句，且全无改动。同前两句的"悲"中有"壮"或"冷"中含"热"相比，这一句倒真真有几分杜诗特有的沉郁和怨怼。不是吗？"伶俜"即孤零，即《孔雀东南飞》里的"昼夜勤作息，伶俜萦苦辛"。"十年"

则是约数，大体指秋白自 1927 年走上中央领导岗位到被捕牺牲这一段时间。平心而论，在秋白的革命生涯中，这十年可谓备尝风刀霜剑，活得殊为不易。一方面，他必须面对来自敌人的通缉、追捕和污蔑；另一方面，他又无法摆脱来自革命阵营内部宗派主义势力的误解、冷落、批判和打击；加之胞弟景白在苏联莫名其妙地"失踪"，自己又被丢在敌占区；还有"无牛则赖犬耕"的疲惫，"枉抛心力作英雄"的无奈……这千端万绪，个中滋味岂是一个"伶俜"可以尽括，可以了得！而所有这些在秋白这里，又只能藏在心中，压在心底，这需要怎样一种忍辱负重！一句"已忍伶俜十年事"，正是此种心境的写照。当然，即使如此，这句诗也只是流露了秋白生命终结前的些许隐曲和"牢骚"，它与信仰和追求没有太多关系。

在《偶成》一诗里，第四句"心持半偈万缘空"最重要，也最难解。这一句仍集自郎士元的《题精舍诗》，是该诗的第四句。原句为"僧持半偈万缘空"，秋白化"僧持"为"心持"，自然是考虑到了自己的身份与角色。

所谓"半偈"是个佛家典故，与佛祖释迦牟尼有关。据《涅槃经·圣行品》记载，释迦牟尼在"佛日未出"的过去之世，"独处其中，唯食诸果，食已，系心思唯坐禅，经无量岁"。帝释见大士（即佛祖）独修苦行，即从天降，化为罗刹，试探其心。罗刹在大士前朗读了过去诸佛所说的"半偈"："诸行无常，是生灭法。"大士闻"半偈"，心生欢喜，四顾唯见罗刹，便谓："若能说余半偈，吾终身为汝弟子。"罗刹说："我今饥逼，实不能说。"大士问："汝食何食？"罗刹道："我所食者，唯人暖肉；我所饮者，唯人热血。"大士闻言，坦言："但能具足说是偈竟，我当以身奉施供养！"还脱下鹿皮衣为罗刹敷座。罗刹于是宣说了后"半偈"：

"生灭灭已，寂灭为乐。"大士深思其义，并把偈语写在石壁、道树上。然后，大士"升高树上，投身于地"。此时，罗刹还复为帝释，接住大士之身，安置平地，忏悔顶礼而去。

由以上所引可知，"半偈"典故的核心或曰精髓，在于佛祖为求偈竟，可以舍身。这一蕴涵丰腴的典故在郎士元的原诗里，不过是构成其禅家意境的语词道具，一闪而过，没有什么特殊意义，但是移植到秋白笔下，却无形中激活了诗人心中郁积已久的悲剧情结——我情愿以鲜血与生命来换取真理和理想，然而，最终却又只能怀着深深的歉疚与遗憾告别现实的一切！

那么，一切缘何是"半偈"？这"半偈"分明意味着不完整、不圆满，它在秋白的诗中和心中究竟是指什么？直接答案已无处寻找，我们只能间接地求助于作者的"心史"。不妨再读《多余的话》。在这篇最后的独白里，秋白一再写道：我只有"一知半解的马克思主义智识"，读过"极少几本的书籍"，"认识是根本说不上的"。"马克思主义的主要部分……我都没有系统的研究过。资本论——我就根本没有读过，尤其对于经济学我没有兴趣。我的一点马克思主义理论的常识，差不多都是从报章杂志上的零星论文和列宁的几本小册子上得来的。""我对这些学问（指经典的马克思主义理论——引者），的确只知道一点皮毛。当时我只是根据外国文的书籍传译了一下，编了一些讲义。现在看起来，是十分幼稚，错误百出的东西。"对于这些说法，我们过去多以秋白的"自谦"或"自贬"视之，但如果联想到近代以来马克思主义在中国的艰难传播和屡遭扭曲，则不能不承认，其中更多属于严格而真诚的自我解剖。或者说秋白是以自己——一位理论家——对马克思主义的理解尚且难免"零星""皮毛"和"幼稚"的事实，自觉或不自觉地揭示了当时党内普遍存在的经典学习不够，理论准备不足的问题。从这样的事实出发，我们再来看秋白诗中的"半偈"意象，那么，说它作信仰层面的延展，隐喻了作者对自己马克思主义理论水准的一种形容和估价——应当不是毫无依据的推测吧。

当然，在中国大地上，马克思主义有它的理论传播，更有它的社会实践，沿着这一思路，我们也可以把秋白诗中的"半偈"，理解为尚未成功的共产主义事业。还是在那篇《多余的话》里，秋白尽管留下了一些未必完全妥当的"自我分析"，说了一些"历史的误会"之类的话，但与此同时存在仍然有难以割舍的牵挂和无法放弃的期待。譬如，在谈到苏区生活时，他写道：

> 最近一年来，叫我办苏维埃的教育……但是，自己仔细想一想，对于这些小学校和师范学校，小学教育和儿童教育的特殊问题，尤其是国内战争中工农群众教育的特殊问题，都实在没有相当的智识，甚至普通智识都不够！
>
> 近年来感觉到这一切种种，很愿意"回过去再生活一遍"。
>
> ……很想仔细的亲切的尝试一下实际生活的味道。譬如"中央苏区"的土地革命已经有三四年，农民的私人日常生活究竟有了怎样的具体变化，他们究竟是怎样的感觉……

在全文结尾处，他深情地呼唤着：

> 这世界对于我仍然是非常美丽。一切新的，斗争的，勇敢的都在前进。那么好的花朵、果子，那么清秀的山

和水，那么雄伟的工厂和烟囱，月亮的光似乎也比从前更光明了。

可以这样说，正是这些，构成了秋白在"万缘"将"空"之时，依旧"心持半偈"的另一层寓意，甚至是它的终极内涵。此刻，我不禁想起秋白《梦回》里的两句诗——"何事万缘俱寂后，偏留绮思绕云山"。原来即将"万缘俱寂"的秋白，心中仍有不尽的"绮思"！而这"绮思"所环绕的正是那未了的"半偈"——眼前未竟但却终会来临的共产主义大同世界。于是，我们看到了一个带着信念，也带着遗憾，从容告别人世的瞿秋白。

原载《博览群书》2011 年第 7 期

红土地上的瞿秋白

听党召唤来到苏区

1934年2月上旬临近春节的一天，风冷天寒。在红都瑞金中华苏维埃中央政府教育部简陋的办公室里，李伯钊、沙可夫、钱壮飞等八九位擅长文艺或教育工作的同志，正聚在一起谈论与苏区文化建设相关的话题。这时，门口出现了一位身材高挑，穿着灰色中式棉袄，戴着眼镜的中年人。他面容清癯，神态安详，眉宇间虽略显疲惫，但目光依旧睿智澄澈。

"是秋白同志，秋白同志来了！"曾经在莫斯科中山大学读书和工作，因而早就认识瞿秋白的戏剧家李伯钊，最先喊出了来人的名字。"霎时间，整个屋子沸腾起来了，大家激动地呼唤着：'秋白……秋白……'还有人用俄语叫他的名字。大家把他包围起来了，与他拥抱握手，握手拥抱，问这问那，不少同志用俄语与他交谈。"表演艺术家石联星（曾在新中国的银幕上最先塑造了赵一曼的形象）当时也在现场。四十多年后，她在回忆文章里，一边动情讲述那天的情景，一边真切表达自己的感受："我来到中央苏区一年半，还是第一次看到这样相会的场面。当时我也跟着激动……"（《秋白同志永生》）

在中国共产党的历史上，瞿秋白是继陈独秀之后第二任党的主要领导者，他虽然只活了短暂的三十六岁，但留下的生命印记却堪称坚韧执着而又曲折悲壮——1927年7月，党内一度占统治地位的右倾投降主义导致大革命失败，秋白临危受命，以党的实际负责人的身份，主持召开了中央"八七"会议，确立了武装反抗国民党反动统治和实行土地革命的正确方针，但同时矫枉过正，也犯了"左"倾盲动主义的错误。1928年6月，中共六大在莫斯科召开，会后，秋白出任中共常驻共产国际代表团团长。为了维护莫斯科中山大学中国同志的正当权益，秋白同当时习惯凌驾于中国共产党之上的共产国际的米夫以及由他扶持的王明小集团进行过严肃斗争，以致日后受到对方一而再的无情打击。1931年初，在由米夫一手操控的中央六届四中全会上，秋白被排挤出党的领导机构。此后他暂留上海，一边养病，一边和鲁迅一起，主动自觉地参与了对党的左翼文化工作的领导和推动。

就在这时，来自中央苏区的信息正悄然预示着秋白未来的生命轨迹——1931年11月7日至20日，在江西瑞金召开的中华苏维埃共和国第一次工农兵代表大会上，秋白缺席当选为中央执行委员会委员，继而在中执委第一次会议上，被任命为人民教育委员和教育部长。1934年1月22日至2月1日，中华苏维埃共和国第二次工农兵代表大会再度于瑞金召开，在随后进行的中华苏维埃共和国第二届中央执行委员会第一次会议上，秋白依旧被缺席任命为人民教育委员和教育部长。在此稍前，中央有电报发至上海，通知秋白来苏区工作。就在中华苏维埃共和国第二届中央执行委员会结束后的第三天，即1934年2月5日，秋白由上海辗转多地抵达瑞金，爱人杨之华因在上海的工作暂时无人接替而未能同行。

秋白来苏区工作一事，是经过当时中央领导同志研究磋商的。关于这一点，秋白的好友冯雪峰在1974年9月2日接受延边大学和延边人民出版社三位同志的采访时，留下了重要的第一手材料：

> 1933 年末，我担任中央苏区党校教务主任，党校校长是张闻天同志。有一次，他和几位中央领导闲谈，谈到一些干部的人选，当时我也在场。他们谈到有人反映苏区教育部门的工作有点事务主义，张闻天想让瞿秋白来主持教育工作，问我他能不能来。我说他是党员，让他来一定会来。后来由我起草了电报到上海，秋白就服从党的决定到苏区来了。
>
> 议论中，博古认为，也可以让鲁迅来担任这个职务，说鲁迅搞教育行政很有经验。后来我向毛主席讲起，毛主席是反对这种意见的，他说"鲁迅当然是在外面作用大"。
>
> ——陈琼芝：《在两位未谋一面的历史伟人之间——记冯雪峰关于鲁迅与毛泽东关系的一次谈话》（《中国现代文学研究丛刊》1980 年第 3 期）

由此可知，请秋白来苏区主持教育工作的想法出自张闻天，这同他时任中央政治局委员和苏区党校校长的身份与责任是完全契合的。而秋白在两届苏维埃共和国代表大会上能缺席连任人民教育委员和教育部长，恐怕也与时任中华苏维埃共和国中央执行委员会主席的毛泽东以及担任第二届苏维埃共和国人民委员会主席的张闻天不无关系。这是否意味着在毛泽东、张闻天那里，早就有请秋白来负责苏区教育工作的打算？倘若果真如此，那么有研究者所谓是博古出于某种狭隘心理，有意征调秋白来苏区，以便于控制乃至慢慢加害的说法，未免有些主观武断，至少缺乏充分的史料依据。

教育工作须从基础抓起

对于长期从事地下和国际工作的秋白来说，苏区的生活新鲜、红火，生机勃勃，这使他感到久违的愉悦和欣慰，进而迸发出一腔热情，全身心地投入到苏区的教育工作。

由于地处偏远，交通不便，以及经济落后等原因，土地革命前，闽赣交界处数万平方公里的山区，都属于教育欠发达地区，当地儿童入学率居全国下游，文盲的比例占人口总数的百分之九十。随着红军的到来和苏维埃政权的建立，苏区教育事业得到较快发展，学校教育和社会教育都呈现出扩大和上升的态势。秋白到任后，决心在已有基础上继续努力，让苏区的教育再上一个台阶。为此，他深入乡村农户，走访田间农民，考察农村教育情况，了解群众对教育工作的要求，在广泛征求意见的基础上，和时任教育部副部长徐特立一起组织起草、修订和印行了包括二十四项内容、约六万言的《苏维埃教育法规》。这部被保存下来的文献，不仅为发展战时苏区教育提供了基本框架和主要路径，而且迄今仍有学习参考价值。

当时，苏区教育面临的突出难点是师资严重匮乏和教员水平不高。为了切实解决这个问题，秋白下大力气发展师范教育，很快建立了修业期分别为三个月、半年和一年的短期、初级和高级师范学校，着手培养和扩大教师队伍。同时还利用暑假举办小学教员培训班，给他们创造学习提高的机会。在秋白的努力下，教师的劳动报酬和社会地位也有所改善，从而调动了他们的从业积极性。

帮助工农识字，摆脱文盲之苦，这是苏区教育一贯的着力点，也是秋白到任后推动苏区教育发展的又一主攻方向。在这方面，秋白除去掌握整体情况，进行面上指导外，还时常带领教育部门的同志下到县乡基层，督促、指导、协助开办各类扫盲班、识字组、夜校、俱乐部，推动文化学习的深入。同时，他还亲自参与编写通俗易懂、朗朗上口的识字课本，注重把传播文化知识和提高工农大众的政治觉悟结合起来。一时间，苏区大地上读书识字形成热潮，"天地间，人最灵。创造者，工农兵"的琅琅书声在夜空回荡。据当时中共中央和苏维埃中央政府机关报《红色中华》报道，1934 年上半年，整个中央苏区共有补习夜校 4562 所，识字小组 23286 个，参与者仅江西省内就多达 12 万人。毫无疑问，这生动的局面里是包含着秋白的艰辛劳动和巨大付出的。

是年 4 月初，秋白兼任了苏维埃大学的校长，这所大学的主要任务是为苏维埃政府培养干部。尽管学校仅单独存在了三个多月就并入了中央党校，但在建校之初，秋白调动当年担任上海大学教务长时积累的经验，对如何办学提出的若干设想和一些要求，依然具有重要的建设意义。其中如强调开门办学，注重社会实践，坚持课程设置与实际工作紧密结合等理念，现已成为党和人民教育事业的恒久传承。

发展为大众的文艺

党领导的红色文艺在红军时期已初具规模，但尚未形成严整的组织系统和管理体制，当时，负责苏区文艺工作的艺术局，便沿着服务于战时宣传教育的思路而隶属于政府的教育部。因此，来到苏区的秋白不但要领导教育工作，而且还兼管文艺。

秋白是中国革命文艺的开拓者和建设者，在这方面，他不仅怀有深挚的情感和浓郁的兴趣，而且具备精湛的造诣和丰厚的学养。因此，由他负责苏区的文艺工作，既是苏区之幸，也是本人所愿。

在秋白到来之前，苏区已成立了工农剧社，还创办了戏剧学校及其附设的剧团。秋白到任后，进一步加强和改进了学校及剧团的工作。基于文艺必须为大众服务这一认识，他建议以高尔基的名字为学校命名，同时将剧团正式定名为中央苏维埃剧团。当时，学校里真正懂专业、能胜任教师工作的只有钱壮飞等有限的几位，且都是兼职，以致无法满足教学需要。为了使学员尽快熟悉戏剧和舞台，组织上决定请几位俘虏过来的擅长导演或舞美的原白军军官帮助授课，一些学员囿于阶级意识而觉得不能接受，便以听不懂授课者的广东话为由表示拒绝。这时，秋白亲临学校给学员们说利害，讲道理，耐心做思想工作，直到解决问题。

在搞好学校教学的同时，秋白还要求剧团深入部队、村镇和集市进行演出，以群众喜闻乐见的形式，发挥文艺的宣传鼓动作用。后来按照上级部署，来自苏区工农剧社、红军大学和中央剧团的文艺工作者，统一编成了火星、红旗、战号三个剧团，在教育部直接领导下开展文艺活动，一时间，送戏到前线、演出在基层，成为中央苏区一道生动亮丽的风景，受到广大军民的欢迎。

秋白不遗余力地推动红色文艺的发展，但并不满足于表面的风风火火、热热闹闹，而是更注重随时总结工作，肯定成绩，发现不足，在提升作品质量上下功夫。话剧《无论如何要胜利》根据第四、第五次反"围剿"期间，广昌一对姐弟用生命守护红军秘密的真实故事编排而成，上演后感动了大批苏区军民，获得很好的效果。为此，秋白当即召开由作者、导演、演员等参加的座谈会，引导大家畅所欲言，既充分肯定了该剧切近现实生活、暴露敌人残暴、鼓舞民众斗志的优长，同时也指出了其台词生硬、抽象、难上口、不入耳的缺点。秋白强调："要用活人口里的话来写台词，不要硬搬书上的死句子。务要使人一听就懂，愿意听，欢喜听。让群众闭上眼睛听，也能听出来是什么样的人在什么样的环境下讲话。"（李伯钊《回忆瞿秋白同志》）这类客观公允、实事求是的研讨活动，无疑是对苏区文艺的扎实促进和有效的提升。

秋白一向关注《红色中华》这份党和苏区政府的机关报，还在上海时，他就撰写了《关于〈红色中华〉报的意见》，发表在苏区中央局机关刊物《斗争》上。秋白到苏区不久，《红色中华》报主编沙可夫因病要去苏联疗养，秋白便接替他担任了该报主编。当时，第五次反"围剿"正在进行，战争成为苏区一切工作的中心。秋白组织《红色中华》围绕这一中心开展宣传报道，推出了一系列介绍前方英勇作战、后方积极扩红的文章，动员人民群众为保卫革命根据地和红色政权贡献力量。与此同时，秋白还狠抓了报社的基础建设，成立了旨在联系基层和读者的通讯部，创办了指导通讯员写作的《工农通讯员》，进一步健全和扩大了通讯员队伍。《红色中华》的出版，一直坚持到红军主力撤出中央苏区后，才不得不暂且中止。

用一餐有盐的菜待客

当年的中央苏区山峦起伏，道路难行，而出于防空袭的考虑，各级机关、红军部队和相关单位的驻地又较为分散，在这种情况下，为了节约时间和方便工作，秋白学会了骑马。一时间，他策马疾行、四处奔波的身影，时常出现在崎岖的山道上和偏僻的村寨里。

据时任少共中央局宣传部长，后与张闻天结为伉俪的刘英回忆，在中央苏区，秋白的住所兼办公室是一间狭小的平房，"房里除了一张木床、一张破旧桌子和几条长板凳外，就是他的一个所谓书架：一块长木板上放了许多书和文件。这间房子的外面另有一间屋子，里面有一张旧长条桌和几条长板凳，这是大家开会的场所"。

> 每次开会，秋白同志总是热情地和大家打招呼，给大家倒水。尽管大家喝的是白开水，可是都很高兴，会场气氛活跃，谈笑风生。秋白同志喜欢用毛笔，在他的破旧桌上放着一个墨盒和几支毛笔，还有苏区造的粗黑纸张，可他用这些简陋的文具不知写了多少文件，花费了多少心血啊！（《瞿秋白同志在中央苏区》）

这段朴素平实的文字，或许可以作为秋白日常工作、生活以及接物待人的一幅速写、一帧侧影吧。

由于国民党军队的反复"围剿"和严密封锁，中央苏区物资十分匮乏，生活极为艰苦。当时，秋白和大家一样，每天的口粮不到一斤，但仍积极响应上级的号召，宁可自己挨饿也要省出一些粮食，支援前线和苏区百姓，结果他和他领导的教育部因节省"过火"而受到有关部门的"批评"。食盐更是奇缺之物，在中央苏区的最后一段时间里，整个机关"职无高低，人无老幼"，每人每天只有一钱盐。一天，住在别处的徐特立到教育部办公，午饭时，秋白热情地将其留了下来，原来是有同志送了秋白几两盐，他要和徐老有福同享。（参见徐特立20世纪50年代写给杨之华的信，后以《回忆与秋白同志在一起的时候》为题，收入人民文学出版社《忆秋白》一书）一餐有盐的菜，竟成就了秋白的待客之道，其中包含的境况与滋味委实令人唏嘘感喟。

秋白原本肺疾严重，时常咳血，来苏区后工作繁忙，营养又跟不上，以致三天两头发高烧，这让一些老朋友、老同志不能不为秋白的身体担心。他们一再叮嘱时任秋白秘书的庄东晓，要注意照料秋白的生活，尽可能增加一点营养。然而在当时的条件下，做到这点并不容易。多年之后，庄东晓回忆道："（我）要跑几里外的圩场上去才能买到一条鱼和几只鸡蛋。当煮好送到他的跟前时，他总是问东西是哪里来的，旁人有没有的吃，推来让去，给他弄点东西吃的任务，也不容易完成。有时邓大姐（邓颖超——引者）从几里路外，亲自跑来，送点面粉和白糖给他，并亲手煎几张糖饼给他吃，在当时敌人的封锁下，这已经是得来不易，最好的营养品了。"（《瞿秋白同志在中央苏区》）

在苏区期间，瞿秋白和毛泽东住得不远，因而往来较多，时常见面。当时，他们两人都受到"左"倾路线的压制和排挤，都对中国革命的命运和前途怀有深深的忧虑，其内心的沉重可想而知。只是他们每到一起，就会给彼此带来真诚的抚慰和由衷的欢乐。用庄东晓的话说，"每次见到他们两人，总是面带笑容，还常在一起谈笑咏诗呢……他们确是革命的乐观主义者"。可惜的是，戎马倥偬之间，这些诗作未能保存下来。

"我一定要为革命奋斗到底"

1934年10月，因"左"倾错误所导致的中央苏区第五次反"围剿"严重失利，红军和中央机关不得不进行大规模的战略转移，即开始长征。

在红军主力远行之前，中央决定，留下少部分干部和红军部队在当地坚持武装斗争，同时迷惑和牵制敌人。至于谁走谁留，则由李德、博古、周恩来组成的中央最高"三人团"决定。对此，张闻天日后曾有过说明："我只是依照最高'三人团'的通知行事，我记得他们规定了中央政府可以携带的中级干部数目字，我就提出了名单交他们批准。至于高级干部，则一律由最高'三人团'决定。"（《延安整风笔记》）显然是经过最高"三人团"的研究磋商、项英、陈毅、陈潭秋、何叔衡等一些高级干部留了下来，而在这个留下来的名单中也有秋白，他将出任中央局的宣传部长。

毫无疑问，以秋白一向的体弱多病，是根本无法适应敌后游击战争的残酷环境的。正因为如此，决定秋白留下来的消息一经证实，不仅使秋白自己感到意外，同时也让一些了解熟悉他的领导同志觉得不合情理，不可思议。从已知的史料看，当时毛泽东、张闻天，包括作为最高"三人团"成员的周恩来，以及时任苏维埃中央政府国民经济部长的吴黎平等，都曾提出过秋白应当跟大部队一起转移的意见，但最终都被党的"总负责人"博古以及李德以"秋白有肺病，不宜长途行军"为由而严词拒绝。隔着苍茫迷离的历史烟云，今天的人们也许很难判断博古态度的是非曲直——在这方面，党史研究者不乏歧见和争议——只是当我们在倾听并比较了多方面的声音之后，还是要禁不住说一句：面对秋白这样一位知识型、学者型的党的曾经的领袖，当时深陷教条主义和宗派主义泥潭的博古，显然缺少了应有的责任感和起码的同情心。

毋庸讳言，当年的秋白是希望和红军主力一起转战的，并为此而做了组织原则所允许的极为有限的努力，只是当他知道这种努力已属徒劳时，遂将涌动起伏的意绪强行收起，而代之以尽可能平静的心态，毅然决然地迎向血雨腥风。正像他在同吴黎平告别时所言："你们走了，祝你们一路顺。我们留下来的人，会努力工作的。我个人的命运，以后不知道怎么样，但是可以向战友们保证，我一定要为革命奋斗到底。同志们可以相信，我虽然历史

上犯过错误，但为党为革命之心，始终不渝。"（吴黎平《忆与秋白同志相处的日子及其他》）

关于秋白在苏区陷落后的情况，我不想使用太多的文学修辞和艺术手段加以表现，而更愿意凭借几段出自"过来人"之手，且经过峥嵘岁月淘洗的非虚构文字，以重现历史语境中的瞿秋白。

文字之一。徐特立在新中国成立后写给杨之华的信中，传递了这样一个细节：

> 长征出发时，我离秋白同志住的地方三十里，这里正是出发地点，我仓卒赶到出发地点，我们两人没有多谈，他和我换一马夫，以强壮的马夫给我……

尽管只是语气平淡的寥寥数语，但已经凸显了一个危急关头，情愿把安全和方便留给别人的瞿秋白。

文字之二。石联星的《秋白同志永生》中有这样的记述：我带领剧团在雩都演出，突然接到秋白打来的要我们立即返回瑞金的电报。到瑞金地界后，发现大批红军部队正在告别苏区。在瑞金城外一座孤零零的茅屋前，我们见到了秋白——

> 仍然穿着他来苏区时那套合身的棉袄，态度仍然是那样安详，站在屋檐下在等待我们。我们这二十几个孩子上前把他紧紧围住，抱着他，拉着他，望着他……他安详而平静地说："中央红军大部队走了，党中央走了，毛主席走了……不要难受，将来我们一定会再看到他们的。"他的话音是那样的坚定有力，使我们不觉逐渐收住了眼泪。

秋白同志的身体不好，有时还发烧，公家给他一匹马，可是他能走时总愿和大家一起走。有时还和我们一道爬山呢！还提议要刘秀章唱兴国山歌……到了一个目的地，我们可以休息……可秋白同志他们还要忙着审稿写稿，为《红色中华》的出版紧张地辛苦地工作着。

显然，在革命遭受挫折，形势趋于恶劣，个人亦怀有"委屈"的情况下，秋白依旧保持着坚定的信念和乐观的态度，并以忘我工作以及和同志们同甘共苦的实际行动，努力鼓舞和提振队伍的士气，从而表现出一个党的高级干部在逆境、困境乃至危境中，依旧铭记的崇高的党性和责任感。

文字之三。赵品三在《关于中央革命根据地话剧工作的回忆》中，提供了如下史实：红军主力转移后，苏区的三个剧团奉命留下来坚持斗争。已出任中央局宣传部长的瞿秋白，带领大家立足新形势开展演出活动——提倡群策群力搞创作，注意培养实践中涌现的青少年演员，积极推广优秀剧本，油印出版了苏区唯一的剧本集《号炮集》……1935年元宵节前夕，秋白在雩都组织了红土地上的最后一次文艺汇演。当"我"带领的战号剧团快要到达目的地时，"远远望见高山口的茶亭前有个黑点在摆动。爬到快要上去的半山腰，忽听上边发出：'同志们！加油！只有一里路了。'谁也没有想到，那是秋白同志冒雨来迎接大家。高兴之下，大家一口气爬上去……

"太阳下山不多一会儿，三个剧团的汇演就开始了，火星出一个话剧，红旗和战号也各出一个话剧。火星来一个歌剧或舞剧，其他剧团也要来个歌剧或舞剧。山歌、合唱、快板、活报、各种舞蹈，一夜谁也不让谁。……观众更凑劲儿，大雨都淋不散他们。"

孤立地看，这些文字是欢快甚至热烈的，只是一旦同当年苏区陷落后黑云压城的历史情境联系起来，就会有一种沉郁悲壮之气冉冉升起。而在这样的氛围中，秋白的精神风貌和工作安排则又一次呈现出属于他的"我是江南第一燕，为衔春色上云梢"的勇毅与执着，还有他"信是明年春再来，应有香如故"的从容与自信——而这或许可以作为秋白定格在红土地上的最终面影吧。

原载《满族文学》2021年第6期；部分内容以《瞿秋白同志早期文教工作》为题刊于《中华读书报》2021年9月18日

第三辑

品味鲁迅说萧红

一

1936 年 10 月 23 日，羁旅于日本东京的萧红，惊悉鲁迅与世长辞。次日，她强忍着心灵的剧痛致函萧军，其中有这样的文字：

> 关于周先生的死，二十一日的报上，我就渺渺茫茫知道一点，但我不相信自己是对的，我跑去问了那唯一的熟人，她说："你是不懂日本文的，你看错了。"我很希望我是看错，所以很安心的回来了，虽然去的时候是流着眼泪。
>
> 昨夜，我是不能不哭了。我看到一张中国报上清清楚楚登着他的照片，而且是那么痛苦的一刻。可惜我的哭声不能和你们的哭声混在一道。
>
> 现在他已经是离开我们五天了，不知现在他睡到那里去了？虽然在三个月前向他告别的时候，他是坐在藤椅上，而且说："每到码头，就有验病的上来，不要怕，中国人就专会吓呼（唬）中国人，茶房就会说：验病的来啦！来啦！……"

五天后，萧红在给萧军的信里又一次写道：

这几天，火上得不小，嘴唇又全烧破了。其实一个人的死是必然的，但知道那道理是道理，情感上就总不行。我们刚来到上海的时候，另外不认识更多的一个人了。在冷清清的亭子间里读着他的信，只有他，安慰着两个漂泊的灵魂！

……写到这里鼻子就酸了。

萧红的书信是蘸着泪水写成的。四十二年后的 1978 年 9 月，萧军为萧红书简作注释，他坦言："'注释'到这里，我的鼻子也酸了！"其实，被萧红书信所打动的，何止曾经与写信者相濡以沫、悲欢与共的萧军。即使像我们这样的普通读者，在时空条件已经全然不同的 21 世纪的今天，只要重读萧红信中这些文字，同样会觉得心潮起伏，眼帘湿润。

对于鲁迅，萧红是怀着深深的爱戴、景仰乃至依恋之情的。而这样的感情之所以生成，当然是因为鲁迅对她（也包括萧军）在文学和人生道路上的提携再造之恩——"有谁为了出版无名青年的新著，在重病之中，放下自己手中的译作，看初稿，改错字，把段落移前移后，向报刊推荐，遇到挫折之后安慰她，最后自己出钱，找寻印刷的场所，并亲自写序言推荐介绍呢？有谁为了使她在亭子间里安心写作，频频地给予精神上的鼓励与经济上的接济呢？""没有鲁迅，就没有萧红。"（肖凤《我为什么要写〈萧红传〉》）不过，除此之外，我总觉得鲁迅之于萧红，还有更深一层的作用和意义，这就是：精神上的深入启蒙和创作上的无形引领——鲁迅的作品、书信和言谈，特别是蕴含其中的思想与主张，使萧红开阔了眼界，丰富了知识，更加了解了人生、社会和文学，也进一步认清了文学天地里的自我优势与局限，从而于创作实践中迅速成熟起来，最终完成了由反抗社会压迫和家庭制裁的知识女性，向自觉探求民族命运乃至人类解放之途的女作家的本质性跨越。关于这点，萧红虽然没有留下太多的自我表述，但是，如果我们仔细品味鲁迅有关萧红创作的言谈和评价，同时对照萧红作品整体的精神取向和艺术风格，则不难获得比较清晰的认识。

二

从现存资料看，鲁迅第一次以文字评价萧红的作品，是在1935 年初春。这年的 1 月 26 日，在上海逐渐安顿下来的萧红，写了一篇题为《小六》的短篇小说，讲述城市里的穷孩子小六和她的双亲，迫于生活贫困和恶势力欺压，不得不多次搬家以致发疯和自杀的故事，其中很自然地融入了作家在哈尔滨的生活见闻和生命体验，以及她对底层受难者的悲悯与同情。萧军把这篇作品寄给鲁迅，鲁迅看后，觉得不错，便立即推荐给陈望道主编的《太白》杂志予以发表。在同年 2 月 9 日致萧红与萧军的信里，鲁迅郑重写道：

> 小说稿已看过了，都做得好的（因萧军在寄《小六》的同时也寄了自己的作品，故鲁迅在"已看过"之后，加了"都"字——引者）——不是客气话——充满着热情，和只玩些技巧的所谓"作家"的作品大两样。

以上评价虽然寥寥数语，但分明包含了两层意思：一、作为作家的萧红，具有人生的热情和相应的生活积累；二、萧红的作品不玩弄技巧，而是以生活的质感和生命的本色取胜。质之以《小六》，可知鲁迅的眼光是敏锐而独到的，他从萧红当时并不成熟的作品中，依然发现了闪光与可贵之处。换句话说，当萧红的创作尚处于起步阶段时，鲁迅便及时而准确地捕捉到了其中的个性和优长，并给予了充分肯定。

其实，如果我们站在今天的高度做历史回望，即可发现，鲁迅有关《小六》的评价，其意义哪里仅限于该作品本身，它实际上是透过一篇《小六》，在无意中觉察乃至揭示了萧红整体创作的某些特征。而这种觉察和揭示的剀切性与前瞻性，又恰恰被萧红全部的创作情况和艺术历程所证明——一方面，在中国现代文学史上，萧红有着一般女作家鲜有的艰难曲折的人生经历，而这种人生经历又都深深地打上了那个时代特有的屈辱、动荡和痛苦的印记，它们强烈地压迫和折磨着萧红的心灵，同时也激励着她以抗争乃至战斗的姿态，作出精神和文学的回应，于是，萧红笔下不断叠映着死亡边的沉吟，幻灭间的挣扎，沉沦中的觉醒，溃败里的憧憬。这也就是鲁迅所说的，在黑暗和沉重的现实面前，她依旧"充满着热情"。另一方面，萧红又是一位以主体性、表现性和感受性见长的作家，她的文学世界在很大程度上是其坎坷和漂泊人生的直接呈现；她的一些优秀作品，如《王阿嫂的死》《生死场》《商市街》《呼兰河传》等，殆皆充盈着强烈的女性意识与鲜活的生命体验，是这一切的去除了矫情与雕饰的天然外化，靠的是用生活和生命的本真来感染人、打动人。在这一维度上，萧红确如鲁迅所言："和只玩些技巧的所谓'作家'的作品大两样。"

三

鲁迅与萧红相识并对她有了较多的了解后，曾将她的中篇小说《生死场》报送国民党中央宣传部的书报检查机关，希望能通过他们的检查，以便公开出版。而在历经半年搁置，最终仍遭封杀的情况下，鲁迅毅然决定，将其列为"奴隶丛书"的第三种，自费印行。这时，鲁迅应萧红之请，撰写了著名的《萧红作〈生死场〉序》。其中涉及对该书评价的是这样一段文字：

> 这本稿子的到了我的桌上，已是今年的春天，我早重回闸北，周围又复熙熙攘攘的时候了。但却看见了五年以前，以及更早的哈尔滨。这自然还不过是略图，叙事和写景，胜于人物的描写，然而北方人民的对于生的坚强，对于死的挣扎，却往往已经力透纸背；女性作者的细致的观察和越轨的笔致，又增加了不少明丽和新鲜。精神是健全的，就是深恶文艺和功利有关的人，如果看起来，他不幸得很，他也难免不能毫无所得。

在熟悉鲁迅和萧红著作的研究者那里，这段文字早已不再陌生，其中"北方人民的对于生的坚强，对于死的挣扎……"，以及"女性作者的细致的观察和越轨的笔致"云云，曾经一次次被称引、被激赏，借以说明鲁迅的高屋建瓴和萧红的峥嵘奇崛，以及一部《生死场》所承载的"为人生"的力量。毫无疑问，这是顺理成章，无可挑剔的。鲁迅这段话确实以凝练简捷的语言，高度概括也十分准确地阐明了一部《生死场》的个性和价值所在。只是其中所谓"越轨的笔致"，作为一种肯定性评价，到底指的是什么？由于鲁迅本人不曾展开讲述，而一些研究者又每每持人云亦云、不求甚解的态度，所以，大多数读者恐怕仍有些云里雾里，不得要领。而这一点对于理解和认识鲁迅眼中的萧红和《生死场》，偏偏又十分重要，因此，我们有必要尽量还原鲁迅的思路，并稍加诠释。

早在 1921 年，鲁迅就在《〈战争中的威尔珂〉译者附记》里，热情称赞保加利亚作家跋佐夫，"不但是革命的文人，也是旧文学的轨道破坏者"。由此可见，在鲁迅笔下，"轨"或者"轨道"，可以作规约、习惯乃至窠臼、教条解；而"越轨的笔致"，便是指作家冲破了规约和习惯，打碎了窠臼与教条的自由大胆的书写。以这样的眼光来打量《生死场》，我们可以发现，它至少有两个方面，表现得"离经叛道"，不同凡响。

第一，敢于直面生活的惨烈和人性的丑陋。自从孔子提出"温柔敦厚"的诗教，"乐而不淫，哀而不伤，怨而不怒"的中和之美，就一直影响着历代中国作家，是他们自觉或不自觉地遵循着的一种艺术圭臬。这种圭臬给文学表达带来了某种秩序、节制与含蓄，但同时也抑制了作家的生命意志与创造能力，特别是抑制了他们对生活与社会的大胆干预和如实描摹。对此，鲁迅深感忧虑和不满，故而一再指出："非有天马行空似的大精神即无大艺术的产生。"（《苦闷的象征》引言）"没有冲破一切传统思想和手法的闯将，中国是不会有真的新文艺的。"（《论睁了眼看》）在这一点上，萧红应是鲁迅的知音，反映到创作上便是，她的《生死场》似乎没有更多地考虑哪些能写、哪些不能写，以及书写中的规矩、程度、分寸等问题，而是坚定地从生活真实出发，以一种不加粉饰、无所顾忌的姿态，把一些活生生、惨兮兮、血淋淋的场景画面，勇敢地铺展在读者面前：王婆给别人接生，"一遇到孩子不能养下来，我就去拿着钩子，也许用那个掘菜的刀子，把孩子从娘的肚子里硬搅出来"，而她自己三岁的孩子，却不小心摔死在坚硬的铁犁下；病瘫在炕上的月英，被自己的排泄物"淹浸"，"身体将变成小虫们的洞穴"；五姑姑的姐姐生孩子，"用人拖着产妇站起来，立刻孩子掉到炕上……女人横在血光中，用肉体来浸着血"；王婆服毒后又活了过来，丈夫赵三以为她"诈尸"，便将扁担"扎实的刀一般切在王婆的腰间。她的肚子和胸膛突然增胀，像是鱼泡似地……血从口腔直喷，射了赵三的满单衫"。诸如此类的描写，孤立起来看，颇有些触目惊心，惨不忍睹，但用之于表现那一方人众的精神状态与生存现实，特别是用来凸显其中包含的痛苦、悲惨和愚昧，却是准确的、传神的、必要的。至于它所充盈的清醒的批判意识与巨大的醒世力量，更是"为人生"的新文学应当珍视与发扬的。在这一意义上，它获得鲁迅的奖掖，是再正常不过的事情。

　　第二，性爱描写的直接、大胆和健康。对于传统的、正宗的中国文学而言，性爱表达一向颇多禁忌。五四之后，这种禁忌虽有所减弱或突破，但具体到为数不多的现代女作家笔下，依然大致保持着缠绵悱恻、欲说还休的风格。相比之下，《生死场》明显不同，它涉及性爱的文字是果敢、率真和泼辣的。你看：打鱼村的李二婶子，"奶子那样高，好像两个对立的小岭"，她和一帮女人说起男女之事，竟是那般全无顾忌；金枝未婚先孕，肚子已经大起来，但成业依旧将她当成发泄本能的工具，竟然压在墙角的灰堆上做爱；还有婶娘不无炫耀地对侄儿讲自己当年的嫁人经历；都市女工店里"缝穷婆"对"秃头妇人"放肆而粗俗的笑骂，等等。这样一些描写出现于萧红笔下，自然不仅仅是一个手法和表现问题，在其深层起作用的，无疑还是作家也许并不那么自觉的文学观与审美观，即一种对于人类性爱行为与现象的更为豁达的理解和愈发坦然的认知。而在这方面，鲁迅一向持有科学、前卫和睿智的态度。早在"五四"前夕，他就鼓励青年人勇敢发出爱的呼唤："是黄莺便黄莺般叫；是鸱鸮便鸱鸮般叫。我们不必学那才从私窝子里跨出脚，便说'中国道德第一'的人的声音。"（《随感录四十》)1922 年，当有人以"堕落轻薄"之类的借口攻击青年诗人清新自然的爱情诗时，他立即撰文予以驳斥："我以为中国之所谓道德家的神经，自古以来，未免过敏而又过敏了，看见一句'意中人'，便即想到《金瓶梅》，看见一个'瞟'字，便即穿凿到别的事情上去。然而一切青年的心，却未必都如此不净。"(《反对"含泪"的批评家》)而在自己的神话小说《补天》里，那裸体的女娲更是直接且热烈地映现出性感的美丽和充实，有一种惊世骇俗的力量。正因为如此，鲁迅对《生死场》中的性爱描写是首肯的，并立足于现代文学发展的大背景，给予了笔致"越轨"的称赞。在此，我们不能不佩服先生的眼光和勇气。

鲁迅充分肯定了《生死场》的成就和优长，但是却没有因此就忽略这篇作品的缺憾和不足。还是在前边所引的《序言》中的那段文字里，鲁迅便留下了所谓"叙事和写景，胜于人物的描写"一语，这实际上是在肯定性的评价中，委婉地表达了批评性的意见。为了让萧红及时意识到这一点，鲁迅在将《生死场》序言寄给二萧之后，又在次日写给他们的信里做了特别提示："那序文上，有一句'叙事写景，胜于描写人物'，也并不是好话，也可以解作描写人物并不怎么好。因为做序文，也要顾及销路，所以只得说的弯曲一点。"而鲁迅指出的《生死场》的这一薄弱环节，同样是有的放矢，切中肯綮的，日后几成为萧红研究者的一种共识。

四

1936 年 5 月，美国记者埃德加·斯诺，在去延安前，再次拜访了鲁迅。斯诺的此次拜访，是肩负着特殊使命的——当时，斯诺夫人海伦·福斯特正在配合斯诺选编的小说集《活的中国》撰写长篇论文《现代中国文学运动》。为了写好这篇论文，海伦列出了一个计有二十三个大问题、三十多个小问题的单子，请丈夫到上海时向鲁迅当面请教。对此，鲁迅做了认真回答。其中在谈到第三个大问题，即"包括诗人和戏剧作家在内，最优秀的左翼作家有哪些"的时候，鲁迅先是列举了茅盾、叶紫、艾芜、沙汀、周文、柔石、郭沫若，随后便又一次谈到了萧红：

> 田军（即萧军——引者）的妻子萧红，是当今中国最有前途的女作家，很可能成为丁玲的后继者，而且她接替丁玲的时间，要比丁玲接替冰心的时间早得多。

自从斯诺当年采访鲁迅的记录整理稿被旅美的中国学者安危发现，并于1987年译介到中国，以上这段提出了"接替说"的文字，便不时出现在一些文章和书籍中。显然，文学界和学术界并不怀疑文字本身的真实性与可靠性，但是对于"接替说"的内容和观点，却有学者提出了不同的看法。

如若按照鲁迅的这个评价，冰心早在七八十年前就被丁玲"接替"了，"完了"，可事实远非如此。对冰心在二十世纪中国文学，特别是对下一代产生深远影响的儿童文学上的巨大成就，以及文字上的驾驭能力，中外读者是有目共睹的，并不因为鲁迅不认为她是"左翼作家"而失去一丝光辉。萧红作品的魅力迄今仍在，还远涉海外多个国家和地区，但她死得太早。丁玲作品的左翼倾向因了一部获得斯大林奖金的长篇小说《太阳照在桑干河上》更上一层楼，但在她晚年却因为受飞来横祸遭长期流放、坐牢而大有失落。总之，这三位女性作家各有千秋，其创作内容、创作风格也大相径庭，在二十世纪的中国文坛上都领有自己的一席显赫之地，而在事实上也并不存在如鲁迅认定的谁"接替"谁的说法。

——秋石《"五四"传统的忠实守护者——由"鲁迅从未公开谈论过冰心"说起》

其实，用今天文坛通行的关于冰心、丁玲和萧红三位女作家的一般性评价，来衡量进而质疑鲁迅的"接替说"，是难免将问题笼而统之、大而化之的。事实上，鲁迅当年提出"接替说"，绝非全无依凭或不经思考的随口一谈，更不是出于个人好恶的扬此抑彼，相反，它既联系着当时的历史条件和社会环境，又体现了个人的文学趣味与鉴赏逻辑，内中是包含了较高的认识价值和文学史意义的。

第一，在鲁迅当时的语境里，"接替"的意思是衔接和赓续，而并非取代和压倒。这也就是说，在鲁迅看来，冰心、丁玲和萧红都是中国现代文学史上最优秀的女作家——唯其如此，他在回答斯诺的全部提问时，才对三位女作家都做了明确肯定——只是从年龄、成就、趋势、潜力以及与时代之关系的角度看，她们有可能在不同的时间段里，依次成为中国女性文学的代表人物。这是鲁迅"接替说"的基本意涵，也是我们理解"接替说"的重要前提。

第二，"接替说"是鲁迅在介绍和推荐萧红时提出来的。其中说萧红"很可能成为丁玲的后继者"是中心断语，而"丁玲接替冰心"云云，只是为了强化和坐实这一断语所作的附加性说明，即用丁玲接替冰心的已然性，来进一步阐述萧红接替丁玲的可能性。因此，我们理解"接替说"，应当把重点放在萧红与丁玲身上。当然，这里需要稍加枝蔓的是：斯诺提出的第三个大问题，以"最优秀的左翼作家"为限定，鲁迅说萧红是"最有前途的女作家"，以及她有可能接替丁玲，也是在左翼作家的限定之内，但他接下来谈到丁玲接替冰心，却溢出了这个范围，因为冰心并非通常所说的左翼作家。关于这点，鲁迅在回答斯诺的问题时，原本有着清楚的划分和表述，但这里却出现了一时的混乱，好在并不影响"接替说"的中心断语。

第三，按照鲁迅的文学观念和眼光，丁玲接替冰心，自有其历史和时代的必然性。纵观20世纪中国文学史，冰心无疑是个性盎然、贡献独特的重要作家，她笔下由母亲之爱、儿童之爱和自然之爱构成的"爱的哲学"，以及"有了爱就有了一切"的基本主题，闪耀着善良、博大、圣洁的人性光辉，自然具有恒久的精神价值。只是这一切出现于20世纪二三十年代的中国，就颇有些不合时宜——面对风沙漫天、虎狼遍地的社会现实，过于夸大爱的力量，不仅失之天真，而且易陷虚幻。鲁迅显然意识到了这一点，故而他在与斯诺交谈时，一方面认定冰心是现代中国"最优秀"的诗人和作家之一；一方面又不无遗憾地指出："在她的作品中，从来没有文化方面的问题……她无意使她的作品带上某种倾向或目的，她的作品全是供青少年消遣的无害读物。"丁玲的创作显然是另一种情况。她的早期作品如《梦珂》《莎菲女士的日记》等，就饱含着困惑与苦痛，体现着追求与抗争，至1930年前后，她捧出的《韦护》《年前的一天》《一九三〇年春上海》（之一、之二）等，已经直接汇入了左翼文学的洪流，稍后的《水》更是得到了茅盾和冯雪峰的高度评价，被视为左翼文学的重要收获。这一切在一向注重文学社会意义的鲁迅看来，自然更有现实的冲击力和影响力，其作家也更足以作为女性文学的代表。

第四，鲁迅认为萧红有可能较快接替丁玲，与他听说丁玲被捕后所发生的变化有关。1933年5月，丁玲在上海被捕。不久即传出殉难的消息，鲁迅闻知悲愤异常，挥笔写下七绝《悼丁君》，以示追思和抗议。后来，复有丁玲未死但已叛变的种种说法在社会上流布。鲁迅一时无法辨别其中的真伪，但依稀觉得，此后的丁玲很难继续从事先前那种创作了，即所谓："丁君确健在，但此后大约未必再有文章，或再有先前那样的文章，因为这是健在的代价。"（1934年9月4日致王志之）丁玲的文学生命既然意外终止，那么，异军突起的萧红，承前启后，成为左翼女作家的代表人物，也就势在必然。

第五，鲁迅之所以敢于大胆预言萧红的创作前景，及其文学史地位，最终还是因为在萧红身上发现了独立不羁、难能可贵的文学潜质。无论从现代文学的视野考察，抑或就左翼文学的范围立论，萧红都是一位高度个性化、风格化的作家，她的一些重要创作追求，均与当时的主流文学保持着一定距离，从而呈现出大胆探求、我行我素的艺术向度。不是吗？萧红走上文坛是在日寇侵华、民族危亡的背景之下，当时，唤醒国人，动员抗战，是文学的重要任务和基本主题。萧红自然也写抗战，且以抗战作家闻名于世，但她笔下的抗战内容，却分明交织着对人性愚昧的鞭挞，对国民病态的批判，这样写成的作品不仅具有了人类意识，而且传递出"复调"效果。萧红目睹过人间的不平，也亲历过贫病的折磨，这决定了她的创作始终关注着社会底层的种种痛苦与不幸。而在揭示一切之所以生成的原因时，她并不单单使用当时多见的阶级意识，而是更多融入了女性的立场与视角，从而告诉人们：旧中国妇女是阶级压迫和性别压迫的双重奴隶，是最为悲惨、最值得同情的一群。萧红的艺术瞳孔聚焦传统的乡土社会，但又不拘囿于此，而是以此为基点，努力向现代都市文明乃至殖民文化领域开掘与拓展，以此有效地丰富了作品覆盖力和表现力。萧红倾心经典阅读，注重文化积淀，但绝不迷信权威、因袭教条。她怀着创新的愿望和超越的抱负，大胆开辟属于自己的文体天地和语言世界，堪称艺术的拓荒者和实验者。

以上这些，固然是我们以今天的眼光概括和评价萧红的结果，但是，在萧红与鲁迅相识并在其关怀下迅速成长的当年，所有这些均已展露了良好的端倪和可喜的态势。以鲁迅的敏锐和老辣，自会有清醒且清晰的认识。况且萧红的创作追求竟是那样密切地呼应着鲁迅自己的文学主张！唯其如此，鲁迅在与文学界的朋友聊天时，才会每每向大家推荐萧红，"认为在写作前途上看起来，萧红先生是更有希望的"（景宋《追忆萧红》）。也正是沿着这样的思路，鲁迅将萧红作为"当今中国最有前途的女作家"，郑重推荐给斯诺，进而提出了他的"接替说"。

时至今日，萧红的影响无疑正在扩大和提升——不仅国内文学界和研究界出现了前所未有的"萧红热"，一些精英女作家纷纷视萧红为精神先驱；即使国际汉学界乃至文学界，亦开始将关注的目光更多地投向萧红。其中就连对左翼文学一向不无保留的夏志清先生，亦在《中国现代小说史·中译本序》里公开表示："四五年前，我平生第一次有系统地读了萧红的作品，真认为我书里未把《生死场》、《呼兰河传》加以评论，实是不可宽恕的疏忽。"在这一番情景与声音面前，我们对鲁迅当年的"接替说"，或许会有一些新的理解与感悟吧！

原载《艺术广角》2012 年第 1 期

萧红：瞩望延安的纠结

一

1938 年 2 月 24 日，因出任山西民族革命大学教职而奔波于晋陕大地的女作家萧红，在山西运城给哈尔滨时的老同学、当时已到延安的高原写了一封信，其中有这样的文字：

> ……因为现在我是在民大教书了。运城是民大第三分校。这回是我一个人来的。从这里也许到延安去，没有工作，是去那里看看。二月底从运城出发，大概三月五日左右到延安。假若你去时，那是好的，若不去时，比你不来信还难过……

显然，这封信是萧红向好朋友通报自己很可能有延安之行，并预约见面的。其中不仅介绍了此行的相关情况，如"是我一个人来的"，即没有萧军作陪；到延安只是"看看"，即了解和感受一下那里的环境与氛围，并没有参加有组织的"工作"等；同时还披露了比较具体的行程和时间。由此可见，在当时的萧红看来，去延安已经是没有太多悬念的事情。不过，萧红所说的延安之行并没有成为现实。原因是萧红去延安需要跟随丁玲率领的八路军西北战地服务团一起行动。而西战团突然接到了总部关于暂不回延安，转到西安国统区开展抗日宣传工作的命令。在这种情况下，萧红只能随丁玲的团队先到西安。

此后一段时间，暂住西安的萧红，在是否仍然去延安的问题上，留下了一些相互矛盾的信息。据聂绀弩的散文《在西安》描述，大约是3月下旬的某一天，将随丁玲赴延安公干的聂绀弩，在同萧红一起吃饭时，曾邀请萧红搭伴去延安走一趟，萧红明确表示："我不想去。"接下来，聂绀弩问："为什么？"并进一步动员她："说不定会在那里碰见萧军。"萧红没有回答为什么，只是说，萧军不会去延安，以他的性格，应当是到别的什么地方打游击去了。

可是，就在几天之后的3月30日，萧红为商量话剧《突击》剧本在《七月》发表以及稿酬事宜，致函尚在武汉的胡风，其中又披露了自己仍准备去延安的意思："现在萧军到延安了，聂（指聂绀弩——引者）也去了，我和端木尚留在西安，因为车子问题。"对于萧红所谓因交通问题而暂时未去延安，当代学者季红真女士表示怀疑，认为萧红是考虑到胡风的共产党员身份而说了假话，她这时实际上已经打消了去延安的念头。在我看来，情况未必如此。这里，一个必须正视的事实是，在1938年的时空条件下，从西安到延安并不是件轻而易举的事情。两地之间不仅沟壑起伏，路途艰难，而且社情复杂，民团出没，即使已经联合抗日的国军与红军，也是楚河汉界，各有防范。关于这点，丁玲讲述自己1936年由西安到延安经历的散文《我怎样来陕北的》，可以在很大程度上提供真切的参照，其中那时而乘车、时而骑马、时而还要穿过地主武装监视的场景，足以让人感受到路途的坎坷与凶险。试想，由组织安排、武装护送的丁玲，从西安到延安尚且不易，作为文弱女作家的萧红，如果不随西战团行动，或没有齐备的手续以及便利的交通工具，要想由西安去延安，几乎没有可能。唯其如此，萧红对胡风说"因为车子问题"而暂时未能去延安，还是可信的，我们没有理由断定这是假话或托词。

那么，此时的萧红到底是想去延安还是不想去？相对准确合理的答案庶几是：她既想去又不想去，她有时想去有时又不想去。换言之，在是否去延安的问题上，萧红遇到了人生选择的困难，以致产生了复杂严重的内心纠结。

萧红最终还是放弃了去延安的打算。十几天后的4月17日或18日夜晚，她告别了丁玲和西战团，同端木蕻良一起，登上了重返武汉的火车。在萧红动身之前，丁玲出于朋友的善意曾予以挽留，再次劝萧红和自己一起去延安，且说出了自认为足以让萧红心动的理由，但却没有结果。四年后，丁玲在《风雨中忆萧红》一文里，对当时的情况作了深情的追述：

> 那时候我很希望她能来延安，平静地住一时期之后而致全力于著作。抗战开始后，短时期的劳累奔波似乎使她感到不知在什么地方能安排生活。她或许比我适于幽美平静。延安虽不够作为一个写作的百年长久之处，然在抗战中，的确可以使一个人少顾虑于日常琐碎，而策划于较远大的，并且这里有一种朝气，或者会使她能更健康些。但萧红却南去了。

此中的意味迄今值得我们久久咀嚼。

二

萧红为什么取消了计划中的延安之行？对此，萧红研究者和传记作家曾提出过一些观点和说法。现在，我们来看看这些观点和说法是否能够站住脚。

一种传播较广的观点和说法是，萧红之所以没有去延安，是因为她不愿意在那里再见到萧军。1979 年 11 月，传记女作家肖凤曾专访萧红当年的好友舒群。后来，她将这次专访的内容写进了《萧红传》，其中第七章"婚变"里有这样的转述：萧红由西安返回武汉后，"常常到读书生活出版社的书库里去找舒群。舒群当时正住在那里编《战地》，萧红一来到舒群的住处，就把脚上的鞋子一踢，栽倒在床上，一躺就是一天，心情很苦闷。舒群极力地劝说她到延安去，她不肯，原因是她不愿意遇见萧军。为此曾和舒群发生了激烈的争吵"。这就是说，萧红当年曾经明确告诉舒群，她不肯去延安，是因为要避开萧军。无独有偶，亲历过萧红与萧军的西安婚变，并继而成为萧红丈夫的端木，在 1980 年 6 月 25 日与美籍汉学家葛浩文谈话时，亦明言萧红和自己当年没有去延安的原因，就是为了躲萧军，即所谓"他去延安，我们就去武汉，因为上延安将来还有机会，何必赶这风波时去呢？"（《我与萧红》）

"回避萧军说"因为有萧红和端木的说法作依据，所以乍一听来，言之凿凿，似乎毋庸置疑，只是如果综合各方面的材料加以分析考辨，即可发现，事情远不是那么简单。来自萧红和端木的说法其实存在破绽，故而经不起推敲。

从现存有关萧军与萧红分手的第一手资料看，虽然细节上有一些差异或模糊，但两位当事者在整个事件过程中的基本行为和态度是大致清晰的：临汾沦陷前，是萧军首先声明自己要去战场打游击，而萧红则以"各尽所能"为理由，苦劝萧军留下，继续成就文学事业。西安再聚首，又是萧军率先向萧红和端木做了未免荒唐的发声："你们俩结婚吧，他要和丁玲结婚。"（端木蕻良《我与萧红》）——出自端木之口的这一细节不见于萧军的自述，但从当时以及后来的一些情况看，应当是可信的——致使萧红不得不接受分手的事实。这足以说明，在分手问题上，萧军是主动的和决绝的——只是在得知萧红怀了自己的孩子时有过短暂的动摇——而萧红则不无被动和留恋。正是基于这样的事实，我们说，即使在劳燕分飞之后，萧红至少在潜意识里仍然保留着对萧军的一份感情、一份牵挂。明白了这一点，我们也就明白了后来的萧红，在梅志家中看到萧军的兰州来信并得知他已经再婚时，为什么要神情失色，以至连梅志都为她对萧军的余情感到惊讶。也就明白了已经是端木夫人的萧红，何以总是放不下萧军，时而让他充当作品人物，时而想请他来一起办杂志，甚至在生命的危难时刻，她想到的还是萧军，坚信"若是萧军在四川，我打一个电报给他，请他接我出去，他一定会来接我的"（骆宾基《萧红小传》）。试想，萧红心中既然藏有这样一种情愫，那么，躲避萧军会成为她不去延安的理由吗？

不仅如此，还有更有力的材料可以证明"回避萧军说"的无法成立：1938年夏天，萧红以不想见萧军为由，拒绝舒群去延安的劝告时，她心里其实非常清楚，这时的萧军根本就不在延安。我们作如此断言的依据至少有二：第一，当年的萧军在终结了与萧红的感情后，并没有打算立即去延安，而是因为听说盛世才在新疆招徕抗日人才，所以准备去那里工作。这时，同样寄身于西战团的戏剧家塞克等，准备去兰州支援西北抗战剧团，于是，萧军便与塞克等搭伴先赴兰州。他们于4月17日，即萧红和端木返回武汉的同一天或前一天，乘汽车离开西安。此后，萧军辗转于兰州、西安、成都、重庆等地，他再次抵达延安已是1940年的6

月份。如前所述，分手之后的萧红对萧军依旧深藏余情，这决定了她对萧军以后的去向不可能漠不关心，全然不问。况且当时萧红、萧军和整个西战团都住在一起，烽火岁月里朋友之间的聚首与话别，是很重要的生活内容，萧红即使想回避有关萧军的信息，恐怕也办不到。第二，1938年5月14日，《抗战文艺》第1卷第4号刊登了一则"文艺简报"："萧军、萧红、端木蕻良、聂绀弩、艾青、田间等，前于11月间离汉赴临汾民大任课。临汾失陷后，萧军已与塞克同赴兰州，田间入丁玲西北战地服务队，艾青、聂绀弩先后返汉，端木蕻良和萧红亦于日前到汉。"《抗战文艺》由中华全国文艺界抗敌协会主办，是抗战时期极有影响的主张抗战、团结和进步的文艺刊物，萧红作为著名的抗日作家，不可能不读这份刊物，更不可能不关心刊物上登载的有关自己和朋友们的消息。如果这样推论没有不妥，那么，萧红仅仅凭借《抗战文艺》提供的信息，也应该知道萧军大致的行踪去向，知道他并没有去延安。

明明知道萧军不在延安，却又偏偏把躲避萧军说成是自己不想去延安的理由，这在萧红那里意味着什么？唯一合理的解释只能是：萧红的未去延安，有着在舒群面前不便明言也不易说清的隐衷。在这种情况下，与其吞吞吐吐，勉为其难，倒不如甩出"回避萧军"作为搪塞和敷衍。由此可见，"回避萧军说"其实不可凭信。

三

在近年来的网络媒体上，还出现了一种据说是来自日本学者的观点和说法：萧红之所以没有去延安，是因为她不喜欢和丁玲在一起。这种"回避丁玲说"所依据的事情原委大致是这样的：

当年，萧红由西安回到武汉，见到昔日的日本女友池田幸子。池田幸子问萧红，为什么没有去延安？萧红回答，我再也受不了同丁玲在一起。为此，池田还加以解释，纤细的萧红实在无法适应丁玲身上的一些习性。

因为间隔了太多的时空烟尘，我们今天已经很难考订"回避丁玲说"的来龙去脉，以及它是否属于以讹传讹，不过，正像"回避萧军说"的问题，在于其经不起从历史出发的综合分析一样，当我们将"回避丁玲说"置于多位当事者的记忆之中和讲述之下，即可发现，找不到任何可以与之呼应的蛛丝马迹；相反，倒有不少材料证明，萧红与丁玲曾经惺惺相惜。

第一，在"回避丁玲说"里，丁玲是萧红回避的对象。如果萧红果真不喜欢丁玲，按说，丁玲应当感觉到来自萧红的芥蒂和不满，并因此而同萧红保持距离，可事实正好相反，丁玲同萧红在一起时，相互之间一直是亲密、欢乐和友善的，正如丁玲的《风雨中忆萧红》所写："我们都很亲切，彼此并不感觉到有什么孤僻的性格。我们尽情地在一块唱歌，每夜谈到很晚才睡觉。当然我们之中在思想上，在感情上，在性格上都不是没有差异，然而彼此都能理解，并不会因为不同意见或不同嗜好而争吵，而揶揄……我们痛饮过，我们也同度过风雨之夕。我们也互相倾诉……我们又实在觉得是很亲近的。"尽管丁玲的感受不能代替萧红的感受，然而，作为一种朋友情意的深挚表达，谁又能说在丁玲感受到的"亲近"里，并不包括来自萧红的回应与推助呢？

第二，萧军在很大程度上见证了萧红与丁玲的相聚与过从。在萧军眼里，萧红和丁玲之间同样是亲近和融洽的。为此，他在长篇散文《侧面》里写道：丁玲自觉让出空间，让萧红和萧军讨论个人问题；而萧红则同作家朋友一起，主动集资为丁玲和西战团添置照相机。正因为如此，萧军在决定一个人去五台山打游击时，才一再请求丁玲能够照顾和保护萧红。

第三，端木蕻良是丁玲和萧红相聚的又一位目击者。在端木的回忆里，当时的情景可谓热烈而欢乐："萧红和我们都是第一次同丁玲见面，当时大家都很高兴和兴奋。尤其在战争开始后见面，每天谈得很晚。丁玲把她的皮靴和军大衣送给萧红，大家关系比较融洽，接触非常密切。"端木还特别提供了一个细节："到西安，丁玲住在八路军办事处，我们住在民族革命大学在西安的招待所。后来觉得没什么意思，就搬到办事处七贤庄……虽然西安的招待所住、吃都好，但我们愿和战士一起住、吃，那段生活还是很有意思的。"（《我与萧红》）情愿放弃吃住条件都好的民大招待所，而搬到丁玲所住的比较简陋的八路军办事处，这样的行动中，应该包含了萧红对丁玲的好感与亲近吧？

第四，诚然，萧红没有写过有关丁玲的文学作品，但是，她在生命最后一段时间与骆宾基的长谈中，却不止一次地谈起过丁玲。后来，骆宾基把这些写进了他的《萧红小传》。譬如，萧红说："丁玲有些英雄的气魄，然而她那笑，那明亮的眼睛，仍然是一个女子的柔和。"显然，这是一种肯定性的评价。他们还谈到冯雪峰未能写完的长篇小说《卢代之死》，萧红当即表示，将来有条件时，要邀请朋友们一起来续补这部作品。而在拟邀的朋友名单里，排在第一位的正是丁玲。仅凭这一点，我们就不能说萧红不愿意再见到丁玲。

面对这样的史实记叙，我们怎能相信萧红未去延安是为了"躲避丁玲"呢？

四

随着国内思想学术风气的转换，针对萧红未去延安一事，近年来又有作家学者从思想观念和政治倾向的角度做出了解释。譬如，有人认为萧红具有"自由主义的政治立场"，"是一位纯粹的自由主义作家"，故而反感"意识形态的话语霸权"。对她来说，延安未必有太大的吸引力，不去延安倒有一定的必然性。诗人牛汉先生的说法则更为直率，他在口述回忆录里明言："萧红强调个人的自由，她清醒、坚定，没有像大多数人那样到延安去。他很坚定。到延安去要接受改造。到延安的作家，大多没有什么富有个性的作品。"(《我仍在苦苦跋涉》)

在自由主义逐渐成为一种价值的语境里，出现上述观点和说法是很正常的，它们折映出一些学人试图摆脱因袭，拓展思路，重新认识和评价萧红的良好愿望，遗憾的是，所有这些观点和说法并不符合萧红的思想实际和生命实践，当然也就无法揭示萧红最终未去延安的真正原因。

先看自由主义与萧红。如所周知，自由主义作为一种思想体系和意识形态，虽然在18、19世纪的资本主义世界获得了广泛传播与积极实践，但是，它在20世纪初进入半殖民地半封建的旧中国之后，却因为社会土壤和环境条件的巨大差异而始终显得步履蹒跚，境遇尴尬。不仅整体声音苍白微弱，而且很难造就从思想到行动的严格意义上的自由主义者。多年来，一些学者喜欢对胡适或鲁迅做自由主义的诠释和演绎，但在我看来，也只能说是此二位身上较多地体现了自由主义的某些元素而已。须知，无论是胡适"诤臣"或"诤友"的自我定位，抑或是鲁迅"一个也不宽恕"的生命遗言，恐怕都不符合典型的自由主义者应有的精神特征。在这种情况下，拉上萧红来充实自由主义作家的阵容，便显得更加生硬和勉强。事实上，我们从萧红的全部作品中，很难发现可以与自由主义相联系、相化约的内容，更看不见作家与自由主义之间的精神线索，即使近年来被屡屡称引的所谓"作家不是属于某个阶级"的观点，恐怕也算不上自由主义作家的根本标识；相反，那一个个承载着饥饿、流浪、压迫、杀戮和愚昧的艺术场景，那一幕幕体现了"生的坚强"和"死的挣扎"的人间活剧，却无异于告诉读者：所有这些较之自由主义所崇尚的自由、平等、博爱，等等，委实相去甚远；与自由主义所倡导的社会批判也迥异其旨，它们属于两个完全不同的意义空间。换句更直接明了的话说，在精神和艺术世界的创造上，萧红与自由主义无缘。这里，需要特别指出的是，当下有的作家学者正是把萧红未去延安当成了界定其自由主义倾向的主要依据，这种不加辨析的"反果为因"，因为包含了未去延安即等于自由主义这样一个明显失之笼统、粗疏与含混的大前提，所以其论证过程中的缺失和软肋几乎在所难免。而我们一旦搞清萧红放弃延安之行是另有缘故，那么，其自由主义作家的定位，也就随之失去了依托和支撑。

在确定了萧红并非自由主义作家之后，我们再来看看她拥有怎样的具体的政治倾向。在这方面，对萧红知之甚深的舒群说过一段话：

> 萧红的态度是一向愿意做一名无党无派的民主人士，她对政治斗争十分外行，在党派斗争的问题上，她总是同情失败的弱者，她一生始终不渝地崇拜的政治家只有孙中山先生。（肖凤《萧红与舒群》）

　　舒群的这段介绍与其说揭示了萧红"十分外行"的政治意识和未免"模糊"的政治立场，不如说是为我们进一步了解和认识萧红的政治倾向铺设了一条可靠而便捷的通道。要知道，在20世纪30年代的历史环境下，在国共两党的严酷斗争中，可以称之为"失败的弱者"同时又真正继承了孙中山先生遗志的，恐怕只能是中国共产党。而"总是同情失败的弱者"的萧红，正是从自己朴素的生命直觉与已有的心理定式出发，把由衷的、巨大的感情认同留给了中国共产党人。也就是沿着这样的情感逻辑，她崇仰同样倾向中国共产党的鲁迅先生，敬重作为共产党人的冯雪峰、丁玲、华岗等。她的朋友圈里共产党人更是不在少数，如胡风、舒群、罗烽、白朗、叶紫、金剑啸……出现在其作品中的共产党人形象虽然不多，但都有着勃发向上的力量。不仅如此，萧红还希望在"主义"的层面上了解共产主义和中国共产党——我们从她和聂绀弩有关"天才"的对话里可以看出，她接触过马克思主义经典作家的著作；从她由北京写给萧军的信中能够发现，她竟然喜欢瞿秋白的马列文论译文集《海上述林》，认为该书"很好"，而自己"读得很有趣味"。（1937年5月3日）分析至此，萧红亲近中共的政治倾向已是不言而喻。基于这样的政治倾向，她希望到延安去"看看"，实在是再正常不过的事情，倒是所谓萧红注重个人自由，不愿去延安的说法明显不合情理，也缺乏事实依据。这里，还有一个时间刻度必须正视：历史上一些青年知识分子对延安某些现象的批评，大致开始于1941年。王实味《野百合花》、丁玲《"三八"节有感》的问世，以及由此引发的批判斗争，更是迟至1942年上半年才出现。而萧红准备去延安的1938年春天，正是大批进步知识青年从全国各地奔赴延安这一精神圣地的高峰期，据王云风《延安大学校史》记载，仅1938年5月至8月，经八路军驻西安办事处介绍，到延安去的知识青年就有 2288 人。即使丁玲，当时也仍然沉浸在"昨日文小姐，今日武将军"的赞誉和感奋之中。在这种背景下，从未到过延安的萧红，又通过什么渠道预测出"到延安去要接受改造"？

五

在否定了种种似是而非的说法之后，一定会有人问：究竟是什么原因让萧红停止了奔赴延安的脚步？要想准确合理、实事求是地回答这个问题，最可靠的途径，自然还是尽可能地重返 1938 年春天的历史现场，看看置身其中的主人公萧红，遇到了什么，经历了什么，由此导致了怎样的精神与情感波动，而所有这些对她前往延安的计划，又产生了怎样的影响。

正如许多传记作品所写，对于萧红而言，1938 年春天的晋陕之行，虽然时间很短，只有两个多月，但却经历了重大的人生变故：一方面她与患难与共长达六年的恋人萧军分道扬镳；另一方面她又极迅速地与端木蕻良建立了新的恋人关系。从历史留下的多种信息看，这次重大的同时又带有突发性的个人生活变故，与萧红最终未去延安密切相关。或者干脆说，就是这突如其来的个人生活变故，使萧红不得不放弃了去延安的打算。

事情的原委应当是这样的：

从 1938 年 2 月初抵达民大所在地山西临汾，到 3 月 4 日随丁玲转至西安并暂住下来，在这一个多月的时间里，萧红一直是打算去延安的。为此，在驻扎临汾期间，她多次提出让萧军教她骑马（萧军《侧面》），这无疑包含了为去延安做准备的意思。即使在萧军坚持去打游击之后，萧红一个人仍想去延安看看，于是，才有她自运城向高原通报行程的信件。

　　大约是在3月中下旬，萧红的生活和内心渐渐起了一些变化：萧军的决绝远行使她倍觉情感的伤痛与缺位，并由此预感到自己和萧军实际的婚姻关系已走到尽头。于是，萧红开始留意新的情感寄托与归宿。经过不无矛盾和反复的掂量与斟酌，她心灵的天平渐渐向端木倾斜。可就在这时，她发现自己已经怀了萧军的孩子，而萧军去五台山打游击受阻转道延安的消息亦传到西安。一时间，萧红的内心陷入了激烈的矛盾与纠结，她原有的去延安的打算也随之变得有些犹豫和两难。

　　就个人意愿而言，萧红还是想去延安看看，因为那里汇聚了她一段时间以来的好感、同情、想象和憧憬，所以她希望身临其境，以观其实，从而进一步确立自己的精神坐标。况且萧军后来也到了延安，自己和萧军实际的婚姻关系以及腹内的孩子，都需要同萧军商量沟通，有个明确的说法。然而，此时的萧红又正尝试着发展与端木的个人情感，她不清楚如果去延安会不会影响这种情感的继续——当时的端木正准备和塞克等一起去兰州，为此他于4月10日前后函请胡风，将自己留在武汉的西装寄到兰州——更不知道自己一旦改变婚姻组合，会在延安产生怎样的反响，是否会引起周围的反感乃至非议——她从丁玲那里获知，延安的组织是过问个人生活的。丁玲最近一次回去"述职"，就包括她和陈明的恋爱情况——从这些方面考虑，萧红又想暂时不去延安。搞清了此中状况，在这段时间里，萧红围绕去不去延安，出现相互龃龉的说法，也就成了可以理解的事情。

　　4月7日，赴延安汇报工作的丁玲和聂绀弩回到西安，带回了当时滞留延安的萧军。萧红、萧军和端木重新相聚，开始还算和谐，有端木4月10日前后致胡风信中的文字为证："我，萧红，萧军，都在丁玲防地，天天玩玩。"但此后的一天，萧军还是向萧红和端木发出了惊人之语："你们俩结婚吧，他要和丁玲结婚。"（端木蕻良《我与萧红》）萧军这种鲁莽轻率且越俎代庖的表达，再次触动了他和萧红原本已有很大裂痕的相互关系，让萧红一时极为恼怒，结果两人在即使有了共同骨血的情况下，仍然彻底分手。与此同时，萧红和端木的恋人关系得以确立，并在朋友间公开。随后，他们做出了暂不去延安，而是返回武汉的决定。4月16日，端木再度致函胡风："前次写了一信，嘱老兄将我的西装寄到兰州，请先不要执行，因为还是存在武汉，等着我以后麻烦你，或许以后从此不麻烦了也，一笑！"字里行间传递的正是这一信息。

在短短的几天里，萧红为什么最终放弃了延安之行？其中的决定性因素大约有以下几点。

第一，在改变了恋人关系之后，萧红首先必须面对的一个问题就是，腹内的孩子怎么办？设身处地想想，做人工流产恐怕是唯一的上选。然而在当时的中国，完成这样的手术远不是件轻而易举的事情。单就技术问题而言，西安尚且没有把握，更遑论延安？在这种情况下，萧红只能回武汉想办法。

第二，萧红和端木既然已成恋人，那么去不去延安，就不再是萧红一个人的事情，而同时与端木相关。从当时的情况看，端木陪萧红去延安是完全可能的，但端木适不适合去延安，却是萧红不得不考虑的一个问题。因为从临汾到西安，在暂住西战团的日子里，萧红已经觉察到了端木与延安人士以及左翼文化人的性格区别与作风落差。关于这点，丁玲在1981年6月24日接受葛浩文采访时，说得很具体，也很清楚：

> 我对端木蕻良是有一定看法的。端木蕻良和我们是说不到一起的，我们没有共同语言。我们那儿的政治气

氛是很浓厚的，而端木蕻良一个人孤僻、冷漠，特别是对政治冷冰冰的。早上起得很晚，别人吃早饭了，他还在睡觉，别人工作了，他才刚刚起床，整天东荡荡西逛逛，自由主义的样子。看那副穿着打扮，端木蕻良就不是和我们一路人。（据该次访问的现场录音稿）

面对这种情况，萧红因担心端木在人际关系上"水土不服"，所以暂时改变了去延安的想法，也是极有可能的。

第三，尽管萧红的政治倾向是亲近中共，向往延安，但是，作为一个在复杂多元的社会环境中长大的女性，她身上也有一些与当时的延安风气不相适应的东西。譬如喝酒抽烟、喜爱打扮等。据牛汉回忆："丁玲跟我谈过，抗战初期，大家都穿一般的衣服，丁玲穿的延安那边的衣服。但萧红穿上海的服装，丁玲不喜欢她那样。萧红却我行我素。"（《我仍在苦苦跋涉》）质之以萧红在西安时留下的诸多照片，丁玲的说法是可信的。这样一些生活习惯上的差异，是否也在潜意识层面影响了萧红去延安的热情？答案恐怕不会是绝对的否定。

原载《美文》2015 年第 15 期

萧红：除了天赋，还有什么？

一

近年来，随着萧红在国内外文学界的评价攀升和影响日隆，有一种疑问亦间或披露于不同的场合：在 20 世纪 30 年代的文坛上，萧红并没有受过系统的文学教育和严格的写作训练，其创作起点也不能说很高，有的作品甚至不乏明显的粗疏、生涩与散漫，然而，在短短三年（1933—1935 年）左右的时间里，她却异军突起，后来居上，迅速成为一颗炫目的新星，产生了不小的影响，并最终赢得了历史的接纳与褒奖。其中的原因和奥妙究竟是什么？对于这个问题，专家们已有的回答，大都着眼于其天赋。如张梦阳先生认为："对于萧红来说，她的那些欠成熟的作品的吸引力，来自一种灵异和气场，这是不能用文学概论的既定理论解释的。"（《萧红的灵异与气场》）刘纳女士则表示"惊羡萧红看似稚拙却能'力透纸背'（鲁迅）的文字"，佩服"她仿佛不须费劲便拥有的文学才能"。（《谈与孩子有关的事，并谈开去》）这里，所谓"灵异""气场"和"不须费劲"云云，说到底是一种天赋，即一种几乎是与生俱来的出色地驾驭语言和编织作品的能力。

应当承认，就文学创作而言，萧红的确具有卓越的天赋。她面对生活和文字特有的敏感、聪睿与才情，她描写场面、细节和景物每见的出奇制胜和超凡脱俗，都不是一般的同行所能及。关于这点，大凡细读过萧红作品者，自会有深切的体会和充分的感知。不过，我又觉得，要想真正弄清萧红于文学上之所以成功的原因，仅仅看到她的天赋恐怕还不够，除此之外，她后天的种种探索与追求，同样需要关注，甚至更值得研究。而在这方面，萧红自己曾留下过一番十分重要的陈述。据聂绀弩回忆，1938年初，在临汾或西安，他与萧红有过一次关于文学创作的谈话。当时，聂绀弩称赞萧红是才女，堪比《镜花缘》里应则天女皇考试，从群芳中胜出的唐闺臣。但萧红却不承认，她辩解说，自己是《红楼梦》里的人，而不是《镜花缘》里的人。接下来，聂绀弩写道：

> 这确是我没想到的。我说："我不懂，你是《红楼梦》里的谁？"我一面说，一面想，想不起她像谁。
>
> "《红楼梦》里有个痴丫头，你都不记得了？"
>
> "不对，你是傻大姐？"
>
> "你对《红楼》真不熟悉，里面的痴丫头就是傻大姐？痴与傻是同样的意思？曹雪芹花了很多笔墨写了一个与他的书毫无关系的人。为什么？到现在还不理解。但对我说，却很有意思，因为我觉得写的就是我。你说我是才女，也有人说我是天才的。似乎要我自己也相信我是天才之类。而所谓天才，跟外国人所说的不一样。外国人所说的天才是就成就说的，成就达到极点，谓之天才。例如恩格斯说马克思是天才，而自己只是助手，是指政治经济学这门学说的。中国的所谓天才，是说天生有些聪明、才气，俗话谓之天分、天资、天禀，不问将来成就如何。我不是说我毫无天禀，但以为我对什么不学而能，写文章提笔就挥，那却大错。我是像《红楼

梦》里的香菱学诗，在梦里也做诗一样，也是在梦里写
文章来的，不过没有向人家说过，人家也不知道罢了。"

——《回忆我和萧红的一次谈话》

在这段谈话里，萧红虽然承认自己并非"毫无天禀"，但对于
那种认为她是"天才"，"对什么不学而能，写文章提笔就挥"的
说法，却给予了断然否定，明言"那却大错"。而聂绀弩之所以
要转述萧红这段自我评价，其目的也在于提醒人们，不要过高估
计萧红在文学创作上的天赋因素。用聂公自己的话说就是："萧红
虽然是我们大家公认的才女，她的著作，全是二十几岁时候写的。
但要以为她是不学而能，未曾下过苦功，却是错的。这种错误看
法，很容易阻碍青年学习写作。'我没有萧红那种天生的才能，学
习写作就学不好。'这样一想就万事都休了。"（《回忆我和萧红的
一次谈话》）

那么，自喻为《红楼梦》中"痴丫头"的萧红，在文学创作
和成才的道路上，又下过怎样的"苦功"？换句话说，萧红之所以
能够越来越有光彩地留在文学史上，除了得益于天赋的赐佑，她
还做出过哪些现世的选择和特有的努力？现在，让我们尽可能地
回到当年的文学现场，综合各方面的材料，做一番实事求是的钩
沉与梳理。

二

在不少人心目中，萧红一生，在学校读书的时间不多，初中
刚毕业，就由于不能忍受家庭的包办婚姻而出走，开始了颠沛流
离的生活，因此，她的文学乃至文化素养，谈不上富足或丰厚。
这样的看法固然基于萧红实有的生存境遇，但由此展开的推理和

得出的结论却不那么妥切。这里，一个无法否认的事实是：在现实生活中，一个作家文学和文化素养的高下，尽管与其在学校接受系统教育的程度密切相关，但二者之间并不是简单绝对的成正比，这当中，作家本人几乎与时光和生命同行的随时随地的求知欲望、学习精神和自修能力，同样具有重要意义，有时甚至起决定性作用。正因为如此，中外文学史上才会出现高尔基、沈从文这样自学成才的大作家。当然，由于萧红离世过早，她已有的文学成就还不能同高尔基乃至沈从文相比，但倘若就知识输入、文化积累的基本方式和主要途径而言，他们却又不无相同或相通之处，即都主要是在社会这个大课堂上，凭借勤奋刻苦且持之以恒的阅读自修，不断充实和提升了自己，最终成为一个时代高端文学的代表人物。

从相关资料看，萧红大约从五岁起，就开始接受中国古典诗歌的启蒙教育，最早的教师则是非常喜爱她的祖父。那时，萧红随同祖父起居，每天晚上睡觉前，或早晨醒来后，祖父都要教她吟诵《千家诗》。对此，萧红很是着迷，有时半夜醒来，还禁不住高声念诗。这样的诗教虽然包含了游戏和消遣的成分，但对于培养小孩子的文学兴趣和语言感觉却十分重要。萧红上小学时，学习认真，听讲专心，各科成绩均好，其中对语文课内容格外用功，作文常常受到老师的夸奖。到哈尔滨读中学后，萧红更是在时代风潮的影响下，开始了如饥似渴的文学输入，当时，她不仅大量阅读了鲁迅、茅盾、郁达夫、郭沫若、冰心等人的新文学作品，而且还潜心揣摩了白居易的《长恨歌》《琵琶行》，以及汉乐府民歌《孔雀东南飞》等中国古典文学名篇，甚至还浏览了校园里能够找到的外国作家的著作。她的散文《一九二九年底愚昧》，曾谈到自己上中学时读美国作家辛克莱的小说《屠场》的情况。而根据别人的回忆，那时的萧红还很投入地阅读过托尔斯泰、普希金、莫泊桑、雪莱、海涅等人的作品。所有这些，顺理成章地转化为一种浓郁的写作兴趣，于是，萧红在黑板报和校刊上留下了最初的诗歌和散文。

进入社会后，萧红辗转于北京、青岛、上海、日本东京、武汉、临汾、西安、重庆、香港等地，生活虽然极不安定，但如影随形、因地制宜的读书学习，却从来不曾中断，即使在成名之后，也依旧如此。以萧红旅居日本为例，其动机和目的原本是为心灵和情感疗伤，只是一旦安顿下来，她还是抓紧时间充实自己：一边攻读日语，以求更方便地阅读外国文学作品；一边研修唐诗，努力打通自己与中国传统文化的血脉。为此，她在写给萧军的信里焦急地喊着："唐诗我是要看的，快请寄来！精神上的粮食太缺乏！所以也会有病！"（1936 年 9 月 6 日）读着这样的文字，我们不难体察到写信者渴望读书的迫切心情。另据老友舒群等人的回忆，萧红成名后，始终保持着从中学时代开始的对俄国进步文学和苏联文学的由衷喜爱，常常在创作的间隙里，认真研读陀思妥耶夫斯基、屠格涅夫、契诃夫、法捷耶夫等人的小说。在刊发于《七月》杂志的《无题》一文里，她针对所谓"屠格涅夫好是好，但生命力不强"的说法，毅然写道："屠格涅夫是合理的、幽美的、宁静的、正路的，他是从灵魂而后走向本能的作家。"这说明，萧红在学习俄罗斯和苏联文学方面，已形成自己独特的见解和心得。此外，萧红在作品中提到的外国作家，至少还有美国的杰克·伦敦、史沫特莱，法国的罗曼·罗兰、巴尔扎克，爱尔兰的叶芝，英国的曼殊菲尔，德国的雷马克、丽洛琳克，俄国的班台莱耶夫等。由此可见，作为作家的萧红，实际上进行过相当广泛和十分持久的文学阅读，并因此而形成了并不那么单薄和贫瘠的文学积淀与文化素养。在这方面，我们以往曾有的某些看法，未免低估了萧红。更何况，萧红还具有早在中学时即已崭露头角的关于绘画的兴趣、素养与才能，这对于她的文学创作，无疑也会产生积极的作用。

三

迄今为止的研究者大都认为：萧红是一位生活型、感受型和体验型的作家，她笔下文字最突出的优长和最抢眼的特色，是那种源于艺术直觉的本真性书写和原生态呈现。关于这点，当年刚刚结识萧红的鲁迅，就有过敏锐的洞察，他在读罢萧红的短篇小说《小六》后断言：全篇"充满着热情，和只玩些技巧的所谓'作家'的作品大两样"（给萧军、萧红的信，1935年2月9日）。应当看到，这种"热情"主要来自萧红与天地万物的血脉相连和息息相关；而她之所以不屑于"只玩技巧"，则是因为接了"地气"的生活、生命与乡土，自有一种远胜于技巧的魅力。

毫无疑问，萧红的创作擅长汲取和表现天地万物的自在之态与原生之美。然而，这种汲取与表现在萧红笔下，又不是对生活素材、个体经验的简单照搬和随意胪陈，而是明显注入了作家有关创作与生活、作品与素材的深入思考与自觉选择，从而在这一维度上，形成了某种带有启示性和规律性的思路与策略。

作为一个靠生活汁液浸泡出来的作家，萧红显然意识到：要保持文学创作持久的生机与活力，一个很重要的条件，就是要做到对生活素材和生命体验的充分占有；而在文学创作过程中，作家的生活素材和生命体验，偏偏处于一种高投入和高损耗的状态。通常的情况是，作家越勤奋，创作越频繁，他在生活素材和生命体验上的投入也就越高，损耗也就越大，长此以往，作家则难免供求失调，捉襟见肘，直至力不从心，难以为继。正是有鉴于此，萧红很注意也很善于从自己的经历和境遇出发，努力扩大生活视域和生命磁场，及时发现和细致观察那些有意义且有意思的人物与现象，以此有效补充和持续积累创作所必需的生活素材与生命体验，使之不断走向开阔与丰赡。于是，沿着萧红的创作轨迹，我们清晰地看到了艺术视景与审美对象的变幻和延伸：由封闭愚昧的呼兰河乡土到苦雨凄风的哈尔滨街区，再到光怪陆离但又炮声阵阵的上海大都市，直到更为开阔繁复，也更为纷乱板荡的战时中国；同时也看到了一系列与之相呼应的不断转移和迁动着创作题材与主题的作品：从《王阿嫂的死》《生死场》《看风筝》到《欧罗巴旅馆》《饿》《同命运的小鱼》，再到《天空的点缀》《火线外（二章）》《回忆鲁迅先生》，直到《放火者》《马伯乐》《给流亡异地的东北同胞书》《九·一八致弟弟书》，等等。而作家旺盛、饱满与恒久的艺术创造力和生命力，恰恰在这当中得到了有力的彰显。

当然，在文学作品与生活素材和生命体验之间，作家需要付出的努力，并不仅仅是对后者的一味的摄取和及时的呈现；除此之外，在很多时候，很多情况下，他还有另外一项工作可做：放出自己不断发展和日趋成熟的目光，对已有的生活素材和生命体验进行重新打量、反复咀嚼和深入开采，凭借变换了的时空条件和心理距离，让老的题材土壤开出新的文学之花。关于这一点，萧红是有清醒认识的。1940年7月28日，她在致朋友华岗的信里，谈到自己一部长篇小说的构思，其中有这样的话："假若人的心上可以放一块砖头的话，那么这块砖头再过十年去翻动它，那滋味就绝不相同于去翻动一块在墙角的砖头。"而相隔十年翻动同一块砖头之所以别有滋味，正是因为作家已经拥有了崭新的主客体世界。显然是基于这种认识，走出呼兰河之后的萧红，一向十分珍惜自己的童年记忆和乡土情感，以致把它当成了创作之源和生命之根。无论时间距离有多长，空间距离有多远，她总喜欢在跋涉前行的同时，频频展开心灵的回望，进而用日益精进的思想和笔墨，一再重写魂牵梦萦的东北大地、呼兰河畔。1937年后，萧红陆续问世的《失眠之夜》《旷野的呼喊》《后花园》《小城三月》《呼兰河传》等一系列精品力作，便是这"重写"的结晶。而这些作品的出现，不仅一次次实证了童年记忆、乡土经验在作家创作历程中的重要意义；更重要的是它告诉所有作家，应当怎样科学而充分地使用自己的生活素材和生命体验。

四

在萧红走上文坛以及后来成长与发展的道路上，鲁迅的作用和影响无疑是巨大的，无法忽视的。对此，很早就写出了《萧红传》的肖凤女士在其创作谈里有过生动的表述："可以毫不夸张地说，如果没有鲁迅先生的帮助和提携，萧红就不可能成为二十世纪三十年代著名的女作家……他（指鲁迅——引者）对萧红的关怀和培养，可以是算是中国现代文学史上动人心弦的一幕。有谁为了出版无名青年的新著，在重病之中，放下自己手中的译作，看初稿，改错字，把段落移前移后，向报刊推荐，遇到挫折之后安慰她，最后自己出钱，寻找印刷的场所，并亲自写序言推荐介绍呢？有谁为了使她在亭子间里安心写作，频频地给予精神上的鼓舞与经济上的接济呢？……'没有鲁迅，就没有萧红。'"（《我为什么要写〈萧红传〉》）

由于存在这种特定的背景，萧红视鲁迅为精神与文学之父，在人格上景仰他，在情感上亲近他，尤其是在创作上学习他、追随他、继承他，实在是天经地义、顺理成章的事情。正如王安忆在首届萧红文学奖获奖感言里所说："萧红领了鲁迅先生的灯，穿行在她漂泊的人生里……"然而，值得关注和称赏的是，面对鲁迅极其丰厚的文学遗产，萧红所表现出的学习、追随与继承，并不是在题材、手法和语言层面的简单照搬或机械模仿，而是重在领会鲁迅的文学观点和创作主张，并结合自己的生活体验，将其融入文学实践，化为潜在的营养和力量，最终支撑起笔下个性化的和富有创造性的艺术追求。

譬如，以"哀其不幸，怒其不争"的态度，从事国民性批判与改造，是鲁迅作品的一个基本向度。在生活中每每感受到混沌、贪婪和愚昧的萧红，由衷认同这一点，为此，她将鲁迅的精神向度郑重接续下来，作为自己观察和表现生活的重要视角与支点。于是，在《逃难》《山下》《后花园》《呼兰河传》《马伯乐》等作品里，我们可以清晰地看到，萧红对笔下人物心性扭曲、病态生存的扼腕痛惜、爱恨两在，以及企图通过文学改变这一切的积极努力。而这一点，恰恰是萧红对中国现代文学的突出贡献。

再如，在创作上，鲁迅一向反对教条主义和模式化倾向，他诚恳告诫青年作者：不要相信"小说作法"之类的话。在谈到自己的创作时，更是明言："'小说作法'之类，我一部都没有看过。"他所呼唤和期待的，是一种"天马行空似的"大精神，是"冲破一切传统思想和手法的闯将"。显然是受到鲁迅的启迪和鼓舞，萧红也极不赞成将小说创作定于一尊和归于一途。她曾对聂绀弩说："有一种小说学，小说有一定的写法，一定要具备某几种东西，一定写得像巴尔扎克或契诃甫的作品那样。我不相信这一套，有各式各样的作者，有各式各样的小说，若说一定要怎样才算小说，鲁迅的小说有些就不是小说。如《头发的故事》、《一件小事》、《鸭的喜剧》等等。"（聂绀弩《回忆我和萧红的一次谈话》）正是凭借这样一种勇于实验和大胆开拓的精神，萧红写出了那些"不像……严格意义上的小说"，但却比一般小说更"诱人"的作品（茅盾《呼兰河传·序》），从而获得了"自觉的文体探索者"的美誉。

萧红景仰和崇拜鲁迅，但是却没有因此就把鲁迅偶像化、绝对化和模式化。还是在与聂绀弩的谈话里，萧红表达了对鲁迅的别一种理解：

> 鲁迅的小说的调子是很低沉的。那些人物，多是自在性的，甚至可说是动物性的，没有人的自觉，他们不自觉地在那里受罪，而鲁迅却自觉地和他们一齐受罪。如果鲁迅有过不想写小说的意思，里面恐怕就包括这一点理由。但如果不写小说，而写别的，主要是杂文，他就立刻变了，从最初起，到最后止，他都是个战士、勇者，独立于天地之间，腰佩翻天印，手持打神鞭，呼风唤雨，撒豆成兵，出入千军万马之中，取上将首级如探囊取物！即使在说中国是人肉筵席时，调子也不低沉。因为他指出这些，正是为反对这些，改革这些，和这些东西战斗。

与此同时，萧红还分析了"我和鲁迅的不同处"，并表示，要"写《阿Q正传》、《孔乙己》之类！而且至少在长度上超过他！"显然，在萧红看来，真正有出息的作家，不应当一味膜拜权威，而应当在敬畏权威的同时怀有超越权威的抱负。萧红是这样想的，也在这方面付出了一腔心血，至于限于主观条件和客观原因，她最终无法企及鲁迅的高度，那是另外一个问题，而在理念上，萧红是对的，无可挑剔的。

五

萧红的文学创作生涯，严格算来不足十年，留下的作品将近百万言，涉及小说、散文、诗歌、戏剧等多种体裁。这样的创作业绩与今天坐在电脑前每年码出百万言的网络写手相比，自然算不得高产，但如果联系萧红所处时代的报刊出版条件，特别是考虑萧红特有的漂泊而艰窘的生存状况，则又不能不承认作家是勤奋、顽强和执着的。事实上，对于文学写作，萧红克服了许多常人难以想象的困难，做出了在她那个环境中所能够做出的巨大努力。譬如，按照萧军提供的回忆，萧红最初的诗歌是在"霉气冲鼻"的旅馆房间里，忍着寒冷和饥饿，用一段紫色铅笔头写出来的（《萧红书简辑存注释录》），这几近于用生命来做文学的冲刺。萧红在上海立足后，为了报答鲁迅的培育和提携之恩，也为了解决生活之需，她集中精力进行构思和创作，用见证者梅林的话说："悄吟和三郎（即萧军——引者）工作得很有秩序，每天有一定的时间静静的执笔，同青岛时一样。"（《忆萧红》）萧红东渡日本，一时面对全然陌生的生活环境，但仍将写作视为头等大事。她到东京后半月稍多，就在给萧军的信里写道："稿子我已经发出去三篇，一篇小说，两篇不成形的散文。现在又要来一篇短文，这些完了之后，就不来这零碎，要来长的了。"（1936年8月14日）尽管寥寥数语，写信者抓紧创作的心态与情形，却跃然纸间。即使在战火蔓延、萍踪浪迹的日子里，萧红强忍与萧军分手所带来的内心隐痛，照旧笔耕不辍。正如丁言昭在《萧红传》里所写："心灵的创伤，身体的虚弱，都没有使萧红停下手中的笔，她边休养边写作，陆陆续续写下了《牙粉医病法》、《滑竿》、《林小二》、《长安寺》等作品，这几篇后来都收进 1940 年重庆大时代书局出版的《萧红散文》一书中。"

　　然而，必须看到的是，在 20 世纪中国文学史上，萧红之所以为人们所瞩目，进而成为一种不容忽视也忽视不了的重要存在，并非单单是，甚至主要不是因为她在创作上表现出的勤奋、顽强和执着。除此之外，她身上还有更为珍稀也更有价值的文学品质，这就是：一种与众不同的文学观念，一种自出机杼的创作主张，一种置身于潮流之中仍然能够坚持的独立思考和自觉选择。不是吗？在现实生活中，萧红从不缺少阶级意识，但对于文学创作，却反对使用单一的阶级观念。她认为："作家不是属于某个阶级的，作家是属于人类的。现在或是过去，作家们写作的出发点是对着人类的愚昧。"（《在〈七月〉杂志座谈会上的发言》）在外敌入侵、国土沦陷的情况下，萧红以《生死场》等作品，开启了抗日救亡文学的先声，无愧于"反帝爱国女作家"的称号。不过，在如何表现抗战主题的问题上，她又不赞成作家一拥而上，都上前线，都选择"宏大叙事"，而主张作家从各自的经验出发，因人而异，各尽所能。正因为如此，她对所谓留在后方写不出抗战文学的说法提出了反驳："我们并没有和生活隔离。比如躲警报，这也是战时的生活，不过我们抓不住罢了。""我们房东的姨妈，听见警报响就骇得打抖，担心她的儿子，这不就是战时生活的现象吗？"（《在〈七月〉杂志座谈会上的发言》）作为生活的流浪者和文学的跋涉者，萧红由衷渴望导师和朋友，愿意和他们一起，回应时代的要求，用文学投入民族乃至人类解放事业，但是，在这种集体的、"共语式"的呐喊中，她又希望尽可能地保持独立的思考，进而发出自己的、个性化的声音。她生命的最后几年，之所以没有奔赴延安，而是"蛰居"香港，其深层的原因庶几就在这里。萧红目睹而且亲历过底层生活，这决定了她对劳苦大众，尤其是普通农民，自有深切的悲悯与同情，不过，一旦进入文学形象的创造，这种悲悯与同情，并没有转化为简单的赞美和歌颂，而是坚持从生活的本相和本质出发，真实地描写了他们的反抗、失败与屈辱，他们或自私、或麻木的精神状态，他们在严酷的自然力量和黑暗的社会制度双重压迫下的卑微存活。季红真认为：这样一种状写底层的态度，使萧红"和激进的左翼思潮保持了心理的距离，也自觉地和民粹主义区别开来，思想的源头更接近五四开创的启蒙理想"（《对着人类的愚昧》）。对于萧红而言，这是一种微观的评价，但又何尝不是一种宏观的、终极的概括。正是在这一意义上，萧红成了现代文学史上的"这一个"。

原载《书屋》2012 年第 7 期

萧红旅日究竟为何不给鲁迅写信

一

1936年春夏之交，得到鲁迅教诲与提携的东北女作家萧红，已在上海文坛站稳了脚跟，但接下来爱人萧军一再情感出轨，又使她陷入极度的烦恼与苦闷。为了让彼此都冷静下来，整理一下杂乱的内心，萧红和萧军商量，决定接受朋友的建议，暂时分开一段时间，萧红去日本，萧军去青岛，一年之后再到上海聚会。对于"二萧"之间出现的情感裂痕，鲁迅自然看得出来，但因为这属于他人的私生活，外人不宜过多介入，所以，他能做的也只是尽可能地提供长者的劝解和抚慰。

当知道萧红要远走东瀛，鲁迅于7月15日晚，抱病设家宴为之饯行。当天的鲁迅日记留下了"晚广平治馔为悄吟饯行"，"晚九时（体——引者）热三十八度五分"的文字。那晚的饯行家宴是什么样子，气氛如何，都有谁参加，萧军是否也到现场，如今已很难确知，唯一可供我们展开想象与咀嚼的，是鲁迅逝世后，萧红在写给萧军信中的一段悼念和回忆：

现在他已经是离开我们五天了，不知现在他睡到哪里去了？虽然在三个月前向他告别的时候，他是坐在藤椅上，而且说："每到码头，就有验病的上来，不要怕，

中国人就专会吓呼（唬）中国人，茶房就会说：'验病的

来啦！来啦！……'"

——萧军《萧红书简辑存注释录·第 43 封信》

这段话满载了鲁迅逝世带给萧红的巨大悲痛和无限思念，同时也折射出当日家宴上的鲁迅，对即将远行的萧红，有着怎样一种真切的关爱、由衷的牵挂和细微的体贴。

毫无疑问，在文学道路上，鲁迅是萧红的导师和伯乐，如果没有鲁迅，我们很难预料萧红能否成为后来现代文学史上的萧红。唯其如此，对于鲁迅，萧红一直怀着深深的敬仰、爱戴和感恩之情。关于这点，她在得知鲁迅病逝之后，那一次次泪水洗面的内心告白（见萧红自日本写给萧军的信），以及稍后捧出的一系列情真意切的纪念文章，以及诗歌、剧本等，就是最好的证明。然而，也正因为这种感情的存在，于无形中放大了萧红旅日期间的一个举动——从 7 月 17 日登上轮船离开上海，到 10 月 19 日鲁迅逝世，在整整三个月的时间里，寄身东瀛的萧红和萧军、张秀珂、黄源、孟十还等多人保持着通信联系，却偏偏没有给鲁迅寄去只言片语。这显然有些不合常理，因而长期以来，也引起了一些议论和猜测，以致成为迄今仍有必要加以讨论和厘清的问题。

二

旅日的萧红为什么不给鲁迅写信？对于这个问题，萧红本人不曾留下任何文字信息，后来做出相关解释的是萧军。1978 年春，历经劫难后迎来命运转机的萧军，开始撰写《鲁迅给萧军萧红信简注释》（以下简称《鲁迅注释》）一书，在该书的《前言》里，萧军这样写道：

萧红临去日本以前，我们决定谁也不必给先生写信，免得他再复信，因此她在日本期间，我在青岛期间，谁也没给先生写信，只是通过在上海的黄源兄从侧面了解一下先生的情况，把我们的情况简单地向先生说一说，因为这年先生的病情是很不好的。

鉴于萧军曾是萧红的生命伴侣，而在萧红旅日这件事上，萧军更是最直接的参与者和最切近的见证者，所以对于萧军的以上说法，很多人都深信不疑，一些严肃的学术著作和传记作品在论及萧红旅日期间未给鲁迅写信一事时，也大都征引或依据萧军的说法。不过，人们在这里显然忽略了一个重要细节：萧军明言，为了避免给病中的鲁迅增添复信的麻烦，他和萧红在离沪期间"谁也没给先生写信"。但事实上去了青岛的萧军，是有信写给鲁迅的。

查阅1936年萧红离沪后的鲁迅日记，在7月25日这天，有"刘军来"的记载。刘军即萧军——萧军原名刘鸿霖，笔名有三郎、田军、刘均、刘军等，故鲁迅在书信和日记中常以刘先生、刘军相称——联系是年8月4日，萧军已开始从青岛给在日本的萧红写信（参见萧军《萧红书简辑存注释录·第4封信》），所以，他此次到鲁迅家中显然是赴青岛前的辞行。而接下来，在8月10日的鲁迅日记中就赫然出现了"得萧军信"的字样，这应该是萧军抵达青岛后向鲁迅报告有关情况。尽管此后的鲁迅日记再不曾出现萧军来信的记录，但考虑到萧军离沪的时间统共只有两个月左右，10月14日，他即再度现身鲁迅家中，向病重的先生送上自己和萧红新出的作品集《江上》《商市街》（参见当日鲁迅日记）——所以，即使仅据前述一信，我们仍有理由认为，身在异地的萧军是和鲁迅保持着书信联系的。

这便引出一个值得探讨的问题：去了青岛的萧军明明给鲁迅写过信，他在多年之后何以要断然否认？或许有人会说，从1936年离沪去青到1978年撰写《鲁迅注释》，其间相隔整整42年。如此漫长的岁月烟尘，足以让萧军对写信与否变得记忆漫漶，因而并不值得大惊小怪，以免过度阐释。应当承认，在通常情况下，一个人记忆的可靠与否确实与时间相关，时间越长则记忆越容易模糊、淡忘，甚至完全消失；然而，从心理学的角度讲，人的记忆又往往因事因时而异，即记忆之中的生命体验越强烈、情感烙印越深切，而这一切又正好发生在精力充沛的青年时期，那么，脑海里的记忆就会越清晰、越坚挺、越不容易磨损。具体到萧军而言，几十年前是否给一般友人写过信，或许有出现记忆误差的可能。只是这写封信一旦同生命旅途中最为重要以致念兹在兹的萧红和鲁迅出现交集，特别是同自己年轻时曾经出现的情感危机相牵连，那么，它就必然会长久地留驻于大脑的贮存区，成为难以忘却的记忆。否则，萧军在旧事重提时，也不会那般言之凿凿，全无迟疑。

既然如此，我们还是要回到原来的问题：萧军为什么要将自己曾给鲁迅写信一事化有为无？要知道，从《鲁迅注释》的文本看，萧军在撰写该书时，曾不断查阅并引证《鲁迅日记》，这期间，难道他没有发现其中有"得萧军信"的记载？这里更合理也更可信的解释，恐怕还是萧军因为碍于某种想法，所以有意识地回避或改动了原有的事实。

坦率地说，对于萧军所说的他和萧红商定的不给鲁迅写信的理由，我一向不以为然。因为它明显不合情理。如众所知，鲁迅和"二萧"在沪上结识虽然时间不长，但他们之间建立在抗争和呐喊基础之上的友谊与相知却牢固而深切。鲁迅对"二萧"的引领、呵护与奖掖，自是不遗余力；而"二萧"对鲁迅的敬重、信赖和爱戴，亦属全无保留。从这样一种相互关系出发，"二萧"在离开上海之后，以书信的方式向鲁迅报告在外地的情况，可以说是天经地义，非做不可的事情。即使考虑到鲁迅的身体状况，"二萧"可以直接告诉鲁迅不必回信，但他们自己却不能擅自决定不给鲁迅写信，因为由于情况不明所导致的担心与惦念，同样可以影响鲁迅的健康。况且鲁迅身边有夫人许广平相伴，"二萧"要想做到既不打扰鲁迅又不让鲁迅牵挂，完全可以将相关情况函告许广平，请其在方便时转告鲁迅。然而事实上，萧军有信给鲁迅的情况已如上述，而萧红并没有信函写给许广平。

三

其实，围绕萧红到日本后未给鲁迅写信一事，萧军还留下了另外一种说法。

1978年，曾受胡风案牵连的"七月"派诗人牛汉平反复出，担任人民文学出版社《新文学史料》杂志的主编。为了组织新文学的亲历者撰写回忆性稿件，他和二十多年前即已相识的萧军重新建立起联系。大抵因为彼此有相近的命运和体验，他们很快成为可以深度交心、无话不谈的朋友。在此期间，牛汉曾不止一次地同萧军谈起过萧红，并带着某种疑惑和不解，问起过旅日的萧红为何不给鲁迅写信一事，萧军当即作了回答。对于当时的谈话情况和主要内容，2008年，牛汉在向何启治、李晋西口述《我仍在苦苦跋涉》（生活·读书·新知三联书店2008年7月版）一书时，曾有过记忆清晰的追述：

> 我曾经问过萧红和鲁迅的关系。我问：萧红和鲁迅很近，接触很多，但到日本以后为什么没给鲁迅写过一封信？萧军说：是鲁迅和萧红商定萧红去日本后不写信的。鲁迅病重死了，她就立即赶回来了。但我还是觉得，萧红走后不写信，是不正常的，可以说明，她和鲁迅不是一般的关系。从萧军的口气也证明，萧红跟鲁迅的关系不一般。

经牛汉披露的萧军的这一说法，受到一些萧红研究者的强烈质疑，认为其中包含了"非常诡异的逻辑"，因而"近乎荒谬"（叶君《萧红与生命中的他们》，中国社会科学出版社 2015 年 4 月版）。在他们看来，萧军公开写入《鲁迅注释》一书的说法，白纸黑字，清清楚楚，远比他与朋友私下的随口所谈要真实可靠。况且这番私下谈话还是出自朋友多年之后的转述，这就更难免存在记忆的误差或意思的出入。

平心而论，研究者这样看待和评价萧军的"另一种说法"，是把一个原本复杂的问题简单化也绝对化了。大量的事实和经验告诉我们：单就历史信息的传递而言，一个人的公开表达和私下言谈，自然会带有不同的空间色彩，但在真实性与可信性的维度上，却不存在绝对的高下优劣。换句话说，一个人所提供的信息内容，并不会因为它见诸公开表达，就一定比来自私下言谈更具有史料的确切性。每见的情况正好相反：不少人的公开表达看似清楚可靠，但因为心存顾忌，实际上别有隐衷；而另一些人的私下言谈仿佛漫不经心，却由于不带负累，从而更接近历史的本真。萧军的"另一种说法"在很大程度上属于后一种情况——这种见诸朋友间私下交流的说法，虽然只是简短而随意的三言两语，但细加品味即可感觉到，它包含了显见的真实性与可信性。这至少体现在两个方面。

第一，萧军的"另一种说法"虽系牛汉转述，但合情合理，足以自洽。在萧军的记忆中，牛汉的登门组稿以及彼此重建联系，时在1978年9月14日（见《萧红书简辑存注释录·前言》）。在此之前，萧军已开始整理注释自己保存下来的鲁迅和萧红书信，并写成了《鲁迅注释》前言的初稿。此后，萧军与牛汉成了相互信任，可以深谈的朋友，萧军注释鲁迅、萧红书信的文稿，有很大一部分就是刊发于牛汉主持的《新文学史料》，当年曾经影响广泛。照此情况推测，牛汉应该早就读过《鲁迅注释》的前言，自然也清楚萧军关于萧红赴日未给鲁迅写信一事所作的公开解释。而他在私下里仍然要问萧军，当年的萧红何以不给鲁迅写信，显然是觉得萧军的公开解释有些敷衍和牵强，甚至很可能隐去了什么。而萧军在一个不存在任何利害干扰的私下语境里，面对好友和同道旨在求实的询问，是不需要也没有理由虚与委蛇的。因此，他的私下言谈很自然地修正了自己的公开表达，从而道出了事情真相。当然，从事理来看，萧军告知牛汉的情况，应当得自萧红。至于萧红的说法本身是否可靠，萧军并没有涉及。

第二，也是极重要的，萧军的"另一种说法"明确告诉牛汉："不写信"只是萧红和鲁迅之间的"商定"，萧军本人并不曾参与其中。换句话说，当年暂别上海之时，萧军根本就不存在不给鲁迅写信的说法和想法。既然如此，那么，萧军到青岛后给鲁迅写信，就变得自然而然，顺理成章，前面说过的萧军在写信问题上出现的言与行的矛盾，也就迎刃而解，不复存在。这也从侧面印证了萧军的"另一种说法"确实带有明显的真实性与合理性。

接下来需要解决的问题是，萧军在公开谈到萧红"不写信"

的原因时，为什么要使用一种经不起推敲的说法？其中的心理奥秘，外人或许难以确断，但如果允许推测和假设，我们仍然能够找到一种足以自圆其说的逻辑线索——萧军早就意识到萧红所说的她和鲁迅不写信的"商定"，带有某种反常和敏感元素，容易引起外人的猜测和误会。出于对导师与故人的尊重和爱护，也为了避免引起不必要的舆论纷争，萧军就此事所作的公开表达，掺进了善意的谎言：避开鲁迅，把自己说成是与萧红"商定"不写信的另一方。让萧军始料不及的是，这样的说法顾此失彼，最终留下了破绽和矛盾，让后人不得不再作考订。

必须指出的是，萧军的"另一种说法"，尽管触及当年事情的某种真相，但终究还是无法成立。这是因为来自萧红的说法作为信息源头，本身并不可靠。这里，一个绕不过去的事实是：1936年秋日，茅盾应《文学》杂志之请，代其向萧红等一批作家约稿。由于茅盾不清楚萧红在日本的地址，遂致函鲁迅，请他代为转达。同年 10 月 5 日，鲁迅在给茅盾的回函中写道：

> 萧红一去以后，并未给我一信，通知地址；近闻已将回沪，然亦不知其详，所以来意不能转达也。

这几句话语调平实而坦诚，细读可以体会到，鲁迅对萧红一去之后没有信来似有些纳闷；对萧红在日本的情况亦不无牵挂；对无法向萧红转达茅盾的雅意则有些遗憾。这些仿佛都在说明，鲁迅和萧红之间哪有什么"商定"？所谓"商定"不过是萧红在萧军面前，对自己离沪后暂不准备给鲁迅写信的一种"托词"。而"不写信"则是她基于某种不愿明说的原因而采取的、与鲁迅无关的"自选动作"。

四

那么，去日本的萧红究竟为何未给鲁迅写信？此中原委恐怕还要从"二萧"与鲁迅一家的关系说起。

"二萧"到上海不久，鲁迅便向他们敞开了家的大门，此后"二萧"曾多次到鲁迅家中讨教或做客。后来，"二萧"出于靠近鲁迅，既方便联系，又可以帮忙的考虑，把自己的住处搬到了北四川路的永乐坊，这里离鲁迅所住的施高塔路大陆新村九号很近，此后他们便时常出现于鲁迅家中。这期间，不仅鲁迅与"二萧"谈得很是热烈、畅快，萧红和许广平亦建立起较深的相知与诚挚的友谊。鲁迅逝世后，萧红不仅怀念鲁迅，而且牵挂许广平。1936年11月2日，她在写给萧军的信中即有这样的文字：

> 许女士也是苦命的人，小时候就死去了父母，她读书的时候，也是勉强挣扎着读的，她为人家做过家庭教师，还在课余替人家抄写过什么纸张，她被传染了猩红热的时候，是在朋友的父亲家里养好的。这可见她过去的孤零，可是现在又孤零了。孩子还小，还不懂得母亲。既然住得很近，你可替我多跑两趟。别的朋友也可约同他们常到她家去玩，L.没完成的事业，我们是接受下来了。但他的爱人，留给谁了呢？

针对萧红这动情的倾诉，萧军写下了"注释"："'许女士'是许广平先生，她和萧红感情是很好的，常常在一起'秘'谈（不准鲁迅先生和我听或问），大概许先生把她的人生经历和遭遇全和萧红谈过了，因此她们是彼此较多有所理解的。"（《萧红书简辑存注释录·第 26 封信》）同样，在许广平笔下，也有对萧红充满暖意的描述和异常痛切的追怀：

> 她和刘军先生对我们都很客气。在我们搬到施高塔路大陆新村里住下后，寓所里就时常有他俩的足迹。到的时候，有时是手里拿着一包黑面包及俄国香肠之类的东西。有一回而且挟来一包油腻腻的东西，打开一看，原来是一只烧鸭的骨头，大约是从菜馆里带来的；于是忙着配黄芽菜来烧汤，谈谈吃吃，也还有趣。萧红先生因为是东北人，做饺子，有特别的技巧，又快又好，从不会煮起来漏穿肉馅。其他像吃烧鹅时配用的两层薄薄的饽饽，她做的也很好。如果有一个安定的，相当合适的家庭，使萧红先生主持家政，我相信她会弄得很体贴的。
>
> ——《追忆萧红》

> 鲁迅先生逝世后，萧红女士想到叫人设法安慰我，但是她死了我向甚么地方去安慰呢？不但没法安慰，连一封值得纪念的信也毁了，因为我不敢存留任何人的信。
>
> 我不知道萧红女士在香港埋葬的地方有没有变动，我也没法子去看望一下。我们来往见面差不多三四年，她死了到现在也差不多三四年了，不能相抵，却是相成，在世界上少了一个友朋，在我生命的记录簿上就多加几页黑纸。
>
> ——《忆萧红》

由此可见，萧红和许广平都把对方视为朋友和知己，彼此都抱有一种爱与关切，她们的关系总体上是和谐融洽的。不过，这种和谐融洽的关系似乎也一度出现过意外的起伏波折。从史料留下的线索看，情况应该是这样的——萧军的情感出轨把萧红推入了巨大的痛苦与烦恼之中，她需要倾诉与理解，也期待释放和安慰，而当年萧红在上海无亲无故，能够给她提供这些的，只有鲁迅和许广平。于是，她频繁出现于鲁迅家中，把这里当成了心灵的避难所和情感的修复地。然而，这时的鲁宅偏偏也处在"非常时期"——鲁迅病重，无法多见包括萧红在内的朋友或客人。而作为女主人的许广平，既要照顾病人，又要料理家务，还要操心年幼的公子海婴，其繁忙和劳累可想而知。在这种情况下，她还要不断接待情绪低落、心事重重的萧红，虽然理智上不乏体谅与同情，但内心深处还是会生出一些不情愿和不耐烦。她觉得萧红不怎么通情达理，不能够设身处地为别人着想，相反还忙中添乱。关于当时的情况，许广平在《追忆萧红》一文里，留下了尽管委婉但仍然明确的表述：

> 萧红先生无法摆脱她的伤感，每每整天的耽搁在我们寓里。因而对鲁迅先生的照料就不能兼顾，往往弄得我不知所措。也是陪了萧红先生大半天之后走到楼上，那时是夏天，鲁迅先生告诉我刚睡醒，他是下半天有时会睡一下中觉的，这天全部窗子都没有关，风相当的大，而我在楼下又来不及知道他睡了而从旁照料，因此受凉了，发热，害了一场病。我们一直没敢把病由说出来，现在萧红先生人也死了，没什么关系，作为追忆而顺便提到，倒没什么要紧的了。只不过是从这里看到一个人的生活的失调，直接马上会影响到周围朋友的生活也失去了步骤，社会上的人就是如此关联着的。

从这段文字看，当年心力交瘁的许广平对"整天的耽搁在我们寓里"的萧红，确实产生了不满和抱怨，但是她并没有把这种情绪当面流露给萧红。那么，萧红是否察觉或意识到许广平的内心感受了呢？这个问题在萧红笔下找不到直接答案，倒是胡风夫人梅志在回忆萧红的文章中，为我们了解相关情况提供了重要线索：

> （在鲁迅家中——引者）经常都遇到萧红在下面，F（梅志的丈夫胡风——引者）悄悄的从后门直接上楼去了。许先生亲自来引我到大厅里，并且低声地对我说：
>
> "萧红在那里，我要海婴陪她玩，你们就一起谈谈吧。"之后她就去忙她的事了。
>
> ……
>
> 有一次许先生在楼梯口迎着我，还是和我诉苦了。
>
> "萧红又在前厅……她天天来一坐就是半天，我哪来时间陪她，只好叫海婴去陪她，我知道，她也苦恼得很……她痛苦，她寂寞，没地方去就跑这儿来，我能向她表示不高兴，不欢迎吗？
>
> "唉！真没办法。"
>
> 详细情况我也不好多问，我就尽量地陪他们玩着，使他们高兴。
>
> ——《"爱"的悲剧——忆萧红》

这就是说，当年的许广平因家务忙得不可开交，曾让来访的梅志帮她陪伴萧红，同时也把自己对萧红的不满随口告诉了梅志。而梅志和萧红同是"鲁门"中人，在上海期间彼此的关系比较密切也大抵融洽，因此，梅志很可能是以朋友的身份，从多重善意出发，把许广平的烦恼直接或含蓄地告诉了萧红，劝她节制自己的情绪，体谅别人的难处。如果以上推断可以成立，那么，我们就很可能找到了萧红赴日后没有给鲁迅写信的真正原因——听了梅志传递的信息，原本有些孩子气的萧红，内心应该越发纠结和纷乱，这当中有醒悟也有不快，有内疚也有委屈，有伤感也有迷惘，甚至还掺杂着·些气恼与怨怼。这时的萧红无力将一团乱麻理出个头绪，而她能够做出的相对理性的决断，也许就是到日本后暂时不给鲁宅写信，以免再生滋扰。当然，她不想也不便把这些情况告诉萧军，但作为妻子，她又必须向萧军提供一个不给他们共同的恩师鲁迅写信的理由，于是便虚拟了一个显然并不怎么妥当的她和鲁迅有"商定"的说法。

<h2 style="text-align:center">五</h2>

综上所述，我们或可断言：萧红去日本后不给鲁迅写信，是她在从梅志口中得知许广平因自己而生的烦恼与抱怨后，所做出的有些被动和无奈，也有些任性和偏执的选择，而对萧红的这一选择，病中的鲁迅并不知情。由此可见，当年的牛汉以萧红走后不写信是不正常的，来说明"她和鲁迅不是一般的关系"，未免属于主观臆测和过度想象。那么，鲁迅和萧红到底是怎样一种关系？直言之或质言之：他们是否像有些研究者所说，除了文学上的师生之谊，还有别一种精神共振与情感撞击，即属于两性之间才有的爱恋或暗恋？

毋庸讳言，这是一个迄今有着不同看法与说法的话题。一方面，一直有研究者或含蓄或直白地认为，鲁迅和萧红之间是存在两性之情的。不过细究起来即可发现，这种说法并无第一手材料作支撑，而主要是论者基于阅读萧红写鲁迅文章时的一种感觉或想象，其中明显包含了穿凿附会、主观臆测的成分，以致很难让人信服和接受。当然，也有论者提出了一些"旁证"，如鲁迅临终前经常看一幅木刻插图，上面画的穿着大长裙子飞着头发在大风里奔跑的女人，正是萧红的替身；"二萧"和黄源合影的副本上出现了鲁迅称萧红为"悄"的亲昵题字；萧红身边一直携带着鲁迅赠送的红豆等。这些"旁证"乍看起来煞有介事，只是一旦深入考较，即可发现，它们各有各的疑点与破绽，终究似是而非，不足为凭。

另一方面，也有研究者反对把鲁迅与萧红的关系庸俗化，认为他们之间并没有留下可以让人猜测的情感空间。持这种观点的研究者自有良好的动机和鲜明的态度，但大抵因为用力过猛吧，其笔下的推理和结论则常常失之简单和绝对。其中有些分析因为拘囿于一般性的道德尺度与人格逻辑，所以就更给人主旨先行、隔靴搔痒的感觉。

相比之下，在鲁迅与萧红之关系的阐述上，更体现了一种辩证深入的目光，因而也更值得人们仔细体味的，庶几是传记电影《黄金时代》的编剧李樯，在做客凤凰卫视"锵锵三人行"时所讲过的一段话：

> 我觉得（鲁迅和萧红——引者）是应该有感情吸引的，但这个感情很宽泛，说暧昧也好，说模糊也好。其实暧昧不是一个坏词，是一个多义性的意思。我觉得里边有敬仰吧，也有对于作为作家的鲁迅的热爱，还有作为精神导师的一种热爱……鲁迅对于萧红永远是一种很欣赏，一种很健康明朗的心态。

他们之间的东西又特别美好，你没有任何龌龊的或者说世俗的心理去揣度他们。好像他们之间有一种惺惺相惜的东西，你也会跟着很有一种喜悦。

一方是由衷欣赏，一方是倾心爱戴；心灵上相互抵达，行为上保持距离；"发乎情，止乎礼"。在我看来，这是两性之间体现了文化自觉与人性超越的美好境界，同时也是八十多年前鲁迅与萧红留下的生命写照。

原载《满族文学》2018年第5期

萧红、端木与聂绀弩的小竹棍儿之谜

在流传下来的与萧红相关的照片中，有一张是她和丁玲、塞克、田间、聂绀弩、端木蕻良等，坐在一处高台上的合影。对于这张 1938 年春天拍摄于西安的老照片，不少读者是熟悉的，不过大家常常忽略了其中的一个细节——占据照片显要位置的端木，手中握着一根小竹棍儿。这根小竹棍儿的主人原本是萧红，后来易手端木，这当中经历了一些曲折，也发生了一些故事，而这些曲折和故事又都联系着萧红的情感和婚姻生活，并负载了其精神与性格信息，因而很值得我们加以关注和研究。

一

对于这根小竹棍儿，聂绀弩做过这样的描述："那是一根两尺多长、二十几节的软棍儿，只有小指头那么粗。她（指萧红——引者）说过，是在杭州买的，带着已经一两年了。"（《在西安》）查资料可知，萧红生前唯一的杭州之旅，发生在 1936 年春天，是应《作家》杂志主编孟十还之邀，和萧军一起到杭州游玩观光的。从那时到萧红对聂绀弩讲述小竹棍儿的来历，大致是两年，正符合萧红的时间表述。由此可见，萧红所言、聂绀弩所记均有事实依据。照此推算，这根小竹棍儿应当见识过萧红与萧军的沪上羁留，并陪伴了萧红孤独寂寞的东瀛之旅，因此，它算得上是主人的心爱之物。

那么，小竹棍儿是怎样由萧红而易手端木的？因为这件事情牵扯到一个迄今依旧见仁见智的话题——萧红和萧军、端木之间的情感纠葛与婚姻变化，所以，有关它的历史记叙和相关细节，竟然异说并存，莫衷一是。

最先谈到小竹棍的，是聂绀弩1946年初写于重庆的散文《在西安》。这篇旨在追怀萧红的作品，讲述了1938年初春作者与萧红相聚于西安时的交往和友谊，因此也就很自然地写到了自己曾经参与其中的小竹棍易手过程。请看该文的两个长镜头。

第一个长镜头：

> 我们在马路上来回地走，随意地谈。她说的多，我说的少。最后，她说：
>
> "我有一件事拜托你！"
>
> 随即举起手里的小竹棍儿给我看："这，你以为好玩吗？"……"今天，D.M.（指端木蕻良，以下同——引者）要我送给他，我答应明天再讲。明天，我打算放在箱子里，却对他说是送给你了，如果他问起，你就承认有这回事，行么？"
>
> 我不假思索地答应了她。我知道她是讨厌D.M.的，她常说他是胆小鬼，势利鬼，马屁鬼，一天到晚在那里装腔作势的。可是马上想到，这几天，D.M.似乎没有放松每一个接近她的机会，莫非他在向她进攻吗？我想起了萧军的嘱托。我说：
>
> "飞吧，萧红！记得爱罗先珂童话里几句话么：'不要往下看，下面是奴隶的死所！'……"
>
> 她的答话，似乎没有完全懂得我的意思。当然，也

许是我没有完全懂得她的意思。

接下来的几天里，聂绀弩因为要随丁玲去延安，忙着联系需要搭乘的车子，所以未能与萧红再谈什么。就在临行的前一天傍晚，聂在马路上碰到萧红。已经吃过晚饭的萧红执意要请聂吃饭，进饭馆后，萧红不但点了聂平时喜欢吃的菜，而且还为他要了酒。于是，出现了第二个长镜头：

　　吃饭的时候，我没有说话，她也不说话，只是默默地望着，目不转睛地望着，她像窥伺她的久别了的兄弟姊妹是不是还是和旧时一样健饭似的……

　　"要是我有事情对不住你，你肯原谅我么？"出了馆子后，她说。

　　"你怎么会有事对不住我呢？"

　　"我是说你肯么？"

　　"没有你的事我不肯原谅的。"

　　"那小竹棍儿的事，D.M. 没有问你吧？"

　　"没有。"

　　"刚才，我已经送给他了。"

　　"怎么，送给他了！"我感到一个不好的预兆，"你没有说已先送我了么？"

　　"说过，他坏，他晓得我说谎。"

　　沉默了一会儿，我说：

　　"那小棍儿只是一根小棍儿，它不象征着旁的什么吧？"

　　"你想到哪里去了？"她把头望着别处，"早告诉过你，我怎样讨厌谁？"

对于小竹棍一事，同样属于当事者的端木，在 1980 年 6 月 25 日接受美国汉学家、《萧红评传》作者葛浩文的采访时，表达了完全不同的另外一种说法：

> 萧红的学生送给她一根竹竿的鞭，因为我当时穿一条马裤，就说，你从哪里弄来一条马鞭，我穿马裤，拿马鞭不正合适吗？可以送我吗？当时聂（指聂绀弩——引者）说应该送他，不应该送我……我只是为了好玩罢了，也不会因得一个马鞭就多情起来。但那个聂是非常认真的，萧红觉得奇怪：你穿长衫，拿个马鞭像个什么？于是她说：这样吧，我把马鞭藏在屋里，你们谁找到就给谁。大家说好吧。然后萧红偷着告诉我马鞭藏在哪里，聂到现在也不知这场戏。我到屋里装着找东找西，其实早知道藏在哪儿了，当然聂找不到。可是他写文章，好像谁找到马鞭，萧红就属于谁的了，这让我大吃一惊，当时根本就没想到这些，后来从萧军他们文章知道，他们和聂交代，好像聂与萧红结合在一起，萧红才会得到理想丈夫，这可见他们是这样一个计划。
>
> ——《我与萧红》

关于小竹棍儿的事情，端木还曾告诉过秦牧。而据秦牧文章的简略转述，情况似乎又有出入："他们（指萧红和端木——引者）未曾结婚的时候，对萧红表示好感的作家有好几位。萧红有一次买了一件用品（好像是手杖之类）回来，大家都争着要。萧红告诉大家，要把这件东西藏起来，让大家去找，谁找到就归谁。一面，又悄悄告诉端木藏物之处。结果，当然就给端木'找'到了。从这么一件小故事，足可以见到萧红很早就对他有真挚感情。"（《漫记端木蕻良》）

端木的第二任妻子钟耀群，在 1998 年初版的《端木与萧红》一书中，再度谈到了萧红、端木和小竹棍儿。但是其中那些只能来源于端木的情节和细节，又生出新的曲折与波澜：在塞克的倡导下，端木用树枝做了一根手杖或马鞭，萧红看见后，拿出自己珍藏的小竹棍儿与之比较，大家都认为萧红的藏品更漂亮。傍晚，萧红、端木同塞克、聂绀弩、田间等人一起散步，萧红在玩笑中用自己的小竹棍儿击断了端木的手杖或马鞭。这时，萧红得意地大笑："怎么样？还是我的结实吧？"

端木也笑着说："好！我辛辛苦苦削成的棍儿被你打断了，你得赔我！"

萧红说："你不是说你的棍儿结实吗？"

端木说："这么着吧，把你那根小棍送我吧，就不要你赔了！"

萧红还没回答，聂绀弩在旁冷冷地说："萧红这根小竹棍儿，我早就向她要了。"

萧红听了，不觉一愣，但马上说："这么着吧，我把这小竹棍儿藏起来，明儿早上你们到我屋里找，谁找到就送给谁。"大家说好，一边笑着，一边向宿舍走去。

第二天一早，萧红到端木屋里悄悄地对端木说："我的小棍儿在门背后，就看你找不找得到了。"说完就笑着走出去了。

吃罢早饭，聂绀弩叫着端木，一起到萧红屋里找棍儿。

聂绀弩直奔萧红的皮箱，端木却用眼睛扫了一下门后，见墙犄角除了扫把外，什么也没有，心想没准萧红在"涮"他。但看到门后钉子上挂着萧红的外衣时，便沉不住气了。

这时，聂绀弩翻完了萧红的箱子，又准备翻萧红的床。

萧红笑着说："别乱翻，不在床上。"

而这时，端木却伸手在萧红的外衣下摸到了那根小棍儿，高兴地叫着说："小棍儿在这儿了！真是'踏破铁鞋无觅处，得来全不费工夫'。"

这以后，端木穿着夹克、马裤、马靴，头上戴着船形小帽，这小竹棍儿的马鞭，就几乎从未离过手。

二

比较分析聂绀弩和端木所讲述（包括秦牧和钟耀群所转述）的小竹棍儿的易手过程，应当承认，聂绀弩的说法更具有历史的现场感和情景的真实性。之所以这样说，不单是因为聂的讲述有力地呼应着萧红的生命留痕，如指出小竹棍儿是萧红去杭州旅游时所买；补叙临汾分手时，萧军曾委托"我"照顾萧红；明言萧红与端木结合前，即对其有不满、有批评等，都可以获得史实或史料的印证，让人很难同虚构、杜撰相联系；更重要的是，聂的讲述始终承载了一个生命在场、呼之欲出的萧红，承载了萧红立体多面、鲜活跳脱的精神与性格特征。譬如她的纯真与率性，她的无主与多变，以及她对女性世界的独特体验，即所谓"女性的天空是低的，羽翼是稀薄的，而身边的累赘又是笨重的"！还有她对自己和萧军婚姻生活痛苦而矛盾的坦诚告白："我爱萧军，今天还爱。他是个优秀的小说家，在思想上是同志，又一同在患难中挣扎过来的！可是做他的妻子却太痛苦了！我不知你们男子为什么那样大的脾气，为什么要拿自己的妻子做出气包，为什么要对妻子不忠实！忍受屈辱，已经太久了……"而这一切在很大程度上激活了人们长期以来，从多方面获得的对萧红的认识和理解，进而也印证和强化了这种讲述本身的确切性与可信性。

相比之下，端木有关小竹棍儿的说法则缺乏这种真实可信的效果和力量。这里，且不说同一个小竹棍儿的易手过程，在端木的自述以及秦牧、钟耀群的转述中，竟出现了那么多的情境差异和细节出入，这原本很容易让人联想到有虚有实、有增有减的小说家言。即使单就这种说法的基本内容而论，亦不乏显见的破绽。

首先，在端木口中，小竹棍儿是一个学生送给萧红的。他和聂绀弩看到后，都喜欢也都想要，而萧红表面上一碗水端平，把小竹棍儿藏起来，让他俩来找，实际上却与端木暗通信息，很主动也很情愿地将小竹棍儿送给了他，以示亲近。这样的讲述，孤立起来看或许可以成立，只是一旦对照早已在世间传播的聂绀弩的回忆，即会觉得，它很像经过了端木有的放矢的调度与处心积虑的打磨，如消解了小竹棍儿原有的记忆储存和情感色彩，强调了萧红对自己的心有灵犀和情有独钟等，这反倒让事情变得有些造作和可疑。

其次，端木认为萧红的小竹棍儿是一根"马鞭"，进而将这马鞭同自己所穿的马裤相联系、相配套，以此证明他向萧红索要马鞭天经地义、顺理成章，而穿长衫的聂绀弩也要马鞭则不伦不类，甚或"别有用心"。端木说这番话时显然忽略了一点：萧红手中的小竹棍儿，在秦牧和钟耀群笔下又被称作"手杖"，可见二者之间亦很相似。既然如此，我们不妨推想，斯时的聂绀弩如果也将小竹棍儿视作手杖，那么，他所穿的长衫与所持的手杖岂不同样协调和搭配？他希望得到萧红的小竹棍儿也就同样理由充分，很是自然。这时，谁又能说小竹棍儿只属于端木呢？

至于端木断言聂绀弩和萧军在萧红情感归宿问题上曾有"计

划"、有合谋，即萧军希望萧红离开自己后，能和聂绀弩结合在一起，更是因为省略了太多的必要前提而近乎信口开河，匪夷所思。试想，小竹棍易手之时，萧红与萧军的情感虽已出现裂痕，但尚未最终分手，彼此之间都不无内心深处的某种留恋，以及重归于好的期待。在这种情况下，萧军请聂绀弩"照顾"萧红，只是基于朋友之间的信任和友谊，折射的是萧军对萧红依然存在的关爱，哪里会有角色替代、情感置换的意思？退一步说，即使萧军生出这样的想法，聂绀弩也不具备予以接受并付诸行动的起码条件——聂妻周颖，也是萧红和萧军因鲁迅而结识的朋友。抗战爆发后，她带着女儿在鄂中乡下躲避战火，屡遇艰险。因忙于抗战而不断奔波的聂绀弩，时时牵挂着她们的安危，怎会轻易产生与萧红结合的念头？诸如此类的问题，端木不作任何分析交代就发议论、下结论，是不严肃也不严谨的，因而也就让人难以接受。

三

我一直认为，研究萧红，特别是研究她藏在小竹棍儿里的心灵和情感密码，聂绀弩的《在西安》有着无可比拟的重要价值。这种价值之所以重要到无可比拟的程度，除了前面所说的史料的可靠与史实的可信之外，还有一个不容忽视的要素，这就是：聂绀弩在讲述萧红和小竹棍儿的相关情况时，融入了自己细致的观察体验和独特的内心告白，以此构成了作家对萧红的别一种审视、理解和评价。尽管这一切因为涉及异性朋友的私人空间和情感世界，而显得含蓄、简约和多有留白，但只要我们在充分占有史料的基础上，做合理的发掘、认真的分析和必要的补充，仍可感受到萧红在特定情境中的心绪流动，以及作家与萧红的对话与潜对话。这里，值得我们仔细体味的主要是两个方面：

第一，《在西安》写到，当年在西安街头，作家与萧红虽是漫步同行，近在咫尺，但彼此之间仍有交流不畅或不便明言的地方，即所谓"她的答话，似乎没有完全懂得我的意思。当然，也许是我没有完全懂得她的意思"。这双向的"没有完全懂得"到底包含着怎样的潜台词？从聂绀弩提供的叙事线索，即他自己的角度看，恐怕主要有两点：一是他不清楚萧红在试图拒绝端木索要小竹棍儿的请求时，为什么要以此物已送自己为借口？二是他不知道那根小竹棍儿是否"象征着旁的什么"。对于这两个问题，后来的聂绀弩不曾再度涉及，替他做出解释的应当是送萧红走完生命最后一段路程的骆宾基，他的《萧红小传》第二十三节专门讲述《一根有所象征的小竹棍》。其中在忠实摘录聂绀弩《在西安》相关文字的基础上，于"没有完全懂得"处接下来写道：

> 是的，他并没有懂得她的意思。她自己明白是行临一个危险的边缘了。离开萧军，她心魂上闪出一个大的空旷。要排出那空旷上所侵入的她曾凭借过的另一个力量，她是无力了。他要寻获第三个友爱来作为依恃，来填补那感情领域出现的空旷……二十几岁的萧红，是无力独自支持的……她又没有一个亲眷，"若是那时候能回呼兰我的家乡去多好啊！"她曾经向C君这样说。她思考了好久，在准备着向绀弩作这一赤诚的委托了，就是说，投入一个长者的庇护里。然而，人与人之间的关系是给这社会损害得多么曲折而复杂了呀！她思考着，诉说着，终于她只能这样的提出，而又这样淡然地结束了。就是说，绀弩答应了承认那小竹棍儿是送他了。她没有敲开人与人之间的更真挚的友爱的门户。而这是唯一能

填补心魂上被闪出来的那一个大空旷的。

按照骆宾基的理解，萧红的小竹棍儿是象征着依恃和力量的。萧红让聂绀弩承认接受了自己赠送的小竹棍儿，实际上是她为寻求心理依恃和精神力量所进行的投石问路，即希望作为长者的聂绀弩能提供更多的灵魂庇护与人生支撑。遗憾的是，聂绀弩没有意识到（即没有懂得）萧红的意思，因此也缺乏更为明确和积极的回应，致使萧红不得不把这种寻求再度和婚姻爱情嫁接起来，于是，她走向了自己并不完全看好的端木。应当承认，骆宾基基本厘清了小竹棍儿的内在意蕴，也大致弄懂了聂绀弩未能完全懂得的萧红的心思。

第二，阅读《在西安》，不难发现，其字里行间始终贯穿和回旋着一种"飞"的声音或一个"飞"的意象。诸如：

> "飞吧，萧红！你要像一只大鹏金翅鸟，飞得高，飞得远，在天空翱翔，自在，谁也捉不住你。你不是人间笼子里的食客，而且，你已经飞过了……今天，你还要飞，要飞得更高，更远……"
>
> "飞吧，萧红！记得爱罗先珂童话里几句话么：'不要往下看，下面是奴隶的死所！'"
>
> "萧红，你是《生死场》的作者，是《商市街》的作者，你要想到自己的文学上的地位，你要向上飞，飞得越高越远越好……"

这一连串有关"飞"的声音和意象，孤立看来，是聂绀弩以兄长和朋友的口吻，激励萧红在文学和生活的道路上勇敢进取，不断腾跃，但是，如果将其置于萧红婚姻与情感陷入危机，正面临困惑与抉择的特殊时刻，一种弦外之音、文外之旨随即浮现——此时的聂绀弩，实际上是在提醒并规劝萧红：切勿在痛苦的泥淖里陷得太深，也无须在爱情的丛林里再做匆忙的选择，更不要让婚姻和性别成为囚笼与羁绊，作为有成就和有实力的女作家，你可以把更多的精力投入文学创作，你应当以更为丰硕的艺术实绩来抒写生命的自由、高远与辉煌。显然，聂绀弩的提醒和规劝是睿智的、正确的：如果说在哈尔滨的萧红，因为经济的窘困尚不得不依靠男性的呵护和救助，那么在西安的萧红已经是声名远播的左翼女作家，这时，她完全有能力跨越性别的藩篱，摆脱经济的困扰，独立自主地面对社会与人生。然而，对于聂绀弩的提醒和规劝，萧红尽管抱以会心的点头和感激的微笑，但却没有化作实际行动，而是很快投向了新恋人端木的怀抱。用骆宾基的话说，萧红"终于没有守卫住她的那廿几节富有弹性的小竹棍。"毋庸讳言，这给萧红后来的人生悲剧埋下了深深的伏笔。

四

读萧红的作品，我们能够清楚地感受到其字里行间渗透的鲜明而充沛的女性立场、女性体验和女性意识，甚至可以据此而断言，萧红就是一位坚定而自觉的女性主义作家。然而，这样一位观念成熟的女性主义作家，在实际生活中，为什么那样缺乏现代女性所应有的果敢自强、独立不羁的精神？为什么须臾离不开男性的陪伴、支持与护佑？要寻找其中的答案，我们应当从萧红的生平经历和她所处的历史条件两方面入手。

如所周知，就整体而言，萧红少年和青年时期的生活是黯淡的、抑郁的、不幸福的。来自父亲以及家庭的冷漠、粗暴和管制，使萧红尽尝生存的窘迫与自由的艰难，同时也让她懂得了当时社会秩序中男权的强大与威严——他们几乎掌握了全部的社会关系与生活资源，因此也就在很大程度上控制和决定了女性的行为和命运。在这种情况下，萧红生成于"五四"氛围中的女性意识和女权思想，便只能作为一种观念、一种倾向出现在自己的作品中；而在实际的人生方面，她却不得不因为沉重的负载和挤压，一次又一次地投降男权、皈依男权，直至在潜移默化中形成了未必自觉的男性憧憬乃至男性依赖。明白了这一点，我们也就明白了萧红在婚姻和爱情问题上，何以会有那一系列仿佛是令人费解的选择：她为什么在退婚之后重新与汪恩甲同居？她为什么一再忍受萧军的家庭暴力与情感出轨？当然也包括她为什么不听从聂绀弩的提醒和规劝，姑且跳出感情的旋涡，集中精力从事创作；相反，几乎是在和萧军分手的同时，就匆匆忙忙地把心爱的小竹棍儿交给了端木。

在萧红的精神与性格悲剧里，历史和时代的因素同样值得仔细打量和深入分辨。对于萧红那一代女性来说，五四新文化运动的洗礼，奠定了她们要做现代新女性的理念。然而，由于时代和视野的限制，她们对现代新女性的认识和理解是模糊而肤浅的，其实践性追求则更多表现为对传统女性的否定与批判，甚至表现为对一切女性特征的怀疑与颠覆。也就是说，在她们眼里，越是不像传统女性的女性，就越像新女性，就越值得肯定和赞赏。而这时，一向同女性构成对立与互补的男性，特别是具备现代品质与风范的男性，便悖论式地成为新女性崇拜乃至模仿的对象。萧红似乎也不例外。从她1930年赴北京读书之前摄于哈尔滨的照片看，她身着西装，剪了短发，完全是一副男性打扮。即使在校园生活中，她也像男孩子一样跑步、划船、打篮球，并喜欢和有思想的男孩子做朋友，甚至和他们一起参加不无危险的爱国学生运动。用萧红后来的话说："灵魂太细微的人同时也一定渺小，所以我并不崇敬我自己。我崇敬粗大的、宽宏的！"（1936 年 8 月 31 日，萧红致萧军）要知道，这种自觉或不自觉的崇拜与模仿，对于处于婚恋状态的女性来说，常常可以转化为潜意识里的从属与依赖。在这方面，萧红分明未能脱俗。事实上，在她对萧军的感情里，就始终包含了一种被拯救者对拯救者的从属，一种被保护者对保护者的依赖，在萧军面前，她永远是一个弱者。唯其如此，她与萧军甫一分手，就立即走向端木，也就未尝不透显着其内心对失去归属和依赖的惧怕，以及重新找回这种归属和依赖的焦虑。换句话说，是她需要男性支撑的习惯使然。从这一意义上讲，那一根小竹棍儿里蕴含的精神悲剧，便不仅仅属于萧红，同时也属于她所生活的那个时代。

原载《中华读书报》2015 年 6 月 24 日

萧红心中的"半部《红楼》"

一

1942年1月22日，一代才女萧红在香港病逝。陪伴萧红走到生命终点的，是东北籍青年作家骆宾基和萧红当时的丈夫端木蕻良。几年后，骆宾基出于对特殊境遇里知心朋友的深切缅怀和不尽思念，或者说是"为了摆脱由于她（指萧红——引者）的巨星般的殒落而在精神上所给予的一种不胜悲怆的沉重负担"（《萧红小传修订版·自序》），遂以记忆整合相关材料，完成了以纪实性见长的《萧红小传》。其中在写到弥留之际的萧红时，有这样的文字：

> 1942年1月13日黄昏，萧红躺在跑马地"养和医院"的病室里，C君（指骆宾基——引者）和头天晚上带着行李来的T君（指端木蕻良——引者）在床侧，围踞在酒精蒸汽炉旁……
>
> 萧红又说："我本来还想写些东西，可是我知道我就要离开你们了，留着那半部《红楼》给别人写去了……"
>
> ——《萧红谈话录之二》

19日夜12时，萧红见C君醒来，眼睛即现出"你睡得好么"的关切神情，又微微笑着，用手势要笔。

萧红在拍纸簿子上写道："我将与蓝天碧水永处，留得那半部《红楼》给别人写了。"

写最初九个字时，C君曾说："你不要这样想，为什么……"萧红挥手示意不要阻拦她的思路。

又写："半生尽遭白眼冷遇……身先死，不甘，不甘。"并掷笔微笑。

——《她掷下了求解放的大旗》

骆宾基所记录的无疑是萧红的最重要的临终遗言。这些遗言，尤其是"留得那半部《红楼》给别人写去了"一语，因为承载了作家丰富的、深层的精神企求与情感涌动，同时也因为其表述本身极度的哀痛凄婉，令人萦怀，所以长期以来，被许多萧红传记以及研究文章的撰写者所看重、所称引，直至成为萧红一生带有标志性的文化符码之一。

然而，必须指出的是，萧红所谓"留得那半部《红楼》"云云，存在明显的语义的模糊性、多向性和不确定性，并因此而催生了接受上的误读与错位。这里，问题的关键在于："那半部《红楼》"究竟指的是什么？而多年来在这方面出现的一些见仁见智的说法则提醒我们，找出其中正确合理的答案，对于进一步认识和评价文学史上的萧红，具有重要意义。

二

要厘清萧红心中的"半部《红楼》"，当然须从骆宾基的《萧红小传》入手。而一旦进入这本著作，即可发现，作家对"半部《红楼》"的解释，存在一个由粗略到详细的过程。从1947年即开始在上海建文书店多次印行的《萧红小传》的早期版本来看，作家没有用正文细说"半部《红楼》"指代什么，而是于正文之外加了一条注释：

> 这《红楼》是指她（指萧红——引者）曾经谈到过的，将在胜利之后，会同丁玲、绀弩、萧军诸先生遍访红军过去之根据地及雪山、大渡河而拟续写的一部作品。

同时表示："关于这些谈话，作者有机会当再写。在这里仅是对萧红精神上一个轮廓的探求。"果然，三十多年后，骆宾基兑现了当日的承诺。在完成于1980年6月4日的《萧红小传（修订版）·自序》中，作家对"半部《红楼》"一说，做了更具体也更明确的交代：

> 自然，我也"自陈"身世与入世流亡以来的阅历……而我谈的关于冯雪峰同志未及完成的以红军长征为题材的长篇小说《卢代之死》，深深感动了她，誓愿病好之后邀集多人与我共同来完成这部杰作。这就是萧红直到逝世之前念念不忘而只为我们两人所知道的"那半部《红楼》"。因为当时，冯雪峰同志还囚禁在上饶集中营，我们很难想象他会再有机会完成这部长篇巨作了。

以上文字说明，按照骆宾基的理解，萧红遗言中所说的"半部《红楼》"，指的是冯雪峰未完成的长篇小说《卢代之死》。从骆宾基那边看，做这样的理解也许不无道理。因为已知的文学史告诉我们，从1938年底到1941年初，向党组织请假回到家乡浙江

义乌神坛村的冯雪峰，在撰写有关鲁迅文章的同时，确实创作了
一部长达五十万言的长篇小说《卢代之死》。该书表现了红军将领
从成长到牺牲的过程，并因此而涉及二万五千里长征。1939年元
宵节前夕，正在浙东一带从事救亡宣传工作的骆宾基，曾专访冯
雪峰，与冯一连三次做彻夜长谈。当时，冯与骆谈到了尚未完成
的《卢代之死》，不仅介绍了全书的故事梗概，而且还给骆看了作
品前半部的手稿，这些留给骆宾基的印象应该是异常深刻的。正
因为如此，近两年后，当骆宾基在香港成为病中萧红的陪护者，
作为同属左翼阵营的作家之间的互告经历、各诉衷肠，他完全有
可能与萧红谈起冯雪峰和《卢代之死》。而早在鲁迅家中就见过冯
雪峰，并一向对其心存敬意的萧红，也很可能被骆宾基转述的冯
雪峰及其作品内容所感动，同时联想起当年同丁玲、聂绀弩、塞
克等人在去西安的火车上集体创作话剧《突击》的快乐场景，进
而产生了将来邀集昔日朋友，续写《卢代之死》的美好愿望。

　　既然如此，那么，萧红临终所说的"那半部《红楼》"，果真
就是指《卢代之死》吗？这里，如果我们离开骆宾基的思路，改
从萧红的角度出发，来考察她心中的"半部《红楼》"，即可发现，
骆宾基的说法实际上存在若干破绽，是经不起辨析与推敲的。

　　首先，《红楼梦》是一部表现家族兴衰、闺阁聚散、人生沉浮
的世情小说，把它和冯雪峰描写革命斗争历史的《卢代之死》放
到一起，无论题材还是主题，都属于没有任何可比性的迥然不同
的两类作品，是不相及的风马牛。对于这点，曾经与聂绀弩大谈
《红楼梦》（参见聂绀弩《回忆我和萧红的一次对话》），并因此而
显示出熟读该书的萧红，自然十分清楚。既然如此，她怎么会在
《红楼梦》和《卢代之死》之间，建立这种全不搭界的暗喻？即使
从经典小说且只有"半部"的意义着眼，可供萧红择取的更贴切

的喻体，也应该是被金圣叹腰斩了的《水浒传》，而绝不是"悲金悼玉"的《红楼梦》。而要化解这里的矛盾，与其牵强附会，曲为辩解，还不如干脆承认萧红心中"那半部《红楼》"，原本就不是《卢代之死》。

其次，按照骆宾基的讲述，所谓"半部《红楼》"，是萧红在告别人世之前沉吟再三、念念不忘的一部作品。从临终遗言往往表现真诚意愿与深层自我的一般规律看，这"《红楼》"只能以"半部"行世，应当是萧红最为不舍和不甘，也最为遗憾和无奈的事情，甚至是她怨而发声的终极理由和死不瞑目的伤痛所在。而邀集朋友们续写冯雪峰的《卢代之死》，不过是萧红与骆宾基交谈时萌生的一个念头、一种想法，对它无论做何种意义的考察与阐释，显然都不具备以上所说的性质。更何况作为萧红的临终遗言，前边表达的是自己还想继续写作的愿望，接下来却跳到续补别人的"半部"著作，似乎也不尽符合思维的逻辑和既定的情境。唯其如此，我宁愿相信骆宾基将"半部《红楼》"解释为《卢代之死》，不过是一种粗枝大叶的郢书燕说或先入为主的李代桃僵。

最后，但却是最重要的：在迄今为止的文学史研究的场域中，萧红被视为左翼作家。其实，更准确的说法应当是，萧红是左翼作家中特立独行的"这一个"——一种动荡年代的悲剧命运，一种女作家在漂泊和苦难中特有的思想、性格和心理特征，一种更多来自鲁迅的精神濡染和观念影响，使得萧红与包括萧军在内的绝大多数左翼作家相比，多有不同，这突出表现为：同样是聚焦重压之下的社会民众，她并不单单表现人们的挣扎与反抗，而是与此同时更多地审视他们身上存在的愚昧、保守和自私；同样是关注国家危难和民族命运，她并不善于直接的战争摹写，也不承认绝对的题材至上，而是主张广泛多样地勾勒非常状态下的世道人心；同样是为一方热土、一个时代立传，她并不格外看重阶级的元素与政治的视角，而是更喜欢文化的色彩与人性的意味。难怪好友舒群会有这样的感受："萧红的态度是一向愿意做一名无党无派的民主人士，她对政治斗争十分外行，在党派斗争的问题上，她总是同情失败的弱者，她一生始终不渝地崇拜的政治家只有孙中山先生。"（参见赵凤翔《萧红与舒群》）

所有这些，支撑起萧红十年之间基本稳定的创作取向，同时也演绎出一系列极具个性的文学作品：《生死场》《商市街》《回忆鲁迅先生》《小城三月》《马伯乐》《呼兰河传》，等等。应当看到，这样的创作取向和文学作品较之冯雪峰的《卢代之死》，无论人物主题抑或风格手法，殆皆相去甚远。这实际上提示人们：从萧红已经形成并展示的题材优势与行文习惯来看，她显然不具备创作《卢代之死》这类作品的基本条件。关于这点，萧红自己大约是清楚的——当她被骆宾基讲述的《卢代之死》所打动，并有心让这部未竟之作变为完璧时，之所以会提出众人联手、集体续补这种明显不符合长篇小说创作规律的办法，其原因庶几就在这里。也正是有鉴于此，窃以为，萧红临终之际默念的不乏向往之情和理想色彩的"那半部《红楼》"，绝对不可能是自己根本就驾驭不了的《卢代之死》。在这个问题上，骆宾基未免谬托知己，自以为是了。

三

不知是不是意识到了骆宾基关于萧红"半部《红楼》"的解说存在明显的罅隙和疑点，萧红隔代的老乡、同为著名女作家的迟子建，在纪念萧红的文章里，就"半部《红楼》"的说法，做了另一种诠释。作家写道：

> 端木蕻良能够在风烛残年写作《曹雪芹》，也许与萧红的那句遗言不无关系："我将与蓝天碧水永处，留得那半部《红楼》，给别人写了。"
>
> ——《落红萧萧为哪般》

这里，迟子建的寥寥数语虽然不乏语义的弹性，且用"也许"给自己预留了退路，但表达的意思依旧很明确：萧红遗言中的"半部《红楼》"与端木蕻良有关，指的是端木与小说《红楼梦》的特殊因缘。而晚年的端木之所以不顾衰病，奋笔创作长篇小说《曹雪芹》，很可能是对萧红的别一种纪念。

迟子建这样看待萧红所说的"半部《红楼》"，应该是基于她对端木蕻良与《红楼梦》关系的深入了解。在现代作家中，端木的《红楼梦》情结由来已久，超出常人。据他自己所说："《红楼梦》的作者，在我很小的时候，就和他接触了。我常常偷看我父亲皮箱里藏的《红楼梦》。我知道他和我同姓（端木本名曹汉文——引者），我感到特别亲切。""我作了许多小诗，都是说到他。这种感情与年日增，渐渐的，我觉得非看《红楼梦》不行了。""我爱《红楼梦》最大的原因，就是为了曹雪芹的真情主义。"（《论忏悔贵族》）显然是因为这种情结的推动，端木下笔不仅常常涉及《红楼梦》研究，而且很早就萌生出要围绕曹雪芹或《红楼梦》进行长篇创作的念头。曾有老朋友赠端木诗曰："三十五年认旧踪，几番浮白几谈红。细论功罪抨兰墅，喜见勾萌生雪蕻……"（端木蕻良《写在蕉叶上的信》）说的就是这件事。从这样的背景着眼，迟子建认为萧红所说的"半部《红楼》"与端木深爱《红楼梦》相关，也算言之有据。要知道，萧红与端木毕竟共同生活过三四年，对于端木特有的《红楼梦》情结，她应该有较多的了解。更何况萧红撒手人寰时,端木也在现场,萧红将某一句临终遗言掷向自己的丈夫,倒也不悖常理。

然而,这里的疑问和龃龉依旧清晰可见:第一,端木的《红楼梦》情结毕竟属于端木,而萧红所说的"半部《红楼》"表达的是自己心中的遗憾,二者之间界域分明,即使是作家夫妻亦无法通约。而要化解其中的阻碍,唯一的可能便是当年的端木曾经表示过将来要同萧红一起续补《红楼梦》,只是迄今为止,我们在萧红和端木的著作以及其他材料中,找不到这样的信息。因此,将"半部《红楼》"落实到端木身上,甚至同他晚年创作长篇小说《曹雪芹》联系起来,也就缺乏充分的说服力。第二,萧红临终之时,与端木原本就不甚牢固的感情纽带已经出现很大的破裂。按照骆宾基的说法,当时的萧红不仅一再明言"我早就该和T(指端木——引者)分开了","他从今天起,就不来了,他已经和我说了告别的话","我们不能共患难";而且还留下了写有"我恨端木"的小纸条。在这种情况下,即使当年的端木确实向萧红谈起过将来共同续补《红楼梦》的话题,然而,内心怨愤充塞的萧红,还有可能将其作为心中念叨再三的最大遗憾吗?由此可见,联系端木的"红楼"因缘来解释萧红的"半部《红楼》",仍然困难颇多,难成定论。

四

那么,萧红遗言中所说的"半部《红楼》"究竟指的是什么?要最终解决这个问题,我觉得,美国汉学家葛浩文在《萧红评传》中有一种几乎是顺带说出,因而被研究者普遍忽视了的意见,其实更有关注和审视的价值。

《萧红评传》第六章,着重介绍萧红到香港后的创作和生活情况，其中写到萧红"半部《红楼》"的遗言时，葛浩文和骆宾基一样，在正文之外加了注释："这'红楼'或许是她所计划写的长篇（见注 54），如今无法得知。"这里，尽管作者的口吻很有些小心翼翼，欲言又止，但透过其中的注中之注，我们还是可以获知，在他看来，萧红所说的"半部《红楼》"，很可能是指她自己最终未能写完的长篇小说《马伯乐》。

葛浩文的《萧红评传》陆续写成于 20 世纪 70 年代，中文版 1979 年 9 月在香港初版。从书中内容及注释看，葛浩文显然熟悉骆宾基的《萧红小传》，因此，他也应当看过骆氏关于萧红"半部《红楼》"的注释。倘若这种推论可以成立，那么葛氏说"半部《红楼》"是指《马伯乐》，实际上是对骆氏观点的否定和矫正，只是葛氏将这一切表达得漫不经心、不动声色。

在我看来，葛浩文将"半部《红楼》"归之于萧红自己的创作，委实是一种明智的、正确的选择。这种选择不仅很自然地化解了"半部《红楼》"的说法在与《卢代之死》或端木蕻良相联系时所出现的种种矛盾与症结；更重要的是它推开了通往萧红心灵纵深处的一扇门扉，使我们愈发清晰地认识了萧红之所以是萧红——在即将告别人间之际，未完成的文学创作是她最大的遗憾、最大的不舍，由此可见，文学创作早已构成了她活着的要义和生命的天空。至此，我们分明更加理解了端木蕻良为什么要说创作是萧红的宗教；同时也真正懂得了萧红在艰难动荡的跋涉中，为什么还会有一种身处"黄金时代"（致萧军，1936 年 11 月 19 日）的幸福感。

当然，对于葛浩文的说法，我也想做一点修正和补充。这就是：萧红心中的"半部《红楼》"可以是《马伯乐》，但却未必仅仅是《马伯乐》。在萧红没有明确交代的情况下，我们做过于具体的认定，未必就符合作家的原意。而事实上，在香港期间，萧红已有计划乃至构思但未及动笔的作品尚有多部。譬如，她曾告诉骆宾基，我"还有《呼兰河传》的第二部要写"。而在致"园兄"（华岗）的信里，她则谈到了另一部准备撰写且已有了故事梗概和人物设计的以革命者恋爱为内容的长篇小说。正因为如此，我觉得，所有这些已进入孕育过程的作品，都可以说是萧红心中的"半部《红楼》"。甚至可以这样理解，萧红所说的"半部《红楼》"，就是指她原本不应该过早夭折的文学生命，因此，包括她所有想写而未能写的作品。

五

行文至此，萧红心中的"半部《红楼》"已经大致合理地浮出水面，按说，我这一番考究也该结束了。然而，不久前由李樯编剧、许鞍华执导的以萧红为主人公的传记影片《黄金时代》在全国放映，其中对相关细节的处理，又使我觉得还有花点笔墨稍加枝蔓的必要。

《黄金时代》讲究材料的严谨，追求历史的再现，为此，影片在镜头与画面的叙事中，引入了大量萧红作品中的文字和多种多样的历史记忆，但是，萧红临终时关于"半部《红楼》"的遗言，却被意外地舍弃掉了。影片何以如此？当《三联生活周刊》记者就这一问题与编剧李樯做交流时，李樯的回答是：

> 一开始我写了，后来觉得，因为这是骆宾基的《萧红小传》里的文字，我觉得骆宾基写到这里的时候已经有点文艺腔了。对萧红倾注了太多的主观情感，有点过度煽情、自伤自怜的意味。我觉得反而会削弱萧红对生

命的这种力量。同时也因为影片的篇幅，这段话并不太
必要，萧红不说这些话，照样有力量，她说了，只会让
人伤感，仅此而已。

　　由此看来，《黄金时代》之所以没有选用萧红"半部《红
楼》"的遗言，虽然也有电影容量和艺术效果之类的考虑，但真正
起决定作用的，应当是李樯不曾完全明说的一点：萧红所谓"半
部《红楼》"的遗言，是由倾听者骆宾基转述的。而骆宾基在转述
萧红这段话时，明显失之"文艺腔"，同时也过多地投入了主观情
感，结果让人觉得是在自说自话，有些矫揉造作，以致影响了这
段话本身的真实性。这里的潜台词庶几是，编导者不愿将一段有
些可疑或疑似走样的人物语言，放到力求还原历史的传记影片中。
　　面对大量的有关萧红的史实与史料，《黄金时代》的编导者
自有选择和舍弃的权利，但是，他们以怀疑"半部《红楼》"说法
的真实性为理由将其拒之银幕之外，却不能不说失之简单和草率，
甚至有些庸人自扰的味道。平心而论，骆宾基的《萧红小传》尽
管有一些微观上的粗疏与穿凿，但其整体的真实性与可信性，还
是经得起学界挑剔和时间考验的。具体到再现萧红遗言时的文字，
不仅特殊的细节十分真切，难以编造，而且遗言本身的修辞用语
也完全符合萧红的性格与身份。唯其如此，这段记述被大多数关
心萧红的读者和研究者所认可、所接受。
　　至于李樯从"半部《红楼》"里听出的"文艺腔"，我觉得，
恐怕主要是一种因世风转换所引起的审美错位。要知道，经历
过"五四"或"五四"余韵的那一代人，尤其是作为社会知识精
英的进步作家，面对中国前所未有的历史大变局，尽管不断遭遇
同环境的冲突以及来自命运的压迫，却始终不放弃一种浪漫情怀

和理想色彩。反映到那一代人的作品行文乃至语言表达上，就是总有一种诗性的、高蹈的东西在穿行、在弥散。这种特质可以从鲁迅、瞿秋白那里找到，在萧红身上亦有充分的体现。而"半部《红楼》"的遗言只是这种特质的悲剧性一闪。应当看到，在一个较长的历史时期内，这种浪漫的、理想的、诗性的、高蹈的特质，曾是一道亮丽的风景，一种合理的存在，然而，到了日趋物质化、速度化乃至实利化和粗鄙化的今天，这一切立即呈现出与时尚——包括语言上、趣味上和心灵上——的巨大反差。这种反差足以让李樯这样的专业人士在遭遇骆宾基——萧红的"半部《红楼》"时，感到恍如隔世，疑虑重重，直至怀疑它的真实性。这是社会的进步还是文明的回退？个中真谛，发人深省。

原载《文学自由谈》2015 年第 1 期

萧红与胡风的恩怨纠葛

一

1934 年岁尾，遵照鲁迅的嘱托，胡风登门拜访了不久前由青岛抵达上海的东北籍青年作家萧红和萧军。当时，女作家萧红给胡风留下了很好且很深的印象。关于这点，后来的胡风尽管精神和肉体均受到严重伤害，但在 1981 年除夕之夜口述《悼萧红》一文时，隔着 46 年的岁月烟尘，依旧记忆清晰：

> ……尤其是当时叫悄吟的后来的萧红，我觉得她很坦率真诚，还未脱学生气，头上扎两条小辫，穿着很朴素，脚上还穿着球鞋呢，没有那时上海滩上的姑娘们那种装腔作势之态。因此虽是初次见面，我对他们（包括萧军——引者）就不讲客套了，可以说是一见如故了。

正是凭借这种"一见如故"的感觉，当然更因为鲁迅的巨大权威性与凝聚力，胡风和萧红很快建立起彼此的友谊和信任，共同成为鲁迅晚年最为欣赏也最为看重的左翼作家。这期间，胡风大力支持萧红的创作，助推了其《生死场》等作品的问世与传播；而对于来自胡风的支持，萧红除去表示由衷的谢意，还将这一片感激之情，很自然地转化为自己与胡风交往上的密切、欢快和融洽。对此，完成于 20 世纪 80 年代前期的《胡风回忆录》，留下了一些简略的片段：

> 萧红的小说被退回来了，鲁迅交给我看。读着原稿，面前展开了东北穷苦人民受侵略、受压榨的悲惨的生活实际，顽强地挣扎着的求生意志和悲壮不屈的反抗斗争。这在当时是少见的。我受到了感动。还没有确定书名，他们要我提，我就从书中的小标题取出了"生死场"为名。他们还要我写篇序，我毫不迟疑地写了点感想。但因为有鲁迅的序，我坚决要他们放在后面，当作后记。
>
> ……这两本小说（《生死场》和《八月的乡村》——引者），向我们提供了抗日民族战争的历史运动实际，而且还使我们确信，这个伟大的历史运动能够在文学创作上得到反映，而且已经得到了反映……大书店不敢销售这样的书，我们就用布包着送给接近的人们，辗转地推销出去。实践产生认识。后来在拟定口号时，我毫不迟疑地同意采用了"民族革命战争"这个定义。

胡风的上述记忆，有多方面的史料可以互证，因此具备整体的真实可信性，称得上是记述胡风与萧红关系的第一手资料。当然，作为年代久远的记忆打捞，胡风笔下也有漫漶模糊，不甚准确之处。譬如，"从书中的小标题取出了'生死场'为名"的说法，应该就是误记。因为在迄今可见的所有版本的《生死场》中，压根就不存在同一命名的小标题。倒是在该著第六节的正文里，存有"在乡村，人和动物一样，忙着生，忙着死"的叙述。显然，这才是胡风为萧红小说取名《生死场》的真正的灵感来源。

萧红和胡风曾有过和睦相处、其乐融融的时光。遗憾的是，这样的时光未能持久。后来，随着鲁迅逝世和抗战爆发，萧红与胡风在一些事情上多次发生意见的分歧、认识的错位、观念的冲撞，当然也包括性格的龃龉和误会的纠缠，致使相互之间渐生矛盾和芥蒂，一度甚至怨怼颇深，几近反目……时至今日，萧红和胡风负载着各自的欣喜与悲苦、劳绩与遗憾，均已汇入历史长河，然而，正像他们笔下的许多作品依旧值得研究和阐释一样，他们之间留下的那些扑朔迷离的恩怨纠葛，也是一个有待梳理和评价的话题。而厘清这个话题，不仅有助于拓展萧红和胡风研究的学术空间，而且可以使我们透过一个特殊视角，更加深入细致地认识那段历史和那个时代。

二

1937 年，上海八一三抗战爆发后，包括萧红和胡风在内的一大批进步文化人士，陆续撤离上海转至武汉，继续从事抗日救亡工作。翌年初，萧红和萧军、端木蕻良、聂绀弩、艾青等人一起，应李公朴、臧云远之邀，到山西临汾民族革命大学任教。这期间，"二萧"情变分手，萧红改与端木结合，二人重返武汉。留守武汉的胡风，一直在辛勤操持《七月》杂志，为抗战呐喊鼓呼。回到武汉的萧红，很自然地成为"七月"同仁。然而，就在这时，萧红与胡风围绕抗战与文学等问题所存在的认识分歧，却比较显豁地表现了出来。

1938 年 4 月 29 日，《七月》召开第三次座谈会，根据后来刊物发表的会议纪要，萧红在会上有指名道姓的质疑性发言：

> 胡风对于他自己没有到战场上的解释，是不是矛盾

的？你的《七月》编得很好，而且养育了曹白和东平这样的作家，并且还希望再接着更多地养育下去。那么，你也丢下《七月》上战场，这是不是说战场高于一切？还是在应付抗战以来所听惯了的普遍口号，不得不说也要上战场呢？

在这次座谈会上，萧红对胡风好友吴奚如关于左翼作家写惯了阶级题材，而对刚刚开始的民族战争一时难以把握的观点，也提出了商榷意见，她认为："作家不是属于某个阶级的，作家是属于人类的。现在或者过去，作家写作的出发点是向着人类的愚昧！"对于萧红和胡风来说，在公开场合进行驳诘争辩，已经不是第一次。1938年1月，《七月》杂志社召开"抗战以来文艺动态和展望"座谈会，即将离汉赴晋的萧红应邀参会。在讨论到文艺新形式的产生时，胡风认为一般人往往对新形式表示拒绝，并举例说萧红的散文以前就有人说看不懂。萧红当即发表不同意见："胡风说我的散文形式有人反对，但实际上我的形式旧得很。"楼适夷指出一些作品之所以存在概念化、口号化的毛病，原因在于作家留在后方，与抗战生活形成了隔离。萧红不这么看问题，她说："我们并没有和生活隔离。比如躲警报，这也是战时生活，不过我们抓不到罢了，即使我们上前线去，被日本兵打死了，如果抓不住，也就写不出来。"这时，胡风插话："恐怕你根本没有想到抓，所以只好飘来飘去。"萧红显然不买账，遂以生活中房东姨娘听见警报时的特有情态，继续为自己的观点辩解……所有这些虽然都是围绕创作话题展开的，但由于观点的针锋相对和言辞的生硬激烈，所以很可能使萧红和胡风同时感到心理的不适与不快，以致加大了彼此的隔阂。

谈到武汉时期萧红与胡风的关系，有一桩公案不能不稍加枝蔓，这就是：所谓胡风居心叵测，明知萧红尚在武汉却故意瞒过，致使其未能搭上周恩来派给曹靖华的小汽车，安全撤到重庆。此事出自端木的回忆。1980年6月25日，他在接受美国学者、《萧红评传》作者葛浩文的采访时明言：

> 这时恰巧曹靖华到武汉。他来时，武汉已经很紧张了。周恩来就安排他坐周的小汽车去重庆。周问当时与鲁迅有关系的人谁还没有走，曹靖华刚到武汉，不了解情况，就问胡风。胡风说没有人了，像端木他们都走了。其实胡风明明知道萧红没走，文艺界人都知道，他更应知道，萧红当时在汉口的文协住。结果，萧红就没有坐上这车去重庆。曹靖华一人从武汉到了重庆。这件事是曹靖华到重庆后告诉我的。

这段话听上去言之凿凿，仿佛已是板上钉钉，只是一旦对读曹靖华的《自叙经历》，问题便来了。因为按照该文的记述，1938年8月至10月间，实施武汉撤退时，曹靖华压根就没有自武汉到重庆的经历，而是正在汉中他供职的西北联大，同国民党当局进行面对面的反迫害斗争。曹靖华及其全家由汉中撤至重庆，是一年多以后的事情。这就使端木的说法因失去了存在的前提而变得可疑起来，我们只能姑妄听之了。

三

1939年，萧红寄居重庆。这期间，她抓紧一切可以抓紧的时间进行创作，希望早日写出酝酿已久的长篇小说。但当时的重庆正处于紧张的战争状态，日机轰炸极为频繁，社会秩序也有些扰攘，这自然严重影响到萧红的创作心态和进度。为此，她和端木商量，想换一个相对安定，适合创作的环境。于是，翌年元月，他们有了自重庆至香港的迁徙。

大约是为了避免无端的议论以及有可能出现的阻力，萧红和端木在决定赴港后，并没有把自己的打算告诉很多人。而他们动身时托朋友购买的机票，偏偏又来得十分突然，几乎挤掉了收拾行囊的时间，甚至连转租房子、辞退用人这类事情，也只能委托别人代劳。这就给他们的香港之行蒙上了仓促而神秘的色彩。

胡风在获知萧红的行踪后，很有些不以为然。他在致许广平、艾青的信中，均表达了对萧红和端木悄然赴港的不解与不满。其中在给艾青的信中，更是出现了"随着汪精卫去香港，端木也去了香港"；端木在香港安下一个"香窝"（端木蕻良《我与萧红》）这样的愤激之语。不过在这件事上，胡风的基本态度仍然可用他四十年后《悼萧红》中的一段话来概括：

> 她忽然没有告诉任何人，随 T（端木——引者）乘飞机去香港了。她为什么要离开当时抗日的大后方？她为什么要离开这儿许多为她熟悉的朋友和群众？而要到一个她不熟悉的、陌生的、言语不通的地方去？我不知道，我想也没有谁能知道她的真正的目的和打算吧？

当萧红间接听到胡风对自己离渝赴港的訾议后，内心觉得很是郁闷和委屈。为此，她在给自己和胡风共同的朋友、当时正在重庆乡下养病的《新华日报》前总编辑华岗的信中，作了比较充分的吐露：

胡风有信给上海的迅夫人，说我秘密飞港，行止诡秘。他倒很老实，当我离渝时，我并未通知他，我欲去港，即离渝之后，也未通知他，说我已来港，这倒也难怪他说我怎样怎样。我想他大概不是存心侮陷。但是这话说出来，对人家是否有好处呢？绝对的没有，而且有害的。中国人就是这样随便说话，不管这话轻重，说出来是否有害于人……（1940 年 7 月 7 日）

关于胡之乱语，他自己不去撤销，似乎别人去谏一点意，他也要不以为然的，那就是他不是糊涂人，不是糊涂人说出来的话，还会不正确的吗？他自己一定是以为很正确。假若有人去解释，我怕连那去解释的人也要受到他心灵上的反感，那还是随他去吧！

想当年胡兄也受过人家的侮陷，那时是还活着的周先生把那侮陷者给击退了，现在事情也不过三五年，他就出来用同样的手法对待他的同伙了，呜呼哀哉！

世界是可怕的，但是以前还没有切身经历过，也不过从周先生的文章上看过，现在却明白了，是实实在在来到自己的身上了。当我晓得了这事时，我坐立不安的度过了两个钟头，那心情是很痛苦的……（1940 年 7 月 28 日）

显而易见，在离渝赴港问题上，胡风的一番"乱语"使萧红不仅懂得了通常所说的人言可畏，而且真正尝到了鲁迅指出过的来自同一营垒的"暗箭"的滋味，由此所产生的抑郁不快可想而知。不过，也许是随着阅历的不断丰富，萧红已经具备了人生路上自我排解与修复的能力，即所谓："我也不想这些了。若是越想越不可解，岂不想出毛病来了吗？"（致华岗信）后来的事实说明，她没有因为这件事情而同胡风彻底翻脸。

四

曾有文章谈到萧红与胡风的是非恩怨，作者给出的分析和结论是：相逢一笑泯恩怨。应该说这样的愿望是好的，但事实却非如此——1941年6月，为抗议国民党当局制造的皖南事变，胡风根据组织安排，由重庆转移至香港。此后的一天，胡风曾去探视病中的萧红，考虑到半年之后，萧红就病逝于香港沦陷的炮火之中，这实际上成了他们二人的生死诀别。经过这次见面，萧红是否谅解了胡风，消除了对他原有的怨怼与芥蒂，我们已无缘知晓；但可以肯定的是，胡风并没有谅解萧红。相反，他越发觉得萧红身上聚集了太多的悲剧色彩，越发认定后来的萧红是误入歧途，自甘落伍，其教训值得汲取。于是，他在几十年后撰写的回忆文章中，倾吐了当年探视萧红的感受：

> 她比过去显得更瘦、更苍白。虽然躺在床上精神倒还好，很高兴地和我聊天，记得她当时很兴奋地说："我们办一个大杂志吧？把我们的老朋友都找来写稿子，把萧军也找来。"……
>
> 她的这种怀旧的心情，我是能理解的，但是她为什么这样寂寞、孤独呢？（《悼萧红》）

> 我去看了一次萧红。无论她的生活情况还是精神状态，都给了我一种了无生气的苍白印象。只在谈到将来

> 到桂林或别的什么地方租个大房子，把萧军也接出来住在一起，共同办一个大刊物时，她的脸上才露出一丝生气。我不得不在心里叹息，某种陈腐势力的代表者把写出过"北方人民的对于生的坚强，对于死的挣扎"，"会给你们以坚强和挣扎的气力"的这个作者毁坏到了这个地步，使她精神气质的"健全"——"明丽和新鲜"都暗淡了和发霉了。(《胡风回忆录》)

在胡风看来，躺在病榻上的萧红虽然还有兴致同故人聊天，但整体的精神乃至生活状况，都是孤独、消沉和委顿的，都远离了勃发、健全和向上，她已不再是鲁迅所称赏的可以让作品"力透纸背"，可以传递"生的坚强"的女作家，而是只能靠想象和怀旧来安慰自己的弱女子。萧红为什么会发生这样的变化？胡风把直接的责任归咎于"某种陈腐势力的代表者（端木——引者）"的"毁坏"，但从他对萧红离渝赴港的激烈批评，以及有关"寂寞"和"孤独"的以问代答来看，内心显然还有更具深层和本质意义的判断：萧红后期的精神落寞，说到底是因为她远离了朋友和民众，也远离了时代和生活。

毋庸讳言，胡风对于萧红有一些始终未能释怀的看法或成见。这些看法或成见大都直接披露于胡风的回忆文章，但也有的仿佛在意识的流动中，裹进了相关的感觉或近似的表象，最终化作虚幻变形的记忆。请看《悼萧红》中讲述的"我"与《生死场》的另一版本：

> 后来她（萧红——引者）将她的中篇小说给我看了，告诉我它还没有名字，又希望我能为它写序。我当时就

辞谢了，要他们仍请鲁迅先生写。但是鲁迅先生在和我
闲谈中，却叫我写，说他一人写两本书的序，不太好，
又实在没什么好说，就叫我写一篇。我就答应写一篇读
后记。

面对这样的讲述，了解《生死场》成书过程的读者免不了会
生出疑问：明明是鲁迅先给叶紫和萧军的著作写了序，萧红以此
为由，要求鲁迅一定也给《生死场》写序，怎么成了萧红先向胡
风求序，而胡风让其求序于鲁迅？明明是鲁迅在读罢《生死场》
校样之后，连夜写出了《萧红作〈生死场〉序》，提出了"越轨的
笔致""生的坚强和死的挣扎"等著名的论断，他怎么会在未读萧
红作品的情况下，就表示"实在没什么好说"？而要厘清这样的
疑窦，最为妥切的路径，恐怕就是承认胡风对萧红的看法或成见，
已经渗入了他的无意识和潜意识。

五

萧红和胡风是站立在同一面旗帜下的进步作家，且有过共同
的"盟主"和不错的友谊，他们后来何以出现一系列矛盾，直至
形成难以化解的恩怨纠葛？对此，可从三个方面加以理解。

第一，萧红身上有一些流浪者的随意和放纵，这使得她对胡
风难免存在不够尊重的地方。胡风比萧红年长九岁，单从年龄看，
可以说是同一代人。但就文坛资历和文学修养而言，胡风却堪称
萧红的师辈——当萧红还是初到上海的文学青年时，胡风已是有
成就、有影响的文学评论家、左翼文学阵营的核心人物之一。正
因为如此，鲁迅才让他关心扶持"二萧"的创作；萧红也才心悦
诚服地请他为《生死场》起书名、写文章。后来，随着萧红的迅

速成名，一种在流亡生活中形成的自由与放纵，使她忽略了自己与胡风"辈分"的差异。随口而来的"胡兄""老胡"的称谓，无所顾忌地唇枪舌剑，都有可能让胡风感到不快。更遑论还有偶然听到的不虞之词……胡风所谓萧红"成了名作家了，卖稿不成问题，还有人拉拢捧场"，因而"滋生了高傲情绪"（《悼萧红》）云云，庶几是基于这方面的感受。

第二，胡风性情直率，言语坦诚，以致有可能在无意中伤害到萧红。胡风称赞萧红的文学天赋和创作才情，但在思想、性格和为人方面，他显然更欣赏萧军。因此，当得知"二萧"分手，萧红转而携手端木时，胡风对萧红是有看法的，或者说他的同情是在萧军这一边的。为此，他当面批评萧红的决定过于仓促，认为她应该冷静一段时间，这难免引起萧红的反感。正如胡风日后所说："目前这情况，可使我迷惑不解了。我向她坦率地表示了我的意见，可能伤了她的自尊心……这以后，我们就显得疏远了。"（《悼萧红》）鲁迅曾说："胡风鲠直，易于招怨。"（《答徐懋庸并关于抗日统一战线问题》）现在看来，这话也适用于解释胡风和萧红的恩怨纠葛。

第三，也是最重要的，萧红和胡风的文学观念存在明显差异，这决定了他们在看待和处理一些问题时，必然会有矛盾龃龉。萧红和胡风都是左翼作家——近年来，有人称萧红为自由主义作家，实属缺乏依据的张冠李戴——且都是鲁门一脉，都受到过鲁迅的影响，但是，倘若就两人自觉的文学意识和创作观念而言，无疑具有很大的不同。胡风长期投身中国左翼文学运动乃至日本的普罗文学实践，熟悉马克思主义文艺理论和苏俄的文学情况，认同文学从属政治的大原则，主张文学的现实主义精神，实际上代表了那个时代居于主流的文学价值观。萧红自然也是左翼文学运动的参与者，但是独特的底层体验和细腻的女性视角，使她更多保持了"五四"以降文学的启蒙意识，即坚持从社会正义和人道主义立场出发，关注民瘼，唤醒民意，改造民魂。正因为如此，当抗战救亡成为一个时代的中心任务时，胡风必然拥护"文章下乡，文章入伍"的口号，必然主张作家以笔为旗乃至投笔从戎，必然强调文学以服务前线和鼓舞战斗为宗旨。而萧红也一定认为文学应有更为广泛多样的救亡方式与战争表达；作家写出优秀的作品比直接参加战争更有意义。由此可见，在萧红和胡风之间，从作家应不应该上战场的争论，到战争中可不可以潜心创作的分歧，说到底都是观念不同造成的。而今天要分辨其中的是非曲直，并不那么容易，因为事实已经告诉我们，这些话题出现在不同的语境之下，自会有不同的答案。

原载《中华读书报》2016 年 4 月 6 日，收入本书时，作者补充了少量内容

萧军与胡风：同声一唱大江东

一

1979 年春天，伴随着改革开放，拨乱反正，落实政策历史潮流的涌动，定居北京的东北籍老作家萧军，开始逐渐摆脱人生逆境，迎来命运的转机——不仅以往被强加在身的一些不实之词得以取消，而且恢复了作家身份，重新拥有了发表和出版文学作品的权利。就在这时，他听到老友胡风在成都获得自由的消息，尽管详细情况不甚了然，但他还是根据打听到的地址，寄去了载有自己新作的《新文学史料》《人民文学》等杂志。

是年 7 月 17 日，萧军辗转收到胡风的来信，一时间悲喜交集，感念万端。因胡风信中还有致意另一位老朋友聂绀弩的内容，所以萧军当晚即赶到绀弩处，给他和夫人周颖看了胡风的来信。次日，萧军怀着未曾平息的激动，给胡风写了回信。内中先是诉说了自己和全家以及绀弩一家在运动中的遭遇，接着讲述了自己重出文坛之后，因参加鲁迅研究学会的筹备工作而重逢周扬、荒煤的情况，最后则附上自己和绀弩在京的住址，两位劫后余生的老朋友就这样重新建立起了联系。

稍后 8 月初的一天，萧军从一位外地文学编辑的口中，意外地听到胡风去世的消息。因几天前刚收到胡风的信件、赠诗和照片，所以他不太相信这是真的，但还是当即让爱人王德芬给胡风夫人梅志拍去电报询问情况。在 8 月 3 日的日记里，萧军留下了"心情很不好"的记录，可见当日牵挂之深。好在他很快就收到梅志的回函，获知胡风去世的消息确系讹传。

这年 11 月底，胡风在做前列腺摘除手术时因失血过多，导致脑供血不足，进而引发原有的心因性精神病，出现严重的幻听幻视、神经错乱现象。1980 年 2 月，胡风之女晓风由四川返京，来到萧军家，告诉萧军家人，胡风病情严重，有生命危险。她已给中央领导陈云、胡耀邦写信，反映情况，请求救助。萧军外出回家后，得知胡风近况，内心十分焦急。为了给危病中的老友多一份助力，他明知自己"位卑言轻"（萧军致胡风信中语）且有最终的"结论"等待组织明确，但还是毅然泚笔，给陈云和胡耀邦同志各写一信，直言胡风的病情和困境，请求组织上将其转来北京就医。

1980 年 4 月 4 日，正在西苑饭店参加北京市政协五届三次会议的萧军，接到梅志来信，知胡风已到北京。是夜，萧军思绪万千，难以成眠。凌晨三时，他起身坐听窗外细雨，便觉心头有诗情涌动，遂在手边的信封上吟成律诗三首，其中之二便是《得胡风来京消息拟想》。诗曰："何期此日赋重逢？白发萧疏泪眼明。似是似非疑再世，为人为鬼乍难清。刀兵水火余唯死，雨露风霜两自经。七十行年欣宛在，为君一唱大江东。"对诗的最后一句，诗人加了括弧和小注："指苏东坡词《念奴娇·赤壁怀古》。"由此可见，胡风命运的柳暗花明，确实让萧军浮想联翩，五味杂陈，感慨系之。4 月 6 日政协会议一结束，萧军便急急忙忙赶往医院，看望睽违已近三十年的胡风。两位老友见面后是怎样一番情景，史料中未见只言片语。可以想象的是，处于严重精神疾患之中的胡风，大约无法与萧军做流畅的交谈，甚至能否认出萧军都要打个问号。按照《萧军日记》提供的线索，胡风抵京后是经过两个多月的治疗调养，精神才逐渐恢复正常，继而开始阅读与写作。

8月11日上午，萧军向作协机关要了车，在女儿女婿的陪同下开始了既定行动：先去绀弩家接上周颖，再到国务院第二招待所将在此暂住的胡风扶上车，然后一起前往邮电医院，同正在那里住院的绀弩会合。那天萧军、胡风和绀弩，在病房里拍了一张日后见诸若干书刊的合影。照片上胡风手扶拐杖，目光呆滞；绀弩亦弓腰曲背，面挂风霜；萧军尽管华发满头，倒是依旧精神矍铄，面带笑容。三位老作家各自经历的种种坎坷与磨难，一概浓缩在无言的照片中。

在当天的日记里，萧军郑重写道："今天和胡风、绀弩我们照了个像，这是我的夙愿，终于完成了。"一张老朋友的合影，何以会以"夙愿"相称？为萧军"夙愿"做诠释的是梅志。她在萧军逝世后所写的怀念文章《友谊长存》中，讲了这个"夙愿"的来历：1965年底，胡风第一次出狱后，绀弩闻讯赶来探望。他告诉胡风，萧军也想来，并且还提议三人同照一张相，留个纪念。因为他们是"鲁迅先生身边的最后三人了"。胡风没有同意萧军的提议，他当时的想法是，自己是判了刑的人，目前还受人监督，不能因为拍合影而连累了朋友。于是，"鲁迅先生身边的最后三人"拍一张合影，就成了萧军的"夙愿"，直到十五年后他旧话重提，才让"夙愿"成真。

此后几年里，同在北京的萧军和胡风，彼此关心，每有过从。萧军把胡风的赠诗和书信订成一册，题名为《悲怆交响乐》之一章，以便于阅读和保存；他不辞烦劳，奔走呼吁，联络衔接，积极推进对胡风的平反和落实政策；他还和胡风一起参加了关于鲁迅的纪念活动。1984年3月6日下午，北京市文联和作协召开

"庆祝萧军文学创作 50 年大会"，胡风在梅志和晓风的搀扶下到会祝贺，并提供了认真的书面发言，高度评价萧军的文学成就。1985 年 6 月胡风病逝，梅志请萧军写点儿纪念文章，大抵是因为往日的记忆过于繁复和委实沉重，年近八十的萧军，最终未能写成这悼念文章，而是将自己五年前在北京政协会议期间写就的《得胡风来京消息拟想》一诗，略加修改（将"为君一唱大江东"，改为"同声一唱大江东"——引者），然后书写并装裱，于次年 1 月参加胡风追悼会后，让孙子送给了梅志。

二

萧军和胡风相识于 1935 年春天的上海。

1934 年 11 月初，萧军和萧红由青岛来到有鲁迅的上海，寻求教诲、方向和力量。凭着自身的质朴、率真和"不安定"，他们很快得到鲁迅的信任和扶持。是年 12 月 19 日，鲁迅在以烤鸭为特色的梁园豫菜馆备饭请客，被请的客人中既有"二萧"，也有胡风一家。鲁迅原想以这种方式让胡风和"二萧"相识，不巧的是，当日负责传信的梅志家人未能将信及时送给胡风，结果使他错过了这次和萧军见面的机会。

事后，鲁迅把"二萧"的住址告诉了胡风，嘱托他帮助这两位来自黑土地的青年作家。接下来的情况是：胡风到萧军处拜访，"二萧"请胡风夫妇到家中吃饭会友；胡风为萧红的《生死场》写后记，并冒着被巡捕搜身的危险，在工人读者中推销萧军的《八月的乡村》和萧红的《生死场》；胡风和"二萧"时常在鲁迅家中相遇，畅谈中，他们彼此加深了了解，也增进了友谊。有一次，他们很晚才从鲁迅家出来，电车已经停驶，要回到法租界住处，只能步行十多公里。他们一边走路一边说笑，说到兴起处，胡风和萧红竟在空荡荡的马路上玩起了赛跑，萧军则跟在后面鼓掌加油……这时，同为"鲁门"中人的萧军与胡风，无疑处在兴奋、欢乐与和谐的氛围之中。

然而，在萧军与胡风之间，这样的氛围似乎并没有一直延续。随着鲁迅的病重和逝世，他们的关系便发生了微妙的变化，出现了一些隔膜和龃龉。关于这点，萧军在记述自己生命旅程时，曾自觉或不自觉地留下过少许印痕或线索。譬如，1978年12月，他为鲁迅1934年12月6日写给自己和萧红的书简做注释，对鲁迅逝世时的一些情况做了比较详细的介绍，其中有一段"说明"文字，便披露了自己与胡风的"分歧和争论"：

> 关于《鲁迅先生逝世经过略记》这篇文字，本来是要胡风写的，后来因为他不愿意写，加上全面情况他也不甚了解，就由我承担起来……
>
> 关于《鲁迅纪念集》，我是参加者之一，胡风也是参加者之一。在编辑方针上，我们发生了分歧和争论。我和其他几位编者主张尽可能大角度地搜集、容纳，保存各方面的现有的原来素材，作为将来研究当时情况的材料的来源；胡风主张选几篇有"价值"的文章出一本纪念册就可以了。我认为"时过境迁"，将来再要寻找这方面的材料就困难了，至少是难于"完全"……
>
> 结果是我和另几位编辑者"胜利"，胡风就"怠工"不干了，最终也只好由我把这一整个剪裁、编辑、校对、跑印刷所……的全面工作担负起来。
>
> ——《鲁迅给萧军萧红信简注释录》

萧军在 1955 年 7 月 25 日的日记中，明言自己和胡风有好几次"争吵得很激烈"，以上的"分歧和争论"大约是其中的一次吧？如果说这一番争吵还只是围绕纪念鲁迅所发生的编辑思路的分歧，属于工作中的不同意见，那么以下的情况便涉及萧军对胡风其"人"的看法了。

1936 年 11 月 19 日，漂泊在日本的萧红给时在上海的萧军写了一封长信。内中先讲了自己的身体情况以及一些生活随感，接下来笔锋一转，突然冒出了如下文字：

> 投主称王，这是要费一些心思的，但也不必太费，反正自己最重要的是工作，为大体着想，也是工作。聚合能工作一方面的，有个团体，力量可能充足，我想主要的特色是在人上，自己来吧，投什么主，谁配作主？去他妈的。说到这里，不能不伤心，我们的老将去了还不几天啊！

显然，这段文字并非是萧红的突发奇想，而是她在回应萧军此前来信谈到的话题。换句话说，是萧军来信先讲到朋友圈里"投主称王"的情况，并使用了这一颇具主观色彩的词汇，萧红才在回信时有针对性地表达了自己对"投主称王"的看法。萧军信中具体讲了什么，今已无法确知，但萧红回信时那一声"为我们的老将（鲁迅——引者）""伤心"的感叹，还是无形中传递出源自萧军的信息：那位想要"称王"的作家也是"鲁门"中人。沿着这样的路标，我们来审视聚集在晚年鲁迅周围的左翼作家，如胡风、"二萧"、黄源、叶紫，包括绀弩等，即可发现，其中最有资格也最有可能"称王"者，非胡风莫属。

那么，胡风是否真的有过"称王"的想法乃至行动？《茅盾回忆录·十九》在追述 1936 年夏天上海左翼文学领域发生"两个口号"论争的情况时，留下这样的文字："最近胡风他们又传出消息，说要组织另外一个文学团体。"几天后，"冯雪峰送我走到街上，边走边告诉我……胡风他们的确准备另外成立一个团体，名字都想好了，叫文艺工作者协会，参加的多半是年青人"。我们固然知道茅盾（包括冯雪峰——引者）与胡风之间有一些历史积怨，也清楚《胡风回忆录》曾对茅盾的以上说法做全然否认，但从茅盾这段回忆本身的逻辑、语境和细节来看，委实不像凭空捏造。在这种背景下，萧军在写给萧红的信中谈到胡风以及"投主称王"的事情，显然正可与茅盾的说法互为佐证。

对于胡风想要"称王"一事，萧红无疑持不赞成态度，她在给萧军的回信中那一句"自己来吧，投什么主，谁配作主？"分明是对胡风意欲"作主"的不接受与不认可。而自云"对于'会'（协会之类——引者）一类，有一点先天厌恶"的萧军，仿佛也不看好胡风的想法。否则，他为何要用"投主称王"这样带些贬义的词语加以形容？更何况在翌年 7 月 21 日的日记里，萧军还郑重写道："茅（指茅盾——引者）我们谈话中很接近，将来或许有合作的可能，因为彼此已除去憎恶。我的处境不能和 H（指胡风——引者）相比，所以我要有我自己的方法……我应该发展自己的路。"把这样的内心独白放到鲁迅逝世后左翼作家的精神生态和人际关系中，自可看出萧军的思路与主张。

在这段时间里，胡风对"二萧"的看法也好不到哪里去。1937 年 9 月 29 日，胡风在由上海至武汉的船上致函已回到老家的梅志，其中写道："萧军夫妇今天到南京，即乘船来武汉，端木过些时大概也可来。看情形，武汉也许会热闹起来，只不过应付这些反王们得花不少精力。"按照《〈胡风家书〉疏证》一书著者吴永平的解释，"反王"为湖北方言，意思是"大刺头"一类的人物。这庶几可看作斯时胡风对萧军的一种评价。

三

1937年10月，在隆隆的枪炮声中，萧军和胡风先后从上海撤出，相继来到武汉。

全面抗战的爆发迅速改变了中国社会的历史情境，团结御侮，救亡图存，成为一个时代的主旋律和最强音，也成为左翼作家的首要任务与基本共识。在此新的背景和条件下，萧军和胡风原有的隔膜或芥蒂，无形中得以淡化乃至消解，其往日的友情开始恢复。在这一过程中，胡风将已出了三期的《七月》杂志由上海迁至武汉继续出版，应当起到了催化和促进作用。当时，几乎是一力支撑《七月》的胡风，处于极度繁忙和疲劳之中，且有多种矛盾的干扰。萧军视此情况，不仅积极从事创作，努力为刊物提供文稿支持，而且主动协助胡风料理办刊事务，尽可能地承担一些组稿、校对、印刷以及宣传工作，从而成为热情可靠的"七月同人"。大致从这时起，萧军和胡风再度建立起彼此的支持与信任，直至成为可以推心置腹的好朋友。

1938年1月，左翼作家臧云远受李公朴、梁必武之托，前来武汉，为阎锡山在中国共产党支持下成立的旨在培养抗日人才的民族革命大学招聘师资，萧军和萧红、艾青、聂绀弩、田间、端木蕻良等均报名应聘，胡风因要主持《七月》未能一同前往。当月27日晚，萧军动身赴晋，胡风前来送行，两位好朋友在互道珍重之余还谈了些什么，如今已不得而知，只是他俩大约都不会想到，其各自的命运图谱里，竟写满了跋涉、迁徙、羁居和由此带来的天各一方——在接下来的许多年里，萧军由临汾而延安而西安而兰州而成都而重庆而重返延安……胡风则由武汉而重庆而香港而桂林而再回重庆……他们二人就像不同轨道上的列车，可以遥遥相望，却无法并肩前行。令人欣慰的是，战争年代充满艰险的"八千里路云和月"，并没有让萧军和胡风相忘于江湖；相反，倒是砥砺和淬炼深化了他们之间的那份相知、信任与友谊。关于这点，我们从迄今尚存的萧军与胡风的往来书信中，可以找到明显的印痕和清晰的投影。

——萧军告别胡风后，一直关心着《七月》的生存与发展。他在写给胡风的信中多次问到《七月》的出版情况，同时也奉上自己读《七月》的感受，以及与《七月》相关的各种信息；他不但把自己满意的作品交《七月》发表，而且还时常为《七月》介绍新作者，推荐好作品，以壮大刊物的阵容和声势；他由衷赞赏胡风为《七月》的付出，认为："《七月》已经出到三辑多了，真是了不起，这应该是您的支持之功。"（萧军致胡风，1938年6月17日）1939年7月，《七月》迁至重庆再度复刊，萧军在成都看到复刊号欣喜异常，遂当即致函胡风："恭喜《七月》出来了！……对于《七月》我挑不出什么毛病来，觉得很好。后记我也认为满意，较原先活泼许多。你的纲领，有些人也认为很满意……我很同意这见解。"（萧军致胡风，1939年7月20日）对于来自萧军的肯定和支持，胡风心存感激，因而在日记中留下了如是心语："得雪苇信、萧军信、欧阳山信。雪苇和萧军都在鼓励我和《七月》。"（1938年8月4日）

——漂泊中的萧军在羁留成都时，创作了长篇纪实散文《侧面》。这部作品根据作家随民族大学师生一起由临汾撤出，最后独身到延安的经历写成，因其中讽刺了某些大敌当前只顾夸夸其谈的教授，以致引发了一些人的不满。这时，胡风毅然助力萧军，不仅在《七月》选发了《侧面》的章节，而且主动将该书列入他主编的"七月文丛"，克服多种困难予以印行。对于萧军人在旅途遇到的一些问题，诸如查询信函、收转版税、筹措川资等，留驻武汉或重庆的胡风得知后，也都尽量帮助解决。所有这些使得萧军深感胡风为人的正义与温暖。正因为如此，当萧军驻足延安，听到胡风在香港沦陷时罹难的讹传后，禁不住吟诗痛悼，其"正当玉露连天白，何事绢花委地红。万里狼山终喋血，卅年人海了成冰"的诗句，情真意切，令人动容。

——作为峥嵘岁月里的知识分子，萧军和胡风在朝着理想执着前行的道路上，难免会因各自的主客体龃龉或错位而产生不同的内心烦恼与苦闷。这样的精神隐痛因涉及革命队伍内部的观念冲突和人际关系，所以通常不宜与周围的朋友多谈，于是便成了他们鱼雁往来的内容。譬如，当萧军因不适应延安的政治气氛和斗争方式而感到心灰意懒时，便向胡风发牢骚："我是不羡慕那孙猴子保着唐僧西天取经，回来落个'正果'底光荣的，相反，却有一点为他那离开花果山底猴兄猴弟猴子猴孙……以及那'自由'的环境，有些惋惜的。"（1945年1月14日）同样，胡风因操持《七月》而屡受误解和委屈，也只能朝萧军吐心声："《七月》，我打算废刊了……为新文学想，这损失是大的，我自己也是一忍痛的决定，但想来想去，要我硬着头皮殉'道'，却也不见得合算。我大概要使把《七月》当作假想目标的革命家们扑一个空的。"（1940年5月17日）无论萧军还是胡风，其信中所言的事情早已由岁月老人代为盘点收纳，但浸透于字里行间的那份朋友的信赖和友谊，仍然让人心头发热。

在漂泊和迁徙中，萧军和胡风亦有三度短暂的相逢。其中第一次相逢是在 1940 年 3 月的重庆。当时，胡风已由武汉撤至重庆，正忙于再度复刊后的《七月》杂志等文化抗战工作；萧军则由成都来到重庆，准备转道去延安。两位老朋友久不见面，自有说不尽的话题，胡风留有如是记载："夜，萧军自成都来，谈到四时过始睡。"（《胡风日记》3 月 27 日）"萧军自成都来，有时住在我这里，谈到很晚才睡。"（《胡风回忆录》）胡风还亲自陪同萧军前往位于曾家岩 50 号的八路军办事处，找到负责人凯丰，商谈去延安的相关事宜。

萧军与胡风的第二次相逢是 1949 年初，在已经解放了的沈阳。这次见面留给萧军的记忆是灰色的、抑郁的："胡风来了，大家见了觉得很酸楚，他较过去憔悴而苍老，也瘦了。除开谈一些普通的话而外，我不愿提到别的，他似乎也避免问到一些事。"（《萧军日记》1949 年 1 月 24 日）而在这番"酸楚"和回避的背后，则是两位老友命运的波折：大半年前，胡风刚刚经历了来自中共香港文委的理论批判；而由《文化报》和《生活报》论争所引起的中共东北局对萧军的批判，此时正蓄势待发。然而即使如此，胡风还是单独拜访了萧军，留下了相关信息和恳切提醒，萧军在酒后发些牢骚，一吐憋闷，亦当在情理之中。（参见 1949 年 2 月 10 日《萧军日记》）

1952 年 7 月，已经告别东北移居北京的萧军，经周扬介绍到北京文物局古物组做研究员，这时，胡风应周扬"我们将讨论你的文艺想想"的约请亦到北京，于是，萧军与胡风有了第三次重逢。从是年 8 月 14 日胡风写给上海梅志的信可知，当天，聂绀弩引萧军来文化部宿舍探望暂住这里的胡风，然后他们一起到东安市场吃了晚饭，接下来，萧军把胡风和绀弩领到自己的工作室——临时租赁的一间大房子，让他们参观自己从市场上搜集来

的许多小古董。这时的萧军似乎开始热衷于文物收藏，但一谈起
自己作品的出版，仍然怨气冲天。对于萧军这时的处境和心境，
胡风既抱以同情，又为之不平，认为他是被文坛一些人"毁灭了"
的"失意者"。

四

在当年的左翼作家群体中，萧军和胡风都属于内心矜傲自
负、性情刚直倔强的一类人。就萧军而言，对其相知甚深的丁玲
就说过："萧军哪点全好，就是到紧要关头兜不住他。""你（指
萧军——引者）自己讲，是不是英雄主义，可惜你底雄心用得不
当。"如是评价被萧军引入自己的日记，明显包含了备忘乃至认同
的意思。胡风亦复如此。鲁迅早就有过"胡风鲠直，易于招怨"
（《答徐懋庸并关于抗日统一战线问题》）的说法。吴组缃在日记中
亦写道："胡风不善处人，故以群（叶以群——引者）等均对之厌
恶，不与合作。"（1945年5月2日）按照寻常经验，这样两位性
情同样刚硬且比较"自我"的作家，是不太好相处的，然而从大
时段的生命长旅看，萧军和胡风却偏偏上演了天涯相知、肝胆相
照的人间正剧。其中的缘由至少有以下几点：

第一，萧军和胡风有着不同的个人经历和文化背景，但在人
生道路上，却选择了比较一致的大方向与大目标，以及共同的基
本立场和价值观念。这就是：追求光明，呼唤正义，要求进步，
热爱国家和人民，坚定地团结在中国共产党周围，以笔为旗，献
身于国家和民族的解放事业。对于萧军和胡风的一世友谊而言，
这样的志同道合，既是必要的前提，也是坚实的基础。

第二，萧军与胡风再次建立起的友谊是深厚和持久的，但
维护和促进这种友谊的，却不单单是相互之间的支持和尊重，而

是与此同时很自然地融进了坦率的批评和善意的规劝。譬如，在"二萧"分手这件事上，胡风把更多的理解和同情留给了萧军，但同时也发现了萧军身上存在的大男子主义，以及在与异性交往上的"泛爱"倾向。为此，他在重庆见到萧军和他"未脱学生气"的新婚妻子王德芬后，便找机会严肃地提醒萧军："到那儿（指延安——引者）你可不能像在上海一样，尤其是不能做出伤害你年轻妻子的事。"（《胡风回忆录》）萧军当即唯唯。在延安期间，因观念上的差异和工作上的歧见，萧军多次和周围的同志发生"闹战"（萧军语）。胡风听说后，遂在信中再三加以劝说："你底脾气好了一些吗？第一是工作，第二是工作，第三还是工作，已不要闹什么'英雄主义'了罢。"（1940年11月25日）"你不要太宠爱了你那股傲劲。"（1942年9月15日）"老弟虽立意甚诚，但表于外者往往给人以相反之印象，此点务宜慎之。因吾辈大业尚在初创时期，既不能以完满期之环境，亦不能以理解完全期之友人也。"（1943年春）真可谓苦口婆心。同样，当萧军意识到胡风的某些做法欠妥时，也能够无所隐晦，直抒己见。譬如，围绕《七月》的办刊，胡风是一边下气力，一边发牢骚，对此，萧军便不以为然。他函告胡风："为了《七月》你确是吃了好些苦，不过，这苦是不能为外人道的，如果一道起来，那人家就要说你浅薄了，而且也无聊，还是学我们先生那样：伤了，到深林里自己把血渍舐干，包扎好了，而后再出来。"（1939年1月13日）这显然属于明理之论。如此这般的与人为善和知无不言，使萧军与胡风的内心挨得更近，亦贴得更紧。

第三，在政治风云的变幻中，萧军从良知出发，守住了做人和做朋友的底线。1955年5月，胡风案发，思想文化界对胡风的批判进一步升级，一些与胡风有过联系的旧时朋友或熟人纷纷撰文表态，与胡风及其小集团划清界限。在这种形势下，作为胡风老友的萧军，却始终保持了沉默，其内心的真实想法，在是年7月25日的日记中，表述得清清楚楚：

> 自从胡风事件以后，有些人劝我，应写文章表明态度，这对于我有"好处"等等。我的考虑是不同的，有以下一些理由，我决定不写什么：
>
> 1. 一般人全知道我和胡风认识很早……加上我在东北被刘芝明，东北局（高岗主持）批评过，会疑心我和胡风集团有什么连接，此时我写文，也可能有"表白自己""掩护自己"的嫌疑，因此我决定让这事件澄清以后再说。
>
> ……
>
> 3. ……在我和胡风接触过程中，我没有发觉过他有什么露骨的反革命言论。对于他过去的历史，我是不清楚的。我们过去虽然也有过几次争吵很激烈，但过去了，我也就不计较了，大家仍然是朋友。虽然如此，我对他也不能做"特务"判断，因为报纸上也没发表这类材料证明。
>
> 根据以上种种，我是决定不写什么，也许有人会怀疑我对胡风还有"感情"，立场不明确，这也随他们去。

必须承认，对比历史上许多人在政治运动来临时的随声附和、故作姿态乃至落井下石，萧军基于自身经验和思考而确立的对胡风的冷静客观、实事求是的态度，委实风标独立，难能可贵，其中呈现的人格亮色令人起敬。胡风应当看到了这点，为此，他在重获自由后，写下"敢是敢非真待友"，"还我金刚不坏身"的诗句以赠萧军。

第四，在探索文学和人生的道路上，萧军和胡风是同志，是朋友，却始终做到了不抱团、不结党，坚持以平等的关系和自由的心态，在同一营垒里各自独立地工作和发声，这使得他们之间的友谊不仅远离了现代文学史上屡屡可见的宗派泥淖，而且自觉或不自觉地呈现了中国传统文化所倡导的"周而不比，和而不同"的道德境界。记得贾植芳先生曾说："左派文人差不多都好斗。"这固然并非无的放矢，但平心而论，也只是道出了现代文学史上的部分事实。在这方面，作为著名左翼作家萧军和胡风所建立的大处着眼、求同存异、赤诚相待、"同声一唱大江东"的相互关系，无疑提供了另一种认识和想象空间，很值得当下文坛加以珍视。

原载《百花洲》2020 年第 4 期

丁玲和萧军：也有风雨也有晴

一

1981 年 8 月，应美国多所大学邀请，萧军在女儿萧耘的陪伴下，赴美国加州参加了"鲁迅和他的遗产"国际学术讨论会。会议结束后，萧军又应邀去美国多地走访讲学，其中包括做客著名美籍华裔作家聂华苓女士主持的爱荷华国际写作中心。而在那里，萧军巧遇同样应邀来此访问的丁玲。两位相识于 20 世纪 30 年代，且在峥嵘岁月里多有交集的老作家，异国邂逅，域外相逢，是怎样一种情况，都谈了些什么，对此，所有的传记作品均阙如，丁玲讲述自己在美见闻的散文集《访美散记》也不曾提及。倒是当年负责联络接待萧军赴美参会，时任美国印第安纳大学教授的李欧梵先生，在前几年撰写的《读〈延安日记〉忆萧军》一文中，提供了一段零距离的现场记录：

> 在美国的鲁迅会议结束后，爱荷华的聂华苓邀请萧军往访，我带他们父女同行，原来丁玲也适在爱荷华……抵达的当晚，在华苓和安格尔家的阳台上，萧军亲向丁玲兴师问罪。至今我们还记得他说的话："当年在延安，你们一大队人来找我，一个个轮流批斗我，我就是不怕！你们要来文的武的都行，了不起到山坡打一架，

谁会是我的对手？！"听得在场的客人都傻了眼。事隔三十多年，我或许记不清每一句话，但萧军的确如是说。丁玲呢？反而态度大方，只回答说：事隔几十年了，往事不堪回首，就算了罢。萧军悻悻然，并不领情，场面一时很僵。

这段文字承载了如下信息：当年在延安，萧军与丁玲曾经发生过严重分歧与激烈争论，彼此之间一度剑拔弩张，几近势不两立。时过境迁后，丁玲变得态度豁达，而萧军仍心存积怨……应当承认，这是历史的真实，但也仅仅是真实历史的一个片段或一个侧面。事实上，丁玲和萧军作为左翼文学和文化营垒的重要成员，他们留在历史长河里的"故事"和面影，更为缭乱斑驳，也更为丰富多彩。这当中有困厄中的推心置腹，也有旋流里的欲说还休；有分道扬镳的烦恼，也有峰回路转的释然，可谓"也有风雨也有晴"……时至今日，全面了解、努力还原历史上的丁玲和萧军，显然是一个既有意味也有意思的话题。

二

1934年11月，萧军和萧红由青岛来到上海寻找鲁迅，斯时的丁玲，已早在1932年5月被国民党特务秘密抓捕并软禁于南京，直到1936年春天才逐渐有了部分自由。因此，萧军在上海期间无缘结识丁玲。不过，当时的萧军显然是关心丁玲的，他初到上海给鲁迅写信了解左翼文学的情况，就曾询问过丁玲被捕后的相关消息。而在四十多年后，当他为鲁迅当年的回信做"注释"时，又信手写道，关于丁玲被捕的消息，他是在哈尔滨时就知道了的。由此可见，萧军对丁玲的关注由来已久。

1938 年初春，已由上海转至武汉从事文化抗战的萧军，应李公朴、臧云远的邀请，同萧红、艾青、端木蕻良、聂绀弩、田间等一起，前往山西临汾，参加山西民族革命大学的教学工作。这时，在一年多前摆脱了国民党掌控的丁玲已到达陕北，并出任八路军西北战地服务团（以下简称"西战团"）主任。应当是 2 月上中旬的某一天，已在山西从事宣传鼓动工作数月的丁玲，率团来到临汾，萧军终于见到这位大名鼎鼎的女作家。

从现有的材料看，西战团与萧军、萧红等一批文化人在临汾相遇，气氛是热烈的、关系是融洽的。正如当时在场的端木蕻良所写："在临汾，萧红和我们都是第一次同丁玲见面，当时大家都很高兴。尤其是战争开始后见面，每天谈得很晚。"（《我与萧红》）这一点，在丁玲的《风雨中忆萧红》一文中可以得到印证："我们都很亲切，彼此并不感觉到有什么孤僻的性格。我们尽情地在一块儿唱歌，每夜谈到很晚才睡觉。"至于这期间丁玲对萧军有着怎样的第一印象，似乎一时找不到太直接的材料；而萧军对丁玲最初的感觉和认识，则化作"段同志"这样一个纪实的形象，进入其一年后完成于成都的长篇散文《侧面》之中。

萧军的《侧面》讲述临汾陷落后，"我"随民大师生一起徒步行进于晋西南一带，最后只身到达延安的一段经历。其中丁玲只是"过场人物"，仅出现在作品开始时写临汾撤退的几个场景中，尽管表现空间有限，但由于作家注入了笔力与情感，所以依旧给人留下了较深的印象。在萧军笔下，丁玲性格开朗，待人真诚，言谈热情，举止大方。身为西战团的领导，她不仅能够组织全团积极开展工作，完成各项任务，而且很善于同"我"和"红"（萧红——引者）这样的新朋友相处。在日寇逼近临汾，守军开始撤退的时候，"我"和"红"围绕何去何从发生了分歧："红"主张跟西战团转移，而"我"却坚持要去打游击。丁玲目睹了这些，先是劝"我"多为"红"着想，和他们一起走。待知道"我"决心已下，执意要去战场后，又建议"我"要打游击就去八路军，并主动表示可以请八路军方面为"我"办理"正式的护照"。唯其如此，"我"觉得，丁玲坚韧干练，是可以信赖托付的同志。于是，在临汾告别时，"我"不但一再请丁玲照顾将与之同行的"红"；而且在分手之后，还把自己随身携带的重要文字材料，托人转交丁玲代为保存。其托交信件写道：

> 段同志：
>
> 　　拜托您，因为您的地址固定些，请把这个小包代收一收罢。里面有一部分是原稿，一本书。两本日记，几封朋友们的信。如果我活着，那请再交给我；万一死了，就请把那日记和朋友们的信，顺便扔进黄河里罢。或者代烧掉它。总之，我不愿自己死了，这些东西还留在别人的眼睛里。请尊重我的嘱托。
>
> 　　　　　　　　　　　　　　　　　　　　　　　　军

在战火纷飞、生死难料的环境中，萧军这份托付所包含的内容和分量，恐怕不是一个"地址固定"所能全部说明的。

值得注意的是，《侧面》中的丁玲似乎也有不同的侧面。请看第一章中"她有孩子也有妈妈"一节：丁玲率领的西战团以及萧红等人，均已在临汾火车站登上火车，等候向运城方向撤离。已决定留在临汾的萧军赶来送行，他和丁玲披着夜色，坐在废弃的钢轨上闲聊，这时，作家写道：

我看着她那面对着我的，略略可以认清的眼睛，我的头轻轻地低垂下去。"我如今……什么都不想……我避免着我的灵魂的苏醒……我有孩子，也有妈妈……但是我什么都不想……我只想工作，工作，工作……从工作里捞得我所需要的。……我没有家，没有朋友……什么也不是属于我自己的，有的只是我的同志……我们的党……我怕恢复文学工作……这会使我忍受不了那寂寞的折磨……"她每说一个字，全使我的神经感到一种寒凉，一种颤动……

按照散文的"非虚构"性质，这段文字当然可以看作是作家的现场"实录"，只是一旦把它和萧军一向坚持的作家须绝对"自由"与"独立"的主张联系起来，即可发现，它实际上包含了萧军对丁玲的一种洞察、一种评价，其中是不无疑问和微词的。这正好为萧军和丁玲接下来长时间的龃龉纠葛埋下了伏笔。

三

萧军与丁玲以及西战团分别后，原本打算去五台山打游击，但因为交通受阻而改道来到延安。这时，正好丁玲带领聂绀弩由西安返回延安报告工作。于是，萧军与丁玲、聂绀弩又在延安碰到了一起。

临汾撤退时，萧军曾分别托丁玲、聂绀弩照顾萧红，他们一个多月后在异地见面，萧军自然要问到萧红的情况。大约就是在这种随意交谈中，萧军获知了自己离开后，发生在萧红身上的一些变化——她和端木蕻良走得很近，感情的天平明显向其倾斜。一向自尊心极强的萧军无疑怒火中烧，他当即随丁玲、聂绀弩由延安重返西安。接下来，在西战团的西安驻地，便出现了萧军向萧红和端木当面质问，大发脾气的一幕。当时的情况，按照端木蕻良《我与萧红》一文所写，大致是这样：

> 萧军回来当天就对萧红和我宣布：你们俩结婚吧，他要和丁玲结婚。不晓得谁跟他说的，那我就不知道了……当时萧红挺生气，我也挺生气，萧红说：你和谁结婚我管不着，我们俩要结婚，还需要你来下命令吗？我也奇怪。我说：我们结婚不结婚干你什么事！

这段文字把丁玲拉进了"二萧"情变的语境。从今天已知的人物关系考虑，端木似乎没有动机，也没有必要故意制造萧军与丁玲的绯闻话题，他之所以这样写，应当属于大体纪实的现场转述。只是他所转述的萧军所宣布的"他要和丁玲结婚"一事，却实在经不起基于史实的认真考辨。这一点，我们不妨从丁玲、萧军两个方面来看。

依照普遍认可的说法，丁玲对丈夫陈明的感情始于西战团期间。这也就是说，当萧军和丁玲在临汾相遇时，丁玲已经在追求年轻的部下陈明——曹革成的《我的婶婶萧红》一书曾写道，在一次观看西战团演出的间隙里，丁玲竟把自己这一情感秘密，郑重地告诉了萧红——在这种情况下，不管萧军是否有过内心的波动，在丁玲那边，都不可能出现个人感情的变数，更不可能向别人做出明确的婚姻承诺。

在端木的回忆中，萧军说完"离婚结婚"的话不久，便知道萧红已怀了自己的孩子，他随即反悔，表示愿意同萧红继续生活在一起，倒是萧红没有同意萧军的意见。这似乎亦可说明，当年萧军的"和丁玲结婚"一语，大抵是基于"脸面"和自尊，当然也未必没有潜意识作支撑的信口开河。它原本与丁玲无关，或者说丁玲在斯时斯事上是无辜"躺枪"了。

不过，对于发生在萧军和萧红、端木之间的事情，包括萧军把自己扯了进去的那一番"胡言乱语"，同在一个驻地的丁玲肯定是当即就听说了、知道了。那时，她有怎样的看法和想法，历史没有留下印痕，可以给我们提供一点想象空间的，是王德芬在《我和萧军风雨50年》（以下简称《风雨50年》）一书中的一段描写。拥有这段描写的那一节的题目是《奇怪的团长》：

> 丁团长为我们请了一桌客，祝贺我们的新婚……吃饭的时候我忽然感到丁团长老是目不转睛的盯着我，只要我一看她，她就赶快转过脸去避开我的视线，只要我不看她了，她又盯着我了，使我产生了一种异样的感觉，不由地打了一个问号：这是怎么回事呢？她为什么老端详我呢？大概她万万没有想到萧红和萧军分开之后，才短短两个月时间，萧军就这么快和一个小姑娘结婚了，她觉得奇怪吧？还是另有其他原因呢？

此时距离"二萧"西安分手只有两个多月。这两个多月中，萧军先是同塞克、王洛宾结伴欲去新疆。到达兰州后，萧军与房东姑娘王德芬爆发恋情，随即迅速结婚。婚后，他们决定前往武汉参加抗日工作。途经西安时，萧军携新婚妻子前去探望尚在西安的西战团，于是，再次见到丁玲和老朋友们，并有文中场景出现。《风雨50年》完成于萧军逝世后的20世纪90年代，这时的王德芬因为阅尽人生百态，且目睹尘埃落定，所以笔下自然多了一份追忆的温馨、真切与从容，其中那最后一问，果然启人遐想，也耐人回味。

四

萧军和王德芬在西安停留时，获悉日寇犯鄂，武汉正在组织撤退，于是，他们离开西安后改奔成都。在成都寄居半年有余，然后经重庆、宝鸡、西安，于 1940 年 6 月 14 日来到延安。从这时到 1945 年 11 月，萧军在延安住了五年多，而这期间，丁玲也正好一直在延安，于是，他们二人经历了生命中时间最长也最为重要的一段交集。

关于丁玲和萧军在延安的恩恩怨怨，近年来曾较多地出现于一些传记著作和网络文章。其中固然不乏剀切公允的评介，但也有若干言说或失之琐碎，或未免偏颇，有的甚至有扭曲历史之嫌。这里，笔者环绕丁玲和萧军在延安的情况，讲述四个要点，但愿能够既以简驭繁，又补偏救弊，从而接近历史的真实。

——丁玲与萧军一度往来频繁，关系密切，彼此之间视为知心朋友，无话不谈，甚至产生过个人感情的波澜。1940 年夏秋之交，丁玲所钟情的陈明与席平结婚，这使丁玲的内心陷入痛苦与伤感。而从萧军日记来看，恰好在这时，日记主人和丁玲之间，出现了一些温馨和浪漫的桥段。如 1940 年 8 月 15 日："夜间和 T（萧军日记中以 T 指代丁玲，以下引萧军日记，径写丁玲——引者）在她窑洞前，趁着暗暗月色，谈得很久。"9 月 1 日晚：萧军跟丁玲谈起他和萧红的往事，有些事情是他"从未详细同谁说过的"，他特别叮嘱丁玲不要再向谁说。丁玲也把她年轻时被一位军官和一位教师所钟情的私密告诉了萧军。丁玲说，她第一次见到萧军，先感到他是一个真正的人。

他们还经常在一起吃点东西，喝点酒。买酒回来的路上，丁玲"一只手里咬着一块枣儿饼"，两个人就"一替一口地喝着"（9月27日）。"在青年食堂买了两角钱的排骨"，两人"在路上分着像狗一样地啃食着，大笑，很快乐……这是两个啃骨头的作家"（10月9日）。他们也有共同的憧憬和期待——"将来出去，一定要弄一个刊物或书店"（8月15日），或是"三年后我们做一次欧洲旅行，她做一些中国革命史底报告；我做有次序的中国文艺家列传及其成就影响的讲演"（9月13日）。还是萧军日记披露，他和丁玲都曾考虑过与对方感情的前途。丁玲的结论是"不可能的"。而萧军对丁玲的内心独白则是："我爱你，同情你……但是我不能要你！因为我更爱我的自由。"（9月2日）就这点来看，萧军与丁玲的友谊虽然发展很快，也自有其深度，但彼此之间并不曾因此就失去理智的清醒与观念的自觉。

——在丁玲遇到人生难题和精神烦恼的时候，萧军曾以自己的刚强个性，给予过真诚的帮助和坚定鼓励。丁玲到延安后，有人曾一再发表不负责任的言论，说丁玲在南京被捕那段历史有问题，是叛徒。丁玲知道后极为愤慨，她要求组织上审查自己这段历史，并给出书面结论。不久，延安开始普遍审干，对丁玲被捕一段历史的审查亦在这时进行。这使得从未有过此种历练的丁玲，产生很大的思想压力和内心委屈。这时，给丁玲以精神慰藉和心理支撑的，正是萧军。

1940年9月25日，丁玲的情绪非常低落，她邀请萧军陪她去看望董必武。路上，他们有过一些深层次的对话，萧军把这些对话写进当天的日记，其中留下了这样一些内容：

丁玲很苦痛，为了她党籍的事，组织部又来麻烦她。

她感情很冲动……我劝她要冷静沉着一点，等去听他们谈话再作决定，不要仅是发一阵感情脾气就拉倒，一定要有一种有力的手段对付一切。使他们"怕"你，而不敢轻易麻烦你。

……

萧军："政治的信仰这是一生的大事啊……这不能比恋爱，也不能比结婚……一个人一生可以恋一百次爱，结一百次婚，但却不能改变一百次政治信仰啊！"

丁玲："是啊！恋爱不过是人生的一部分……没有也就算了。这个东西（政治信仰）这样磨难我，老实讲我算吃不消了……虽然我应该忍受，但是我不能忍受了啊！……"

萧军："他们不会让你脱离党籍的，因为你并不是一个平常的人……你也可以这样要求他们，要调查清楚，在这个调查期间，可以暂时停止你的党籍，如无问题时再恢复，如有问题就从此作罢……"

9月26日下午，丁玲又去组织部，萧军"送她到河边，嘱咐她：'心平气和，沉着应战'"。晚上，丁玲回来后，心情平和了许多，便跟萧军谈起了在组织部受到的批评和询问，萧军禁不住在日记中感叹："这是一个使徒的磨折！"

从日记内容看，当时的萧军对中国共产党的组织原则以及相关要求，显然还缺乏深入了解，他提供给丁玲的建议和办法似乎也不那么稳妥得体，但这些作为来自朋友的关心和爱护，还是让丁玲感受到内心的温暖，给了她敞开过去，坚强面对的力量，使她最终迎来了由毛主席亲自酌定的"丁玲同志仍然是一个对党对革命忠实的共产党员"的结论。

——围绕《文艺月报》的工作，萧军与丁玲多次发生争吵，分歧初步显现。萧军到延安后，从专业角度考虑，应该去鲁艺任教。但当时主持鲁艺工作的周扬，因纠缠于在上海时的文坛风怨而不同意接收，所以萧军便到了由丁玲负责的边区文协。开始，萧军和丁玲配合得不错。经张闻天批准，他们搞起了"文艺月会"，出版了《文艺月报》，还举办了"星期文艺学园"。但不久萧军和丁玲就出现了分歧直至争吵。对此，丁玲在1983年复出后曾有回忆："《文艺月报》……我不愿意搞，因为你负不了责嘛，每一篇文章都得争论，他（萧军——引者）老是要骂人了。吵架就是为萧三的一篇文章嘛……每期吵，后来我说我不管了，我就下乡去了。"（《向陕西省社科院的同志介绍延安文艺情况》）这些分歧和争吵表面看来是因为作者和稿件的取舍，但究其底里和根本，恐怕还在于萧军和丁玲立场与观念的不尽相同。

1942年12月17日，萧军在由延安写给胡风的信中说："到这里以后，我本打算像一条冬天的鱼似的深一点沉下水底，静静地做一点自己要准备做的工作，什么也不管，可是因为有些地方看不惯，就又要'逞英雄'了。"正是从这种"逞英雄"的心态和姿态出发，在延安的萧军，对一些自己"看不惯"或不认可的事情，进行了无情的指责和严厉的批评，有一种独来独往、舍我其谁的劲头。当时的丁玲对延安的一些现象也有看法，也主张通过民主的形式进行批评，但作为一名共产党员，她比较注意自己的党员身份，以及受此规约的批评立场、态度和分寸，也能顾及到它的客观效果和影响。萧军在1940年10月8日的日记中写道："她（丁玲——引者）近来似乎避免和我谈一些政治问题了。我们虽然是在一个方向前进着，但我们总是有着一条界线存在着，她爱她的党，以至于最不屑的党人；我爱我应该有的自由，我不愿意把这仅有的一点小自由也捐给了党！"应当说，萧军这段内心独白，比较准确地说出了自己与丁玲在延安时的深层差异。

——萧军和丁玲产生激烈争论，从而友谊中断是因为王实味事件。1942年，在延安整风中，担任中央研究院特别研究员的王实味，因为发表批评和讽刺延安负面现象的文章《野百合花》等，受到广泛严厉的批判。当时，丁玲因为《"三八节"有感》一文也在党内受到批评，但同时她亦加入了对王实味的口诛笔伐并反省自己。而萧军觉得，王实味不是敌人，他的问题也构不成"反党"。为此，他受朋友的托请，曾面见毛主席反映情况，为王实味说情。毛主席告诉他：这事你不要管，王实味的问题复杂。此后不久，萧军前往中央研究院，旁听"与王实味思想作斗争的座谈会"。当看到会场上一片嘈杂的批判声，几乎不让王实味说话时，他霍然起身，大声喊道："让他说嘛，为什么不让他说话！"会后他又说了粗话，以表达对会议开法的不满。于是，萧军成了同情王实味的众矢之的。几天后，中央研究院派四名代表到萧军住处，递交由八大团体108人签名的"抗议书"，指责萧军破坏批判大会，要他承认错误，赔礼道歉。萧军勃然大怒，不仅轰走了四名代表，而且立即写了一篇《备忘录》，上呈党中央、毛主席，说明事实经过。而正是这篇《备忘录》，引发了萧军与丁玲的公开冲突。

根据目睹了事情全过程的王德芬回忆，1942年10月19日下午，延安召开有一千六百人参加的"纪念鲁迅先生逝世六周年大会"。萧军作为鲁迅研究会总干事坐在主席台上。该他发言时，他出人意料地当众宣读起《备忘录》，这就好像热油锅里倒进了一桶凉水，立即爆发了激烈的论辩。丁玲、周扬等七位党内外作家轮番发言，批判萧军。而萧军毫不怯阵，"舌战群儒"。

> 忽见大会主席吴玉章老先生站了起来……劝解说："萧军同志是我们共产党的好朋友，我们一定有什么方式方法不对头的地方，才使得萧军同志发这么大火，我们应当以团结为重，自己先检讨检讨。"萧军一听气消了不少，站起来说："吴老的话还让人心平气和。这样吧，我先检讨检讨吧，百分之九十九都是我错行不行？那百分之一呢？你们也想一想是不是都对呢？"这时丁玲忽然站起来不顾吴老的调解和开导，不冷静地说："这一点最重要，我们一点也没错，百分之百都是你的错，我们共产党的朋友遍天下，你这个朋友等于九牛一毛，有没有你萧军这个朋友没关系。"萧军一听气又起来了，他说："我百分之九十九的错都揽过来了，你们一点错都不承认，尽管你们的朋友遍天下，我这根毛啊也别附在你这牛身上。我到延安来没带别的，就是一颗脑袋，一角五分就解决了（一角五分钱可以买一颗子弹），怎么都行，从今天起，咱们就拉——蛋——倒！"（《风雨50年》）

在时过境迁、尘埃落定的今天，隔着苍茫的岁月烟尘，我们不能不承认：对于王实味事件，萧军这位东北汉子终究堪称有胆有识，也颇见性情的正直和刚烈。需要稍加说明的是，当年的萧军虽然为王实味受批判说过公道话，但对王实味其人却无好感。他的日记提到王实味时颇多负面评价，而在工作和生活中，也与王实味没有什么往来。他们最后一次见面很有一点戏剧性，被王德芬写进了《风雨50年》：

有一天忽然听到山下有人叫他（萧军——引者），走出窑洞一看竟是王实味。萧军问他："你来干嘛？"王实味在山下大声说："萧军，你应该参加共产党！"萧军心想就是为了你我才倒了霉受了冤枉，你又来给我添乱，不是更抖搂不清了吗！气得萧军大喝一声："王实味，我不认识你，你给我滚！"一边嚷一边往山下走。王实味以为萧军要打他，吓得他急急忙忙跑下山去了，从此再也没有见过王实味。

五

经历了由王实味等问题所引发的严重分歧和激烈冲突，丁玲与萧军的关系降到了冰点，彼此之间多有芥蒂和误会，甚至一度中断了交往。1942年10月20日，萧军在致胡风的信中所谓"我和丁君已经一年多不交言语"，以及翌年1月15日萧军日记所谓"我和丁玲已经近乎两年不交谈"，指的正是这种情况。

不过，这并不意味着丁玲和萧军从此便视同路人，彻底"相忘于江湖"。从现有材料看，在接下来的日子里，随着时间的推移，特别是随着外部环境与气氛的变化，丁玲和萧军又逐渐有了一些接触或交往。这些接触和交往虽然大都与工作相关，且带有某种偶然性、机缘性，但依旧在不同程度上牵动着他们记忆深处的友谊储存，折映出他们始终无法根除的心灵相通与相知。且看以下几个片段。

第一，抗战胜利后，党中央在延安组织多批工作队，分赴全国各个解放区开展工作。1945年10月中旬，经中央批准，丁玲率陈明、杨朔等组成延安文艺通讯团，由延安出发，准备经晋绥、冀察晋、冀热辽，转道去东北，沿途采写文稿，报道前方情况。

同年 11 月 15 日，已调至鲁艺工作的萧军，按照中央关于延安大学——此时鲁艺已并入延安大学——迁往东北解放区办学的决定，亦携带全家跟随延大的"骡轿大队"，启程前往东北。不久，由于内战爆发，去东北的交通中断，从延安出发的多支队伍滞留于当时晋察冀中央局所在地张家口。也就在这时，丁玲和萧军又再次聚到一起。

1946 年 2 月 4 日萧军日记写道："昨夜随了周扬等，丁玲也来了，周走后，一时感情激动，我竟说了些过去的事情，我知道这使她难为情，但使她知道这些也好。"显然，这时的萧军与丁玲又触及往日的记忆，彼此有了沟通的愿望。两个多月后的 4 月 11 日，萧军和丁玲在一起闲谈，当天的萧军日记有这样的记录：

> 她说："你回东北非当大官不可……那时节我去旅行请招待一下，可不要记旧仇呵……那全是一些生活上的琐事……""这可说不定，我这个人是很'小气'的，惯于记旧仇……不过'大官'我倒没这打算……倒想办一个鲁迅大学……"

两人的对话轻松里带有调侃，所谈内容既衔接着过去，又延伸到未来；既包含了"一笑泯恩仇"，又传递出"一切向前看"，洋溢着真诚而和谐的气氛。这说明在这时，丁玲与萧军的关系已得到显著的修复。

第二，队伍滞留张家口期间，丁玲一家和萧军一家是邻居。1946 年 5 月 23 日，萧军继续向东北进发，王德芬因为产后身体虚弱暂留张家口，依旧同丁玲做邻居。这段时间，两家的关系很是密切和融洽。据王德芬在《风雨 50 年》中回忆：

> 我的隔壁住着丁玲和陈明夫妇，丁玲很喜欢萧耘，因为萧耘长得胖乎乎的，圆圆红红的脸蛋，刚两岁就会扭秧歌了。丁玲想收萧耘当干女儿，萧耘也愿意，就认丁玲做干妈了，每天到丁玲家去玩，好吃好喝地招待，到了晚上还是要回到自己的家和妈妈睡，丁玲怎么留也留不住。

萧军显然知道这些情况，他在离家四天之后写给王德芬的信中，特别嘱咐代其问候丁玲夫妇。这两家人的友谊里当然折射出丁玲与萧军关系的全面回暖。

第三，多位中央领导同志都曾经关心过萧军的入党问题，萧军总以自己"不是党员的材料"为理由，没有付诸行动。到东北后，在舒群等老朋友的批评和开导下，萧军于1948年7月25日，向时任东北局宣传部长的凯丰正式递交了入党申请。8月12日晚，舒群来萧军处聊天，再次谈到萧军入党一事，当天的萧军日记写道："晚间舒群来，我和他谈了和凯丰会见情形，他意思介绍人还以凯丰或丁玲合适。丁玲对我底意见：'萧军哪点全好，就是到紧要关头兜不住他……'她说，我如思想解决了问题是好的，否则也要苦恼。我试试看罢。"面对萧军这段日记，我想多数读者都会承认：丁玲到底是萧军的老朋友，她对萧军的看法果然是一矢中的，属知人之论。显然，一向狂傲的萧军这次也默认了丁玲的看法，否则，他在日记里不会留下"我试试看罢"这样的谦虚之词。

当然，也就是萧军在东北解放区期间，他和丁玲的友谊又出现了新的问题，经历了新的曲折——萧军到东北后，在彭真、凯丰的大力支持下，工作一度很有成绩，不仅为数以万计的听众作了六十多场演讲，参加了富拉尔基的土改，而且办起了鲁迅文化出版社、鲁迅社会大学、《文化报》以及多种经济实体。但不久，萧军率真的性情、强悍的作风和嬉笑怒骂、无所顾忌的文风，便同当时的舆论口径形成了某种反差，加上文坛由来已久的宗派主义依然存在，于是，便出现了萧军要树立个人威信、与党分庭抗礼之类的说法，继而爆发了《生活报》与《文化报》的论战，最终上升为来自组织的对萧军的猛烈批判，直至做出进入新时期后已被撤销平反的《关于萧军问题的决定》。

1948 年底，萧军随东北局宣传部由哈尔滨迁入刚解放的沈阳，对他的批判仍在持续。这时，刚好丁玲因参加世界民主妇联第二次代表大会由匈牙利回到东北，到沈阳与在此处深入生活的陈明会合，她亦应邀参加了 1949 年 3 月东北局宣传部召开的东北文艺界"批判萧军错误思想"座谈会，并出任会议主席。会上，丁玲有一个发言，其摘要刊登在 3 月 16 日的《东北日报》上。该文开头便说：

> 我们对萧军的批评，并不是现在才开始的。1942 年鲁迅逝世纪念日，我们在延安曾经开了个会，纪念鲁迅先生，同时批评萧军思想，会开了九个钟头，我那天当主席。在"文抗"也曾讨论萧军思想，批评个人英雄主义，那天的会也是我当主席。今天我们又在这里开这个大会，又是批评萧军，又是我当主席。

有材料证明，这次会议萧军本人并没有参加，他只是从报端读到了丁玲的发言摘要。在当天的日记里萧军写道："丁玲说话时酸得可怕，这所谓旧恨新仇一口吐也！一叹！毕竟是妇道人家，心胸狭，感情浅薄。"研究现代文学的著名学者陈漱渝先生，在读罢丁玲文章及萧军日记后认为："除感到上纲过高之外，倒还看不到什么尖酸刻薄的文句。"(《丁玲与萧军》)我认同漱渝先生的看法。同时还觉得，在一些关键问题上，丁玲还是恪守了某种底线。就以前面所引"开头"的话为例：丁玲对萧军坚持使用"批评"就比会议确定的"批判"要平和许多；而把萧军在延安的行为用"个人英雄主义"来概括，也更接近丁玲对萧军的一贯看法和实际情况。照此说来，萧军在日记中嘲讽丁玲的发言，大抵属于气恼之下的"过度宣泄"，不能太当真的。

六

历史进入新时期，一大批中国现代文学史上的老作家迎来了生命的春天，他们先后摆脱困境，重返文坛，丁玲和萧军亦在其中。当时的萧军劫后余生，自然会有尚存的怨气偶然发泄，以致出现了本文开始的一幕，但他与丁玲之间心中的隔阂早已化解，彼此的友谊亦得以恢复。这期间，由于两人均年事已高，而各自需要了结的心愿又排着长队，故无暇太多的交往，但仍有两件事情，显示了道义的支持和心灵的呼应，值得记录存照。

第一件事，大约是1980年，有关丁玲历史问题的结论仍在最后审定之中，一些构成阻力的说法依旧存在，其中涉及对当年鲁迅致萧军信中所谈丁玲被捕一事的不同理解。萧军不知从何处得到消息，遂当即上书中组部，以当事者的身份为丁玲辩诬。稍后，他又将同样的意思写进悼念鲁迅的文章。其中有这样的表述：

> 关于丁玲，鲁迅先生信中只是说："丁玲还活着，政府在养她。"并没有片言只字有责于她的"不死"，或责成她应该去"坐牢"。因为鲁迅先生明白这是国民党一种

更阴险的手法。因为国民党如果当时杀了丁玲或送进监牢，这会造成全国以至世界人民普遍的舆论责难，甚至引起不利于他们的后果，因此才采取这不杀、不关、不放……险恶的所谓"绵中裹铁"的卑鄙办法，以期引起人民对丁玲的疑心，对国民党"宽宏大量"寄以幻想！但有些头脑糊涂的人，或别有用心的人……竟说"政府在养她"这句话，是鲁迅先生对于丁玲的一种"责备"！这纯属是一种无知或恶意的诬枉之辞！

丁玲从《我心中的鲁迅》一书中读到萧军的文字，内心无疑极为感动。她将这段文字引入自己的散文《鲁迅先生于我》，其中承载了对鲁迅的敬重，也包含着对萧军的感谢。值得稍加说明的是，丁玲在引用这段话时，称这是"1976年6月萧军对鲁迅给他一信的解释"，显然是画蛇添足了。因为在《鲁迅给萧军萧红信简注释录》一书中，是找不到这段话的。这里，是丁玲的记忆出了问题。

第二件事，1984年3月6日，由北京市文联和作协举办的"庆祝萧军文学创作五十年大会"在北京民族文化宫举行。文艺界三百余人莅会。会议主持人是雷加，市作协主席阮章竞致辞。接下来周扬代表中国文联讲话。丁玲继周扬之后第二个发言。她充满激情地讲道：

> 《八月的乡村》是个不朽的作品，是打不倒的！那时候，有些人对《八月的乡村》有意见，这些人眼睛看的太浅啦，只从那里挑毛病。……那时候，"左联"是很寂寞的萧条的，鲁迅是很寂寞的。在那样的时代，《八月

的乡村》这部稿子拿出来，怎么能够不令有心的人，有感情的人，对革命忠诚的人不高兴呢？所以我说，鲁迅不是从他个人的欣赏，个人的喜爱出发，不是因为萧军找了他，而是鲁迅认为这样的作品是这个时代最需要的作品！所以鲁迅花了那么大的气力，帮助这部作品出版，而且自己写了《序》，这不是简单的个人的小问题……我希望，我们现在的文学作品，要像《八月的乡村》那样，及时地反映时代，及时地把我们人民要讲的话讲出来，应该是这样的……我以为这样的作品才真正是不朽的！

这时，丁玲和萧军两位老作家，真正实现了文心的同频共振，命运的殊途同归。这里，也有一点"花絮"需要采撷：萧军之子萧燕，为庆祝父亲从事文学创作五十周年大会会场拍过一张照片，画面上有雷加、周扬、胡风、梅志、冯牧、王德芬、钟敬文等若干人的身影，却没有看到丁玲。原来这次活动是下午举行的。当天上午，丁玲应邀去鲁迅文学院做了整整三个小时的讲座，结束后顾不上休息，就赶来参加萧军的庆典，但还是晚了一会儿，结果错过了萧燕在会议开始的拍照。于是，庆典结束后，出现了如下场景——

萧军来到丁玲身旁，靠在她耳边诙谐地说："今天你终于没批评我……"丁玲回答道："批评？我还想骂你呢。为什么不早点通知我，让我把活动时间错开，害得我今天从西城跑到东城！"丁玲又说："还有你们三个人（萧军、胡风、聂绀弩）的照片，洗印出来务必送我一张。"萧军当即答应。斯时，历史画面快速转换，我们仿佛又看到了《侧面》里的萧军与丁玲。

主要参考资料：

1.《萧军全集·萧军日记》，华夏出版社 2008 年 6 月版。

2. 萧军：《侧面》，中国国际广播出版社 2013 年 1 月版。

3. 萧军：《鲁迅给萧军萧红信简注释》，金城出版社、西苑出版社 2011 年 10 月版。

4.《丁玲散文》，浙江文艺出版社 2007 年 10 月版。

5.《魍魉世界·风雪人间——丁玲的回忆》，人民文学出版社 1989 年 7 月版。

6. 王德芬：《我和萧军风雨 50 年》，中国工人出版社 2004 年 1 月版。

7. 李向东、王增如：《丁玲传》，中国大百科全书出版社 2015 年 5 月版。

8. 周良沛：《丁玲传》，北京十月文艺出版社 1993 年 2 月版。

9. 晓风、萧耘辑注：《萧军胡风通信选》，《新文学史料》2004 年第 2 期。

10. 曹革成：《我的婶婶萧红》，江苏文艺出版社 2010 年 3 月版。

11. 李美皆：《丁玲的历史问题》，《作家》2013 年第 5 期。

12. 陈漱渝：《丁玲与萧军——丁玲研究的一个生长点》，《新文学史料》2011 年第 3 期。

13. 张钧：《王实味全传》，吉林文史出版社 2000 年 1 月版。

原载《鸭绿江》2018 年第 12 期

萧红：一个真实的侧面

萧军的长篇散文《侧面》以其较强的纪实性和史料性，显示着自身的存在感与生命力。这里所说的纪实性和史料性，不单单是指《侧面》从作家的亲身经历和自我感知出发，记录下了抗战初期晋西南一带特有的历史场景、战争氛围、军民心态以及社会具象、经济细节，等等，从而构成了中国抗战激流中一个真实的"侧面"；同时还因为在这个真实的"侧面"里，出现了曾经与萧军患难与共的生命伴侣、著名女作家萧红。其相关笔墨尽管不是太多，但由于渗透了作家的特殊视角，所以依旧包含了多方面的重要信息与隽永意味，具有实录萧红的性质。

1938年1月，应李公朴之邀，萧军、萧红夫妻和艾青、聂绀弩、端木蕻良等人一起，离开武汉，前往山西临汾，参加山西民族革命大学的教学工作。他们到临汾不久，丁玲率领的八路军西北战地服务团也经潼关来到临汾，两部分抗战文化人在这里相会。不久，日寇重兵压境，抗日力量准备撤出临汾。这时，在何去何从问题上，"二萧"发生分歧：萧红的意见是随丁玲的西战团行动，继续从事文化抗战；而学过军事、练过武功的萧军，则打算先随民大师生向乡宁、吉县转移，然后独自寻机渡过黄河，去五台山打游击。萧红最终未能说服萧军，二人只好暂且分离。萧军的《侧面》正是由此下笔，依次讲述了"我"与"红"（萧红）以及诸位朋友的依依惜别，"我"同民大师生的悲壮行军，"我"径去五台的道路受阻，"我"转道延安的所见所闻……这当中，萧红是一个重要的存在，她时而出现于临汾火车站与"我"告别的现场，时而浮现于告别之后，"我"几乎是挥之不去的生命记忆，其形象既是历史的，又是艺术的。

如众所知，对于萧军来说，把生活中的萧红写进文学作品，使之成为带有非虚构性质的艺术形象，并非始自《侧面》。在此之前，类似的情况，至少还有先后完成于1932年和1936年的纪实小说《烛心》和《为了爱的缘故》（以下简称《缘故》）。其中前者描写化名畸娜的萧红，在哈尔滨东兴顺旅馆与化名春星的萧军初次相识并相爱，进而由萧军将萧红从绝境中拯救出的一幕。后者则让萧军借助第一人称直接现身作品，讲述"我"出于对病中的"芹"——萧红的悲悯与爱恋，而不得不放弃参加抗日武装去打游击的经过和情景。

不过，同样是以文学手段书写非虚构的萧红，《侧面》较之此前的《烛心》和《缘故》，仍有明显不同——在《烛心》和《缘故》中使用了化名的萧红，到了《侧面》里则以"红"的真名现身。如果说这种称谓的变化已经表示作家在有意强化后者的纪实元素，那么，相关作品的形象实际则恰好证实了这点。不是吗？《烛心》和《缘故》，尽管被萧军称之为"我们之间生活的'实录'"（《萧红书简辑存注释录》），但实际上一种蛰伏于作家内心的男权中心主义思想，一种"拯救者"特有的傲慢与优越，以及由此所支配的主观叙事，已经使作品中的萧红与生活原貌拉开了距离，甚至变得面目全非。这一点在《缘故》中表现得尤为突出——当年躲到日本修复情感的萧红，在读罢萧军寄来的《缘故》后，当即在回信里写道，"那些小节都模糊了"，"芹简直和幽灵差不多了，读了使自己感到了颤栗，自己也不认识自己了"。这应当是当事人对作品内容的委婉质疑和含蓄拒绝。

相比之下，萧军写《侧面》时，情况有了很大改观。在这部作品中，作家不再是居高临下，统摄一切的"拯救者"，而代之以恋人加朋友式的现场速写与记忆还原；萧红也不再纯粹是被打量和被塑造的人物，而是有了属于自己的主张和性灵。整部作品的相关描写，呈现出庄严沉稳的纪实效果。这样的情况之所以出现，显然是因为作家的生活和心境发生了变化——《侧面》完成于1938年8月至1939年3月。斯时，已与萧红劳燕分飞的萧军暂居成都。而不久前，他与兰州姑娘王德芬从一见钟情到终成眷属的经历，不仅再次带给他爱情的沉醉和新婚的甜蜜，同时也使他获得了某种解脱，进而能以客观、平和、宽容，甚至不无留恋的心态，去回味自己与萧红的感情历程，去看待和评价昔日的萧红。正因为如此，窃以为，《侧面》中的萧红更接近历史和生活的真实，因而也更具有认识和研究价值。

当年的山西抗战曾经出现过国共合作，同仇敌忾的生动局面，山西民大的创办更是得到了中共的大力支持。在如此背景下踏入山西，进入民大的萧红，虽然不是共产党员，但左翼作家的立场和身份，还是让她很自然地汇入了共产党人的抗日队伍，成为其中的一员。对此，《侧面》进行了简约而清晰的书写：在临汾的日子里，萧红和丁玲以及八路军西战团往来频繁，亲密无间，不但参加他们的活动，而且干脆与丁玲住到了一起；为了慰问西战团，民大教师联名捐款买照相机相赠，当时萧红没钱，但硬是借钱参加了活动，并委托萧军日后偿还；萧红曾和萧军一起，到过驻临汾的八路军办事处，在那里，萧红见到了参加过红军长征，一天行走一百七十里的李同志（李伯钊），这位"能跑路也能骑马"，身上有一种"强健""活泼"之气的革命女性，让萧红感到既惊讶又钦佩……

正是由李同志的"能骑马"，萧军又写到萧红想学骑马以及让自己教她骑马的细节。至于萧红为什么要学骑马，萧军没有做进一步披露。不过，了解"二萧"山西之行相关情况的读者，自会有不言而喻的答案：去延安。这是萧红在致朋友的信中说明了的。而她之所以产生想去延安的念头，显然与丁玲的热情动员分不开。关于这点，丁玲的《风雨中忆萧红》有过明确告白；而去延安需要骑马的信息，亦当来自丁玲。要知道，两年前，丁玲辗转到延安，便有过"第一次骑马"的经历，当时的一番深切体验，已经留在《我怎样来陕北的》一文中。行文至此，我不禁想到一个问题：近年来，不少研究者喜欢发掘萧红身上的非左翼因素，甚至断言萧红在本质上是一个自由主义作家。平心而论，这样的说法至少在《侧面》中，找不到像样的依据。

在点染和揭示萧红精神向度的同时，《侧面》还涉及萧红的性格与趣味特征，这类描写同样不乏包孕丰腴、耐人寻味之处。譬如，第一篇第二章写道：送走萧红的萧军，一觉醒来，发现萧红一向喜爱的棕红色小皮靴，竟然遗忘在房角，"我"赶忙将它包扎起来，附上短信，托人带给丁玲转萧红。这一细节出现在萧军笔下，或许有说明萧红不善于料理生活的意思。但从作品的历史情境看，却应该可做另一种诠释：据丁玲回忆，在临汾时，她穿的是延安那边的衣服，而萧红穿的是上海时装，故而比较扎眼，为此，丁玲曾有过善意的提醒，"萧红却我行我素"（参见"牛汉自述"转述的丁玲回忆）。然而，当萧红决定随丁玲和西战团行动，并打算去延安时，未来环境的变化，会不会使她放弃"我行我素"而变得入乡随俗，进而丢弃属于上海时装的小红靴？我的回答是肯定的，否则，一个人的心爱之物为何会抛在抬眼可见的房角？

倘若以上推断不错，萧军的一抹闲笔，最终还是传递了萧红的内心波澜。

在《侧面》第二篇第六章里，萧军还通过一段山野之间的自由联想，写到自己与萧红在性格喜好上的差异："自从我学会了那支'囚徒歌'，红就是不喜欢的。她说她不爱那样沉重的锤似的击打着人的心脏的歌，她爱轻飘和快乐。所以她也就很少和我合唱。临由武汉来临汾，在车上我也把这歌教给了别人，而她也还是不喜欢它。"这样的印象一直在萧军心中延续。"文革"结束后，他在与前来采访的传记作家肖凤谈到自己和萧红的不同性格时，仍然认为："我是钢琴，萧红是小提琴，我是嘭、嘭、嘭，萧红是柔声细语。"（肖凤《写传记，我一直朝"真"的方向努力》）不过，在这方面，萧红的自我认知似有不同。1936 年 8 月 31 日，她在从日本寄给萧军的信里写道："外面的雷声好像劈裂着什么似的！……我立刻想起了一个新的题材。从前我对着这雷声，并没有什么感觉，现在不然了，它们都会随时波动着我的灵魂。灵魂太细微的人同时也一定渺小，所以我并不崇敬我自己。我崇敬粗大的、宽宏的！……"这就是说，至迟在赴日期间，萧红就已经意识到自己存在"灵魂太细微"的问题，明白了"太细微的人同时也一定渺小"的道理，同时开始调整和改变自己，即所谓"我并不崇敬我自己。我崇敬粗大的、宽宏的"。……对照萧红全部的文学和人生实践，应当承认，她的自我界定比萧军的说法更符合实际。

以纪实为宗旨的《侧面》，既然正面写到了萧红，当然也就无法回避"我"与萧红的婚姻与情感线索。于是，透过萧军的目光，我们看到了"二萧"当时特有的尽管不无罅隙，但亦不失真诚的情感世界——在临汾撤退的重要时刻，萧红一遍遍劝说萧军不要固执、不要逞强，应当和自己一起转移，然后尽一个作家的社会责任，这当中看不到丝毫的虚伪和造作；久已打算投笔从戎的萧军，没有听从萧红的苦劝，依旧坚持去打游击，但这绝不是在寻找离开萧红的借口。事实上，他在决定独自上路之后，曾一次次嘱托丁玲照顾萧红，即使在长途跋涉的路上，他仍然把一份不间断的思念和牵挂留给了萧红。由此可见，这时的"二萧"，并不像一些传记和文章所写，已经到了貌合神离，视婚姻为鸡肋的地步，相反，他们仍然关心和热爱着对方。当然，萧军最终还是离开了萧红，但那是一个多月后发生在西安的事情，其中有着必然性和偶然性兼而有之的复杂原因。鉴于这些已经超出《侧面》的视野，我们在这里就不加枝蔓了。

原载《中国社会科学报》2016 年 8 月 19 日

《侧面》的风景

> 仅是沿着"战斗的河边"溜了一趟,这不是"侧面"
> 是什么呢?不过,我既然走过这一趟,也就想把这"侧
> 面"所见,以及所见的"侧面"记录一点。
>
> ——萧军

严家炎先生在谈到萧军的文学成就时,充分肯定了他的三种创作:一是长篇小说成名作《八月的乡村》;二是长篇小说代表作《过去的年代》;三是旧体诗。(《有关萧军的三点感想》)我赞成严先生的看法,但又觉得应该稍做补充:其实,在萧军的文学世界里,还有一部作品内容独特,意蕴充实,迄今不失阅读和研究价值,这就是长篇散文《侧面》。

1938 年 7 月 18 日,在晋陕甘一带漂泊已久的萧军,携带新婚妻子王德芬抵达成都。他打算在这个"离大炮声、爆炸声……远一点的地方休息一下,或者拿起笔来写点什么"。果然,几乎是席不暇暖,从 8 月 1 日开始,他就动笔写起《侧面》,就中讲述数月之前的一段经历:是年春天,时任山西民族革命大学文艺指导员的萧军,在日寇压境的情况下,随本校师生从临汾撤出,以徒步行军的方式,沿襄陵、乡宁、吉县一线转移。后来,他离开大队,只身渡过黄河,到达延安,以期从那里转道五台山,参加抗日游击战。

　　萧军为什么要如此急切、如此迅速地将自己从临汾到延安的经历写成文学作品？这当中固然不乏谋稻粮的意思，即作家所说："因为要生活，就不能不想办法，别的能力又没有……只好卖文章。"但更为重要的一点，恐怕还是因为这段经历留给作家的印象与感受，实在太特殊、太强烈、太深刻、太丰富，致使他心潮涌动，思绪万千，急于倾吐——"我要一张桌子，我要言语。我要做自己所能做的工作……只有拿笔才使我喜悦，才使我安宁，好像只有笔才是我生命真正的寄托的根源和绳索"。他甚至担心："日子一过去，那时恐怕也没有心情或时间再来写这些文字了。趁着在成都还可以生活，就记它下来。"正因为如此，我们说，萧军写《侧面》是一次真正的"记忆犹新"的人生回眸，一次"情动于中而形于言"的灵魂外化，当然，也是一次以生命底色激活昔日现场，以致真切生动、力透纸背的历史叙事。

　　萧军曾是东北陆军讲武堂的学员，懂得军事，练过武功。抗战爆发后，他多次萌生过上前线或打游击的念头。出任山西民大教职前，他预感到会有战地行动，便事先做了准备，不仅检查了身体，而且还买了爬山鞋、骑马靴，并带上了手灯和短刀。这样一种个体特有的军人素质以及面对战争的未雨绸缪，使得萧军在强敌压境，学校变为准军事组织，并进入行军状态的情况下，依旧保持了从容镇定的心境，照样能够以敏锐清醒的目光，打量周围和大地上的事情。反映到《侧面》中，便是留下了一系列既打上了个人印记，又凝聚着历史投影的场景：混乱而悲壮的临汾撤退，艰辛而苍凉的荒野行军，敌机袭扰下的中国军民，结成了抗日统一战线的红军与国军，满目疮痍的黄河渡口，充满生机与希望的延安城外……凡此种种，缤纷摇曳而又栩栩如生，它们次第展开，几乎就是一幅晋西南初期抗战的烽烟图。

　　值得特别称道的是，就在这纷乱奔波之中，萧军竟然还能留心于那个时代的某些微现象和小细节，并将其记入《侧面》。其中包括：民大学生用日文写下的反战标语的内容，晋绥军中下级军官以及普通士兵的薪水数目，延长鲁迅师范的学生数量及生存条件，延长煤油厂（油矿前身）的生产能力、生产成本，工人的数量、文化程度及工资收入等。显然，这样一些资料和数据，迄今仍不失其研究价值和认知意义。

　　文学作品写战争说到底是写战争中的人，即人在战争中的行为、心态和命运。萧军熟谙此道，他的《侧面》在展现晋西南抗战的社会场景时，便有意识地穿插结合着对相关人物的勾画和描写。在作家笔下，那些大都暗合了历史真实的人物，虽然不像小说人物那样立体丰满，但由于经过了作家的筛选、揣摩与提炼，所以还是显得有个性、有内涵，可以悦目走心。

　　譬如，作为民大同人，董教授自诩为"卡尔主义"的信仰者，却更多停留于掉书袋的层面，一旦触及实际生活，便显得言不及义，迂腐可笑。贺教授正义善良，有指导帮助青年的愿望，但在付诸行动时，则常常需要来自他人的"戴高帽"。张教授犹疑多变，连"走路全不能决定先迈哪条腿"，其多重政治身份烘托出一种"只有脂肉，没有骨骼"的人生态度。管校务的朱干事虽然是女性，但像男人一样泼辣干练，无论面对暗处的诽谤还是公开的挑衅，她都毫不畏惧。此外，还有刘村八路军驻地参加过红军长征，一天能走一百七十里路，已经十三年不曾回家的姓李的女同志；身患严重胃病，已是瘦骨嶙峋，但照样在前线带兵的八路军王主任；有过十年军龄，参加过多种战事，最终还想投军入伍杀日寇的汾河边上的小商贩……所有这些，连同作家渗透于全书的"自我"形象一起，交织成中华民族抗战之中的群体形象，映现出斑驳复杂但终不失顽强向上的精神图谱。

在《侧面》中，萧军还以"极力存真"且极为认真的态度，写到经历了临汾撤退的两位著名女作家——萧红和丁玲。如众所知，这两位女作家与萧军的人生旅程均发生过重要的交集。其中萧红是萧军长达六年的生命伴侣，丁玲也同后来到了延安的萧军留下过一些恩恩怨怨。唯其如此，《侧面》中的萧红和丁玲（书中化名为段同志，系八路军西北战地服务团团长），尽管只是片段性或镜头式的现身，但与之相关的形象和场景，依旧承载着密集的、宝贵的传记信息，显示了真实的、个性化的艺术力量。鉴于书中的萧红涉及多方面的史实和话题，需要另文详叙，这里仅就萧军所写的丁玲谈两点感受：第一，在临汾，萧军和丁玲只是初次相遇，但短短的十多天下来，萧军对丁玲已有相当的了解。由萧军转述的丁玲于不经意间流露的那段关于"我有孩子，也有妈妈"的告白，便极为真实也极有深度地托出了这位红色女作家特有的不无痛苦与矛盾，但最终被信仰和事业所统摄的内心世界。读来令人浮想联翩，感叹不已。第二，及至临汾撤退，萧军对丁玲已经产生了由衷的信任，甚至不乏潜意识里的崇拜。正是基于这种心理，他不仅一次次地请求丁玲照顾萧红，而且把自己珍视的手稿、日记、信件一并托丁玲保存。这时，我们终于理解了两年多之后，再次到延安并留了下来的萧军，为什么会对丁玲一度产生情感的波澜。

原载《燕赵都市报》2016 年 5 月 21 日

萧军与许淑凡

一

年轮进入历史的 1979，"文革"结束后的拨乱反正、落实政策成为那个年代的大事件和关键词。斯时，在逆境中生活了许多年的老作家萧军，虽然尚在等待有关部门最终的"政治结论"，但中共北京市委已经为他重新安排了工作，并有了公开发表文学作品和自由参加文化活动的权利。是年 8 月，应一些科研和教育单位以及老朋友们的邀约，萧军在儿子萧燕和女儿萧耘的陪同下，开始了为期一个半月的东北之行。

萧军东北之行的第一站是辽宁的锦州。8 月 10 日早上，结束了在锦州师范学院的学术活动后，萧军带着一双儿女，乘一辆校方提供的吉普车，奔向自己已经阔别了五十多年的故乡。汽车先绕行地处锦州和朝阳交界处的松岭门，在那里，萧军与姐姐一家相见，并在姐姐家吃过午饭。下午便驱车三十里，来到自己的出生地——锦州义县（曾一度划归锦县，现属凌海市）沈家台镇下碾盘沟村。

萧军原名刘鸿霖，出生于 1907 年 7 月 3 日，十八岁离开家乡到吉林当兵，继而一路远行。隔着半个多世纪的烟云沧桑，萧军眼中的故乡早已诸物殊异，不复辨识。一时间不禁情潮涌动，百感交集，正如其《过故乡下碾盘沟村》一诗所写："家山无恙故情违，败井残垣认旧楣。似是似非迷往迹，疑真疑幻赋来归。阳关有路开新陌，驿柳迎风闪翠微。未改乡音人不识，纷纷遥指问阿谁？"令人欣慰的是，在很有些陌生的老家，萧军见到了本族的七叔刘景新。这位族叔和萧军同岁，却有着一种特殊的关系和情分——萧军出生仅七个月，母亲就吞鸦片自杀。失去了母亲的萧军，一度只能靠吃"百家奶"来延续生命，刘景新的母亲就为萧军提供过奶水。当年刘妈妈的胸前，曾一边挂着儿子，一边挂着萧军。有着如此非凡经历的一对叔侄久别重逢，自然少不了相拥而泣，抚今追昔，互诉衷肠……待到心绪稍事平复，萧军放低声音，向七叔问起一位名叫许淑凡的女性老人的情况，当得知这位老人依然健在，且生活得还好时，萧军遂托一位乡亲转请许淑凡前来一见，但淑凡老人却婉言拒绝了。接下来，萧军又拿出钱请乡亲转交许淑凡，老人亦表示不收。

萧军在 8 月 10 日的日记中，留下了这样的文字：

> 到碾盘沟见到七叔。他和我同岁，我吃过他母亲的奶。见到高万昌的儿子，我也吃过他母亲的奶。
>
> 他们有人看过《八月的乡村》，也看过《体育报》，也知道我遭难！我让森林弟去问许淑凡愿不愿和我相见，她不愿。我带去的十元钱她坚决不收。这是我意料中事。

这段文字记录了萧军回到下碾盘沟的大致情况，其中最后一句所谓"意料中事"，分明向我们传递了这样一种信息：看望许淑凡早在萧军东北之行的计划之中，或者说是萧军回下碾盘沟意欲探望的重要故人之一。只是陪同父亲回乡的萧燕、萧耘以及下碾盘沟的年轻一代未必知道，这位叫许淑凡的老人，正是萧军当年的结发之妻。

二

萧军一生先后有过三次婚姻。其中第二次婚姻发生在萧军和萧红之间，由于两人都是中国文苑的著名作家，所以彼此之间的恩恩怨怨、是是非非，得到研究者的多维关注和反复梳理，迄今仍是传记和学术领域的热点之一。第三次婚姻的女主人是王德芬，这位兰州姑娘虽然不是严格意义上的文苑中人，但她毕竟陪伴萧军走完了生命长旅，一部《我和萧军风雨50年》使她现身于若干历史细节，同时也投影到许多读者心目之中。相比之下，倒是萧军的结发妻子许淑凡，多年来几乎处于被遮蔽和被遗忘的境地，不仅相关情况鲜有介绍，一些研究或记述萧军的著作，甚至连许淑凡的名字亦懒得提及。面对这种情况，我们真应该感谢张栋先生，这位来自萧军家乡的作家、学者，早些年不仅与萧军及其家人多有过从，而且曾数次采访当时仍健在的许淑凡老人，并写下了尽可能详细具体的文字，从而为我们今天了解萧军与许淑凡的婚姻情况和情感生活，提供了极珍贵的第一手材料。

许淑凡家住沈家台镇上碾盘沟村西沟屯，距离萧军家所住的下碾盘沟村只有八里路。许淑凡的父亲叫许振中，人称"许老倡"，从这一名号看，应当是一位较开明且有主见的乡村达人。许家家境较好，日子过得还算富裕。家中一儿一女，儿子叫许君，女儿便是嫁给萧军的许淑凡。从凌海市萧军纪念馆所保存的照片档案看，年轻时的许淑凡容貌俊美靓丽，匀称的身材，圆圆的脸盘，大而明亮的眼睛，一条长长的毛围巾搭在掐腰的箭袖棉袍上，既显朴素又近时尚——不知为什么，在较长一段时间里，我想象中的许淑凡一直是一位健壮泼辣、不美也不丑的村姑，而前不久看到许淑凡早年的倩影，则完全颠覆了以往的印象。我发现，单就气质而言，照片上的她竟然很接近"五四"之后的新女性。

当年的辽西地偏人稀，山村人家一直有早婚的习惯，萧军在《我的童年》里说过，母亲生下他时只有"十九岁或者二十一岁"，其成婚和订婚当然更早。而萧军的继母刘阎氏嫁给萧军的父亲刘清廉时，更是只有十五岁。加之萧军又是刘家的长门长孙，所以早早成家立户不仅理由充足，而且势在必然。正因为如此，1920年，当萧军还只有十三岁时，刘许两家就订下了萧军和许淑凡的婚事。两年后的1922年，十五岁的萧军则正式将比自己大一岁的许淑凡迎娶进门。

萧军个子不高，但剑眉高挑，目光炯炯，加之识文断字，身上自带一种英俊之气。他和容貌秀丽端庄的许淑凡结为夫妻，倒也算得上郎才女貌，是很般配的一对。从现在了解到的情况看，婚后的萧军和许淑凡互敬互爱，感情不错，生活也很是和谐。早些年，萧军在长春读书，许淑凡在老家与奶婆姑婆在一起，由于性情温顺，手脚勤快，所以很得刘家人喜爱。学校放假时，萧军便回家与妻子团聚，他教许淑凡看书识字，许淑凡则为他做饭洗衣，可谓其乐融融。1925年，十八岁的萧军在吉林入伍，当了骑兵，但逢年过节，仍坚持回乡探望妻子和家人。当时，许振中很满意也很喜欢萧军这位姑爷。多年之后，萧军曾告诉张栋这样一个细节："每年，这老爷子都特意为我封存好一坛子一坛子的大红枣儿，只要我从城里一回家，就拿给我吃，而且要亲眼看着我吃，那枣儿，可真甜啊！"

1930年8月，离开东北陆军讲武堂的萧军，被赏识他的东北军陆军24旅旅长黄师岳任命为部队训练班准尉见习官，不久又调任东北军宪兵教练处的少尉助教，专教武术和军操，还代理分队长。这段时间，萧军生活相对稳定，收入也见涨，于是就在沈阳租了三间房子，把许淑凡从老家接过来，过起了两个人的小日子，这期间，萧军甚至还送许淑凡进学校读过书。

从结婚到这时，萧军和许淑凡的婚姻生活应当说大致完美。如果要找美中不足，那就是：作为妻子的许淑凡曾两度怀孕，第一次生下一个女孩，叫小芹，活到三岁多因病而亡。后来再度怀孕，但在快生时不幸流产（以上材料来自张栋对许淑凡及其女儿的采访）。无论对萧军还是许淑凡，这自然是很大的遗憾。

三

发生于1931年的九一八事变，骤然改变了中国的历史进程和社会语境。然而，让人有些始料不及的是，它也让萧军和许淑凡的关系出现了戏剧性变化。用萧耘后来的话说："一次性命攸关的口角使他们小夫妻后来竟分了手。"（《我和萧军风雨50年·写在出版之前》）

有史料证明，九一八事变当晚，萧军正在沈阳，当听说日军进攻北大营时，他火速找到宪兵训练处的长官，要求组织学员们拿起武器抗击日军。在得不到上级支持，且整个沈阳已经陷落的情况下，萧军又立即找到自己的两位好朋友、均为中共地下党员的方未艾（东北军军官）和佟英翘（中学教师），同他们一起研究商量并且分头行动，试图在吉林、哈尔滨等处，寻找可以依靠的武装力量，组织义勇军，举旗抗战，但不幸均以失败告终。这期间，萧军经历了非常危险的时刻，当时的情况，方未艾在回忆录里留下了现场性记述。

> 我回到陶赖昭，骑马回舒兰，在经过榆树的途中，出乎意料，竟遇到萧军和马玉刚带着家属，还有一名军

需官和两名连长、五六个士兵，坐着两辆大马车，正在
迎面迅速前进。(《忆萧军：侠肝义胆走天下》)

原来，萧军和方未艾商定：由萧军和佟英翘的朋友马玉刚
(东北军营长)负责串联和动员，准备把东北军驻舒兰的一营人拉
出去组成抗日义勇军，方未艾则去哈尔滨联络其他抗日力量。殊
不知，驻舒兰的队伍在一位被撤职的副营长的策动下，已经准备
向敌人投降，他们在得知萧军和马玉刚的计划后，便将其扣押，
强迫其交出权力和财产，后经当时的舒兰县长出面调停，才同意
其即刻离境。萧军等人正是在撤出舒兰的路上，遇到了由哈尔滨
返回的方未艾。

由上所述，我们已经大致了解了九一八事变时萧军的选择和
行动。这里需要加以合理延伸和有效补充的是：方未艾文章中写
到的那两辆"带着家属"的大马车，上面坐着萧军，应该也坐着
许淑凡——作为一名没有多少文化和见识的农村妇女，她无法自
己留在沈阳，而只能跟着萧军一路奔波，一同闯荡。

完全可以想象，异常动荡的生活和十分凶险的遭遇，给许淑
凡的内心造成了怎样的惊恐与不安。出于女性的安分与柔弱，到
达哈尔滨后，她开始屡屡劝阻萧军参加外边的活动，希望丈夫能
待在家里，和自己一起安安稳稳地过日子。而当这些劝阻根本无
效时，有一天，情急之下的许淑凡朝着萧军发了狠话：你要是再
出去乱闯，我就告发你有枪。许淑凡这句大抵是有口无心、旨在
吓人的话，萧军听了很是生气，继而警觉起来，他担心许淑凡因
一时冲动乱说话，给他们的家庭，也给自己当时所从事的秘密抗
日活动带来麻烦。为此，他决定将许淑凡送回老家。

当时的许淑凡，已怀着萧军的第三个孩子达数月之久，行动

自然不便；而受战乱影响，从哈尔滨到义县老家的交通则是既不通畅，又不安全，很不利于行走。果然，火车到沈阳即前路中断，无奈之下，萧军只好就近送许淑凡到五姑家暂住，然后自己返回哈尔滨。此后不久，许淑凡在五姑家生下一个男孩，可惜的是，一个多月后再度因病夭折。

对于萧军送许淑凡回老家之举，近年来有一种批评的声音似有若无，即认为这是萧军以抗日报国的名义，实施的女性歧视与夫权压迫，是其严重的大男子主义的表现，同时也与其比较随意的婚姻爱情态度有关。诚然，萧军一生在处理两性关系和情感生活时，确实存在一种居高临下的优越感，一种颐指气使的家长作风，以及不无轻率和放纵之嫌的泛爱主义，这些都属于打上了旧时代印痕的文化或心理疾患，理应给予否定和摈弃。只是所有这些与当年萧军送许淑凡回老家的举动，并不存在直接的因果链条和必然的逻辑关系，二者之间各有因缘，彼此是挂不上钩的。事实上，当战乱来临时，把妻子送回老家，是那一代文化人每每可见的行为。在这方面，现代人委实不需要借助过度想象而生拉硬扯，乃至深文周纳，无事生非。

必须看到，在外敌入侵、国土沦丧的紧急关头，萧军确实是一位旗帜鲜明、大义凛然的战士，他身上那种勇敢、坚定、不屈服、不沮丧的精神，正是中华民族的光彩和骄傲。关于这点，方未艾的回忆文章已有展现。这里，我们不妨将时间稍事后移，来看看抗战全面爆发后萧军的一段心路历程。

1937年7月7日，卢沟桥事变爆发。7月12日，羁身上海的萧军即在日记里留下了如是文字：

> 卢沟桥战事还未结束，每读报心跳甚烈，急于到前

线。见有人捐款，自己也要捐，但全未做。此后决定自己不要急功好名，要沉着缄默地做自己能做的工作。

接下来的多日，萧军大约一直忙于《鲁迅纪念册》的编校，待到 8 月 13 日这天，他发现上海已是空气紧张、战云密布，于是在当天的日记里写道："今晨，突然起了一个念头，打算在鲁迅先生周年祭后，赴北方战地去。"而到了 8 月 22 日这天，萧军似乎进一步下定了去北方打游击的决心。他当天的日记不仅记录了出发之前必须抓紧完成的案头工作，而且还列出了去北方所应着手需要准备的若干物品：皮长勒鞋、皮衣、骑马裤、毛衣、背囊、水壶、短刀、照相机、药品、毛毯、胶皮鞋，等等。萧军曾说："我这些《日记》……是若干年来关于我个人生活、思想、感情以及某些事件、印象……等的及时记录……它是不准备给任何人阅读的——连我的妻子和好友在内——当然更不准备公开发表。"（《关于我的日记》）这就是说，萧军日记只对作家的心灵和记忆负责，因而承载着巨大的历史真实性。正是在这种真实的生命告白里，我们看到了萧军当年投身抗战的那份执着与真诚。而正是因了这种执着与真诚，我们对萧军早年送走许淑凡，以及后来在临汾告别萧红，应当有一种基于历史大势的认知和民族大义的评价：一个男人在国家遭受侵略时，挺身而出，奔赴疆场，舍弃小家顾"大家"，才是真正让人肃然起敬的事情。

四

送走许淑凡不久，考虑到局势的动荡和命运的难料，萧军就给许淑凡写去一信，明言自己将来不知要到什么地方去，也不知何年何月才能回家，所以劝许淑凡不必苦等，还是另行改嫁的好。

后来，萧军认识了萧红，并结为生命伴侣，二人由哈尔滨到青岛，再由青岛转赴上海，在得到鲁迅的大力扶持后，成为文坛名家。据许淑凡告诉张栋，到了上海的萧红曾代表萧军又给她来过一信。信中的萧红称许淑凡为"姐姐"，她先讲明了自己和萧军的情况与处境，然后写道：现在社会提倡男女平等，婚姻自主，你不必再等下去了，最好还是改嫁，不要把黑头发时该做的事情，留到白头发时再做，那就不好了。因战时的乡村常有日伪军"扫荡"，为了安全起见，许淑凡把萧红的来信连同萧军的一些照片，装在一个铁皮筒里埋入地下，但过一段时间再去取时，发现已经完全烂掉了。为此，许淑凡多年来一直后悔不已。

在很多时候，中国女性的痴情、隐忍与执拗是超出想象，令人吃惊的。回到老家的许淑凡虽然先后接到萧军、萧红写来的劝她改嫁的信，但她并没有听从萧军和萧红的意见。在她看来，既然萧军没有寄来一纸休书，那么自己便依然是萧军的妻子和刘家的媳妇，依然要等丈夫回来。为此，她照旧把下碾盘沟村刘家老院当作自己的家。当时的刘家早已破产，老院中除了公公刘清廉一家外，还有一个叔公，住房紧张，生活不便。在这种情况下，许淑凡不得不时常借住到娘家或亲友家，但一有空闲，她还是回到刘家老院忙里忙外。在那些年里，许淑凡没有生活来源，平时尚可艰难度日，但一遇到青黄不接，便只能吃盐水煮野菜。

就这样，许淑凡在老家苦苦等了七度春秋。后来因为完全没有了萧军的消息，而她的父母又相继去世，自己实在难以存活下去，所以才在亲友们的一再劝说下，走上了改嫁之路——同本村厚道能干的农民王魁吾组建了另一个家庭。

无论萧军还是许淑凡，生活已将他们推上了不同的命运轨道，只能各自跋涉前行了，然而，早已浸入岁月年轮的整整十年的夫妻情分，却终究难以从各自的心底彻底消弭。尤其是当时光的纤绳拉着他们生命的船舶进入暮年时，一种淡淡的但又是绵绵的记忆，混合着人们常说的怀旧情绪，就会重新浮现于脑海间。萧军对于许淑凡庶几就是这样吧？于是，他在迎来命运转机，开始首次东北之行时，就有了看一看许淑凡的打算。

萧军是这样，许淑凡又何尝不是如此？尽管萧军初次回到家乡请她见面，她选择了回避，但那不过是因为事情来得有些突然，她缺乏必要的心理准备，加之搞不清老伴是什么意见，她不能自作主张。而当许淑凡想通了一切，同时又得到老伴的充分理解时，她立即克服识字不多的巨大困难，给萧军写了一封尽管满纸错讹，却又情真意切的亲笔信，信中不仅说明了自己的情况，而且表示了想见萧军的意思。这封信由张栋转交萧军，萧军看后立即请爱人王德芬代笔作复。1979年9月25日，一向善良宽厚的王德芬，亲笔给许淑凡写了回信。信中的称呼还保持着那个年代的习惯："淑凡同志，你写给萧军的信收到了。萧军回乡时本想去拜访你的全家一次，表示一点乡亲之谊，因未得到你的同意只好作罢。他回来以后工作非常忙，因为十月份就要召开'全国文代会'，必须做些准备。"王德芬在信中还说："等将来条件好转的时候，一定去信请您来京住些日子。"据负责转交信件的张栋介绍，许淑凡收到王德芬的信后，既激动，又欣慰。

1983年9月，由辽宁省十三个文化单位联合举办的"庆祝萧军同志创作五十周年学术讨论会"在锦州锦县召开。萧军在妻女的陪同下抱病参加。此次会议的一个重要议程是全体与会人员到沈家台下碾盘沟村参观萧军故居。就在这个人气鼎沸的议程中间，萧军和许淑凡这一对老人，终于了却了他们共同的心愿——完成了隔着半个多世纪的再次相见。当时，许淑凡激动得连话都说不出来，只是泪流满面；萧军则在抚慰之余送给许淑凡一些钱，让她补养身体，补贴家用。此后，两位老人一直舒心地活着。1988年6月22日，萧军走完了八十一岁的人生历程，病逝于北京。一年后，许淑凡在老家病逝，终年八十三岁。

原载《民族文学》2021年第2期

萧红不喜欢丁玲？

一

1938 年 2 月上旬，20 世纪中国文学史上极具代表性和影响力的两位女作家——丁玲和萧红，因为抗日救亡事业而巧遇于当时的抗日前线山西临汾。接下来，她们由临汾经运城到西安，在那里度过了一段经常、面，过从频繁的时光，直到是年 4 月 17 日夜，萧红告别丁玲和西安，返回武汉。

对于丁玲和萧红这次烽火岁月里的不期而遇，以往的研究者、传记作家，包括电影编导，多持赞叹与褒扬的态度，认为其"珍贵""难得"，堪称文苑佳话。在他们的学术或艺术视线里，丁玲和萧红的相见与相处是愉快的、和谐的，彼此之间也是欣赏的、尊重的。用葛浩文《萧红评传》里的话说："丁玲与萧红一见如故，她（指丁玲——引者）可能从这位年轻女作家身上看到了自己的战前形象，所以两人很快就成了密友。"

相关的研究与创作如此评价或表现丁玲与萧红的相逢以及她们之间的关系，当然不是研究者与创作者的一厢情愿和自以为是。这里，最直接和最可靠的依据，无疑来自丁玲的散文《风雨中忆萧红》。这篇作品写于 1942 年 4 月 25 日，即萧红病逝于香港的三个月零三天之后。当时在延安窑洞里的丁玲，正处于极度的烦恼与困惑之中——是年 3 月 9 日，她在《解放日报》发表《"三八节"有感》一文，指出延安妇女事实上存在的不平等现象。没想到，接下来的 3 月 13 日和 26 日，《解放日报》又刊出王实味的《野百合花》，訾议延安的等级差异和缺少民主。这两篇文章在当时的延安引发轩然大波，受到党内高层和有关方面的严厉批评乃至大规模批判。陷入这场风波的丁玲，虽然因为毛泽东提出分清性质、区别对待的主张而最终摆脱困境，化险为夷，然而，严酷的政治斗争和紧张的人际关系所带给她的巨大的精神压力和复杂的意识流动，却一时无法消弭。在这样的心理背景下，丁玲特别怀念与萧红一起度过的欢乐时光，尤其难忘萧红那单纯得几近透明的神情和坦诚而率真的言谈。于是，她泚笔写道：

> 当萧红和我认识的时候，是在春初，那时山西还很冷，很久生活在军旅之中，习惯于粗犷的我，骤睹着她的苍白的脸，紧紧闭着的嘴唇，敏捷的动作和神经质的笑声，使我觉得很特别，而唤起很多的回忆，但她的说话是很自然而直率的。我很奇怪作为一个作家的她，为什么会那样少于世故，大概女人都容易保有纯洁和幻想，或者也就同时显得有些稚嫩和软弱的原故吧。但我们都很亲切，彼此并不感觉到有什么孤僻的性格。我们尽情地在一块儿唱歌，每夜谈到很晚才睡觉。当然我们之中在思想上，在感情上，在性格上都不是没有差异，然而彼此都能理解，并不会因为不同意见或不同嗜好而争吵，而揶揄……我们痛饮过，我们也同度过风雨之夕。我们也互相倾诉……我们似乎从没有一次谈到过自己，尤其是我。然而我却以为她从没有一句话是失去了自己的，因为我们实在都太真实，太爱在朋友的面前赤裸自己的

精神，因为我们又实在觉得是很亲近的。但我仍会觉得
我们是谈得太少的，因为，像这样的能无妨嫌、无拘束、
不须警惕着谈话的对手是太少了啊！

显然，在对萧红的缅怀中，丁玲寄寓了太多的弦外之音和内
心感慨，甚至不乏借他人酒杯浇自己块垒的意思，然而，她对萧
红的感情无疑是深切的，她笔下的萧红形象也毕竟是美好与可爱
的。尽管丁玲喜欢萧红并不意味着萧红必然喜欢丁玲，只是在丁
玲提供的有关萧红的快乐记忆里，不也能折射出萧红对丁玲的善
意、敞开和亲近吗？要知道，朋友之间的融洽和友谊，从来就不
是单方面努力的结果，而必须由双方共同酿造。正是在这一意义
上，窃以为，以往的研究者和创作者认为丁玲与萧红之间存在真
诚而珍贵的友谊，是一种站得住脚的结论。

二

然而，最近一个时期，围绕丁玲与萧红的关系，另有一种说
法不时出现在网络媒体，这就是所谓：萧红并不喜欢丁玲。这种
据说是来自日本学者的说法，披露了这样的信息——当年，萧红
从西安返回武汉，她的日本朋友池田幸子问她：为什么没有去延
安？萧红回答说：我再也受不了同丁玲在一起。对此，池田幸子
的解释是，萧红和丁玲的性格很不一样，纤细的萧红实在无法适
应丁玲身上的一些东西。

这样的说法粗粗听来，仿佛有些渊源，人物关系倒也合理，
只是细一琢磨，即可发现，它实际上破绽多多，根本经不起推敲。
如所周知，萧红研究发展到今天，已有多种材料证明，当年的萧
红之所以未去延安，自有多方面和深层次的原因。后来的萧红曾

在朋友面前，将这种原因归结为不愿意再见到萧军，其实不过是一种貌似合理且只能如此的敷衍之词。她回答池田幸子说，不去延安是因为躲避丁玲，应当也属于这种情况。对此，我们不必过于较真儿，更不宜将其作为人物研究的史料。至于萧红和丁玲的关系究竟如何，从现在能够找到的材料看，可以证明其有龃龉有芥蒂的，除了池田幸子提供的这条孤证之外，再也不见蛛丝马迹；相反足以说明其相知与相重的，倒是不止一端。这里，我们不妨在丁玲散文《风雨中忆萧红》之外，再举几个例子。

第一，1941年9月20日，萧红在香港《大公报》发表散文《九一八致弟弟》。在这篇以军旅之中的弟弟为诉说对象的作品中，作家曾写到自己1938年春天的山西之行，其文字表述是这样的："那时我心里可开心极了，因为我看到不少和你那样年青的孩子们，他们快乐而活泼，他们跑着跑着，当工作的时候嘴里唱着歌。这一群快乐的小战士，胜利一定属于你们的，你们也拿枪，你们也担水，中国有你们，中国是不会亡的。因为我的心里充满了微笑。"由此可见，萧红在临汾和西安的日子是欢乐的、开心的。而这一段时光恰恰是萧红和丁玲在一起度过的，因此也就可以间接地说明，萧红和丁玲在一起，是欢乐的、开心的，她们之间的关系也是亲密的、和谐的。试想，如果丁玲的存在真的让萧红感到不可忍受，后者还会有如此明快亮丽的记忆吗？

第二，从临汾到西安，端木蕻良与萧红一路同行，因此，端木不仅是萧红一度的恋人和丈夫，而且是萧红与丁玲交往过从的近距离的见证者。四十多年后，端木在接受采访时，对当年的萧红、丁玲和自己做了这样的讲述：

> 在临汾，萧红和我们都是第一次同丁玲见面，当时

大家都很高兴和兴奋。尤其在战争开始后见面，每天谈得很晚。丁玲把她的皮靴和军大衣送给萧红，大家关系比较融洽，接触非常密切。谈得很深，还谈到丁玲被捕。

……

到西安，丁玲住在八路军办事处，我们住在民族革命大学在西安的招待所。后来觉得没什么意思，就搬到办事处七贤庄，好多人写回忆录的七贤庄。虽然西安的招待所住、吃都好，但我们愿和战士一起住、吃，那段生活还是很有意思的，很有战斗情趣，不同于往常，当时我们还演戏。

——《我与萧红》

这无疑是极可靠的第一手材料。作为亲历者的回忆，其一般性的讲述，诸如整体氛围的"高兴"，大家关系的"融洽"，丁玲送萧红皮靴和军大衣等，已能反映丁玲和萧红的一见如故；但其中最值得重视和回味的，应当是关于改变住处的细节——在西安，为了使生活更有"意思"，萧红和端木情愿放弃吃住条件较好的民族革命大学招待所，而搬到丁玲所住的食宿条件较差的八路军办事处，这是萧红不喜欢丁玲所应有的举动吗？其中可以引申出的意思，恐怕只能相反。

第三，诚然，萧红在自己的创作中，没有描写过丁玲。但是，她在病重期间和弥留之际，却同陪护自己的骆宾基，不止一次地谈到过丁玲。后来，骆宾基把这些内容写进了颇具史料价值的《萧红小传》，从而使我们在一定程度上了解到萧红眼中的丁玲。譬如，该书第二十二节记述丁、萧相见，作者便转引了萧红见到丁玲的感受："丁玲有些英雄的气魄，然而她那笑，那明朗的眼睛，仍然是一个女子的柔和。"这段话对丁玲无一贬词，相反明言丁玲刚健而不失温柔，既有英雄气，亦有女儿情，诚可谓不落俗套的褒奖。在交流闲谈中，骆宾基还向萧红说起冯雪峰未能完成的写红军将领的长篇小说《卢代之死》，萧红听后十分激动，当即表示，在胜利之后，会邀集昔日的朋友一同采访、续补该著。而在拟邀集的朋友中，排在第一位的就是丁玲。关于这件事，骆宾基在《萧红小传》第三十四节的注文里写得清清楚楚，想来不至于无中生有。既然萧红在生命的最后阶段尚且念念不忘丁玲，那么，生活中的丁玲会让萧红觉得忍无可忍、避之不及吗？答案不言而喻。

综上所述，不难获知，所谓萧红不喜欢丁玲的说法，并不反映历史的真实，因而不可以轻信。其实，从性格互补、才华相惜以及营垒相同的角度看，当时的丁玲和萧红，倒是应该成为足以交心和互赏的朋友。至于她们思想观念和创作主张上的明显差异，在那个原本不缺少多元选择和张力空间的时代，大约构不成彼此疏远乃至相互拒斥的理由。

三

在调动多种材料，分析和廓清萧红与丁玲关系的过程中，还有一种由亲历者提供的历史记忆，需要加以梳理和辨析，因为它同样关系到我们能否得出萧红不喜欢丁玲的结论。

1980 年 6 月 25 日和 1996 年 6 月 25 日，端木蕻良曾先后接受《萧红评传》作者葛浩文和《端木蕻良传》作者孔海立的采访。这两次采访的一些谈话内容，后来被在场者陆续整理成《我与萧红》一文，经端木本人校阅后，收入曹革成的传记作品《我的婶婶萧红》作为附录。在这篇文章中，端木蕻良说出一件当年在西安由

自己和萧红、萧军共同经历的事情:

> 萧军(由延安——引者)回来当天就对萧红和我宣
> 布:你们俩结婚吧。他要和丁玲结婚。不晓得谁跟他说
> 的,那我就不知道了。当时屋里还有一架风琴,他按了
> 风琴,好像在想再说几句。他说:你们俩结婚吧,不用
> 管我。当时萧红挺生气,我也挺生气。萧红说:你和谁
> 结婚我管不着,我们俩要结婚,还需要你来下命令吗?
> 我也奇怪,我说:我们结婚不结婚干你什么事!在这种
> 情况下,萧红就非常生气,把他叫过去和他单独谈。

在夫妻感情已经出现明显裂纹的情况下,萧军为什么要突如
其来地宣布这样一种"婚姻组合"?对于其中的背景情况,随着
《萧军日记》的出版和萧军研究的深入,特别是随着萧军和丁玲在
延安期间一段情感纠葛的浮出水面,人们自会有比较清晰也比较
客观的认识。只是无论出于怎样的缘由和动机,萧军如此鲁莽灭
裂、随心所欲地安排别人的情感与婚姻,都是极不应该、极不得
体和极其荒唐的。它不仅让萧红和端木感到了人格的被轻慢与被
迫压,而且将原本无辜的丁玲也裹挟了进来,致使她和萧红之间
很容易产生误会与隔阂。事实上,近年来已有文章认为,萧红之
所以不喜欢丁玲,恰恰与萧军宣布的"婚姻组合"有关。

那么,萧红是否会因为男女情感纠葛而讨厌丁玲呢?要找到
这一问题的答案,我们同样需要回到端木蕻良的记忆。这时,曹
革成的传记《我的婶婶萧红》当中,有一个想来只能出自端木蕻
良之口的"小插曲",引人瞩目。

在一次观看西战团演出中，丁玲把萧红找了出去。原来在工作接触中，丁玲与团里的年轻团员陈明建立了恋爱。丁玲年龄大，职位高，又是文化名人，与普通团员谈恋爱，被人视为异端，反映到延安，有关领导要她回去"述职"。文化人的这种苦恼，萧红当然理解，知道端木蕻良不多事，便告诉了他。

——《西安，文坛双璧的结合》

这个细节，着实耐人寻味：在看演出的过程中，把萧红叫出去说"悄悄话"，披露自己原本私密的恋爱信息，这不能不使人想到，丁玲是采取了一种看似很随意其实很在意的方式告诉萧红：自己已经身陷爱河。联系到这时"二萧"正在经历的情感危机，特别是萧军很可能已经有所流露而丁玲亦有所察觉的情感转向，丁玲这样做，分明带有表白心迹、避免误会的意思。当然，也包含着她对朋友的关爱，对友谊的珍视。应当承认，在这一点上，丁玲不失可亲可敬的大姐风范。我想，依萧红的聪慧和敏感，她不会意识不到，也不会轻易忘怀。唯其如此，我们说，即使在男女情感的维度上，当年的萧红也没有理由不喜欢丁玲。

原载《文学报·新批评》2014年12月18日、《中华读书报》2015年3月4日，《读书文摘》2015年第7期转载

丁玲为何离开上海大学

一

1923 年夏天，丁玲跟随挚友王剑虹由上海来到南京，试图在读社会大学的同时寻找理想的未来。8 月下旬的一天，经沪上旧友施存统、柯庆施介绍，她俩认识了以中共中央代表身份来南京参加中国社会主义青年团第二次代表大会的瞿秋白，并很快被其英俊潇洒的风度和渊博幽默的谈吐所吸引。在秋白的动员和鼓励下，丁玲和剑虹于当年 9 月重返上海，进入当时由国民党和共产党联合办学，瞿秋白担任教务长兼社会科学系主任的上海大学（以下简称上大）学习。

在接下来的时间里，丁玲和剑虹坐进了文学系的课堂，开始亲炙那个时代的文化精英与精英文化，一时间，陈望道讲授的古文，邵力子讲授的《易经》，田汉讲授的西洋诗歌等，纷至沓来。面对这异彩纷呈的文化大餐，剑虹喜欢俞平伯解读的宋词，丁玲则更倾心于茅盾担纲的希腊神话，《奥德赛》《伊利亚特》的故事，开启了她遥远而美丽的幻想。当然，在上大，最让丁玲（也包括剑虹）印象深刻和精神感奋的还是秋白。那时，他虽然不担任文学系的课程，但几乎每天下课后都会到丁玲和剑虹居住的小小亭子间聊天，使这里变得热热闹闹、其乐融融。对于当时的情形，丁玲在穿越半个多世纪岁月烟尘撰写《我所认识的瞿秋白同志》

（以下简称《秋白同志》）一文时，依旧记忆犹新，历历在目。

> （秋白）谈话的面很宽，他讲希腊、罗马，讲文艺复兴，也讲唐宋元明。他不但讲死人，而且也讲活人。他不是对小孩讲故事，对学生讲书，而是把我们当作同游者，一同游历上下古今，东南西北。我常怀疑他为什么不在文学系教书而在社会科学系教书，他在那里讲哲学……但他不同我们讲哲学，只讲文学，讲社会生活，讲社会生活中的形形色色。后来，他为了帮助我们能很快懂得普希金的语言的美丽，他教我们读俄文的普希金的诗。他的教法很特别，稍学字母拼音后，就直接读原文的诗，在诗句中讲文法，讲变格，讲俄文用语的特点，讲普希金用词的美丽。为了读一首诗，我们得读二百多个生字，得记熟许多文法。但这二百多个生字、文法，由于诗，就好像完全吃进去了。当我们读了三四首诗后，我们简直以为已经掌握俄文了。

显而易见，在上大，秋白带给丁玲的，不单单是丰富的文学知识、独特的学习方法，以及别开生面的俄国文学与俄文，同时还有一种全新的精神视野与生活乐趣，一种真正有意义的人生境界和价值取向。就在丁玲尽情享受文化熏陶和心灵欢愉的日子里，有一天，施存统问她是否注意过秋白近期的情绪变化，进而告诉她一个消息：秋白恋爱了。丁玲把这一消息说给剑虹听，没想到一向同自己推心置腹、无话不谈的挚友，竟然一片沉默，良久无语，两天后还表示自己要离开上海，随父亲回四川酉阳老家。剑虹的态度与情绪的变化，让丁玲百思不得其解，直到无意中从居室的垫被底下读到剑虹写下的情诗，她才恍然大悟：原来剑虹热烈地爱着秋白，而秋白的所爱也很可能就是剑虹。看来这自尊心极强的两个人，谁也不愿意首先表露心意，只能各自憋在心里默默受苦。这时，丁玲凭着一股陡然升起的勇气，毅然为朋友当起红娘。她找到秋白，把剑虹的情诗拿给他看，替他和剑虹捅破了那一层薄薄的窗户纸，使有情人终成眷属。

婚后的秋白和剑虹相亲相爱，琴瑟和谐。他们把丁玲当作最亲近的小妹，最贴心的朋友，给予多方面的关心与呵护：秋白夫妇像安排自家人的生活一样安排丁玲的食宿；他们之间每逢有创作或娱乐，总要请丁玲来分享；秋白赠诗剑虹，也不忘写一首送给丁玲，称她是有赤子之心的安琪儿；秋白夫妇有一只烧煤油的烤火炉，也坚持放到丁玲的房间，先供丁玲取暖。然而，就在这种温馨亲和的氛围中，丁玲却执意离开了上大乃至上海，返回湖南老家。此后一个多月，她在闻知剑虹病危时虽然匆忙赶回过上海，但参加完丧事，还是立即去了北京。

二

丁玲为什么要离开上大？对此，当事人在成稿于 1980 年初的《秋白同志》中，曾对五十多年前的往事做过一番梳理与说明：面对终成眷属的秋白和剑虹，"我不能不随着他们吹吹箫、唱几句昆曲（这都是秋白教的），但心田却不能不离开他们的甜蜜的生活而感到寂寞。我向往着广阔的世界，我怀念起另外的旧友，我常常有一些新的计划。而这些计划却只秘藏在心头，我眼望着逝去的时日而深感惆怅"。作家还坦言：

上海大学也好，慕尔鸣路也好，都使我厌倦了。我

> 要飞,我要飞向北京,离开这个狭小的圈子,离开两年
> 多一天也没有离开过、以前不愿意离开的挚友王剑虹。
> 我们之间,原来总是一致的,现在,虽然没有什么分歧,
> 但她完全只是秋白的爱人,而这不是我理想的。

由此可见,当年的丁玲对于秋白夫妇有些"旧文人范"的生活喜好,以及剑虹沉浸于"完全只是秋白的爱人"——不再关心社会潮动——的精神意趣,是持保留态度的——这样的生活做派和精神意趣固然使丁玲体尝到友谊的温暖和人生的余裕,但同时也把她引入了一个"狭小的圈子",以致内心里感到"寂寞""惆怅"乃至"厌倦"。为此,她决定离开上大,离开"以前不愿意离开"的挚友王剑虹而独自北上,去寻找更"广阔的世界"。

在我的阅读印象里,历史上的丁玲对秋白夫妇热衷于低吟浅唱、诗词酬答的旧文人做派,以及剑虹只想做"爱人"的角色定位,确实有过内心的不满意或不赞同。1930年初,丁玲在《小说月报》连载以秋白和剑虹为模特的中篇小说《韦护》,其中关于男女主人公——职业革命者韦护(秋白)和知识女性丽嘉(剑虹),一度陷入爱情迷狂,忘记社会责任,而最终"迷途知返"的描写,实际上是作家对秋白和剑虹婚后生活方式的一种间接臧否和曲折评价。1981年4月3日,丁玲接受学者庄钟庆、孙立川的采访,当谈到自己在上大的一段经历时,更是明确表示:"他(秋白——引者)和王剑虹都钻到旧诗里去,一天到晚圈圈点点,写旧诗酬答,我认为这样不好。"(转见李向东、王增如《丁玲传》)

然而,是否是这一点促成了丁玲的离开,却是一个需要深入讨论的问题。在这方面,丁玲自己的说法未免有些事理粗疏和情理牵强,以致让人难以完全信服。试想:抱定来上海求知与寻梦

的丁玲，在经历了南京漂泊之后能进入上大学习，无疑是一次难得的机遇。在这里她不但邂逅了知识的富矿，同时也发现了梦想的曦光，因此，她对上大是热爱的、珍惜的、留恋的，如果不是遇到无法排解的人生难题，也是不会轻易舍弃的。而丁玲对秋白夫妇生活方式的一点儿不满，说到底不过是朋友之间的小龃龉、小分歧、小差异，基于他们之间几乎无话不谈的友谊，丁玲完全可以直言相告，当面沟通，即使对方不肯接受，也不妨求同存异乃至敬而远之，绝不会选择带有决绝意味地抽身而去。反过来说，丁玲既然选择离开上大，其原因就不会像文章里所说的那么简单，而是意味着她确实陷入了不得不离开的困难境地。

此外，从1922年初跟随王剑虹来上海，到进入上大，斯时的丁玲已有了属于自己的"朋友圈"。在这个圈子中，她接触最多的自然是剑虹和后来的秋白，但能够给予她精神启迪，或者说可以同她进行思想和生活交流的，至少还有王会悟、施存统、王一知、柯庆施、张琴秋、陈碧兰等，甚至还包括由母亲介绍给她的可亲复可敬的"九姨"——著名共产党人向警予。至于当时在上大传播新知新见的进步人士，更是此来彼往，目不暇接。置身于如此风云激荡的人文环境，丁玲却说自己陷入了"狭小的圈子"，以致感到"寂寞"和"厌倦"，恐怕也不是事实，相反倒有点"为赋新词强说愁"的味道。

正因为丁玲的自述存在不尽合情或合理之处，近年来一些作家学者开始重新探讨丁玲离开上大的原因。这时，有一种说法时有可见并渐次产生影响：当年的丁玲虽然成就了秋白与剑虹的恋爱和婚姻，只是她自己对秋白又何尝没有心弦的颤动？正是这种微妙的心动决定了她无法长久做秋白甜蜜婚姻的旁观者与见证人……这样的说法或许不是毫无道理，它在史料的夹缝里也可能存在某些蛛丝马迹，只是我们在接受这种说法时，仍要考虑如是因素：丁玲进上大时尚不足二十岁，当时她想的更多的是如何获得"最切实用的学问"，如何找到适合自己的发展方向，以不辜负母亲的殷切希望（参见丁玲《向警予同志留给我的影响》《我的创作生活》等）。至于对异性的欣赏，对爱情的憧憬，不能说没有，但显然还不是生命中最敏感、最迫切的部分。因此我们对丁玲和秋白之间个人情感的想象不宜过于丰富和随意。况且丁玲既然已经化身为秋白心中善良美丽的"安琪儿"，那么她自然会格外爱惜自己那清洁的翅羽，而不会轻易改变乃至颠覆自己的形象。由此推演可知，对于秋白，当年的丁玲可能会有那么一点儿朦胧的少女情愫，但这与她最终离开上大没有根本的关联。

三

2018 年 11 月，人民文学出版社推出了由瞿秋白、杨之华之女瞿独伊及其女儿李晓云编注的《秋之白华——杨之华珍藏的瞿秋白》一书。该书辑录了瞿秋白第二任妻子杨之华生前珍藏的一批关于秋白的珍贵史料。其中的书信部分，不仅收有瞿秋白致杨之华的书信二十封，而且还保存了秋白与剑虹之间的往来书信三十七封。正是这批杨之华以"凡是秋白友好朋友，我都能出于本能的发生好感而尊重"（杨之华怀念秋白的文章《无题》）的态度保存下来的秋白与已故爱人的书信，为我们了解丁玲为什么离开上大，提供了最新也是最重要的材料。

1924 年 1 月，时任鲍罗廷（苏联和共产国际驻中国代表）翻译和助手的瞿秋白，前往广州参与国民党"一大"的筹备工作。当时，秋白与剑虹新婚燕尔，因此顺理成章地开启了相当频繁的"两地书"。而在这些书信中，两人除了传递彼此之间的相思之情，还一再涉及他们都很熟悉也很亲近的两个人：秋白的胞弟瞿云白和剑虹的挚友丁玲。1月7日，剑虹给刚到广州的秋白写去一信，心急火燎地告诉他，自己遇到一个不知该怎么办的大难题：云白因深爱丁玲而精神几近崩溃：

> 昀（指昀白，云白的又名，以下引用书信文字时均遵从写信人的习惯称谓——引者）的心，怕要被爱火烧焦了！昨日（六号）他同冰（冰之，丁玲的字——引者）已宣布一切，但是他所希望的伊实在苦于不能付与。他深切的知道，而他的……又更不可收拾，……昨晚，双方都未成眠。他的冷泪只是那样直泪（流），时或变声狂笑，那种苦笑，简直连我的心都撕碎了。我的冰已经处于无摆布的"奈何天"里了啊！！……
>
> ……我既难受他的种种，同时我的冰向我吟唤，我更难过啊！
>
> 他俩的生活全都扰乱得不堪了。昀从昨晚起自（至）今天没有停止过眼泪，也没有清醒过情绪，只痴痴迷迷，笑啼并作……冰只好寸步（不离）厂（厕）守着，执定他的手……可是，只厕守着有什用处，他所想要的并不在伊那点怜惜，但是教伊又怎办呢？伊除了怜惜，劝慰，厕守着，还能做什呢？……
>
> ……
>
> "单恋"，"单恋"，好残酷的非刑！！

云白对丁玲的那份痴情，秋白早有察觉，同时他还发现丁玲并不爱云白。为此，秋白曾多次劝说云白，希望他放弃这份不可能得到回应的情感，而云白却是不到黄河不死心，不撞南墙不回头。在兄长离开上海的日子里，他禁不住贸然行事，通过王一知、陈碧兰向丁玲做了间接但又是明确的爱情表白。对于云白藏在心中的那份感情，丁玲是意识到了的，却感到难以接受。当得知云白请朋友代为转达对自己的爱慕时，丁玲想到的是："不如表明这一方的心意，绝他希望，免他痛苦更加深长。"（丁玲对剑虹所言，见王剑虹 1 月 24 日致秋白的信）于是，她主动向云白说明了自己的态度，结果便出现了剑虹信中讲述的"扰乱得不堪"的那一幕。

面对"爱神"搬演的不惜让情感错位的行为，秋白又能有什么办法？这时，他能做的也只是当即复函剑虹，请她在丁玲与云白之间，多做一些勉为其难的说服或排解工作。请看秋白给剑虹的回信：

> 冰之和昀白的事我早就料到的，——昀白是个傻子，哪里禁得起。然而我看冰之也的确不爱他，冰之也的确不能给他所求的，那有什么法想！……昀白呢？他也不是真爱，——真爱又何必这样勉强。他不知道既然表示之后已经得了一个否定的答复，——假使他真正爱她，真正的信她是理想中的人格，——他就应当体谅她那"被爱而不爱"的苦，不再纠缠着。既是爱得她如此真挚，应当愿意她有幸福，而他的苦笑眼泪无一不是置她于无可奈何之地。那又是什么爱呢？（1 月 17 日）

> 如今昀白又如此不体谅我，如此不听我的劝说（我曾经劝过他两三次）。我劝他的话决不是不懂人情的话，

他不听，有什么法想？你再替他（我——引者）说一遍，
他想起我的话，便要好些的。只要放在心里，爱在心里，
自己能克己的牺牲，便是真爱冰之。冰之对他怎样，我
当然不能说话。（1 月 18 日）

同时，秋白也写信给云白，埋怨他的不听劝告，批评他的行
事草率，当然也免不了重申爱情的要义，要求他尽快走出一厢情
愿的"单恋"……

不知是秋白的爱情理论过于高蹈，还是剑虹的调解方法不够
得力，从接下来的情况看，云白与丁玲之间的"扰乱得不堪"并
没有很快化解。云白依旧深陷痛苦之中，"心情很是恶劣"（剑虹
1 月 23 日致秋白）。丁玲呢？她当然无法改变原来的态度，不能在
情感上欺骗自己或虚与委蛇。然而，云白毕竟是秋白和剑虹的亲
人，秋白是那样爱云白，而自己来上海后，秋白和云白又给了自
己那么多的关心、照顾和帮助，这使得丁玲在拒绝云白时，又只
能好言相劝、耐心抚慰，甚至还带着些许请求谅解和宽宥的歉疚，
无奈这一切不啻于扬汤止沸，结果让云白愈发撕心裂肺，痛苦不
堪。而对于丁玲和云白的事情，挚友剑虹的劝解看似不偏不倚，
但实际上却包含了希望其圆满的意思。她一再说给丁玲的是："我
只想能寻找得着叫男女饮了互相恋爱的药才好……若真的寻得着，
实在比念南无佛还大功德……"（剑虹 1 月 19 日致秋白）。这时，
年轻的丁玲委实感到内心的无主和做人的两难，觉得自己已经无
法安于原来的学习和生活环境，于是，她和当日为爱所困的剑虹
一样，决定到春天时便回湖南老家！——这才是丁玲要离开上大
的真正原因。

尚在广州的秋白从剑虹的信中获知丁玲要回湖南的打算后，

立即致函剑虹，请她从前景和责任的高度劝导丁玲。

> 你的魂儿（生活中的丁玲常称剑虹为"虹"，秋白曾笑说应该是"魂"，这里以"魂儿"借指丁玲）竟如此决意的要回去吗？我心说不出的难受。你能安心的听她回去吗？……冰之是地上的神仙，千万要劝她把握定自己的倾向，勉力做得世间人；她和你都能大有益于世间呢。不要颓唐，不要灰心，留的一些清明之气，同时找着一点世间的事做，我们的努力必定留些痕迹于世间。其实单为自己想，也是做些事好。

秋白的劝导高屋建瓴而又语重心长，但最终未能让丁玲改变主意——在暑假将至的时候，她还是挥一挥衣袖，告别了上大和上海，踏上了返湘的水路。

值得稍加枝蔓的是，丁玲的《秋白同志》在写到"我"告别上大时有一个细节：

> 我走时，他们没有送我，连房门也不出，死一样的空气留在我的身后。阿董（秋白住处的娘姨——引者）买了一篓水果，云白送我上船。

显然是因为秋白夫妇"没有送我"的举止有违人之常情，以致引起了研究者对此的关注与阐释。学者李美皆指出："这种情形很奇怪，不是一般的不舍就可以解释的。"她进而发问："是瞿秋白和王剑虹之间已经出现了什么问题，还是他们担心丁玲的缺失将会使他们之间出现什么问题？"（《丁玲生命中的男人之瞿秋白》）

而《丁玲传》的作者李向东、王增如则干脆断言：对于丁玲的执意离开，秋白和剑虹均"难以接受"，为此，他们以"连房门也不出"的方式"表示着不满"。这类说法孤立起来看似不无道理，只是当我们知道了丁玲与云白之间的事情后，便不得不承认研究者还是落入了郢书燕说。其实，丁玲返湘，由云白相送，应当是秋白的苦心安排；他和剑虹不出房门，无非是想把有限的时间留给云白和丁玲——天下的有情人未必都能终成眷属，但他们的内心总应该多储存一些温馨、美善、祝福乃至原谅啊！

四

坦诚，率真，敞开心扉，直吐胸臆，是丁玲散文的一大特征。这一特征即使在作家那些重在表现私人情感和个体记忆的作品中，同样有着酣畅充分的体现。《不算情书》《一个真实人的一生》，包括《魍魉世界》《风雪人间》中的一些篇章，都可作如是观。被誉为丁玲"最精彩的怀人之作"的《秋白同志》，大体也属于这一类型，然而，该文讲述作家在上大的情况，尤其是离开上大的原因时，为什么要隐去云白的事情，而另找一些显得牵强的理由？从相关材料和情况来看，其原因主要有二。

第一，与瞿云白的经历相关。瞿云白毕业于北京俄文专科学校，参加过"五四"运动。秋白任教上大期间，云白到上大读书，随之加入中国共产党，投身上海工人运动。这时的云白兼管秋白的家务，因此与丁玲多有接触。1925 年，云白被党派往苏联莫斯科中山大学学习，毕业后到该大学所属的莫斯科中文印刷所担任翻译。1928 年秋白到莫斯科参加中共六大，继而担任中共驻共产国际代表团团长，兄弟二人在异国相聚。从上海到莫斯科，云白都是秋白的好帮手，他以自己的勤劳和细心，替哥哥解除了若干琐事的烦扰。

云白是秋白的大弟弟，年龄比大哥小三岁。对于云白，秋白一向寄予厚望且扶助有加，云白的成长在很大程度上是秋白引领和影响的结果。然而，云白却没有在大哥引领的道路上坚定地走下去。1932 年，已经回国并在上海从事党的秘密印刷工作的云白不幸被捕，继而变节，成为国民党反动宣传组织的一员。解放战争时期，还投奔过已为国民党效命的张国焘，任其麾下杂志社的会计。全国解放后，组织上根据云白的情况，将其安排到中国人民大学担任俄文译员，但因历史问题屡受管制，1958 年因病去世。毫无疑问，在瞿氏四兄弟中，相对于秋白的从容就义，景白的惨遭谋害，坚白的血洒疆场，云白的生命是扭曲的、灰暗的、失败的，然而，或许正因为瞿氏三兄弟已为人民慷慨捐躯，人们不情愿、不忍心让瞿门的荣誉受损，所以瞿家的后人和一些研究者对云白的存在，常常采取淡化和回避态度，较少在公开场合提及。复出后的丁玲应该了解这种情况，她在《秋白同志》中略去云白当年的举动，恐怕也是基于这方面的考虑。

第二，与文坛的某些流言相关。沈从文是丁玲的湖南老乡，也是同她早有交往的老朋友。20 世纪 30 年代，在丁玲被国民党组织软禁期间，沈从文撰写了《记丁玲》《记丁玲续集》二书。倘若单从传记艺术的角度看，此二书自然不乏精彩可取之处，但是，由于作家对传主的思想和生活存在明显的隔膜，加之未能很好地把握传记作品的特点，致使书中确实存在一些违背历史真实之处。这当中完全属于捕风捉影、道听途说的，就有所谓秋白兄弟以及施存统，曾与丁玲、剑虹同居云云。可以想象，1979 年 9 月，当丁玲因受来访的日本学者的触动而细读《记丁玲》《记丁玲续集》，并发现其中的不实之词时，会是何等愤怒，难怪她要称此二书是

"拙劣的小说"。在这种背景下,丁玲接下来撰写《秋白同志》,当然会自觉避开有关云白的话题,为的是避免造成信息的误读和史实的缭乱。行文至此,丁玲为何离开上大一事,应当有了大致清楚和基本正确的答案。

原载《中华读书报》2020 年 7 月 8 日,《读者文摘》2020 年第 12 期转载

张爱玲与丁玲的无缘之"缘"

张爱玲在美国洛杉矶定居后，几乎割断了与外界的联系，不仅拒听电话，避见客人，而且很少给人写信，即使是好朋友也不例外。然而，1974 年 5 月至 6 月间，张爱玲忽然打破常规，一连三次致函当时也住洛杉矶的华人学者庄信正先生，内中反复谈到的竟是同一件事——她准备研究中国现代女作家丁玲。

在 5 月 13 日的信里，张爱玲对庄信正说：

> 宋淇（张爱玲在香港的朋友——引者）提起可能找我给中大写篇丁玲的小说研究，不过香港没有她早期的作品，要在美国找。洛杉矶只有你们 USC 图书馆有本《丁玲选集》，1952 年开明书店出版，有五个短篇是 1927——30 的，《梦珂》《莎菲女士的日记》《一九三〇年春上海》等。似乎是 1931 年开始转变，写《水》等。我想这一本香港总有，预备写信去问。万一没有的话，想请你在离开这里（庄即将赴印第安那大学任教——引者）之前借出来，让我去影印一份。此外不知道 Berkeley 有没有，我只记得有长篇《韦护》《母亲》。你几时如果去 Berkeley，可否到图书馆看看？如果这一向不去，没关系，我过天写信托水晶。

6月11日，张爱玲再度写信给庄信正，内中依旧谈到丁玲研究的话题：

> 我前些时 Von Kleinschmid Ctr.（南加州大学教学和办公兼用的大型校舍。庄信正拼为 Von KleinSmid.——引者）去过一趟，看见《丁玲选集》，但是现在知道这本书香港有，所以不用托你影印了。他们只缺二〇、三〇年间的书刊。志清说丁玲的书哥大都有，可代影印，又建议我托你介绍在本地大学图书馆付费取得借书证，那当然值得。我现在请他等有空再去哥大图书馆看看，有没有三〇年间上海出的小说集与长篇。大概可以用不着烦你托朋友在 Berkeley 找了。UCLA（加州大学洛杉矶校区的缩写——引者）我打过一个电话去，问知他们有她延安时代许多冷门著作，等中大决定要这篇研究再去看，但是应当在你动身前托你介绍，拿到 UCLA 借书证，备而不用。

与上封信只隔了一天，6月13日，张爱玲三番致函庄信正，接着谈丁玲研究：

> 我今天又打电话给 UCLA 图书馆，问知丁玲延安时代的书只有四本，但是 Berkeley 有十一二本1949前的，Hoover（胡佛研究所——引者）有二十八本，可以转借。借书年费＄24……附上＄24支票请代付费。

同样是在这段时间，张爱玲还先后三次致函另一位朋友、执教于哥伦比亚大学的著名汉学家夏志清先生。而在这三封信里，张爱玲一再涉及的同一个内容，仍然是丁玲研究。在 5 月 17 日的信里，张爱玲将中大有意请她研究丁玲的消息告诉了夏志清，同时托他代为留心哥大图书馆有关丁玲的藏书。接下来，在 6 月 9 日的信里，张爱玲先是向夏通报了自己了解到的丁著在美的一些馆藏情况："丁玲的书，UNCA（北卡罗来纳阿什维尔分校——引者）也有好些冷门的，如《一年》（1936）、《一颗未出膛的子弹》（1939）。宋淇最注重她以都市为背景的早期小说，大概觉得较近她的本质。"然后再度请夏，有空"到哥大图书馆抄点书名给我"，并列出了重点范围乃至具体作品。等到 6 月 30 日再写信时，张爱玲除继续谈论自己了解到的各图书馆有关丁玲的藏书情况外，还向夏提出一个请求："你认识的美国女作家——Gold（？）（Merle Goldman，夏的朋友——引者）一九六七写的那本关于中共的书，提到了丁玲获罪经过，有五〇年间中共杂志期数可查。随便几时写信记得的话就请把她的名字与书名再告诉我一遍"。

在很多时候，书信是有生命的，它常常携带着写信人的心境与修养。张爱玲写给庄、夏二人的上述信件，正可作如是观。透过这些信件，我们至少可以捕捉到来自张爱玲的两种信息：第一，在听到香港中文大学有可能邀请自己研究丁玲时，张爱玲的心情是喜悦的，甚至有些兴奋，她愿意承担这个项目，并不避烦难，立即开始搜集相关材料。第二，对于丁玲的作品和创作情况，张爱玲是熟悉和了解的，且有进一步熟悉和了解的愿望。这说明对于左翼文学，漂泊海外的张爱玲虽然不无偏见，甚至还流露过"根本中国新文艺我喜欢的少得几乎没有"的态度，但实际上并不是一概排斥与盲目否定。

对于研究丁玲，张爱玲何以表现出如此积极的态度？关于这点，张爱玲在致函夏志清时留下过说明："我做这一类研究当然是为了钱，大概不少。"（1974.6.30）这固然是实话实说，当时的张爱玲确实只靠有限的版税和稿酬维持生计，日子过得并不宽裕。不过，这里需要继续探究的是，赚钱是否就是张爱玲愿意研究丁玲的唯一动力？而在我看来，事情并不那么简单。因为翻检张爱玲留下的相关著作，分明还有两种因素可以充当她希望走近丁玲的推手：第一，在1963年6月30日写给夏志清的信里，张爱玲很随意地谈道："我也觉得丁玲的一生比她的作品有兴趣。"这就是说，张爱玲对丁玲的关注，在很大程度上是因人而生。而这种对另一位现代女作家人生经历的关注，是很可能包含了关注者曲折的、无意识的人生自视的。换句话说，是一种试图从他人命运中提取点什么的冲动，支持着张爱玲情愿与丁玲对话。第二，当张爱玲还是一名高二学生时，就在校刊《国光》上发表过关于丁玲的《书籍介绍》。该文写道：

> 丁玲是最惹人爱好的女作家。他所作的《母亲》和《丁玲自选集》都能给人顶深的印象，这一本《在黑暗中》是她早期作品的代表作，包括四个短篇，第一篇《梦珂》是自传式的平铺直叙的小说，文笔散漫枯涩，中心思想很模糊，是没有成熟的作品。《莎菲的日记》就进步多了——细腻的心理描写，强烈的个性，颓废美丽的生活，都写得极好。女主角莎菲那矛盾的浪漫的个性，可以代表五四运动时代一般感到新旧思想冲突的苦闷的女性们。作者的特殊的简练有力的风格，在这本书里可以看出它的养成。

对于丁玲的作品，这段文字没有做一味的赞扬，而是用发展变化的眼光，分析并肯定了其艺术的进步与风格的成熟。正因为如此，它称得上是论者朴素真切的第一印象。而这样的第一印象凭借先入为主的优势，足以成为张爱玲对丁玲作品的稳定性评价，同时也成为她长期关注（至少在潜意识里）丁玲其人其文的重要理由。这里有一桩事实令人回味：成名之后的张爱玲坦言："把我同冰心、白薇她们来比较，我实在不能引以为荣。"（《我看苏青》）这当中不提丁玲的名字，应该不是一种偶然吧。

张爱玲跃跃欲试的丁玲研究，因香港中文大学未能立项而搁浅。对此，夏志清由衷庆幸："爱玲未做吃力而不讨好的丁玲研究，真为她高兴。""张、丁二人的才华、成就实有天壤之别，以爱玲这样的大天才去花时间研究丁玲，实在是说不通的。"（《张爱玲给我的信件》按语部分）与之相反，我倒有些遗憾。试想，如果当年张爱玲完成了丁玲研究，我们今天不仅可以多一种理解和看待丁玲的视线，而且还能够透过这种视线，更深入地认识张爱玲。而现在我们只能在时过境迁之后，来梳理这两位女作家的无缘之"缘"了。

原载《文汇报》2014 年 10 月 4 日"笔会"

郁达夫：战云之下的闽中之旅

一

1936 年 2 月 2 日下午，声名远播的大作家郁达夫，登上上海三北公司的靖安号轮船，由上海前往福州。还在杭州家中的时候，妻子王映霞提出要送郁达夫到上海，看着他上船，也好放心，达夫则以世道艰窘，能省一钱当省一钱为由，不让映霞相送，两人各持己见，互不相让，结果双双气恼，竟致一同彻夜无眠。

因为有此前因，郁达夫刚上轮船时，难免怀着几分郁闷，及至轮船驶出吴淞口，改向南行，随着海天一色迎面铺开，他心中渐趋舒朗，开始后悔不该为一点儿小事与妻子争执。及至晚间，海面风平浪静，船上月华流照，加之舱内巧遇同乡故知张君，郁达夫的情绪为之一变，不仅谈兴陡起，而且食欲大增，结果使原本寂寞而漫长的海上旅程，变得有了生趣和色彩，甚至连轮船进入闽江正逢落潮，无法直接靠近码头，不得不再换小火轮在南台上岸的行程周折也忽略不计了。

郁达夫此次福州之行，是应福建省政府主席陈仪的邀请。陈仪（1902—1950），字公洽，浙江绍兴人。1902 年和 1916 年，曾两度留学日本，先后就读陆军士官学校和陆军大学。毕业回国后，供职于军政界，相继担任孙传芳所部浙江陆军第一师师长、国民革命军十九路军军长、军政部常务次长、福建省政府主席、台湾省行政长官兼警备总司令、浙江省政府主席等职，系陆军二级上将。1949年初，因看到国民党政权日暮途穷，大势已去，他曾劝说既是学生又是义子、时任国民党京沪杭警备司令的汤恩伯向解放军投诚，但遭到对方的举报，为此被蒋介石拘捕，后于1950年6月在台北遭遇枪杀。

郁达夫1913年至1922年在日本留学，从时间上看，与陈仪二度赴日到陆军大学深造有阶段性重合，但此间二人并无交集。陈仪首次赴日即与鲁迅相识，结下了不错的同乡之谊。回国后彼此仍多有联系，郁达夫是浙江富阳人，与鲁迅既是广义的同乡，又是极好的朋友。不过，此次陈仪邀请达夫赴闽似与鲁迅无关，据王映霞回忆，是陈仪的亲戚、时在杭州做寓公的葛敬恩从中介绍，使郁达夫与陈仪建立起联系（《我与郁达夫》）。当然，陈仪是政界高官，达夫是文苑名流，都属于浙江籍的"精英"，因此，相互之间久已闻名且不乏神交，应当是大概率的存在。

陈仪邀请郁达夫来闽，用的是朋友间的礼数和口吻，其邀请函只是强调"若有闽游之意，无任欢迎"（转见郁达夫《闽游日记》1936年2月2日，以下引同一日记，只注月、日，不注年份），并不曾涉及其他。达夫是在抵达福州，并于2月6日面见陈仪后方知："陈公……欲以经济设计事相托，谓将委为省府参议，月薪三百元。"（《闽游日记》2月6日）当年的达夫虽以文学名世，但留日期间毕竟在东京帝国大学经济学部攻读三年，且获得经济学学士学位，回国后还在北京大学教过一年的统计学，就这一意义而言，陈仪请其参与"经济设计事"，倒也算是师出有名。

不过，据王映霞事后透露，陈仪邀请郁达夫赴闽实际上另有考虑：随着日本侵华步伐的加紧与加快，当时涌入福州的日本政客、军人、特务、商人、浪人等各色人等越来越多，政府需要找一位精通日语，同时在日本人眼中有些声望和地位的人，予以应对与斡旋。而在陈仪看来，以郁达夫的身份和影响，则是再合适不过的人选（参见孙百刚《郁达夫外传》）。联系当时福州乃至整个福建和中国的情况，王映霞的说法显然不是杜撰。

而在郁达夫这边，他最初应邀赴闽，也只是出于文人的雅兴和写作的需要，即所谓"南下泉漳，北上武夷，去一探闽中的风景"，以便"多看一点山水，多做一点文章"，并不曾想到要久留福州。不过，在见到陈仪，得知将被委以省府参议之职后，达夫还是表现出了强烈的惊喜，其当天日记中紧接任职消息之后的那一句"我其为蛮府参军乎"，看似自我调侃，实乃喜不自禁。就在同一天午后，达夫兴冲冲地"登石山绝顶，俯瞰福州全市，及洪塘近处的水流山势，觉得福建省会，山水也着实不恶，比杭州似更伟大一点"（《闽游日记》2月6日）。真可谓境由心生，心因境显。当日稍晚，他回到南台青年会寓所，遂发快信给王映霞，告之陈公欲留其久居，自己暂不回杭州之意。

达夫何以如此兴奋？一个首要的原因在于：省府参议的任命是对其公众形象和自身价值的一种肯定。要知道，就在几个月前，上海暨南大学曾计划聘请郁达夫担任"日本史"教授，但被国民政府教育部长王世杰以"生活浪漫，不足为师"的借口予以否定。对于此事，郁达夫尽管在致刘大杰的信中表示了以"儿戏"视之的豁达，但内心深处毕竟留下了阴影与不快，以致日后不惜用王维"白首相知犹按剑"的诗句来形容王世杰其人。而斯时福建省府参议的名头从天而降，则无形中给他拨了"乱"，正了"名"，出了气，添了彩，其由衷的欢喜顺理成章，不言而喻。

此外，每月多达三百元的薪资，也是一个不可忽视的因素。1935年下半年，为在杭州修筑自己的住宅"风雨茅庐"，达夫不但花光了原本并不充裕的积蓄，而且还欠下了四千元的"大债"（郁达夫《冬余日记》1935 年 11 月 19 日）。斯时的郁达夫并无固定职业，版税亦因时局动荡每每青黄不接，而家中费用、社交应酬等一应花销又无法省俭，其财源枯涸、阮囊羞涩可想而知，在这种情况下，忽然有了一份不算菲薄的固定收入，达夫焉能不喜？于是，他当即接受陈仪的邀约，决定留闽任职，后来还欣然兼任了省政府的公报室主任。当然，有一点是达夫始料不及的：因闽省财政拮据，他到职两月，每月"薪水只领到百余元，而费用却将有五百元内外了……新债又加上了四百元，合起陈债，当共欠五千元内外"（《浓春日记》1936 年 4 月 2 日）。由此看来，达夫来闽虽然做了官，最终却未能发财。

二

在福州，郁达夫开启了自己以往不曾经历过的为官生活。

从录载作家当日生活情景的《闽游日记》看，上任之后的郁达夫，随即陷入了空前的繁忙、冗杂和热闹之中：

> 今天因为本埠《福建民报》上，有了我到闽的记载，半日之中，不识之客，共来了三十九人之多。自午后三点钟起，接见来客，到夜半十二时止，连洗脸洗澡的工夫都没有。（2 月 6 日）

> 到寓后，来访者络绎不绝，大约有三十余人之多；饭后欲小睡，亦不可能。至三时，去影戏场讲演《中国新文学的展望》；来听的男女，约有千余人，挤得讲堂上水泄不通。讲完一小时，下台后，来求写字签名者，又

有廿四五人，应付至晚上始毕。晚饭后，又有电政局的
江苏糜文开先生来谈，坐至十一点前始去。（2月15日）

如此这般的记述在《闽游日记》中接二连三，屡屡可见："晚
上招饮者有四处"（2月21日）。"本星期四，须去华南文理学院
讲演；星期日，在《南方日报》社为青年学术研究社讲演，下星
期一上午十一至十二时，去福建学院讲演。"（2月24日）"中午
在仓前山刘爱其家吃饭，席上遇佘处长等七八人。佘及李进德局
长，李水巡队长等还约于下星期日，去游青定寺。晚上去聚春园
赴宴，遇周总参议，林委员知渊，刘运使，张参谋长，叶参谋长，
并新任李厦门市长等。饮至半酣，复与刘运使返至爱其家，又陪
百里（蒋百里，民国著名军事家，时任国民政府军事委员会高级
顾问——引者）喝到了半夜。"（3月8日）"午前七时起床，顾君
莆臣即约去伊家写字，写至十二点过，上刘爱其氏寓吃午饭，做
东者为刘氏及陈厅长子博；饭后返寓，又有人来访，即与共出至
城内，辞一饭局。晚上在新铭轮应招商局王主任及船长杨馨氏招
宴，大醉归来，上床已过十二点钟了。"（3月22日）

毋庸讳言，头绪繁杂、应接不暇的各类社会活动，占去了郁
达夫初到福州后大量的时间和精力，这当中不乏那时民间"追星"
的喧嚣与扰攘，也可见官场风气的虚浮和铺张。显然是因为这种
情况的存在，以往有研究者曾指出：郁达夫这是在"做官"，"做
名人"，"是伴随着繁忙的社交活动热热闹闹地游山玩水"。"作者
对现实生活采取一种比较淡漠的态度"，"整日在饭桌酒席上应酬，
在颂扬捧场中陶醉"，"都显示了郁达夫精神世界中庸俗、消极的
一面"。（曾华鹏、范伯群《郁达夫评传》）不能说这样的批评全然
无的放矢，但也不得不说这样的批评存在着明显的表面性和片面

性，因而是不准确也不恰当的。这里，我们有必要联系当年的情况，为郁达夫做一点基于事实和情理的分析与辩解。

在郁达夫的观念世界里，"日记的目的，本来是在给你自己一个人看，为减轻你自己一个人的苦闷，或预防你一个人的私事遗忘而写的"（《日记文学》）。也就是说，日记是一种较多关注个人生活而较少涉及公共空间的文体。从这样的观念出发，达夫为数不少的日记作品，如曾给他带来声誉和版税的《日记九种》等，均重在记述个人的日常行迹、生活琐事以及内心波澜。《闽游日记》亦复如此，其中大部分文字均留给了"我"的迎来送往、宴饮酬答、社交备忘等，几近于一种起居备忘和生活实录。不过这并不意味着斯时的郁达夫，已经完全沉溺于觥筹交错、欢声笑语之中，以致忘却了自己的社会角色和相关职责。

事实上，即使在郁达夫保留了文体"偏好"的《闽游日记》中，或者说在其忙忙碌碌、热热闹闹的"生活流"的缝隙里，我们仍能捕捉到他躬行政务的身影和信息——"以后的工作愈忙了，等明晨侵早起来，头脑清醒一点之后，好好儿排一张次序单下来，依次做去。"（2月19日）"午前九时，与沈秘书有约，当去将出刊物的计划，具体决定一下。"（2月21日）"今晨主席有电话来召见，系询以编纂出版等事务者，大约一两月准备完毕后，当可实际施行。施行后，须日去省府办公，不能象现在那么的闲空了。"（2月22日）诸如此类的文字似在提示读者，当年的达夫自有多方面的公务参与，只是囿于作家对日记的理解与取舍，没有记入其中罢了。

与此同时，还须看到，郁达夫出任省府"参议"，负责"经济设计"事，看似是一个没有具体职权和明确政务的"闲差"，但因为有省政府主席亲自邀约和委任的背景，所以实际上却带上了

"不管"之"管"的性质，以致常常不得不主动或被动地出现于诸多场合：政府部门的措施出台请他参与谋划，工商人士的业务洽谈邀他联络感情，即使达官贵人的社交联谊又焉能少了他的捧场和点缀？况且他还担负着陈仪交付的商务外交的特殊使命，这使得他的许多应酬无形中带上了政情和社情观察与体验的性质，事实上，正是这样一些看似浮华的应酬使郁达夫在极短的时间内，对闽中情况有了较为透彻深入的了解。请看3月31日的《闽游日记》：

> 晨起，至省府探听最近本省政情；财政不裕，百废不能举，福建省建设之最大难关在此。理财诸负责人，又不知培养税源，清理税制，都趋于一时乱增税收；人民负担极重，而政府收入反不能应付所处。长此下去，恐非至于破产不可，内政就危险万状，国难犹在其次。

真可谓洞若观火，切中肯綮。

至于郁达夫不时游走于校园、场馆、团体乃至商家、景点，或参观，或演讲，或赋诗，或题词，或接受采访，或发表谈话，更是他身为文化名人的本色当行、天赋使命，与浮华奢靡、沽名钓誉不可同日而语。

特别值得关注的是，郁达夫的闽中之行正值日寇侵华紧锣密鼓，山雨欲来之际，置身如此背景之下的作家，被公推为福州救亡协会理事长。这期间无论演讲谈话还是赋诗为文，他都极力倡导民族气节，旗帜鲜明地表达自己强化国防、团结抗战的主张。譬如，在福州格致中学演讲时，作家动情地讲道：

中国在目下的情形之下，最重要的事情，唯在国防的一点。我们在这一个大前提之下，自然个人的自由、利益，甚而至于生命，有牺牲的必要时，也只好牺牲；因为国防的完成，民族的再兴，代价是并不低廉，责任是并不容旁贷的。诸君若能牢记着这一点，行住坐卧，时时处处都不忘记这目前的任务，勇往直前的奋斗到底的话，那我敢断言，当诸君到了象我年纪的时候，中国的国运，一定会得隆兴，中国的国际地位，也一定会得抬高到汉唐盛世一样，而我们的子子孙孙，也永远地不会再受人家的轻侮……（《国防统一阵线下的文学》）

有一次，福州《华报》同人宴请郁达夫并请他题诗。他挥毫泼墨："闽中风雅赖扶持，气节应为弱者师。万一国亡家破后，对花洒泪岂成诗！"后来，他在散文《记闽中风雅》里又谈到自己写这诗的想法："在我的心里，却诚诚恳恳地在希望他们能以风雅来维持气节，使郑所南，黄漳浦的一脉正气，得重放一次最后的光芒。"郑所南是南宋末年福建画家，黄漳浦即黄道周，是明末福建书画家、文学家，他们在国破家亡、江山改移之际，都表现出昂然的正气与高贵的节操。显然，郁达夫的诗旨在以前贤精神激励面对危局的同侪。

1936年，位于福州于山风景区的戚武毅（戚继光，谥号武毅）公祠新修落成，应于社同人的征约，郁达夫填"满江红"词一阕，发表于该年11月出版的《谈风》杂志。词曰：

三百年来，我华夏威风久歇。有几个，如公成就，丰功伟烈。拔剑光寒倭寇胆，拔云手指天心月。到于今，遗饼纪东征，民怀切。

　　会稽耻，终须雪。楚三户，教秦灭。愿英灵，永保金瓯无缺。台畔班师酹醉石，亭边思子悲啼血。向长空，洒泪酹千杯，蓬莱阙。

达夫此词依岳武穆《满江红·怒发冲冠》原韵写成，内中原本充注了词人对爱国前贤的由衷敬佩和无限景仰。其遣词与意象更是正气沛然，掷地有声："拔剑光寒倭寇胆，拨云手指天心月"；"台畔班师酹醉石，亭边思子悲啼血"……斯时，一位正气沛然、血脉偾张的爱国词人的形象呼之欲出……

三

　　福州三面环山，一江中流，风景奇异，形胜壮美，更有诸多名胜古迹，人文遗存，以及带给其"榕城"美誉的无数遮天蔽日的大榕树，是一座有个性也有魅力的城市。1926 年底，郁达夫乘轮船由广州返回上海，途经福州时，轮船在马尾港停泊了三天，郁达夫上岸游览了这处千年古港，以及闽江口的粤山、市区的南台等地，当时留下了很好的印象，同时也为行旅匆匆而深感遗憾。

　　此次郁达夫接受陈仪的游闽之邀，原本就有借山水之助，多写一些文章，多创一点版税的愿望和打算，尽管新添的官员身份带给他若干"俗务"和繁冗，但终究改变不了那种浸入骨髓的热衷寄情山水、喜欢体察万物的文人习性，为此他忙里偷闲，闹中取静，在不算太多的空闲时间里，欣然命笔，写出了若干散文、杂文、诗词、政论和文艺评论。其中数量最多的是散文。

　　郁达夫成稿于福州的散文很自然地包含了多见且显见的福建

元素，其中有不少篇章则是作家在对闽地文化做了认真考察、了解和探究之后，从当时的社会情境出发做出的生动描绘和细致剖解。你看，《闽中的风雅》锁定闽中文化，追溯昔日辉煌，钩沉历史脉搏，梳理流风余韵，呼吁以优秀的传统文化，凝聚和提振战云笼罩下的闽中精神；《福州的西湖》身在福州想杭州，将分处两地的两个西湖加以比较，完成了福州西湖的个性化呈现；《饮食男女在福州》透过细致的观察品味，勾画出福州的城风民俗、人间烟火，乃至钟灵毓秀、物宝天华，让此地的丰饶与可爱一时间活色生香。系列游记《闽游滴沥》（之一至之六），则驱动生花妙笔，模山范水，追魂摄魄，将福州的景物之奇异与民风之醇厚尽揽笔下。而所有这些作品时而叙事，时而描摹；时而释理，时而言情；时而谈历史，时而说地理，不仅在艺术表现上从容洒脱，百态千姿，而且饱含了作家对笔端事物的动情激赏和由衷喜爱，因此可以看作是作家闽中之旅在文学上的丰硕收获，同时也是他对闽中大地的精心采撷，对中国散文史的重要馈赠。

在寄身福州期间，郁达夫并不曾忘记自己一直投身其中的国内的新文学事业。早在 1932 年，他就以不间断的幽默文字，讽刺当局的腐败无能，积极支持林语堂、邵洵美等创办的《论语》半月刊。到福州后，他不仅撰写了一系列统称为"高楼小说"的杂文，议论国事，臧否时政，继续参与《论语》的办刊，而且因编者的执意邀约，一度出任了"挂名主编"。1936 年 6 月，中国文艺家协会在上海成立，郁达夫是该协会在福州的唯一会员。出于一种责任，他在福州的报纸上撰写《对福建文艺界的希望》一文，鼓励省内文艺家振作有为：

　　福建地处海滨，就自然位置而言，所居地位，就在国防第一线上。唯其是如此，所以感受帝国主义的压迫，福建比别省为强，而世界的潮流浸染，所得的反响，当然要比别省来得更切实与紧张。从前的文艺，尽可以与政治与社会无关，现代文艺却大家都认作是政治、社会与环境的产物。由此环境，而产生不出文艺来，岂非笑话？

正是从这样的前提出发，郁达夫要求福建的文艺青年：一是不要一谈到"修养"，就"只在狭义的范围里打圈子"，而要"研究社会，扩大视野，把握住政治动向，而抱定一坚强的意识"。二是福建的地方文艺，要有独自的进程与目标，不能"人云亦云，人不云亦不云"，要发出自己的声音；面对生活和社会变化，"文艺应该站在尖端，决不能落在伍后"，"要驱除惰性，勇猛前进，自强不息"。如此高屋建瓴、掷地有声的言说，无疑有效强化了郁达夫闽中之行的精神重量。

四

从1936年2月抵达福州出任省府参议，到1938年3月应郭沫若之邀奔赴武汉，参加国民政府军委会政治部第三厅的抗日宣传工作，再到同年9月因接陈仪电召重返福州，直至该年底携妻子王映霞及大儿子告别福州，前往新加坡，郁达夫的闽中之旅前前后后、断断续续持续了近三年的时间。这期间，他除了参与闽省的政务和文化建设，同时坚持文学写作之外，还做了三件事，这三件事因为联系着中国近现代史上的重大事件或重要人物，所以值得加以特别提示。

第一件事，鲁迅逝世。

1936 年 10 月 19 日，鲁迅在上海病逝。那天晚上，郁达夫正在福州南台参加一个宴会，席间他从一位日本记者那里听到鲁迅逝世的噩耗，不待席终，便赶去报馆查看电讯稿，待到噩耗被证实，他立即给许广平发去唁电："上海《申报》转许景宋女士：骤闻鲁迅噩耗，未敢置信，万请节哀，余事面谈。"第二天（10 月 20 日）一早，他抛开一应事物，登上靖安轮，赶回上海。

10 月 22 日上午，船抵上海，郁达夫立即赶往胶州路的万国殡仪馆，向鲁迅遗体告别，下午又参加了送殡的队伍和葬仪。在这一天里，他看到无数"真诚的脸，热烈的脸，悲愤的脸，和千千万万将要破裂似的青年男女的心肺与紧捏的拳头"（《怀鲁迅》），他觉得：

> 这不是寻常的丧葬，这也不是沉郁的悲哀，这正像是大地震要来，或黎明将到时充塞在天地之间的一瞬间的寂静。

> 鲁迅的灵柩，在夜阴里被埋入浅土中去了；西天角却出现了一片微红的新月。(《怀鲁迅》)

鲁迅和郁达夫有着近二十年的过从和友谊，彼此之间既是相知甚深的朋友，也是相互支持的同道。鲁迅的去世，让郁达夫悲痛万分。在送走鲁迅第五天写就的《怀鲁迅》一文中，达夫驱动悲欣交集的笔触，留下了后世传播甚广的一段话。

> 没有伟大的人物出现的民族，是世界上最可怜的生物之群；有了伟大的人物，而不知拥护，爱戴，崇敬的

国家，是没有希望的奴隶之邦。因鲁迅的一死，使人们

自觉出了民族的尚可以有为，也因鲁迅的一死，使人们

看出了中国还是奴隶性很浓厚的半绝望的国家。

这既是对鲁迅精神与价值的高度阐扬，又是对当时政府不懂得敬重和爱护杰出人物的斥责与抨击。此后，郁达夫陆续写下了多篇缅怀鲁迅的文章，如《鲁迅先生逝世一周年》《回忆鲁迅》《鲁迅逝世三周年纪念》等。其中《回忆鲁迅》更是不仅讲述了他与鲁迅难忘的友谊，同时还描绘了鲁迅的性格和为人，尤其是他的疾恶如仇、毫不妥协和奖掖青年、甘做人梯。可以这样说，鲁迅的精神始终为郁达夫所钦敬、所崇尚。1939 年，达夫已漂泊至新加坡，但鲁迅作为一种内心的力量，依然与他同在，正如他在政论文《我对你们却没有失望》中所写："鲁迅与我相交二十年，就是在他死后的现在，我也在崇拜他的人格，崇拜他的精神。"

第二件事，为郭沫若回国参加抗战奔走助力。

1936 年冬日，南京总统府侍从室处长何廉奉蒋介石之命致电福州陈仪，请他速派郁达夫去日本，找到八年前因遭国民政府通缉而流亡彼地的郭沫若，动员其回国参加抗战。1927 年初，因在《洪水》杂志发表《广州事情》一文，郁达夫与郭沫若曾有过较严重的意见分歧，致使郁达夫萌生过"将来我们两人或要分道而驰的"（《穷冬日记》1927 年 2 月 12 日）的想法。斯时，出于对抗战大业的看重，郁达夫毅然放弃了个人之间的芥蒂，当即接受了政府的委派。1936 年 11 月中旬，他在陈仪的支持下，以购买印刷机的名义，启程前往日本。

郁达夫到日本后，立即从东京转道千叶县的市川市，看望住

在那里的郭沫若。郁达夫的到来让郭沫若十分感动，他接过郁达夫馈赠的驼绒围巾表示："他这厚意，真是使我感激，想到了古人的解衣推食之举。"（郭沫若《达夫的来访》）进而赋诗一首回赠达夫："十年前事今犹昨，携手相期赴首阳。此夕重逢如梦寐，哪堪国破又家亡。"显然，是强敌临门的家国安危，使两位同样把民族大义放在首位的文学大师尽弃前嫌，重新走到了一起。郭沫若当即下定了回国的决心。

此次到日本，郁达夫受到文学界乃至文化界的热情欢迎。改造社、中国文学研究会、东京诗人俱乐部、日比谷山水楼主人等，为他举办了欢迎会，《读卖新闻》《大阪每日新闻》等提供了媒体上的支持，一些团体和会馆邀他前往演讲座谈。在所有这些活动中，达夫坚持向日本人民介绍中国各阶层渴望和平的心愿，揭橥日本当局侵华图谋的错误所在，奉劝日本朝野人士重新认识中国，改变对华政策。他还呼吁中日两国应在平等互惠的前提下，实行经济合作，开展文化交流，以改善双方关系来维护东亚和平。是年 12 月 19 日，郁达夫在完成肩负使命后，乘船离开日本回国。

郁达夫回到国内，立即展开迎接郭沫若回国的进一步工作，如敦促当局先行撤销 1928 年 2 月对郭沫若的通缉、邮寄郭沫若回国所需路费等。经钱大钧、邵力子、陈仪等人从中斡旋，很快办妥了一应事宜。1937 年 5 月 18 日，郁达夫接到南京政府来电，要他正式致函郭沫若，促其迅速回国。达夫见自己的一番奔走有了最终结果，内心自然高兴异常。他当天下午即挥毫泼墨，写成一函，以挂号和平信两种形式寄出，知会郭沫若早日启程。郁达夫在信中写道：

沫若：

今晨因接南京来电，属我致书，谓委员长有所借重，乞速归……强邻压迫不已，国命危在旦夕，大团结以御外患，当系目下之天经地义，想兄必不致嫌我之多事也。此信到日，想南京必已直接对兄有所表示，万望即日整装，先行回国一走。临行之前，并乞电示，我当去沪候你，一同上南京走一趟……

郁达夫的书信情真意切，要言不烦。郭沫若收到此信后，经过一番筹划，于7月24日登船回国。按照信中所言，郁达夫特地由福州赶往上海迎接郭沫若，两人在欣喜之中再度相会。数年后，郁达夫在《为郭沫若氏祝五十寿辰》一文中曾忆及此事："在抗战前一年，我到日本去劝他回国，以及我回国后，替他在中央作解除通缉令之运动，更托人向委员长进言，密电去请他回国的种种事实，只有我和他及当时在东京的许俊人大使三个人知道。"其平实的讲述中是包含着一些自许的。

第三件事，探访弘一大师。

对于佛界高僧弘一大师（李叔同），郁达夫一向心存仰慕，但在很长的时间里却缘悭一面。1936年12月，郁达夫由日本回国经台湾抵厦门，因听说弘一大师正在鼓浪屿日光岩下坐关静修，便意欲前往拜访。为使此行稳妥起见，他请当时在《星光日报》当记者的赵家欣先行做了预探，第二天方和赵家欣一起，在南普陀寺执事广洽法师的陪同下一起渡海前往。

郁达夫与弘一大师的相见是怎样一番场景，他们在一起都谈了些什么，现今恐已很难做确切性和再现性的描述，因为对于这件事情，达夫本人不曾以自己所擅长的散文加以表现，现存的

郁达夫日记则缺了此一时段。作家的散文《记广洽法师》虽写到
"我"的日光岩之行，但也只是谈到主人公对此事的引见之功，而
未涉及更多。达夫回到福州不久，倒是给弘一大师寄来了七律一
首，该诗稍后发表于《星光日报·弘一法师特刊》（1937 年 1 月
17 日），但细品可知，它更多侧重于诗人内心的感怀以及对大师的
敬重——探访大师是自己一直的愿望（不似西泠遇骆丞，南来有
意访高僧）；大师的高论像佛家的经典一样丰赡而简约（远公说法
无多语，六祖传真只一灯）；无论当年从艺抑或今日礼佛，大师
的气象与选择均不同凡响（学士清平弹别调，道宗宏议薄飞升）；
此时自己也有遁世逃禅之心，但终究逃不脱世俗欲望的牵绊（中
年亦具逃禅意，两事何周割未能）。此诗虽频频用典，但终属动情
走心之作，只是依旧难以将读者带入郁达夫探访弘一大师的历史
现场。

真正给郁达夫的日光岩之行提供了现场性和史料性记述的，
是当日曾为此做过预探并陪同前往的赵家欣，他在多年之后这样
写道：

> 达夫对弘一法师（李叔同）这位曾经是艺术才能出
> 众的前辈仰慕已久，见面时，弘一大师对他的名字却很
> 生疏。达夫于 1913 年赴日，李叔同 1918 年出家，当他开
> 始写小说，蜚声文坛时，李叔同已是脱离凡尘的出家人
> 了。他对郁达夫一无所知，拱手执意，略事寒暄，赠与
> 佛书，也就告退了。（《郁达夫访弘一法师》）

赵家欣（1915—2014）是一位有才华也有成就的新闻工作
者和作家，新中国成立后曾供职于《福州日报》。作为郁达夫探

访弘一大师的亲历者和目击者，他的记述及分析应当具有较高的真实性和可信度。其实，这也是郁达夫对日光岩之行始终语焉不详的真正原因。至于后世一些传记作家在写到此一场景时，所提供的一些看似生动的细节，我们恐怕只能以"小说家言"姑妄听之了。

2023 年 10 月成稿

第四辑

鲁迅怎样读屈原

　　鲁迅的同乡挚友许寿裳，曾写过《屈原和鲁迅》一文。在这篇文章里，许寿裳从自己当年的记忆出发，梳理了鲁迅与屈原之间的精神联系，其要点凡四：第一，鲁迅对屈原一向持有肯定性的理解与评价，认为他"虽怀内美，重以修能，正道直行，而罹谗贼"；称赞他"驰神纵意，将翱将翔，而睠怀宗国，终又宁死而不忍去也"。第二，鲁迅非常熟悉且十分推崇屈原的作品，不仅明言《离骚》是一篇自叙和托讽的杰作，《天问》是中国神话的渊薮"；而且在自己的旧体诗里多有对"骚词"的汲取与化用。第三，"朝发轫于苍梧兮，夕余至乎县圃；欲少留此灵琐兮，日忽忽其将暮。吾令羲和弭节兮，望崦嵫而勿迫；路漫漫其修远兮，吾将上下而求索"——鲁迅采"骚词"作《彷徨》题词，意在自况。第四，"望崦嵫而勿迫；恐鹈鴂之先鸣"——鲁迅集"骚句"作壁上楹联，借以"自励"。除此之外，许寿裳还为读者提供了一个具体细节：

　　　　我当年和鲁迅谈天，曾经问过他，《离骚》中最爱诵的是那几句？他便不假思索，答出下面的四句：
　　　　朝吾将济于白水兮，登阆风而绁马。
　　　　忽反顾以流涕兮，哀高丘之无女！
　　　　依我想，"女"是理想的化身。这四句有求不到理想的人誓不罢休之意，所以下文还有"折琼枝以继佩"之句。

通过以上表述，许寿裳告诉人们，鲁迅之所以喜欢屈原和看重《离骚》，是因为其人其作承载了作者特有的愤懑、怀疑、批判和追求精神，以及浸透其中的爱国心、彷徨感与紧迫感，而这与青年鲁迅的心境和志向多有拍合，于是，他思接千古，引为同调。应当承认，许寿裳的说法，言之成理，持之有据。鲁迅当年对屈原的那份熟悉和热爱，确实建立在灵台相通、精神共鸣的基础之上——"寄意寒星荃不察，我以我血荐轩辕"；"高丘寂寞竦中夜，芳荃零落无余春"；"一枝清采妥湘灵，九畹贞风慰独醒"，读着这样一些诗行，我们不难看到屈原和楚辞的意脉，怎样在鲁迅的心头复活和笔下延伸。

不过，许寿裳的《屈原和鲁迅》，毕竟只是一篇松散简约的回忆性文章，而不是严谨系统的研究性著作，这决定了该文对于自己选定的题目，更多属于念想之中的真切书写，而远不是学理意义上的全面阐发。事实上，在鲁迅与屈原之间，还有另外的线索颇值得关注和总结。譬如，鲁迅是文学史家，在文学史研究上颇费心力而又每见卓识，他的《汉文学史纲要·屈原及宋玉》，在谈及屈原时，就曾留下了相当精辟的解读。

> 战国之世，言道术既有庄周之蔑诗礼，贵虚无，尤以文辞，陵轹诸子。在韵言则有屈原起于楚，被谗放逐，乃作《离骚》逸响伟辞，卓绝一世。后人惊其文采，相率仿效，以原楚产，故称"楚辞"。较之于《诗》，则其言甚长，其思甚幻，其文甚丽，其旨甚明，凭心而言，不遵矩度。故后儒之服膺诗教者，或訾而绌之，然其影

响于后来之文章，乃甚或在三百篇以上。

……

《离骚》之出，其沾溉文林，既极广远，评骘之语，遂亦纷繁，扬之者谓可与日月争光，抑之者且不许与狂狷比迹，盖一则达观于文章，一乃局蹐于诗教，故其裁决，区以别矣。实则《离骚》之异于《诗》者，特在形式藻采之间耳。

鲁迅这些论述，简要概括地介绍了屈原《离骚》和《楚辞》的诞生与流布、特点与成就，以及《离骚》在"文林"引发的相对"纷繁"的评价和这"纷繁"背后的原因。同时提出了一个重要估价：就对于文学发展的影响而言，《离骚》很可能超过了《诗经》。鲁迅之所以产生这样的估价，固然是因为《离骚》内容表达的率直大胆，即所谓"凭心而言，不遵矩度"，但更重要的，却是着眼于它在文采与形式上的个性和成就："较之于《诗》，则其言甚长，其思甚幻，其文甚丽，其旨甚明"。一言以蔽之：《离骚》文学史影响大于《诗经》的根本理由，在于"形式藻采之间"。

毋庸讳言，相对于将《诗经》和《离骚》分别视为中国文学现实主义和浪漫主义之先声的习惯性与常见性说法，鲁迅这样评价《离骚》明显打上了个人印记，因而未必一定能获得广泛认同，但是，如就眼光和思路而言，它却充分折映出鲁迅真正的文学本体意识，是他立足于文学发展的长河独立思考得出的结论。而这种结论似乎也并非没有来自文学事实的支撑。须知，抒情式散文是严格意义上的国粹，它在中国文学史上流光溢彩，蔚为大观，成就了无数名篇佳作，其源头和滥觞正是屈原的《离骚》。胡兰成认为：在西洋，抒情诗早有，但抒情文则出现很晚，且还是贫缺。

"中国抒情文体的发展，自楚辞汉赋至苏东坡的《赤壁赋》，与柳宗元的《永州八记》、欧阳修的《醉翁亭记》等，文体与内容如此丰富阔大，乃是因为能写情写到了天性与事理之际，文章的升高到了文学与非文学之际。中国之所以能有赋体，是文章写到了韵文与非韵文之际。"（《文学与时代的气运》）如果我们不是因人废言，那这段话还是有助于我们理解鲁迅关于《离骚》的文学史评价的。

无论作为精神范型还是作为文学镜像，鲁迅对屈原都给予了充分肯定和高度评价，但是却没有因此就将屈原偶像化、神圣化，以致无视屈原身上所蛰伏和所携带的那些消极的、负面的东西。在鲁迅看来，屈原是伟大的，但又是有局限的，这种局限归结到根本的一点，便是那种深植骨髓、无法根除的对明君的幻想和对帝王的奴性，即一种"帮忙"者的立场。为此，早年的鲁迅就在《摩罗诗力说》中，一方面由衷激赏屈原的"放言无惮，为前人所不敢言"；一方面又为《离骚》深深遗憾："反抗挑战，则终其篇未能见。"晚年的鲁迅，思想空前敏锐，笔端愈发老辣，他结合实际生活感受和社会观察，更是一再言及屈原的软肋。譬如，《从帮忙到扯淡》写道："屈原是'楚辞'的开山老祖，而他的《离骚》，却只是不得帮忙的不平。"可谓一针见血地指出了屈氏愤懑的实质。《"题未定"草（七）》亦云："假使屈原不和椒兰吵架，却上京求取功名，我想，他大约也不至于在考卷上大发牢骚的，他首先要防落第。"这便告诉人们，屈原的牢骚，说到底是一种怀才不遇或生不逢时。而一篇《言论自由的界限》，则干脆将《红楼梦》中的老奴焦大戏称为"贾府的屈原"，而将焦大出于为"贾府好"而发出的怒骂，比喻为"一篇《离骚》经"。这让我们不禁想起"身在江湖"而"心悬魏阙"的说法——屈原即使行走在汨罗江边，心想的仍是怀王的天下，这不能不是屈原的悲剧。对于鲁迅上述屈原论，有一些爱鲁迅或爱屈原者常常持回避的态度，其实大可不必。事实上，我们只有读了鲁迅对屈原的种种訾议，才能够更全面地了解屈原，同时也更深切地认识鲁迅。

据唐弢介绍，鲁迅曾说过："弄古书，要没有道学气，以避免迂阔和拘泥。"窃以为，鲁迅这话用在他自己身上也是恰当的。

你看，鲁迅对屈原的解读，便不迂阔、不拘泥，尽脱了道学气，而这一番努力的结果，是让历史上的屈原更真实、更立体，更具有同现代人对话的可能。

原载《中华读书报》2012 年 2 月 29 日

从鲁迅激赏《儒林外史》谈起

　　鲁迅是中国古典小说研究的拓荒者和奠基者。他一生中在不同的场合、以不同的方式，谈论过众多古典小说作品，但通常是有褒有贬、臧否参半。其中真正予以热情激赏和充分肯定的，除了一部问世不久即产生"开谈必说"之誉的《红楼梦》外；还有一部则是影响远逊于《红楼梦》的《儒林外史》。关于这点，大凡读过先生《中国小说史略》和《中国小说的历史的变迁》者，都不会忘记内中的赞语："其文又慼而能谐，婉而多讽，于是说部中乃有足称讽刺之书。""虽云长篇，颇同短制；但如集诸碎锦，合为帖子，虽非巨制，而时见珍异，因亦娱心，使人刮目矣。""在中国历来作讽刺小说者，再没有比他更好的了。"如果说以上所谈还只是肯定了《儒林外史》手法和结构方面的特色，那么，先生在《叶紫作〈丰收〉序》里的一段文字，则无疑涉及到了对该著的整体评价：

　　　　伟大的文学是永久的，许多学者这么说。对啦，也许是永久的吧……中国确也还盛行着《三国志演义》和《水浒传》，但这是为了社会还有三国气和水浒气的缘故。《儒林外史》作者的手段何尝在罗贯中之下，然而留学生漫天塞地以来，这部书就好像不永久，也不伟大了。伟大也要有人懂。

此处，先生为了说明文学作品"伟大"和"永久"之间的复杂关系，进而揭示"伟大也要有人懂"的规律和现象，信手拈来《三国志演义》《水浒传》《儒林外史》三部古典小说作为论析的例证。诚然，在先生的意识层面，这三部作品均可归于"伟大"之列，但一句"《儒林外史》作者的手段"云云，还是传递出了论者对《儒林外史》的格外垂青和明显偏爱。至于将"伟大"二字直接用之于《儒林外史》，则更是承载着先生异乎寻常的褒扬与推重之情。因为即使在语涉《红楼梦》这部"传统的思想和写法都打破了"的作品时，先生对"伟大"的使用，似乎仍然是间接的、谨慎的、有限制的，即所谓：就中国小说而言，"自从十八世纪末的《红楼梦》以后，实在也没有产生什么较伟大的作品"，其中包含的细微差异或许值得玩味。

在林林总总、不乏佳制的中国古典小说中，鲁迅何以对《儒林外史》情有独钟，倍加激赏？对此，前辈学者曾做过一些梳理，并勾勒出若干线索。譬如：吴敬梓出身名门望族，但不幸五世而斩，家道中衰，这很容易使同样经历了"从小康之家而坠入困顿"的鲁迅，产生心灵的沟通与情感的呼应；吴敬梓十分喜爱魏晋六朝的文学和文化，《儒林外史》里的一些人物和情节，也常常披蒙着浓郁的魏晋风度，而这一切恰恰也是鲁迅所欣赏、所感兴趣的，因此，便自然而然地产生了审美的亲近与共鸣；《儒林外史》以客观逼真的讽刺见长，而身为作家的鲁迅也认为真实是讽刺的生命，并极看重"旨微而语婉"的讽刺手法，于是，《儒林外史》无形中成为鲁迅艺术借鉴的一种资源。应当看到，所有这些，都言之有理，持之有据，都从特定的角度疏通了鲁迅和《儒林外史》之间的血缘关系；但所有这些仍不足以揭示鲁迅激赏《儒林外史》的根本缘由，因为其中少了最为重要也最为关键的一维，这就是：

《儒林外史》的题材和主题，在很大程度上拍合着鲁迅当年独特的社会关注与精神思考。

如众所知，面对亟须走向现代的中国社会，鲁迅的精神思考和文学实践是以"立人"为价值核心和逻辑起点的。由这样的核心和起点做切合实际的推进与延伸，鲁迅很自然地开始了有关"国民性"，尤其是"国民劣根性"的审视和批判。而这种交织着同情与否定、"不幸"与"不争"，甚至明显融入了作家自我透视与剖析的审视和批判，除了针对"睡在铁屋子里"的芸芸众生之外，同时也包括了从旧中国走来的知识分子。关于这点，我们品味鲁迅小说中色调不一的知识分子形象，如《孔乙己》里的孔乙己、《祝福》里的鲁四老爷、《白光》里的陈士成、《高老夫子》里的高干亭、《肥皂》里的四铭，乃至《在酒楼上》里的吕纬甫、《孤独者》里的魏连殳等，自会有比较直观的领悟。而如果我们再重温鲁迅有关知识分子的一些论述，包括他早年提出的"伪士"概念，以及后来为"正人君子"们的命名和画像等，那么，这种领悟便可进入更加理性、也更加清晰的层面，从而使我们看到鲁迅对某些知识分子固有的弱点、缺陷、劣根，即"中国的智识阶级分子的坏脾气"的检讨、批判与鞭挞，以及他对中国知识分子历史命运和现实状况的洞察、反省与忧患。

显然，正是这样一种思想背景，使得鲁迅和《儒林外史》产生了跨时空的同频共振，因为在中国小说史上，恰恰是《儒林外史》第一次以悲喜交织的笔墨，"生态并作"地写出了封建知识分子的种种丑恶，诸如：悭吝苛刻、迂腐可笑、虚伪矫情、表里不一、唯利是图、沽名钓誉、投机钻营、招摇撞骗，直至寡廉鲜耻、凶残暴虐等。即鲁迅所谓："迨吴敬梓《儒林外史》出，乃秉持公心，指摘时弊，机锋所向，尤在士林。"可以这样说，正是透过这部作品，鲁迅看到了中国知识分子来自精神上游的传统痼疾；而这种种传统痼疾在现代知识分子身上，又每每呈现出迂回的折光和变相的赓续，于是，它反过来促进和深化着先生关于知识分子问题的探索与思考。搞清楚了这一点，那么，鲁迅格外看重和特别激赏《儒林外史》，便显得水到渠成、顺理成章——它实际上间接地传递出先生对中国大地上某些知识分子由来已久的"无行"且"无文"的由衷愤慨和深切焦虑，其中的思想和文学意义，正随着时间和历史的推移，越来越丰富，也越来越显豁。

值得研究和探讨的是，从鲁迅发出"伟大也要有人懂"的感喟迄今，七十多年过去了，《儒林外史》的"伟大"之处，似乎并没有被读书界和学术界所理解、所普及。这期间，有一个细节耐人寻味：著名美籍汉学家夏志清在写于20世纪60年代的《中国古典小说导论》中，将《儒林外史》和《三国》《水浒》《金瓶梅》《西游记》《红楼梦》一起，并列为"这种文学类型在历史上最重要的里程碑"。然而，他的这一观点远没有像他在《现代小说史》里挺举沈从文和张爱玲那样，产生广泛的影响，甚至改变作家与作品的命运。有目共睹的事实是，《儒林外史》依旧沉寂不彰。即使在国学经典和传统文化回潮直至走俏的当下，它照样是一种边缘化的、被遮蔽的存在，其门前的冷落与其他几部古典小说的火爆行情，形成了强烈的反差。

一切何以如此呢？原因或许是多方面的，但其中最核心的一点，恐怕正在于我们前面所说的，该书的主要内容直接承载了对儒林丑类与丑态，即封建知识分子劣根性的讽喻和批判。要知道，尽管历史条件已经发生了根本的变化，然而，阐释也好，传播也罢，行为的主体毕竟仍然是知识分子，而要让知识分子直面一本不仅无法让自己舒心提气，而且必须进行灵魂自我拷问，直至否定些什么的小说作品，是需要胸襟和勇气的。在这方面，传统的中国文化似乎难以提供足够的精神伦理和道义支撑。这是中国知识分子的集体悲哀，同时，又何尝不是我们和鲁迅之间的距离？

　　原载《随笔》2008年第3期；收入《2008中国年度随笔》，漓江出版社出版

鲁迅为什么看重《游仙窟》

前些时，浏览董桥的散文随笔近作，一篇题为《叫鲁迅太沉重》的文字撞入眼帘。在这篇文字里，董桥接过大陆某中学教师所谓用鲁迅作品当教材"过于沉重"的话题，表达了自己的看法："当然，说鲁迅沉重未必完全出自鲁迅的文字，后人对他的作品的重视、吹捧、研究、诠释，在在增加了鲁迅文字的重量。"接下来，董桥沿着还鲁迅以本来面目的思路，举例写道：

周作人给鲁迅手抄的《游仙窟》写过一段"跋"，说到"矛尘将往长沙，持豫才所写《游仙窟》全本来，命题数语。关于此书，旧有读《游仙窟》一文，在《看云集》中，今不复赘。豫才勤于抄书，其刻苦非寻常人所及，观此册可见一斑。唯此刻无间贤愚，多在膜拜文艺政策，矛尘独珍藏此一卷书，岂能免于宝康瓠之讥哉！"这篇跋文写于一九三七年十一月八日抗日战争初发期间，周作人因说大家都在服从文艺政策，而矛尘居然珍爱这样一本闲书，难免遭讥。"康瓠"是破裂了的空瓦壶，语出《史记·屈原贾生列传》："斡弃周鼎兮而宝康瓠。"鲁迅笔下文字向来"周鼎"，手抄的这部《游仙窟》竟成了"康瓠"，实在好玩……

《游仙窟》是唐人传奇小说；仙窟者，妓馆也，全书

> 描述士大夫文人狎妓享乐的腐朽生活，其价值当在语言，采用的是通俗骈体，词藻浮艳，韵文散文夹杂。鲁迅其实不只是什么新文化斗士，他的传统文化修养深厚，手抄古籍，搜罗笺谱，推动美术，不一而足。

董桥这段表述尽管有些跳跃闪烁，但包含的意思还是明确的：第一，鲁迅曾经手抄唐人传奇小说《游仙窟》，而为矛尘（即鲁迅的朋友章廷谦，以下涉及此人概称章廷谦）珍藏复珍爱的这卷《游仙窟》抄本，在周作人看来不过是一把无用的"康瓠"。第二，《游仙窟》描写的是封建士大夫文人"狎妓享乐的腐朽生活"。对这样一部作品，鲁迅居然看重到不惜手抄，可见其审美趣味并"不只是什么新文化斗士"，而是另有寄托。总之，透过手抄《游仙窟》，董桥自认为发现了鲁迅于"沉重"之外的另一面。

对于董桥的散文随笔，我尽管嫌他不够大气，但总体来说还是比较喜欢的，只是看到他如此这般解读鲁迅，却深深不以为然——这当中值得商榷和纠正的地方实在太多了。

董桥对周作人写在鲁迅抄本《游仙窟》上的跋语，就没有做正确的理解与分析。在中国现代文学史和思想史上，周氏兄弟的关系问题，虽然依旧需要深入探究，但其中有一点已大抵被史料所证实，这就是：兄弟失和之后，鲁迅虽然也有"周启明颇昏"之类的说法，但仅见于他写给周建人、许广平的书信中，而在更多的时候和更多的场合，他对胞弟是宽容、体贴和关心的；倒是周作人对胞兄一直耿耿于怀，每每表露一些夹枪带棒的微词和訾议。不过，倘若单就周作人留给鲁迅抄本《游仙窟》的跋语来看，窃以为尚属客观平实，并没有什么含沙射影、皮里阳秋的成分，相反，它明确肯定了鲁迅的"勤于抄书"。至于"康瓠"云云，主要是说，在抗战爆发、民众普遍崇尚武器式作品的背景之下，章廷谦如此珍视《游仙窟》这样一本闲书，难免会遭到将瓦壶当宝贝的讥讽。这里，"康瓠"是周作人假设中的别人对章廷谦行为的讥刺之语，而不是他自己对《游仙窟》的评价——否则，他写于十年前的《读〈游仙窟〉》一文，就不会对该书作那样细致的版本介绍，那样认真的文字校订，更不会从中日文化交流与比较的角度，指出那些"素谜荤猜"的咏物诗的价值所在。按说，董桥是意识到了这一点的，故而文中有"矛尘……难免遭讥"之语。但问题是在以下的讲述里，他还是不顾文意前后矛盾，悄悄地将"康瓠"之讥安在了周作人身上，进而又将这种置换了主体的话语同鲁迅、同《游仙窟》硬性捏合到了一起，说什么："鲁迅笔下文字向来'周鼎'，手抄的这部《游仙窟》竟成了'康瓠'，实在好玩。"其隐含的调侃和反讽之意分明是：下笔从来沉重和高贵的鲁迅，竟然喜欢连周作人都称之为"康瓠"的《游仙窟》，可见其内心另有所隐。显然，董桥这样串讲加篡讲周作人关于鲁迅抄本《游仙窟》的跋语，意在借周作人之口凸显自己所认定的另一种鲁迅，但由于逻辑关系上的破绽显而易见，所以其目的不但终难达到，相反给人以无中生有、过度阐释的感觉。

不过，在董桥的文章里，有一种判断是正确的，这就是：鲁迅确实看重《游仙窟》。关于这一点，不仅鲁迅手抄的《游仙窟》"工整精妙，通体不懈，是一件非常可贵的书法珍品"（林辰《鲁迅手写的〈游仙窟〉》），可作直接的例证；而且至少还有以下两方面的材料，能够说明问题：第一，《中国小说史略》和《中国小说的历史的变迁》，分别由鲁迅在北京和西安大学课堂上的讲稿整理而成，内容自有详略之分，但同样在相关章节里，以较多的文字介绍了《游仙窟》。尤其是前者不仅有评述，而且有举隅，所给的待遇超过了许多同类作品，这自然反映着论者对该书的重视程度。第二，从 1926 年初到 1929 年 2 月，章廷谦曾致力于《游仙窟》的校点出版。对此，鲁迅给了大力支持和热情指导。他不仅拿出自己所藏的日刊本《游仙窟》供章廷谦使用，而且还帮助他收集版本，辨析材料，直至为该书审稿写序，并推助其出版发行，使其成为国内两种早期刊本之一。这当中固然折射了鲁迅一贯的助人和敬业，但同时也表明，《游仙窟》在他的心目中，的确占有比较重要的位置。

那么，鲁迅为什么如此看重《游仙窟》？这当中的原因果真如董桥所暗示，是鲁迅欣赏和向往《游仙窟》所表现的那种"腐朽生活"吗？关于这个问题，我们还是让事实来做回答。

涉足过中国小说史者大都知道，《游仙窟》系张鷟所撰。张鷟（约 660—740 年），字文成，自号浮休子，生活在唐代武后、中宗、睿宗及玄宗前期。按照《旧唐书》记载："鷟下笔敏速，著述尤多，言颇诙谐。是时天下知名，无贤不肖，皆记诵其文……新罗、日本东夷诸藩，尤重其文，每遣使入朝，必重出金贝以购其文，其才名远播如此。"出自张鷟笔下的《游仙窟》于唐元和年间流入日本，随即被视为中国文学经典，进而对日本文学的发展产生了广泛深远的影响，但在国内却渐趋失传，久湮不彰，直至晚清官员杨守敬在日访书得以发现，并著录于光绪十年（1884 年）刊出的《日本访书志》，世人方有所知。鲁迅曾经负笈东瀛，对中国文学在日本的传播多有闻见；同时，早在民元之前，他就有研究中国小说史的想法，后来情愿为之"废寝辍食，锐意穷搜"（《小说旧闻抄·再版序言》）。在这种情况下，他对于《游仙窟》这样一篇饮誉海外的传奇小说，自然会格外留心，也格外关注。也正是基于这种情况，他在向国内学界和读者推介《游仙窟》时，便很自然地选择了从作者、流布和版本入手。譬如，一篇《〈游仙窟〉序言》，将五分之四以上的文字用于讲解史料里的张鷟，以及《游仙窟》的旅日和复归华土。《中国小说史略·唐之传奇文（上）》的相关文字，虽是全面评述《游仙窟》，但其中针对作者和成书的仍占很大比重。而在鼓励和指导章廷谦校点出版《游仙窟》的过程中，他更是就版本互参、正文校阅、注释分辨、附录取舍乃至封面与版式的选择等，提出了若干具有建设性的意见。为了写好书前的短序，他不惜先后求助京师和北大图书馆，一定要找来杨守敬的《日本访书记》和森立之的《经籍访古志》作为依据。凡此种种努力，都是为了印制一本尽可能完善的《游仙窟》。关于这些，我们只要读读鲁迅 1926 年至 1929 年间因《游仙窟》而写给章廷谦的十几封书信，即会有深切的体认。应当承认，这时的鲁迅，首先是一位扎实认真、一丝不苟的古籍研究者和整理者，他之所以看重《游仙窟》，似乎与书中的场景和内容关系不大。

当然，在中国古典小说研究方面，鲁迅不同于胡适，他治学的着力点和用心处也不全在于版本的梳理和史实的考证，而是更注重于梳理和考证基础之上的对具体作品的褒贬与阐发，即一种艺术见解和历史意识的表达。这一点同样见诸他对《游仙窟》的评价。譬如，在《中国小说的历史的变迁·唐之传奇文》里，论者写道：

> 到了武则天时，有张鷟做的《游仙窟》，是自叙他从长安到河湟去，在路上天晚，投宿一家，这家有两个女人，叫十娘，五嫂，和他饮酒作乐等情。事实不很繁复，而是用骈体文做的。这种以骈体做小说，是从前所没有的，所以也可以算一种特别的作品。到后来清之陈球所

做的《燕山外史》，是骈体的，而作者自以为用骈体做小

说是由他别开生面的，殊不知实已开端于张鷟了。

这段话道出《游仙窟》的两个特点：一是"自叙"口吻；二是骈文形态，而这恰恰是该篇在中国小说史上的意义所在。除此之外，鲁迅的《〈游仙窟〉序言》还申明了所序作品的认识价值，认为它表现出的"习俗"与"时语""可资博识"，"亦为治文学史者所不能废矣"。应当说这亦属不刊之论。鲁迅肯定《游仙窟》在小说史上的地位，但对张鷟及作品又不做一味褒扬，而是在此同时敏锐地指出："其实他的文章很是轻巧，也不见得好，不过笔调活泼些罢了。"（《中国小说的历史的变迁·唐之传奇文》）这不仅体现出鲁迅文学尺度的客观与辩证，而且还在无形之中提醒着读者：单就情调和趣味而言，鲁迅未必欣赏张鷟和《游仙窟》。斯时的鲁迅，又不愧为目光炯然且超卓的文学史家。

或许是对以往太多阐扬鲁迅崇高精神与战士风范的一种调整和反拨，近年来，谈论鲁迅世俗生活、凡人性格和天然情趣的文章多了起来。这样的文章写好了，可以凸显一个更为真实也更为丰富的鲁迅，自然功不可没；但是，倘若先入为主，深文周纳，则很可能矫枉过正，落入另一个向度的以偏概全，最终同样导致对鲁迅的误读乃至歪曲。董桥先生的《叫鲁迅太沉重》，或许就属于这一类文字呢？

原载《随笔》2011年第3期、《中国社会科学报》2011年6月2日

茅盾与节本《红楼梦》

茅盾先生并非是专门的红学家，但在红学发展的历史上，他却做了一件连专门的红学家都不曾考虑和尝试，因而很值得关注和研究的事情，这就是：亲自动手对《红楼梦》进行删削和压缩，从而完成了节本《红楼梦》的叙订。

茅盾叙订节本《红楼梦》是在 1934 年的春天。当时他居于上海，正与鲁迅、瞿秋白等一起，聚集于左联的旗帜下，积极从事多种形式的文学活动。而他自己的笔墨生涯也处在一个新的高潮之中：以 20 世纪 30 年代中国社会整体场景为表现对象的系列小说次第展开，继长篇《子夜》之后，又发表了《春蚕》《秋收》《残冬》《林家铺子》等一系列短篇作品，以及大量的散文、杂文、随笔和速写；文学编辑和文学批评事业硕果不断，著名的《中国新文学大系·小说一集》选编完成并出版，广有影响的"作家论"等理论评论文章频频问世。在如此繁忙的情况下，茅盾为什么还要挤出时间和精力，从事节本《红楼梦》的叙订？

已知的直接缘由是因为开明书店老板张锡琛，向茅盾提出了这方面的邀约，而张锡琛与茅盾都是浙籍文人，一向多有交情，故茅盾无法拒绝。至于张锡琛之所以选中茅盾承担节本《红楼梦》的叙订任务，除了因为茅盾是著名作家和学者，具有非凡的艺术鉴赏力之外，还有一个重要原因，这就是，他深知茅盾极为熟悉《红楼梦》。据钱君匋回忆，1926 年的一天，张锡琛曾亲口对他和郑振铎讲过茅盾能够背诵《红楼梦》的事情。当时，郑振铎表示不信，为此，张与郑以酒席相赌。他们在开明书店专搞了一次酒叙，请茅盾、徐调孚、钱君匋、夏丏尊、周予同等人参加，乘着酒兴，由郑振铎点《红楼梦》的回目，茅盾背诵，结果茅盾竟滔滔不绝，大致不错地背了出来，以致让在场的众人十分惊讶，当然也由衷钦佩。（见《书衣集》）

当年的开明书店以出版青少年读物著称。该书店于1932年推出的由叶圣陶撰文、丰子恺插图，供初等小学用的国语课本，曾受到教育界人士的普遍赞誉，且影响广泛，迄今仍在吸引读者和出版家，前些时，还被多家主流媒体高调宣传和推荐。张锡琛诚邀茅盾叙订节本《红楼梦》，或许就是参照"国语读本"名家担纲为学子的经验与思路，所作的进一步的实验和拓展，其主要目的无疑在于向青少年普及文学经典和文学写作技巧。关于这点，茅盾《节本红楼梦导言》（以下简称《导言》）自有交代。该文写道："研究《红楼梦》的人很可以去读原书，但是中学生诸君倘使想从《红楼梦》学一点文学的技巧，则此部节本虽然未能尽善，或许还有点用处。"

不过，张锡琛毕竟是书店老板，他积极策划出版节本《红楼梦》，似乎也不是全无商业考虑。史料证明，20世纪30年代中期的上海出版界，销路尚好的图书主要有两类：一是教科书及辅助读物；二是标点翻印的古籍，刘大杰选编的《明人小品集》，施蛰存选编的《晚明二十家小品》，以及出版史上反响较大的"中国文学珍本丛书"，大都出现于这一时段。而节本《红楼梦》正好横跨这两类图书，或者说恰是这两类图书的交织物，它承载了出版者的市场期待和销售苦心。大约正是出于扩大发行的目的，《节本红楼梦》正式出版时，留下了一个不大不小的瑕疵或破绽：书名所使用的意在区别于原本《红楼梦》的标识性前缀，不是两度出现于茅盾《导言》的名副其实的"节本"，而是颇有些莫名其妙的"洁本"。出版者做如此修饰，大约是为了告知市场："这一部"《红楼梦》虽然描写了爱情，但文字是干净的，并没有"少年不宜"的内容，完全适合中学生阅读。殊不知，熟悉中国古典小说的内行人都知道，《红楼梦》不是《金瓶梅》，它的文字清新典雅、凝练规范、诗性盎然，原本就不需要做什么清洁工作。这样一来，所谓"洁本"不仅显得无的放矢，弄巧成拙，而且变成了画蛇添足乃至故弄玄虚。

现在，我们具体来看茅盾是怎样叙订节本《红楼梦》的。还是在那篇《导言》中，茅盾很随意地写道：

> 陈独秀先生曾说："我尝以为如有名手将《石头记》琐屑的故事尽量删削，单留下善写人情的部分，可以算中国近代语的文学作品中代表著作。"（见亚东版《红楼梦》陈序）在下何敢僭称"名手"，但对于陈先生这个提议，却感到兴味，不免大着胆子，唐突那《红楼梦》一遭儿。

乍一看来，这段话仿佛告诉人们，在如何叙订节本《红楼梦》的问题上，茅盾不仅受到陈独秀观点的启发，而且同意陈独秀提出的删节原则，即"将《石头记》琐屑的故事尽量删削，单留下善写人情的部分"。那么，哪些才是《红楼梦》中的"琐屑故事"？茅盾未作进一步诠释，我们还是来看陈独秀当年的原话。

1921年4月，时在广州执掌教政的陈独秀，应亚东图书馆汪原放之邀，为初版《红楼梦》写了一篇序言：《红楼梦（我以为用《石头记》好些）新叙》。在这篇不长的文章里，陈独秀首先对中国和西方小说进行了一番比较，认为：古代的中国和西方小说同样善述故事，那时小说和历史没有区别，中国和西方的小说也没有太大的差异。但是，近代以来，西方小说受实证科学的影响，发展了善写人情的一面，同时将善述故事的一面交给了历史；而中国小说虽然也发展了善写人情的一面，但仍然承担着传布历史的责任，结果是"以小说而兼任历史的作用，一方面减少小说底趣味，一方面又减少历史底正确性"。因此，陈独秀明言："我们一方面希望有许多留心社会状况的纯粹历史家出来，专任历史底工作；一方面希望有许多留心社会心理的纯粹小说家出来，专任小说底工作；分工进行，才是学术界底好现象。"接下来，陈独秀指出：

> 拿这个理论来看《石头记》，便可以看出作者善述故事和善写人情两种本领都有；但是他那种善述故事的本领，不但不能得到读者人人之欢迎，并且还有人觉得琐屑可厌；因为我们到底是把他当作小说读的人多，把他当作史料研究的人少。

> 《石头记》虽然有许多琐屑可厌的地方，这不是因为作者没本领，乃是因为历史与小说未曾分工底缘故；这种琐屑可厌，不但《石头记》如此，他脱胎底《水浒》、《金瓶梅》，也都犯了同样的毛病。

> 今后我们应当觉悟，我们领略《石头记》应该领略他的善写人情，不应该领略他的善述故事；今后我们更应该觉悟，我们做小说的人，只应该做善写人情的小说，不应该做善述故事的小说。

平心而论，陈独秀将如此这般的评价置于《红楼梦》，其客观性和准确性是很可怀疑和挑剔的，至少它并不符合大多数人阅读《红楼梦》的感受和研究《红楼梦》的结果。事实上，一部《红楼梦》因为"千红一窟""大旨谈情"，也因为并"无大忠大贤，理朝政，治风俗的善政"，加之又无"朝代年纪可考"，所以很难说它善述历史故事。在这一维度上，我们即使以极宽泛的涉及大观园之外的社会和朝政作为划分标准，大约也只能举出"可卿丧事"、"元妃省亲"、"贾政外放"、贾雨村、北静王，以及"冷子兴演说荣国府"等数量不多的文字，何尝有"许多琐屑可厌的地方"？而从序言的意脉看，陈独秀之所以挑剔《红楼梦》文史不分，故事可厌，在很大程度上似乎是针对当时红学界流行的在书中找"本事"和"深义"的索隐之风。用论者自己的话说就是："考证《石头记》是指何代何人底事迹，这也是把《石头记》当作善述故事的历史，不是把他当作善写人情的小说。"观点虽然不无道理，但明显忽略了个中差异：研究者在《红楼梦》中找历史，并不等于《红楼梦》本身确实填充了史实与史料。当然，在陈独秀笔下，有一点是非常明确的，这就是，所谓"琐屑的故事"，指的是《红楼梦》中有关历史的描写。

此点既明，有一个问题随即值得我们关注和回味：茅盾的《导言》虽然表示认同陈独秀有关删削《红楼梦》的"提议"和原则，甚至将其说成是自己叙订节本《红楼梦》的一种由头和动力，但是，一旦进入实际的操作过程，他并没有依照陈独秀的设想，删掉写历史的元素，留下写人情的部分，而是不声不响地做了另外的选择。关于这点，《导言》同样有具体的表述，即阐明了属于茅盾自己的"尽量删削"的三个标准：

第一，"通灵宝玉"、"木石姻缘"、"金玉姻缘"、"警幻仙境"等等神话，无非是曹雪芹的烟幕弹，而"太虚幻境"里的"金陵十二钗"正副册以及"红楼梦新曲"十二支等等"宿命论"，又是曹雪芹的遁逃薮，放在"写实精神"颇见浓厚的全书中，很不调和，论文章亦未见精彩，在下就大胆将它全部割去。

第二，大观园众姊妹结社吟诗，新年打灯谜，诸如此类"风雅"的故事，在全书中算得最乏味的章回……这一部分风雅胜事，现在也全部删去。

第三，贾宝玉挨打，是一大段文字，"王熙凤毒设相思局，贾天祥正照风月鉴"，又是一大段文字，贾政放外任，门子舞弊，也是一大段文字，可是这几段文字其实平平，割去了也和全书故事的发展没有关系，现在就"尽量删削"了去。

总计前后删削，约占全书五分之二。既然删削过了，章回分解就不能依照原样，所以再一次大胆，重订章回，并改题了"回目"。

仔细分析和品味以上的"夫子自道"，我们不难发现，茅盾所列出的关于节本《红楼梦》删削原文的三个标准，其实体现了一种基本的、核心的向度，这就是：在保持全著构架完整的前提下，去除那些虚幻的、卖弄的成分，而突出其写实精神与社会意义。显然，这与陈独秀所主张的将"琐屑的故事尽量删削"，实际上是两个思路，因而也多有龃龉——在很多时候，特别是在文学高手的笔下，"琐屑的故事"往往就充注着写实精神与社会意义，前者是后者的载体，删掉了前者，后者也就不复存在。

应当看到，茅盾这样叙订节本《红楼梦》，是清晰地打上了个人的精神印记的。它很容易让人想起茅盾由来已久的现实主义文学主张和审美观念，甚至想起他后来在《回忆录》里谈到的自己的创作经验，"我严格地按照生活的真实来写，我相信，只要真实地反映了现实，就能打动读者的心，使读者认清真与伪，善与恶，美与丑"。庶几可以这样说，茅盾是以自己的眼光来打量、解读和删节《红楼梦》的；在某种意义上，他叙订节本《红楼梦》的过程，就是阐扬自己所主张的文学写实精神和社会意义的过程。记得曾有学界人士指出，在《红楼梦》的现代接受史上，有一股着力彰显其现实主义特色与价值的潮流。倘若果真如此，那么，茅盾及其节本《红楼梦》，无疑起到了推波助澜的作用。

毋庸讳言，时至今日，我们越来越清晰地意识到，《红楼梦》作为中国古典小说的巅峰之作，原本是一个丰富多彩、复杂多元的存在，它的全部精神内涵和审美价值，是难以用单一的现实主义文学范式来把握和概括的。但是，这并不意味着我们不再可以通过现实主义视角走进《红楼梦》的世界，因为一部《红楼梦》毕竟包含了异常丰富的人情世态和前所未有的写实精神。从这一意义讲，茅盾的节本《红楼梦》终究是一个有特点、有个性的版本。而事实上，这个版本也确实自有其生命力。节本《红楼梦》于 1935 年 7 月正式出版，到 1948 年 10 月，已印到第四版。中华人民共和国成立后，20 世纪 70 年代的香港伟青书店和 80 年代的大陆宝文堂书店，均曾再版此书。其绝对的发行量尽管一时难以统计，但想来不会太少。

行文至此，或许有人会问：在节本《红楼梦》如何删削原文的问题上，茅盾既然并不真正认同陈独秀提出的原则，那么，他为何又要在《导言》中引用陈独秀的观点，以示呼应？在我看来，其中的原因恐怕还要从《红楼梦》自身来找。早在清代乾嘉年间，《红楼梦》已是"人家案头必有一本"，以致有"开谈不说《红楼梦》，读尽诗书也枉然"之说。"五四"运动中，虽然传统文化颇受冲击，但《红楼梦》凭借流畅的白话文和自身的反封建倾向，依然赢得普遍的赞誉，被视为新文学的"先声"。至20世纪30年代，经胡适的考证和鲁迅的评荐，《红楼梦》的经典和高峰地位已是毋庸置疑。在这种情况下，茅盾要对《红楼梦》进行"删削"，是要承担一定的舆论压力的。关于这点，我们只要想想对于茅盾叙订节本《红楼梦》的訾议迄今不绝如缕，即可见一斑。正因为如此，茅盾在叙订《红楼梦》时，很自然地想找一点理论上的依据和观点上的同盟军，于是，他拉来了老朋友陈独秀和他的《红楼梦新叙》。不过即便这样，茅盾内心的矛盾和不安，似乎仍然没有完全消弭，那一句"不免大着胆子，唐突那《红楼梦》一遭儿"，实在耐人回味。

原载《深圳特区报》2012年5月10日、《博览群书》2012年第5期

聂绀弩和他的"吃遗产"

聂绀弩擅写杂文和旧体诗，其笔下作品奇崛酣放、入化出神，这给聂公带来了不小的声誉，但也在无意中遮蔽了他于中国古典小说研究领域所下的功夫和所取得的成就。其实，在这一方面，聂绀弩同样苦心孤诣，建树不凡。关于这点，大凡读过由武汉大学出版社推出的《聂绀弩全集·古典小说研究卷》者，都会有较深的领悟和感受——洋洋洒洒四五十万言，涉及《水浒传》《三国演义》《封神榜》《金瓶梅》《红楼梦》《聊斋志异》《好逑传》《野叟曝言》《儿女英雄传》等一大批古典小说作品，以及若干相关话题；且为文风标独立，自出机杼，别成一种声音和气象。这对于半生坎坷、久处逆境、学术环境极端压抑的聂公来说，需要何等艰辛的搜求与推衍，又需要何等超拔的意志与学识。

聂绀弩有着极高的文学成就，但他并没有受过系统教育，他获取知识与学养主要是靠自学，这时，中国古典小说便成了他最初的启蒙教材。用聂公在《我的"自学"》里的话说："要自学就要肯看书。小时百不如人，认识几个字之后，就爱看书，起初看唱本，随即看《聊斋》，以后是《三国》《水浒》《西游》《封神》……碰到什么是什么，无不津津有味。"而他的《中国古典小说论集·自序》更是将这种信马由缰的阅读具体化："谈的三部书（指《水浒传》《聊斋志异》《红楼梦》——引者）都是小时候读过的。读《聊斋》时是八九岁稍后一点。看《水浒》，只有第一本。那序文……我很喜爱，至今记忆犹新。至于看到七十回全文，则在好几年之后。于看《水浒》全文同时，大概也看了《红楼梦》残本（那时我们那地方要找到任何整部小说都不容易），印象如何记不起了。"

显然是少年时的阅读先入为主、潜移默化，中国古典小说很自然地成为聂公精神收藏和文化血液的一部分，致使他在后来的文学生涯里，每每习惯以古典小说为触媒，切入相关论题。譬如，20世纪30年代中期，林语堂在《论语》和《人间世》撰文，莫名其妙地称赞道学小说《野叟曝言》。绀弩认为这违背了林先生平日里标榜性灵、反对"方巾气"的主张，于是，连续发表《谈〈野叟曝言〉》和《再谈〈野叟曝言〉》，提出质疑和反驳，强调文学的历史进步意义和反封建性，其观点之鲜明和犀利引起鲁迅的关注。又如，出于作家的机敏，绀弩对萧红的小说别有一种理解。而他在向萧红当面陈述这种理解时，所使用的参照物并非是流行的种种"主义"，而恰恰是古典小说。他说："你的作品，有集体的英雄，没有个体的英雄。《水浒》相反，鲁智深、林冲、杨志、武松，都是个体英雄；但一走进集体，就被集体湮没，寂寂无闻了。《三国演义》里的英雄，有许多是终身英雄，在集体里也很出色，可是就在集体当中，他也是个体英雄，没有使集体变为英雄。"（《回忆我和萧红的一次谈话》）应当承认，这样的看法非常独特，论者如果没有对古典小说的深刻领悟和准确把握，是提不出来的。至于绀弩写于1945年的杂文《论申公豹》，更是借取《封神榜》里的神魔形象，寥寥几笔，就让自私、狭隘、开历史倒车者穷形尽相，入木三分，显示了一种比匕首投枪般的力量。

当然，聂绀弩真正做起古典小说研究，还是在1951年出任人民文学出版社副总编辑兼古典部主任之后。当时，出于繁荣新中国文化的需要，聂公按照上级的要求，组织校注新版的《三国演义》《水浒传》《西游记》《红楼梦》，并亲自主持整理其中的《水浒传》。这一开创性的工作，引起了很大的社会关注。《水浒传》出版后，《人民日报》发表评论，表示祝贺，国内许多地方和单位邀请聂公前去做讲解《水浒》的学术报告。就是在这种情况下，聂公写出了颇有影响的《〈水浒〉五论》，以及其他古典小说研究文章，显示了一种巨大的学术潜能。可惜好景不长，从 50 年代中期开始，聂公便运交华盖。

严酷的命运给聂公以毁灭性的打击，只是这种种打击并没有消除他研究古典小说的兴致，相反，这种研究成了他面对窘迫和苦难时有效的精神支撑。有资料说明，20 世纪 60 年代前期，聂公赋闲在京，其书房里悬有黄苗子的墨宝："三红金水之斋"。这里的"三红金水"指的是：《三国志演义》《红楼梦》《金瓶梅》和《水浒传》。以四部名著为自己的书斋命名，可见古典小说的阅读和研究，在斋主抑郁苦闷的生活里依然占据着重要位置。后来即使身陷囹圄，资料全无，聂公仍然凭着记忆，写下了厚厚薄薄一二十册有关古典小说的笔记。"文革"结束，七十三岁的聂公重获自由。当时，他的身体已经很差，连路都走不好了，但仍坚持整理和撰写了有关《金瓶梅》《红楼梦》、金圣叹等方面的文章，他甚至向老友舒芜表示："老有大志"，要写一部中国小说史。这真如他在《自遣》一诗里所言："自笑余生吃遗产，聊斋水浒又红楼。"

今天，我们回过头来细读聂绀弩研究古典小说的文字，其某些局部自然留下了特定时代难以避免的欠缺和遗憾，但就整体而言，却依旧称得上光彩熠熠，卓尔不群，其难能可贵之处至少有以下三点。

第一，聂公谈论古典小说虽然大多针对某一部作品，或一部乃至几部作品中的一个乃至多个人物，只是一旦进入具体的分析过程，却每每喜欢将锁定的对象置于相应的背景之下或有机的系统之中，远绍近搜，斜出旁逸，通过对比和生发，使其形成一种"史"的眼界和磁场，进而凸显其准确价值和特定意义。譬如，《〈聊斋志异〉三论》一文，谈该书"想把夫妻关系高洁化"的努力，便拿来此前的《金瓶梅》作比较，指出后者"把男女、夫妇、夫妾之间其他的东西，特别是精神境界的东西都抽掉了，只剩下也只夸张两性的肉体和肉体关系"。因此断言，前者的追求非常可贵，是文学的进步。而《谈〈金瓶梅〉》一文，评析该书所描写的男女关系，一方面表示不赞成其种种"不洁"，一方面又把这一切放到由《好逑传》《玉娇梨》《平山冷燕》《红楼梦》《花月痕》构成的"才子佳人小说"的链条之中，肯定了其"使人知道了兽与丑，从而转悟到人与美"的积极作用。在中国古典小说中，《封神榜》原本只是一部二三流的作品，只是一篇《论〈封神榜〉》将其与《施公案》《彭公案》乃至《水浒传》的皇家立场展开对比，一种"暗示着多少革命的意义"，便显豁了出来。而作为《〈水浒〉五论》之一的《〈水浒〉是怎样写成的》，则让《水浒传》的繁衍嬗递，不断完善，透显出中国长篇小说的孕育和成熟过程及其审美意义，更可谓典型的史家风范。要知道，对于文学研究者来说，这种见微知著而又高屋建瓴的功力，并不多见。

第二，聂公研究古典小说当然有自己喜爱的方法和思路，但从不把这种方法和思路模式化、绝对化、标签化，而是坚持从研究的任务和目的出发，让思路和方法为任务和目的服务。譬如，对于胡适提倡的小说考证，聂公并不感兴趣，曾明言："所谓'红学'，被一批考证派糟蹋得够了。曹雪芹是先一年死还是第二年死的呢？这样一个问题就可以辩来辩去，辩论一百年……试问把这种争论争胜了，把所要证明的问题都证明了，对《红楼梦》这部书有何增损？"（《中国古典小说论集·自序》）然而，他在研究《水浒传》的成书过程时，却偏偏做起了扎扎实实的考证文章，其中围绕《水浒传》的版本问题更是下足了校勘和辨析的功夫，其结论迄今仍是这个问题上自坚壁垒的一家之言。一切何以如此？这是因为在聂公看来，舍此便不能破译《水浒传》的种种谜团，也就不能正确地、科学地评价《水浒传》。

第三，聂公是带着作家的资质和气质进入古典小说研究领域的，这使他写出的有关古典小说的文字，不仅鲜活生动、情趣沛然，摆脱了经院气、八股腔，而且具有重艺术感受、重创作经验，以致常常要言不烦、别开生面的特点。在这方面，聂公笔下的《论小红》《侠女、十三妹、水冰心》《略谈〈红楼梦〉的几个人物》《漫谈〈聊斋志异〉的艺术性》《我爱金圣叹》等篇章，均堪称不错的范文，读者自可找来欣赏，限于篇幅，这里就不再一一分析了。

原载《红豆》2008 年第 9 期